MORD AM LAGO MAGGIORE

Alexandra Holenstein, im Südwesten Deutschlands geboren, lebt seit mehr als vier Jahrzehnten im Tessin, nahe dem Lago Maggiore. Nach einem erfüllten Berufsleben als Deutschlehrerin hat sie sich dem Schreiben von Romanen zugewandt.

ALEXANDRA HOLENSTEIN

MORD AM LAGO MAGGIORE

Kriminalroman

emons:

Bibliografische Information der Deutschen Nationalbibliothek
Die Deutsche Nationalbibliothek verzeichnet diese Publikation
in der Deutschen Nationalbibliografie; detaillierte bibliografische
Daten sind im Internet über http://dnb.d-nb.de abrufbar.

© Emons Verlag GmbH
Alle Rechte vorbehalten
Umschlaggestaltung: Nina Schäfer
Umschlagmotiv: mauritius images/Sina Ettmer/
Alamy/Alamy Stock Photos
Gestaltung Innenteil: DÜDE Satz und Grafik, Odenthal
Lektorat: Susann Säuberlich, Neubiberg
Druck und Bindung: CPI – Clausen & Bosse, Leck
Printed in Germany 2024
ISBN 978-3-7408-1639-1
Originalausgabe

Unser Newsletter informiert Sie
regelmäßig über Neues von emons:
Kostenlos bestellen unter
www.emons-verlag.de

In Erinnerung an meine Mutter, Irene Fiebig,
die das Tessin geliebt hat

Im Juli

Oh, diese Schlaflosigkeit.
Insonnia, terribile insonnia.
Wann nur würden Hitze und Unrast ein Ende haben?
Inquietudine.
Erst wenn es vollbracht war. Ja, natürlich.
Erst dann würde sich wieder Schlaf einstellen.

1

Tabea

Ein halbes Jahr zuvor – Zürich im Januar

»Nur über meine Leiche.«

»Tabea, ich bitte dich!« Ludwig tauchte die mit einem zu groß geratenen Brotbrocken besteckte Gabel in die Überreste des Käsefondues. »Du tust so, als wäre es ein schwerer Schicksalsschlag, in eine Villa mit Aussicht auf den Lago Maggiore ziehen zu müssen.« Er hob die Gabel aus der inzwischen zähen Masse und betrachtete das umhüllte Brot wie ein Wissenschaftler den Gegenstand seiner Studie.

Mir war der Appetit vergangen. Ludwig zuzusehen, wie er den Mocken nun endlich in den Mund beförderte, bereitete mir Unbehagen. Das hatte, da musste ich fair sein, weder mit Ludwig noch mit dem vor zehn Minuten noch wohlschmeckenden Käse zu tun.

»Du weißt so gut wie ich, dass es nicht um die Villa geht, sondern um deinen Vater. Ich will meine besten Jahre nicht unter der Fuchtel eines Despoten verbringen.« Damit hatte ich ein bisschen zu tief in die Dramakiste gegriffen. »Über meine Leiche« würde niemand gehen, denn ich hatte nicht vor, zu einer solchen zu werden. Zumindest nicht freiwillig. Und auch wenn Ludwigs Vater Herbert nicht das war, was man gemeinhin als einen liebenswerten Menschen bezeichnete, so war er doch kein Despot. Zudem würden die vor mir liegenden Jahrzehnte schon deshalb nicht meine besten sein, weil die bereits hinter mir lagen. Ich war zweiundfünfzig. Über das, was nun kommen würde, sprachen nur clevere Werbetexter in wohlklingenden Superlativen. Aber es ging mir gut, und ich hoffte, wie die meisten Menschen, dass mir noch viel Zeit vergönnt war. Zeit, die ich als selbstbestimmter Mensch verbringen wollte. Ohne die Launen eines allein lebenden Pensionärs, dessen Angebot, uns

Unterschlupf zu gewähren, garantiert mit einer saftigen Portion Eigennutz verbunden war. Nicht mehr als eine Geschossdecke würde uns von Herbert Kummer trennen.

»Hast du eine bessere Idee?« Ludwig schickte seiner rein rhetorischen Frage einen Seufzer hinterher, während er die Abdeckung über die nur noch schwache Flamme des Rechauds schob. »Uns bleibt nicht mehr viel Zeit zum Nachdenken. Noch einen Schluck Wein?« Er griff nach der fast leeren Flasche mit dem Chardonnay und hielt sie über mein Glas.

Statt einer Antwort bedeckte ich dies mit meiner flachen Hand. Mir war nach gar nichts mehr zumute. Nicht nach Käse, nicht nach Chardonnay und nicht nach besseren Ideen, die ich ohnehin nicht hatte.

Vor drei Monaten war uns unsere für Zürcher Verhältnisse günstige und zentral am Schaffhauserplatz gelegene Vier-Zimmer-Wohnung gekündigt worden. Die Erben der verstorbenen Frau Lienhard wollten die vier Wohnungen des Mietshauses zu Eigentumswohnungen mit gehobenem Standing umwandeln, von denen die Herrschaften Kummer, also wir, sogar eine erwerben durften. Das war zwar sehr zuvorkommend von den neuen Eigentümern, scheiterte aber an einem einzigen kleinen Hindernis: Uns fehlten für Designerküche, Marmorbad und Bodendielen aus Mooreichenholz exakt zweieinhalb Millionen Franken.

Und als wäre die Sache mit der gekündigten Wohnung nicht schon genug, hatte auch Henry, Ludwigs Freund aus Jugendjahren, plötzlich das Gefühl, es müsse sich etwas ändern. Er wollte Ludwig das als Fotoatelier gestaltete Lokal in der Froschaugasse nicht länger für eine symbolische Miete überlassen.

Vor fünfunddreißig Jahren hatte Ludwig seinen besten Freund aus dem eisigen Wasser eines nur zum Teil zugefrorenen Teiches gezogen und ihn vor dem Tod bewahrt. Neben jeder Menge unmittelbarem Dank hatte Henry sich Jahre später bei seinem Retter auch damit erkenntlich gezeigt, dass er ihm ein Ladenlokal in Zürichs Niederdorf zur Verfügung gestellt hatte. Die Räumlichkeit gehörte zu einem Gebäudekomplex, der Henry kurz zuvor von seinen Eltern vermacht worden war. Ludwig konnte auf diese Weise den Traum vom eigenen Fotoatelier verwirklichen. Und das für wenig mehr als einen Unkostenbeitrag. Die Großzügigkeit sollte jetzt, mehr als zwanzig Jahre später, ihr Ende finden. Auch Dankbarkeit kannte zeitliche Grenzen. Dafür hatte Henry natürlich eine andere Formulierung gefunden.

Nun saßen wir hier, am Esstisch unserer Noch-Wohnung, zerbröselten auf den leeren Tellern Brotstücke und dachten mal laut, mal still jeder für sich über das nach, was uns bewegte. Nicht zum ersten Mal, aber mit dem Damoklesschwert der schwindenden Zeit über uns.

Natürlich hatten wir uns umgeschaut. Nach erschwinglichem Wohnraum und einem neuen Fotoatelier für Ludwig. Voneinander abgetrennt oder unter einem Dach. Aber erschwinglich war in dieser Stadt nur wenig – und wenn es etwas gab, dann waren wir nicht die einzigen Aspiranten.

»Lass uns den Radius unserer Wohnungssuche um zehn, fünfzehn Kilometer erweitern. Wäre doch gelacht, wenn sich da nichts finden ließe«, schlug ich vor. Mein aus dem Nichts gezauberter Optimismus klang künstlich. Ich wollte mir selbst nicht zuhören.

Das ging Ludwig wohl ebenso. Er blies die Backen auf und ließ dann die Luft entweichen. »Und mein Fotoatelier soll ich in einem Industriegebiet oder Einkaufszentrum nahe der Autobahn unterbringen? Oder neben einem Kuhstall?« Die Frage war reine Rhetorik. »Ich brauche eine zahlungskräftige Klientel. Leute, die jeden Lebensanlass professionell fotografiert haben möchten: Kindergeburtstag, Gartenparty, Bootstaufe, den neuen Ferrari.«

Natürlich hatte Ludwig recht. Nach schwierigen Jahren, in denen vorwiegend ich mit meinem pünktlich eintreffenden Lehrerinnengehalt unseren Lebensunterhalt bestritten hatte, war er als Fotograf neuerdings wieder gefragt. Sein Atelier war perfekt gelegen. Die betuchte Kundschaft flanierte daran vorbei und hatte Lust, sich nach allen Regeln der Kunst ablichten zu lassen. Die Fototools ihrer Smartphones waren gut, aber nicht gut genug.

Insgeheim hatte ich meinem Traum, mein Pensum auf ein Minimum reduzieren zu können, schon freien Lauf gelassen. Verlockender noch: ganz auf null zu fahren. Endlich Zeit für mich zu haben. Zum Beispiel für meine Lyriketüden und Bonmots. Und nun?

»Und was ist mit mir?«, fragte ich Ludwigs breiten Rücken.

Ludwig war damit beschäftigt, Caquelon, Rechaud und Teller zu einem Turm gestapelt in die Küche zu tragen. Mein Anliegen hatte eine klägliche Note.

»Was mit dir ist?« Ludwig lief weiter in Richtung Küche, ohne sich umzudrehen. »Du findest doch überall locker eine Stelle«, rief er wenig später. »Auch im Tessin. Da suchen sie händeringend Deutschlehrer.«

Aha. Da hatte sich mein Mann also schon vorsorglich informiert.

Und was, wenn ich nicht händeringend gesucht werden wollte? Wenn ich gern ungestört geblieben wäre, mit ein bisschen Extrazeit für meine Gedichte und meine Kräutertöpfe auf dem Balkon?

»Du hast aber schon begriffen, dass Herbert uns prophylaktisch als Altenpfleger anheuern will?« Das war meine Trumpfkarte, die ich bisher noch nicht ins Spiel gebracht hatte.

Ich war Ludwig in die Küche gefolgt. Unsere schöne Zürcher Küche, die wir bis Mai zu räumen hatten. Aus deren Fenster wir auf eine belebte Straße hinabschauten, die auch jetzt, an diesem kalt-nassen Januarabend, von den dicht aneinandergereihten Straßenlampen und den ohne Unterlass vorbeifahrenden Autos ausgeleuchtet wurde. In der wir fast nie bei geöffnetem Fenster am Tisch sitzen konnten und die wir trotzdem liebten.

»Herbert ist topfit. Der wird hundert. Eher muss er sich um uns kümmern als umgekehrt.« Ludwig stand an der Spüle und kratzte die Käsereste aus dem Caquelon.

Dass sich Herbert um jemanden kümmerte, der nicht er selbst oder sein Basset Hound Bruno war, hielt ich für abwegig. Aber fit war er, der Sechsundsiebzigjährige, der seine Zeit stressfrei mit Müßiggang und Golf verbrachte. Immer aufs Neue erstaunte uns, wie wenig ihm seine alkoholischen und kulinarischen Übertreibungen anhaben konnten. In jedem Fall war Herbert von besserer Gesundheit, als die viel zu früh verstorbene Louise es gewesen war. Seine Frau, Ludwigs Mutter, hatte über die Jahre in zunehmendem Maß Trost beim roten Merlot gesucht.

»Er hat übrigens gesagt«, Ludwig drehte sich zu mir um, die Spülbürste wie ein Zepter in der Hand, »dass du im Garten so viel Fläche für den Gemüseanbau haben könntest, wie du willst.«

Darüber hatten sie demnach auch schon gesprochen, Herbert und Ludwig. Und obwohl ich in dem Angebot meines Schwiegervaters weiteren Eigennutz wähnte, verfehlte Ludwigs gut platzierter Köder seine Wirkung nicht. Einen richtigen Garten für den ökologischen Gemüseanbau wünschte ich mir schon seit Langem. Dagegen kam mein Urban Gardening auf dem Balkon nicht an.

»Das hat er gesagt? Der Alte wird ja richtig großzügig.« Dem sarkastischen Ton zum Trotz spross in mir ein Pflänzchen namens Zuversicht. Vielleicht hieß es auch Sinneswandel. Es war ein winziges Pflänzchen, aber mit guter Düngung, biologisch natürlich, konnte es gedeihen.

Wie es aussah, musste für einen Umzug auf die Schweizer Alpensüdseite wohl doch niemand über meine Leiche gehen.

2

Tabea

Zürich – im März

»Du musst das positiv sehen. Als Challenge. ›Und jedem Anfang wohnt ein Zauber inne‹ und so. Hesse, du weißt schon.«

Natürlich wusste ich. Und Jasper wusste, dass ich die Gedichte von Hermann Hesse liebte. Jasper war Champion im
Positivsehen. Keine Ahnung, von wem er das hatte. Weder
Ludwig noch ich konnten diesen Überschwang an Zuversicht
aufbieten.

»Opa ist doch gar nicht so schlimm. Ein bisschen komisch
kann er natürlich sein«, räumte Jasper ein, was immer noch
eine Verharmlosung war, wie sie nur von jemandem kommen
konnte, der ohnehin ganz andere Wege ging. »Und wenn er mit
seinen schrägen Ideen kommt, nickst du zweimal und ziehst
danach dein eigenes Ding durch.«

Ich nickte zweimal. »Du hast leicht reden.«

Ja, Jasper war unser Sohn, und doch schien es uns manchmal,
als ob er das eigentlich nicht sein konnte. Hindernisse waren
dazu da, umgangen oder übersprungen zu werden. Nach dieser Devise hatte er seine dreiundzwanzig ersten Lebensjahre
hinter sich gebracht und vor nicht allzu langer Zeit einen mittlerweile florierenden Fahrradladen mit Werkstatt eröffnet.

»Klar habe ich gut reden. Ich komme euch aber gelegentlich besuchen. Versprochen.« Jasper grinste und strich mir
mit seiner nicht ganz sauberen, von der Werkstattarbeit rauen
Hand über den Unterarm. »Kann ich noch ein Stück von dem
Kuchen haben? Zum Mitnehmen für Tom.«

Wir saßen bei Kaffee und Marmorkuchen am Tisch unserer
Noch-Küche, in der sich ein Fluidum von Nostalgie ausbreite-
te. Spürbar bei mir, nicht bei Jasper. Der war nun mal ein
Vorzeigemodell für das Leben im Hier und Jetzt. Ein Nachher

gab es bei ihm auch, zum Beispiel bei der frühzeitigen Mitteilung, dass er nur auf einen Sprung bleiben könne.

»Und wie wird das jetzt praktisch ablaufen?« Jasper sah mich an mit diesen ungewöhnlich grünen Augen, deren Farbe er vermutlich seiner nordischen Urgroßmutter verdankte.

»Wir packen unser Zeugs zusammen«, ich wies auf die ersten gestapelten Kisten in der Küchenecke, »und ziehen peu à peu, ständig ein bisschen mehr, nach Ascona. Definitiv dann Ende April. Dann bleiben mir immer noch gut zwei Monate bis zum Schuljahresende, die ich als Pendlerin zubringen muss. Und für den September –«

Weiter kam ich nicht. Jasper war im Aufbruchmodus. Die mir noch zur Verfügung gestellte Zeit musste fürs transportfreundliche Einwickeln des Kuchens genutzt werden, denn Jasper durchquerte die Stadt mit einem Carbon-Rennrad, auf dem so etwas Unsportliches wie ein Gepäckträger keinen Platz fand.

Ich blieb noch ein wenig sitzen und lauschte seinem schnellen Schritt im Treppenhaus nach.

Eine Challenge. Ja, so konnte man das nennen. Vor allem für mich. Für Ludwig änderte sich nicht so viel. Auch mit reduzierter Auftragszahl und ohne eigenes Atelier konnte er weiterhin ohne einschneidende Veränderung seiner Arbeit nachgehen. Einige seiner Zürcher Kunden waren von seiner neuen Wirkungsstätte sogar begeistert. Ascona, wie praktisch! Da standen doch ihre Zweitresidenzen.

Bei mir sah das etwas anders aus. Zunächst mal musste ich meinen Italienischkenntnissen eine deutliche Verbesserung zukommen lassen, bevor ich im September im lokalen Kolleg ein halbes Pensum Deutsch unterrichten würde. Das Bild von Tabea Kummer, der Poetin mit dem in Tinte getauchten Gänsekiel in der Hand, deren lyrische Ergüsse in zahlreichen Gedichtbänden käuflich zu erwerben waren, wurde zur Lichtspiegelung am Horizont. Während ich noch immer tatenlos auf dem Küchenstuhl verharrte, betrauerte ich ein wenig die sich auflösende Vision.

Aber der Gemüsegarten, so sagte ich mir und stand endlich auf, der Gemüsegarten wird angelegt. Schon gleich im Mai. Und Zeit für ein kleines Gedicht, hie und da, würde wohl auch noch bleiben.

***

Für Frühlingsgefühle war die Zeit noch nicht reif. Die ersten Märztage gehörten zum Winter, auch wenn die Sonne die Seeoberfläche in einen riesigen Überwurf aus glitzerndem Paillettenstoff verwandelte, dazu ein fast schon lau zu nennendes Lüftchen wehte und ein paar Höckerschwäne so taten, als wäre das Wasser des unteren Seebeckens schon mal für sie temperiert worden. Die umliegenden Bergketten waren alle noch saisongerecht mit Schnee bemützt.

»Mit dem Zug sind es wenig mehr als zwei Stunden von hier bis nach Locarno, und du tust, als wäre es eine Expedition durch die Tundra.«

Seit einer halben Stunde saßen Mimi und ich auf einer der graugrünen Bänke am Mythenquai, tranken heißen Holundertee aus der Thermoskanne und besprachen zum gefühlt fünfzigsten Mal das, was Jasper am Vormittag ganz entspannt zur Challenge erkoren hatte.

Mimi war meine beste Freundin, hieß eigentlich Hermine, war Geografielehrerin und wohltuende Realistin, der es im Nu gelang, mir bei meinen nicht aus der Welt zu schaffenden gedanklichen Graufärbungen den Pinsel aus der Hand zu nehmen.

»Du kommst jeweils am Sonntagabend zu mir in die Tellstraße, wir trinken noch ein Gläschen zusammen, vermeiden, an den Montag zu denken, und freuen uns darüber, deine zwei Zürich-Nächte wie Teenager zu verbringen. Na ja, so ähnlich jedenfalls. Und Dienstag nach der Schule fährst du wieder zu deinem Ludwig in die Villa Felicità. Das Ganze beschränkt auf zweieinhalb lockere Monate.« Wie Mimi das beschrieb, bekam die Zeit von Mai bis zu den Sommerferien, während der ich nicht mehr in Zürich leben würde, den Nimbus einer Auszeit im Club Med. Es erwies sich als enorm praktisch, dass sich meine Unterrichtsstunden an der Kantonsschule Zürich Nord auf nur zwei Tage verteilten. Was mich bisher gestört hatte, wurde zum Vorteil.

»Überhaupt, Villa Felicità, wer kann so was schon als Adresse anbieten? Villa des Glücks. *Nomen est omen.* Du wirst sehen, ich werde öfter bei euch aufkreuzen, als euch lieb ist. Vor allem, wenn ich mal wieder eine Dosis Glücksgefühle gebrauchen kann.«

Wir lachten beide über so viel Schönfärberei, neben der sogar das sonnige Gemüt von Jasper verblasste.

Mimi, die sechs Jahre älter war als ich, lebte allein und tat das mit Vergnügen. Ich zweifelte nicht daran, dass ihr die Gesellschaft ihrer zwei reizbaren, aber auch anhänglichen Siamkatzen Simon und Garfunkel völlig ausreichte.

»Wie sieht eigentlich Ludwig eure Zukunft unter Vaters Dach? Ich meine, mich zu erinnern, dass er nicht gut auf ihn zu sprechen war.« Mimi war unvermittelt ernst geworden. Nicht bitterernst, aber nachdenklicher als zuvor. »Hat er ihn nicht irgendwann sogar mal für den Tod seiner Mutter verantwortlich gemacht?«

Seltsam, dass Mimi das erwähnte. Seltsam auch, dass ich nie mehr daran gedacht hatte. Weder daran, Mimi davon erzählt zu haben, noch an Ludwigs irgendwann mal im Gefühlsdusel hervorgebrachte Bezichtigung.

»Na ja, ›verantwortlich gemacht‹ ist vielleicht etwas krass formuliert«, erwiderte ich und fragte mich – jetzt erst? –, weshalb sich Ludwig bei solchen unter dem Deckel gehaltenen Regungen für die baldige räumliche Nähe zu seinem Vater hatte entscheiden können. »Es ging wohl eher darum, dass Louise ordentlich gebechert hat und Herbert an ihrem Kummer bestimmt nicht unschuldig war. Aber die These, dass sein Benehmen zu ihrem Herztod geführt hat, scheint mir ein bisschen gewagt.«

»Ludwig wird das wohl auch nicht so gemeint haben. Manchmal sagt man Sachen …« Mimi hielt inne.

»Ja, genau.« Ich nickte mehrmals. »Langsam wird's kalt hier. Wollen wir gehen?« Mir war nach Aufbruch zumute. Fröstelnd schraubte ich den Deckel auf die Thermoskanne, deren Inhalt uns im Zusammenspiel mit der Sonne und unseren Gesprächen so lange warm gehalten hatte.

3

Tabea

Ascona – im Mai

»Du hast zwischen den Tomatensetzlingen zu wenig Abstand gelassen.« Herbert, den ich nicht hatte kommen sehen, stand neben dem Beet. Mit seiner stattlichen Größe erschien er mir aus meiner kauernden Perspektive wie das personifizierte Jüngste Gericht. »Das wird so nichts«, dröhnte das Sprachrohr Gottes.

Ich konnte mich nicht erinnern, Herbert je bei irgendeiner Gartenarbeit gesehen zu haben. Dafür war nämlich seit Langem Giuseppe zuständig, der mir auch das Stück Rasen nahe der unteren Grundstücksgrenze im Halbschatten der Kamelien zu einem Beet von sechs Metern Länge und vier Metern Breite umgestochen hatte. Nicht das geeignetste Stück Land – da gab es in Herberts Garten Besseres –, aber nun mal das, was mir der Hausherr zugestanden hatte.

»Welchen Abstand hast du denn bei deiner letzten Tomatenpflanzung gehalten?«, fragte ich mit unschuldiger Miene, in deren Genuss Herbert allerdings nicht kommen konnte, da ich mein Augenmerk erneut auf mein vollbrachtes Werk und auf das nächste Pflänzchen gerichtet hatte, das in exakt dem gleichen Abstand wie die anderen vier gesetzt werden sollte.

»Und was kommt da noch alles rein?« Herbert war ein versierter Nichtantworter, wenn es ihm in den Kram passte. Intensives Hecheln zeugte davon, dass auch Bruno, sein gut genährter Basset, der Inspektion beiwohnte.

»Vieles«, teilte ich der dunklen Erde und dem frisch geschaufelten Pflanzloch mit.

Vor drei Wochen hatten wir unsere neue Wohnung im Untergeschoss der Villa Felicità bezogen. Drei Wochen, in denen mir erste Häppchen von Herberts Willkommenskultur serviert worden waren.

»Ich habe Giuseppe gekündigt.« Auch im fließenden Themenwechsel war Herbert geübt.

»Wieso das denn?« Es war höchste Zeit, mich aus meiner kauernden Position zu erheben. Dafür gab es drei Gründe. Der erste: Herbert sollte nicht länger zu mir herabschauen dürfen. Der zweite: Meine Knie taten mir weh. Der dritte: Warum zum Teufel hatte mein Schwiegervater seinem seit so vielen Jahren zuverlässig und vermutlich unterbezahlt bei ihm arbeitenden Gärtner gekündigt?

»Warum?«, wiederholte ich, strich meine erdigen Hände an den hinteren Taschen meiner für die Temperatur viel zu warmen Jeans ab und sah Herbert an. Leider immer noch mit Unten-oben-Gefälle, denn ich reichte ihm nur bis zu den Schultern.

»Setzen wir uns irgendwo hin. Dann erzähle ich es dir«, sagte Herbert. »Wir müssen hier nicht in der prallen Sonne Wurzeln schlagen.« Er war es, der bestimmte. Ich mochte seine Imperative nicht, aber meine Neugier siegte.

Wir erklommen die Anhöhe zu dem Teil des Anwesens, den Herberts Eltern in der ersten Hälfte des vorigen Jahrhunderts als eine Art Lustgarten gestaltet hatten. Vorbei an einer verwitterten Nackten, die inmitten eines Teiches unaufhörlich Wasser aus einer ihren Schoß sittsam bedeckenden Amphore fließen ließ. Vorbei an tanzenden Engeln, über deren Häupter sich moosiges Grün zog, und vorbei an einem Pavillon mit Sitzbank für zwei, auf der ich mich mit Herbert nur unter Androhung der Todesstrafe niedergelassen hätte.

Auch Herbert schien dies nicht der geeignete Ort für ein Tête-à-Tête mit seiner Schwiegertochter. Mit dem keuchenden Bruno als Nachhut steuerte er eine im Schatten von dichtem Magnolienblattwerk stehende Holzbank an.

»Die müssten wir mal abschleifen und neu streichen«, informierte er mich, bevor er sich auf der Bank mit der abblätternden roten Farbe niederließ und mir mit einer Kopfdrehung zu verstehen gab, es ihm nachzutun.

Wie folgsame Adjutanten nahmen Bruno und ich zeitgleich Platz. Ersterer mit einem Plumps zu Herrchens Füßen, Letztere an Herberts Seite.

Wer war »wir«? Das Abschleifen von Bänken gehörte nicht zu meinen Lieblingsbeschäftigungen. »Also, du wolltest mir erzählen, warum du Giuseppe entlassen hast.« Mich bei Herbert meiner Lehrerinnenstimme zu bedienen hatte sich bewährt. Schließlich saß ich nicht zu meinem Privatvergnügen neben ihm. Auch wenn ich zugeben musste, dass die Bank vortrefflich platziert war. Es war ein Ort, den ich mir für meine kleinen Rückzüge merken wollte. Wie auf einer Theaterbühne mit seitlich gerafften Vorhängen zeigte sich zwischen zwei hochgewachsenen Kampferbäumen nichts Geringeres als der Lago Maggiore. Ein Seidentuch in changierendem Blau, umrandet von den mit allen möglichen Grüntönen prahlenden Ufern der gegenüberliegenden Seeseite und den Bergen des Gambarogno.

Dem Mann neben mir schien das sich vor ihm ausbreitende Panorama keine Regung zu entlocken. Aber im Grunde fiel mir sowieso nichts ein, was Herbert zu nennenswerten Gefühlsäußerungen bewog. Vom liebevollen Ziehen an Brunos fünfzig Zentimeter langen Hängeohren, dem Kraulen seiner fettunterlegten Halskrause und dem kaum hörbaren »Braver Bruno« mal abgesehen.

»Ich habe mir gedacht«, Herbert räusperte sich, »dass es Giuseppe auf seine alten Tage verdient hat, ein bisschen kürzerzutreten und nicht mehr alle drei Tage aus Italien hierherfahren zu müssen. Wir sind jetzt zu dritt, gesund und kräftig, und können die Gartenarbeit selbst in die Hand nehmen. Du hast ja schon gezeigt, wie dir das Grünzeug im Blut liegt.« Herbert wies auf das erdige Feld unterhalb unseres Sitzplatzes, wo ich gemäß seinen Kommentaren noch vor wenigen Minuten meinen Dilettantismus zur Schau gestellt hatte. Grünzeug mochte ich, aber im Blut lag mir nichts dergleichen.

»Giuseppe ist jünger als du.« Der Hinweis schien mir angebracht. »Hat er denn gesundheitliche Probleme?«

»Nicht dass ich wüsste, aber so weit muss es gar nicht erst kommen. Lassen wir ihn in seinem Häuschen in Cannobio in Ruhe seinen Lebensabend genießen. Meinst du nicht auch, Bruno?« Herbert strich dem Basset über den weißen Fellstreifen zwischen den Ohren. Der nach seiner Meinung Gefragte brummte und rollte sich zur Seite.

Auch ich hätte das Gespräch mit meinem Schwiegervater gern beendet. Ohne Brummen und Rollen, dafür mit Aufstehen und Verschwinden.

Still für mich fasste ich zusammen: Ludwig und ich sollten die neuen Gärtner in der Villa Felicità werden. Das von Herbert eingestreute »Wir« war reines Blendwerk. Keine Sekunde lang bezog er sich selbst in die eben ernannte Arbeitstruppe ein. Und Giuseppes glückliches Rentnerdasein im italienischen Cannobio lag ihm so wenig am Herzen wie die Zürcher Lehrtätigkeit seiner Schwiegertochter und deren noch bis Juli dauernde Tage der Abwesenheit. Nicht ein einziges Mal hatte er sich danach erkundigt.

»Was sagt Giuseppe dazu?«

»Was soll er schon sagen? Er versteht natürlich, dass es hier nicht vier Leute braucht, die an Büschen und Bäumen rumschnipseln. Ist ja auch nicht sofort. Ab und zu wird er schon noch kommen. Fürs Grobe. Auf, auf, Bruno!«

Herbert hatte gesprochen. Fürs Grobe. Mit ausholenden Schritten marschierte er davon, die Füße immer auf den Granitplatten, nie dazwischen oder daneben. Nur Bruno, der hinter ihm hertrottete, durfte die trittgenaue Gehordnung missachten.

Jetzt, da ich allein war, wollte ich noch ein wenig sitzen bleiben.

Nicht weit von mir, nahe dem nachbarlichen Grundstück, sah ich Giuseppe auf einer Klappleiter stehen. Rabiat, als habe er es mit einem niederzuzwingenden Eindringling zu tun, zerrte er an ein paar Brombeerruten, die sich erlaubt hatten, frech aus der Kirschlorbeerhecke herauszuragen. Aus einer Regung heraus winkte ich ihm zu. Obwohl es mir schien, als habe er zu mir hingeschaut, winkte er nicht zurück. Kurz darauf schob er seinen Strohhut zurecht, stieg von der Leiter und ging leicht hinkend davon.

Ich dachte an meine Tomatenpflanzen unten am Rand des Beetes. Sie mussten aus ihren Torftöpfchen befreit, in die Erde gesetzt und angegossen werden.

✳✳✳

»Zu mir hat er nichts davon gesagt. Was denkt er sich dabei? Wir sind nicht seine Lakaien.« Ludwig kippte den im Glas verbliebenen Limoncino, selbst gebrautes Einzugsgeschenk von Herberts Haushaltshilfe Matilda, in einem Zug hinunter.

»Das wundert mich nicht. Herberts Art zu kommunizieren ist gewöhnungsbedürftig.« Eine himmelschreiende Beschönigung. Das war das Wohltuende in einer Beziehung. Ärgerte sich der eine, konnte sich die andere entspannen. Und umgekehrt.

Just in diesem Moment nahm mir Ludwig den Part der Empörung ab. Alles an ihm verströmte Unmut, von der in Falten gelegten Stirn bis zu den zusammengepressten Lippen. Nachdem ich ihm vom gekündigten Giuseppe und Herberts Ansinnen erzählt hatte, uns ersatzweise als Gärtner einzuspannen, war seine Stimmung von beschwingt zu *not amused* gekippt.

Vor einigen Stunden war er munter pfeifend von seinem ersten wirklich lukrativen Auftrag bei einem gut betuchten Kunden heimgekommen. Frau Zimmerli hatte Ludwig aufgrund einer Empfehlung kontaktiert. Das Ehepaar Zimmerli wollte das neu gestaltete Interieur seiner Villa im nahen Ronco nämlich auch dem weiter gestreuten Freundes- und Bekanntenkreis sichtbar machen. Schließlich musste sich die nicht geringe Investition lohnen. Was hatten sie davon, wenn außer ihnen kaum jemand sah, was sie sich leisten konnten?

Einen ganzen Tag lang hatte Ludwig Raum für Raum, Möbelstück für Möbelstück und die am Pool posierende Hausherrin fotografiert. Wir hatten uns über einem Teller Spaghetti all'Arrabbiata gefragt, wer wohl alles der Folter unterzogen würde, die komplette Bildersammlung nicht nur anschauen, sondern auch noch mit vielen Ahs und Ohs bestaunen zu müssen. Unser Mitgefühl hielt sich in Grenzen. Was zählte, war Ludwigs Einstieg ins lokale Geschäft. Schon mehrmals waren wir seit unserem Umzug nach Ascona auf unserem Terrassenplatz (ohne direkte Aussicht auf den See, aber außer Hör- und Sichtweite von Herbert) bei einem Glas Wein und Geplauder von dem wohligen Gefühl fortgetragen worden, mit dem Umzug das Richtige getan zu haben.

Heute Abend ein bisschen weniger. Da half das milde Lüftchen des Maiabends so wenig wie der süßlich einlullende Duft des weißen Jasmins.

Zu meinem eigenen Erstaunen war es mir gelungen, mit meinem Herbert-Bericht so lange an mich zu halten, bis der letzte Rest Pasta in unseren Mündern verschwunden war und die zwei Gläschen mit dem Zitronenlikör aufgetischt waren.

»Dann sprich mit ihm«, schlug ich vor. Mit Herbert deutlich zu werden, war Ludwigs Aufgabe. Das war zweifelsohne ein Vater-Sohn-Ding.

»Darauf kannst du Gift nehmen!« Ludwig griff nach den leeren Gläsern und stellte sie rigoros aufs Tablett.

»Na, na! Worauf soll Tabea Gift nehmen?«

Wir hatten ihn weder gesehen noch kommen hören. Herbert war hinter dem Jasminbusch hervorgetreten und näherte sich im Schlenderschritt, die Hände in die Taschen seiner abgewetzten Cordhose geschoben, unserem Tisch.

»Niemand soll Gift nehmen, Herbert.«

Aber wenn, dann am besten du, fügte ich gedanklich hinzu.

Kein Zweifel, die kurze Phase meiner relativen Gelassenheit hatte sich verabschiedet und ins Dickicht des dunklen Gartens davongemacht.

4
Ludwig

Ascona – im Juni

Sein Vater war ihm zunächst ausgewichen, um dann darauf zu beharren, dass Giuseppe nicht unglücklich sei, nun endlich mehr Zeit für sich zu haben. Eventuell würde er, Herbert, sich nach einem jüngeren Gärtner umsehen. Einem schnelleren und kräftigeren als Giuseppe. Auf Tabeas und seine Hilfe wolle er selbstverständlich nur kurzfristig zurückgreifen. Auch nicht sofort und nur für ein, zwei Monate. Vielleicht auch drei oder vier. Da habe die liebe Tabea wohl etwas falsch verstanden. Nein, er wisse ja, dass sie beide gelegentlich arbeiten müssten.

Ludwig glaubte nicht daran, dass Tabea etwas falsch verstanden hatte. Und dass sie beide nur gelegentlich arbeiten würden, hätte eine Korrektur verdient. Hätte. Bei seinem Vater war es sinnvoll, aus Gründen des Ärgermanagements über so manches hinwegzusehen.

Einige Tage später hatte Ludwig Gelegenheit, eine Kostprobe von Giuseppes Zufriedenheit über die Kündigung zu erhaschen. Es handelte sich um eine ungewöhnliche Art, seine Freude auszudrücken.

»Vaffanculo!« und *»Figlio di puttana!«* hatte er Giuseppe mit sich überschlagender Stimme im oberen Garten rufen hören.

Herbert hatte sich Ludwig gegenüber zu dem Vorfall ausgeschwiegen. Wer ließ sich schon gern zum Hurensohn machen?

Heute konnte Ludwig unerwartet über einen freien Nachmittag verfügen. Die Kundin hatte das Fotoshooting auf dem Sonnendeck ihrer Motoryacht abgesagt, weil es zu dem angestrebten Verlust von zwei Kilo Bauch- und Schenkelspeck nicht rechtzeitig gekommen war und sie zudem einen Bad-Hair-Day beklagte.

Mit der Astschere bewaffnet, hatte er sich an das Stück Kirschlorbeerhecke gemacht, das ihrem Sitzplatz am nächsten lag und von Giuseppe nach halber Arbeit unvollendet zurückgelassen worden war. Ludwig hatte sich vorgenommen, sich gärtnerisch auf das zu beschränken, was Tabea und ihm zugutekam. Da sollte sich sein Vater keinen falschen Erwartungen hingeben.

»Huhu, Herr Kummer!« Die Stimme kam von der anderen Heckenseite. Gleich darauf schoben sich eine goldberingte Hand und ein mit mindestens zwanzig Armreifen behängter Unterarm durch eine Öffnung im Geäst.

Der bizarre Anblick ließ Ludwig zurückweichen. Was sollte er tun? Die Hand schütteln? Hände und Arme ohne erkennbare Besitzerinnen waren ihm nicht geheuer. Er zog es vor, die dargebotene Extremität zu ignorieren.

»Ich bin's, die Nachbarin. Olivia Herzig«, sagte die gesichts- und körperlose Stimme. Immerhin konnte er sehen, dass zu dieser Olivia viel pinkfarbener Stoff gehörte, der durch Äste und Blattwerk blitzte.

Ludwig erinnerte sich, die Frau von nebenan auf einem silbernen Motorroller auf der Strada Rondonico gesehen zu haben. Ohne Helm, mit wehendem Haar und einem wenig verkehrstauglichen Flattergewand bekleidet, war sie winkend und entgegen der vorgeschriebenen Fahrtrichtung an ihm vorbeigeknattert. Auch sein Vater hatte sie ein- oder zweimal erwähnt. »Crazy Olivia« nannte er sie.

»Ich komme mal rüber«, rief die so Bezeichnete und zog ihre Hand zurück. »Dann können wir auch gleich auf unsere Nachbarschaft anstoßen.«

Ludwig zuckte zusammen. Anstoßen? Er wollte nicht anstoßen. Mit niemandem. Er wollte ungestört an Ästen schnippeln und über ein paar Dinge nachdenken. Zum Beispiel über den Umgang mit seinem Vater. »Nein, nein. Machen Sie sich keine …« Mühe, hatte er sagen wollen. Aber der pinkfarbene Farbflash hinter dem Astwerk war verschwunden.

»Hier bin ich.« Olivia Herzig entstieg einem Oleanderstrauch, der die Kirschlorbeerhecke nach unten begrenzte. »Da ist eine Öffnung.« Sie wies ins Dickicht. »Ich passe da gut durch.«

Das war erstaunlich, denn Olivia Herzig war groß und kräftig gebaut. Ihre grellrosa Stoffhülle – ein Overall? – tat alles, ihre Ausmaße weithin leuchtend hervorzuheben.

Mit ausgebreiteten Armen kam sie auf ihn zu. Von ihren mit Glöckchen behängten Fußbändern und den ebenfalls mit Miniaturglocken gekrönten Spitzen ihrer Pantoffeln drang Geklingel zu ihm hin. In Ludwig stieg Panik auf. Das sah nach einer Umarmung aus, auf die er so wenig Lust hatte wie auf den eingeforderten Umtrunk. Er trat zurück, einen Schritt, zwei, noch einen, stolperte über eine Wurzel und landete unsanft auf dem Hintern, der sich keinerlei Polsterung erfreute. Wie das Gesamtbild verriet, mochte das bei Olivia Herzig anders sein. Das nützte ihm aber nichts.

»Oh, Sie Armer!« Sie reichte ihm ihre helfende Hand.

Obwohl er nicht an ihrer Kraft zweifelte, ihn mit einem Ruck zurück in die Senkrechte befördern zu können, ignorierte er das Angebot.

»Ganz der Vater«, verkündete sie, als sie sich auf Augenhöhe gegenüberstanden. »Diese fein geschnittenen Gesichtszüge. Die elegante Nase.«

Die Sache wurde ihm im Sekundentakt unangenehmer. Was war mit dieser Frau los? Hatte sein Vater mit seinem respektlosen »Crazy Olivia« recht? Ludwig war eigentlich nicht in der Stimmung, seinem Vater in irgendetwas recht zu geben.

Ihm waren Komplimente nicht fremd. Bei Fotoshootings erotischer Natur hatte er schon die eine oder andere Avance erlebt. Von Frauen und Männern gleichermaßen und durchaus mit ausgefallenen Schmeicheleien angereichert. Als Profi parierte er das mit einem Ausweichmanöver. Er war Fotograf, kein Callboy. Und seit einigen Jahren kam so was ohnehin nur noch selten vor. Nun war er also in die Fänge der pinkfarbenen Olivia geraten, die gut zwei Dekaden älter sein musste als er.

»Jetzt haben wir uns aber wirklich einen kühlen Trunk verdient.« Olivia Herzig hatte ihr Begehren nicht vergessen.

Auch wenn Ludwig nach wie vor nicht nach der Verlängerung ihrer Zweisamkeit zumute war, kam ihm das nun zupass. Er würde ihr ein Glas vom gekühlten Hibiskustee auftischen, ein paar unverbindliche Freundlichkeiten mit ihr austauschen und sie anschließend aus dem Garten komplimentieren.

»Da lang!« Er wies auf die Treppe, die zu ihrem im nachmittäglichen Schatten gelegenen Küchensitzplatz führte. Die schmiedeeisernen Gartenstühle – Überreste der großelterlichen Möblierung, die sie noch nicht ersetzt hatten – würden nicht zu langem Verweilen einladen.

Womit Ludwig allerdings nicht gerechnet hatte: Auf einem der beiden Stühle hatte sich schon jemand niedergelassen. Vor Herbert auf dem Tisch stand ein beschlagenes Glas, gefüllt mit exakt der rosa Flüssigkeit, die Ludwig seiner ungeladenen Besucherin anbieten wollte. Zu Herberts Füßen, auf dem kühlenden Granitboden, der ausgestreckte Bruno bei einem seiner zahlreichen Schläfchen. Man hatte es sich gemütlich gemacht.

Verwirrt nahm Ludwig den Küchenausgang in Augenschein. Hatte er die Tür offen stehen lassen und seinen Vater somit zur Selbstbedienung angeregt?

»Ein bisschen Zucker könnte nicht schaden.« Herbert wies, einen leichten Vorwurf in der Stimme, auf das mit Tee gefüllte Glas. Und zu Olivia gewandt, in höherer Tonlage: »Unsere schöne Nachbarin! Womit haben wir uns die Ehre verdient?« Seinem zuckrigen Lächeln, mit dem er vortrefflich zwei Liter Hibiskustee hätte süßen können, fehlte jede Wärme. Aber für so ein Detail schien Olivia nicht empfänglich zu sein.

»Herbert«, hauchte sie. »Was für ein Charmeur.« Sie ließ sich auf den freien Stuhl neben dem von ihrer Schmeichelei augenscheinlich unbeeindruckten Herbert gleiten, ohne ihn auch nur eine Sekunde aus den Augen zu lassen.

Ludwig schien vorrübergehend in Vergessenheit geraten zu sein, was er nicht bedauerte. Und doch setzte ihm das Szenarium zu. Von der Bauchmitte zur Brust, von dort in den Hals spürte er Hitze aufsteigen. Ja, es war warm heute, sehr warm, aber mit den hohen Junitemperaturen hatte das Feuer in ihm nichts zu tun.

»Ludwig, in eurem Kühlschrank habe ich eine angebrochene Flasche weißen Merlot gesehen. Der würde uns jetzt bestimmt besser schmecken als dieser Gesundbrunnen.« Herbert hob das Glas mit dem Tee und hielt es mit einem zusammengekniffenen Auge prüfend in die Höhe. »Was meinst du?«

Was *er* meinte? Zum Beispiel, dass er es begrüßt hätte, wenn sich der Teufel persönlich seines übergriffigen Vaters annähme. Vorzugsweise sofort. Aber der Teufel tat ihm so wenig diesen Gefallen, wie Ludwig zum feuerspeienden Drachen wurde. Und doch musste er sich seiner inneren Glut entledigen. Er ging in die Küche, öffnete den Kühlschrank und ließ die ihm entgegenströmende Kühle auf sich wirken. Die erhoffte Linderung blieb aus.

⁎⁎⁎

»Und warum hast du nichts gesagt?«

»War nicht der Moment.« Ludwig kaute am letzten Bissen seiner Pizzahälfte. Tabeas Frage war berechtigt. Aber hätte er in Olivia Herzigs Anwesenheit eine Grundsatzdiskussion über die Regeln des Zusammenlebens in einem Haus vom Zaun brechen sollen? »Werde ich aber noch tun.«

Tabea nickte. Ludwig staunte über ihre Ruhe. Er hatte seine Frau in Locarno vom Bahnhof abgeholt. Trotz eines langen Arbeitstags und zweieinhalb Stunden Zugfahrt wirkte sie um einiges frischer und entspannter als er. Bei alledem hätte sie gute Gründe gehabt, ihn an die Zweifel zu erinnern, die sie Monate vor ihrem Umzug so oft geäußert und die er immer wieder weggewischt hatte.

Sie saßen an einem der dem See nahen Tische ihrer Lieblingspizzeria, der »Osteria Nostrana«, an Asconas Uferpromenade, tranken weißen Merlot, an dem sich Herbert zum

Glück nicht vergehen konnte, und teilten sich eine Pizza Capricciosa. Obwohl die Saison noch nicht in vollem Gang war und der Abend bei leichter Brise im Vergleich zum Tag fast ein bisschen kühl ausfiel, hatten sie sich mit dem letzten freien Tisch begnügen müssen. Um sie herum aßen, tranken, plauderten und lachten Urlauber in bester Ferienlaune, um die Ludwig sie beneidete. Ferienlaune war auch die alles dominierende Stimmung gewesen, wenn sie Herbert in den letzten Jahren in der Villa Felicità besucht hatten. Nicht oft und auch nicht lange, seit seine Mutter tot war. Aber doch immer wieder.

»Und diese Olivia hat ihn richtig angehimmelt? Ist mir ein Rätsel, was eine Frau an deinem Machovater finden kann.« Tabea gab dem zwischen den Tischen hin und her eilenden Kellner ein Zeichen, ihnen die Rechnung zu bringen. »Ich dachte eigentlich, Herbert sei auf seine alten Tage zur Ruhe gekommen.«

»Na ja, es sah nicht unbedingt so aus, als hätte er Interesse an ihr. Aber ob er nun mit seinen sechsundsiebzig Jahren den amourösen Abenteuern Adieu gesagt hat …?« Ludwig dachte an die Affären seines Vaters und die nicht seltenen Anrufe seiner Mutter, wenn sie nach mehreren Gläsern Wein und mit schwerer Zunge ihre Dauerklage hervorgebracht hatte: »Er-hatwiedereineandere.«

Jedes Mal hatte er ihr nahegelegt, sich von ihrem Mann zu trennen, doch endlich zu gehen. Sie war dann auch gegangen, aber anders, als Ludwig es gemeint hatte. Vom Sofa gekippt war sie. Einfach so. Und als wenn es noch ein weiteres Ausrufezeichen gebraucht hätte, hatte sich bei diesem finalen Akt ihr letztes Glas Rotwein über den hellen Berberteppich der längst verblichenen Schwiegereltern ergossen. Die Reinigung beim Spezialisten – mit unbefriedigendem Resultat – war Herbert ein Anliegen gewesen.

Herzversagen, hatte er vor zehn Jahren am Telefon mit schwacher Stimme gesagt und sich noch eine Weile in der Rolle des betrübten Witwers gefallen. Möglich, dass er tatsächlich um seine Frau getrauert hatte. Sein Vater und Gefühle, das war ein schwieriges Thema.

»Du denkst an Louise«, sagte Tabea, während sie in ihrer Tasche nach dem Portemonnaie suchte.

Ludwig antwortete nicht. Tabea hatte auch nicht gefragt, sondern einfach festgestellt.

Louise, seine talentierte Mutter, die in ihrem lichtdurchfluteten Atelier im obersten Stock des Hauses farbenfrohe Aquarelle gemalt hatte, wenn es ihr gut ging.

Ach, überhaupt das nun leer stehende Atelier. Wie ausgezeichnet es sich doch als Fotostudio eignen würde und mit welcher aufreizenden Beiläufigkeit sein Vater das Gespräch abgewürgt hatte, als er mit dem Vorschlag für eine neue Nutzung an ihn herangetreten war.

Ludwig ließ den Blick über den Lago Maggiore schweifen. Grauschwarz lag er vor ihnen, von den in der Dunkelheit nur als Konturen erkennbaren Bergketten umrandet; an seinen Ufern erhellt von den Lichtern der Häuser und Straßen der östlichen und westlichen Seeseite. »Wie schön es hier ist«, sagte er schließlich. »Sein kann. Sein könnte …«

5

Tabea

Zürich und Ascona – im Juni

Eine Ehe, eigentlich jede sehr nahe Beziehung, konnte manchmal wie eine Wippe sein, auf der zwei Menschen an ihrem jeweiligen Ende saßen. Einer unten, einer oben, je nach Gewicht und Schwung. Man hielt sich an einem Griff fest, stieß sich abwechselnd vom Boden ab und befand sich vorübergehend im Gleichgewicht. Doch mehrheitlich gab es entweder die Nähe zum Boden oder die luftige Höhe.

Als es um die Entscheidung gegangen war, unser Domizil von Zürich nach Ascona zu verlegen, war ich die dem Boden Nahe gewesen, und Ludwig hatte mir von oben seine Ermunterungen zugerufen und meine Bedenken zerstreut. Jetzt, fünf Monate später, schwebte ich in der Luft. Nun gut, »schweben« und »Luft« waren wirklich nur Metaphern. Und doch, meine zweitägige Pendelreise nach Zürich gefiel mir. Auch meine altvertraute und oft missliebige Arbeit kam mir plötzlich, zwei Wochen vor Schuljahresende, fast begehrenswert vor. Die zwei Abende bei Mimi, sogar mein wackliges Bett in der Abstellkammer ihrer Zwei-Zimmer-Wohnung hatten den Charme einer Kurzreise. Ludwig hingegen begrüßte mich bei meiner Rückkehr oft mit saurer Miene und immer neuen Herbert-Geschichten. Er stieß, um beim Bild der Wippe zu bleiben, ziemlich oft mit den Füßen auf dem Boden auf.

»Eigentlich finde ich tausendfünfhundert Franken Miete happig«, sagte Mimi, nachdem ich sie auf den neuesten Stand der Ereignisse gebracht hatte. »Ich meine, Ludwig ist der Sohn. Da macht man als Vater doch einen Sonderpreis.«

»In Zürich wäre eine Wohnung mit Garten und in so einer Lage dreimal so teuer«, gab ich zu bedenken. »Und auch in

Ascona müsste man dafür normalerweise mehr hinblättern.«
Keine Ahnung, warum ich plötzlich meinte, Herberts Miet-
forderung herunterspielen zu müssen.

Wir saßen auf Mimis Minibalkon auf den ausnahmsweise
nicht von Simon und Garfunkel beschlagnahmten Klapp-
stühlen. Unsere noch bleichen Beine hatten wir – Gipfel der
Bequemlichkeit – mit Kissen unterlegt auf dem Balkonge-
länder platziert. Kurz zuvor hatten wir uns vorgestellt, zwei
Kreuzfahrtreisende mit nobler Verandakabine zu sein. Das
Geländer war zur Reling geworden und die Straße unter uns
zu nichts Geringerem als dem Pazifik. Nur den Martinicock-
tail mussten wir uns nicht ausdenken. Den konnten wir uns
locker leisten.

»Stimmt. Das kannst du natürlich nicht vergleichen.« Mimi
spann noch immer am Faden ihrer durchaus berechtigten
Überlegungen zu unserer Miete. »Aber als Vater verlangt man
doch eher einen symbolischen Beitrag, oder? Nicht dass ich
da Erfahrung hätte.«

Mimi kam aus einfachen Verhältnissen. Elterliche Wohnungen in privilegierter Lage, weder günstig überlassen noch
geschenkt, gab es bei ihr nicht.

»Dieser Herbert hat doch wohl Geld genug, nehme ich
an.«

»Klar«, bestätigte ich ihre nicht besonders gewagte Spekulation. Herbert hatte noch nie den Drang verspürt, mit uns
über seine Finanzen zu sprechen, aber als ehemals gefragter
Treuhänder und Finanzberater, der seine Finger in vielerlei
lukrative Geschäfte getaucht hatte, war Geld bei ihm garantiert keine Mangelware. Die Villa Felicità, die er als einziger Nachkomme der alten Kummers mit niemandem teilen
musste, war mit ihren zweitausend Quadratmetern Land ein
hübsches Sümmchen wert.

»Siehst du!« Mimi triumphierte, als hätte sie mich nach
langem Ringen von etwas sehr Wichtigem überzeugt.

»Vor einem halben Jahr hast du so getan, als hätten wir mit
Herberts Angebot das große Los gezogen.« Ich schmollte ein

wenig, aber nur so pro forma. War ich nicht selbst diejenige gewesen, die kein gutes Haar an Herberts Beweggründen und Tun gelassen hatte? Und wenn ich ehrlich mit mir war, hatte mein Misstrauen nichts an seiner Kraft eingebüßt. Aber hier und jetzt, zweihundert Kilometer von Ascona entfernt, wollte ich Martini schlürfen und mich wie die Passagierin eines Luxusliners fühlen. Zumindest wünschte ich mir, mich ohne zwickende Gedanken auf die nahen Sommerferien und mein bestens gedeihendes Gemüse im Garten der Villa Felicità freuen zu können.

∗ ∗ ∗

In Ermangelung meines persönlichen Chauffeurs – Ludwig war zu einem Shooting ins Engadin gefahren und kam erst später nach Hause – hatte sich meine Zugreise von Zürich nach Locarno um eine Busfahrt und einen schweißtreibenden Aufstieg in die Strada Rondonico verlängert. Ich lechzte nach einem Glas Zitronenwasser, eisgekühlt, und nach einer Dusche.

Am Tor zur Villa kam mir von dessen Innenseite eine gestylte Blondine entgegen, deren Frischegrad meinen eigenen weit übertraf. Wo bei mir Haarsträhnen in Bündeln an Stirn und Nacken klebten, gab es bei ihr nur luftig Geföhntes. Mit undefinierbarem Gemurmel, bei dem es sich entweder um einen Gruß handelte oder um das Fragment eines in ihre Smartwatch geraunten Telefongesprächs, schob sie sich durch das minimal geöffnete Tor, das sie gleich wieder hinter sich zuzog. Vielleicht hielt sie mich für eine in fremde Gärten lugende Vagabundin, der man schleunigst den Eintritt verwehren musste.

»Die ist immer so«, hörte ich eine Männerstimme hinter mir sagen, nachdem die Geföhnte außer Hörweite war. Es war Paul vom Feinschmeckertrio. »Ob ich dich ganz ungalant darum bitten dürfte, mir das Tor zu öffnen?« Er hatte tatsächlich keine Hand frei. Auf einer Tortenplatte und unter einer transparenten Abdeckung türmte sich eine Vielzahl hübsch anzusehender Himbeertörtchen, die er mit Gefühl transportierte.

Paul war Konditor, hatte früher mal eine gut gehende Patisserie in Zürich gehabt und war tragende Säule der kochenden und schlemmenden Dienstagsgruppe, zu der auch Herbert und ein gewisser Mario gehörten. Letzteren kannte ich nur flüchtig, wusste aber, dass er eine Segelyacht auf dem Lago besaß und, von der Yacht mal abgesehen, der am wenigsten Begüterte war.

»Wer war das denn?«, fragte ich Paul. »Und was meinst du mit ›immer so‹?«

»Na ja, ist vermutlich nicht die richtige Formulierung. Aber das erzähle ich dir ein anderes Mal.«

Der leicht abwärts führende Gartenweg zur Villa hatte seine Tücken. Paul, der vor mir ging, vollführte einen akrobatisch anmutenden Balanceakt, der seine gesamte Konzentration in Anspruch nahm.

Wir hatten das ebene Wegstück vor Herberts Haustür erreicht.

»Oder lass dir von Herbert über sie berichten. Wundert mich überhaupt, dass er sie euch noch nicht vorgestellt hat. Schließlich geht *La Bionda* regelmäßig bei ihm ein und aus. Giuseppe könnte sich eigentlich mal um den Weg hier kümmern. Da bricht man sich ja die Haxen.« Paul schien genug von dem Blondinen-Thema zu haben. Seine Unversehrtheit war ihm wichtiger.

Ich mochte es nicht, wenn jemand etwas andeutete und dann nicht weitersprach. Dazu war ich zu neugierig. Als kleinliche Revanche klärte ich Paul deshalb auch nicht darüber auf, dass Giuseppe sich hier bald um gar nichts mehr kümmern würde. Nicht um unebene Wege und nicht um wucherndes Gestrüpp.

»Warum seid ihr nicht bei dir?«, erkundigte ich mich.

Ich kannte Paul von früheren Besuchen und wusste, dass sein luxuriöses Zuhause alle zwei Wochen der Schauplatz eines

Koch-, Ess- und Trinkgelages wurde. Er war Witwer wie Herbert und besaß eine Terrassenwohnung weiter oben am Hang, fünfzehn Minuten Fußweg von der Villa Felicità entfernt. Seine mit jedem erdenklichen Schnickschnack ausgestattete Küche hätte auch einen Chef de Cuisine der Spitzenklasse ins Schwärmen gebracht. »Chez Paul« war denn auch der Ort, an dem Herbert, Mario und der Hausherr ihre kulinarischen Kreationen zur Vollendung brachten. Vom ersten *mis en place* bis zum finalen Verzehr. Vom ersten Glas bis zum letzten.

»Nein, fällt aus. Mario ist bei seiner Tochter im Piemont. Nur für zwei heize ich den Lavasteingrill nicht an. Ist sowieso zu heiß. Die Törtchen habe ich heute früh gemacht. Nicht totzukriegende Leidenschaft.« Er lachte und zuckte mit den Schultern, als müsste er sich entschuldigen. »Nur blöd, dass es dann niemanden gibt, der das Zeug isst. Und jetzt habe ich gedacht, dass vielleicht Herbert …« Er hielt inne. »Weißt du was? Nimm du sie einfach. Ich bringe sie schnell runter in eure Wohnung.«

Mir war nicht nach höflichem Protest. Zwar liebte Herbert Süßes, aber der konnte sich auch mal in Verzicht üben. Bei Ludwig und mir waren die Himbeerkreationen bestens aufgehoben.

Und so setzten wir unsere kleine Prozession fort und ließen Herberts Haustür auf dem Weg nach unten linker Hand liegen.

Das Grundstück der Villa Felicità hatte durch seine Hanglage nur wenig ebenes Terrain, das sich in Form von kleinen Rasenflächen, dem Lustgärtchen und einigen Sitzplätzen präsentierte. Unsere Wohnung, deren hinterer Teil eigentlich ein Kellergeschoss war, betraten wir durch eine seitliche Tür. Es waren die zwei Terrassen mit direktem Gartenzugang, die es uns mehr als alles andere angetan hatten. Zudem hatten wir uns erhofft, durch die gesamte Anordnung gründlich von Herberts weitaus geräumigeren Wohngeschossen abgetrennt zu sein. Dieser Glaube hatte sich als zu optimistisch, vielleicht sogar als naiv erwiesen. Womit wir nicht gerechnet hatten: Für

Herbert war kein Weg zu beschwerlich, kein Pfad zu unwegsam, wenn es darum ging, bei uns aufzukreuzen. Ungebeten, unangemeldet und unerwartet.

Auf halber Strecke sahen wir Matilda auf einer Steinbank unter den hängenden Ästen einer Weide sitzen. Das war in mehrfacher Hinsicht verwunderlich. Zum einen, weil man Herberts Haushaltshilfe so gut wie nie sitzend antraf. Dazu war sie zu emsig. Zum anderen, weil es halb acht war und sie zu dieser Zeit längst im heimischen Cannobio hätte sein sollen. Ihr Arbeitstag war lang genug.

Die nach vorn gebeugte Matilda, der die Weidenäste übers dunkle Haar strichen wie die dünnen Arme tröstender Geister, gab ein trübsinniges Bild ab. Das stand im Kontrast zu ihrem fast immer frohgemuten Wesen, an dem die Launen des Hausherrn abperlten wie Wassertropfen auf den von ihr auf Hochglanz polierten Holzdielen des Wohnzimmers.

»Matilda?« Ich trat einen Schritt auf sie zu. »*Tutto bene?*«

Sie schaute zu mir hoch und nickte. Dass alles gut sei, stimmte allerdings nicht mit ihren rot umränderten Augen überein. Die Unsinnigkeit meiner Frage hätte mir schon vorher klar sein müssen. Man saß nicht mit hängendem Kopf unter einer Trauerweide, wenn einem nach Jubelgesang zumute war. Hier war etwas aus den Fugen geraten.

Das verstand auch Paul, der sich ungefragt neben Matilda auf der Bank niederließ, die Plastikabdeckung von seinen Törtchen hob und ihr die Platte entgegenhielt. Das war gut gemeint, aber ich konnte Matildas Kopfschütteln gut verstehen. Wer drückte schon bei akutem Kummer mal eben mit Sahnecreme unterlegtes Himbeergebäck in sich hinein? Das Frustessen – oder wohlklingender: *emotional eating* – kam meist in einer zweiten Phase der Trübsal. Bei dieser Theorie bediente ich mich meiner eigenen Erfahrung.

Weil ich physischen Beistand hilfreich fand, tat ich es Paul gleich und setzte mich ebenfalls neben Matilda, einfach auf der anderen Seite der Bank. Und da Paul die Törtchen nun schon mal freigelegt hatte, griff ich mir eines davon. Offenbar wirkte mein beherzter Zugriff anregend, denn auch Paul nahm sich eines.

Mit zwei Essern neben sich hatte wohl auch Matilda das Gefühl, so ein Törtchen könne, wenn schon nicht helfen, dann doch zumindest nicht schaden.

Für einen Moment sah ich uns sitzen, wie vielleicht ein Maler oder Fotograf uns gesehen hätte: ein Trio vom Zufall zusammengewehter Törtchenesser, dicht nebeneinander unter einer Trauerweide, in kauendem Schweigen vereint.

»*Mi ha licenziata*«, sagte Matilda endlich, nachdem sie den letzten Bissen runtergeschluckt und einen Himbeerkern aus einem Zahnzwischenraum geklaubt hatte. Sie wies zum mittleren Geschoss des Hauses, ungefähr dahin, wo sich Herbert vermutlich aufhielt, wenn er nicht irgendwo hinter einem Busch lauerte.

»Gekündigt«, übersetzte Paul für mich.

Ich nickte wissend. Mein Italienisch hatte erhebliche Fortschritte gemacht. Für so einen Drei-Wort-Satz brauchte ich nun wirklich keinen Dolmetscher.

Unsere Augen trafen sich über Matildas erneut gesenktem Kopf. Auch Ratlosigkeit konnte Verbindendes an sich haben. War Herbert vom Kündigungswahn befallen? Es war noch nicht lange her, da hatte er Giuseppe entlassen. Und nun seine Haushaltshilfe. Falls er jetzt auf die Idee kam, Ludwig und mich zum Bodenschrubben und Fensterputzen einzuspannen, dann konnte er sich auf etwas gefasst machen.

»*E perché?*«, fragte ich Matilda, wohl ahnend, dass es wie schon bei Giuseppe keinen stichhaltigen Grund gab.

»Mein Essen nicht mehr gut.« Die bisher zurückgehaltene Wut platzte mit geballter Kraft aus ihr raus. »*Le mie pietanze sono le migliori in assoluto. Questo idiota non capisce una mazza.*«

Ich verzieh der gekränkten Matilda ihre Übertreibung. Auch wenn sie, wie ich von früheren Besuchen wusste, wirklich ausgezeichnet kochte und ihre Tagliatelle al Ragù mindestens einen Michelin-Stern verdienten, betrieb sie ein bisschen zu viel des Selbstlobs. Mir war es ohnehin immer ein Rätsel gewesen, weshalb sich der mit bestem Ergebnis in der Küche hantierende Herbert auch noch bekochen ließ. Faulheit, war Ludwigs Hypothese dazu. Blanke Faulheit.

Was Matildas wütenden Ausbruch vom rein nichts verstehenden Idioten betraf, mit dem niemand anders als ihr schäbiger und demnächst ihrer Vergangenheit angehörender Arbeitgeber gemeint sein konnte, wollte ich nicht widersprechen. Wie es aussah, befand sich mein Schwiegervater entweder in einem Zustand geistiger Verwirrung, oder er gefiel sich als Ekel vom Dienst.

»Ich werde mit Herbert sprechen«, kündigte der etwas hilflos wirkende Paul an. »*Gli parlerò.*«

»Nützt nichts.« Matilda schüttelte so heftig den Kopf, wie das nur jemand tun konnte, der an die Kraft des Gesprächs nicht glaubte. Insbesondere, wenn es um Herbert Kummer ging.

Diese Sichtweise teilte ich mit ihr.

»*Che bastardo!*«, rief Matilda unvermittelt, griff nach der Handtasche zwischen ihren Füßen, stand auf und stapfte wegaufwärts davon.

War es das Törtchen, das den Elan in ihr freigesetzt hatte, war es die befreiende Kraft einer *parolaccia*, eines Schimpfworts? Oder sogar das karge Gespräch mit Paul und mir? In jedem Fall war sie außer Sichtweite, als Herbert mit dem ihm dicht auf den Fersen folgenden Bruno um die Hausecke bog. Die beiden kamen – und das gefiel mir gar nicht – von unten. In den Händen hielt er fünf prächtige Zucchiniblüten. Aus meinem Gemüsegarten.

»Warum hast du die abgepflückt?«, schrie ich.

Ich war aufgesprungen und lief dem Blütenkiller entgegen. Wenn überhaupt jemand so etwas tun durfte, dann ich. Was er in der Hand hielt, waren weibliche Blüten, die sich noch zu Früchten ausbilden sollten.

»Die will ich frittieren.« Mein Schwiegervater kommentierte seinen Frevel mit einem Lächeln.

»Dafür nimmt man die männlichen Blüten!« Meine Stimme hatte eine schrille Note, die mit Leichtigkeit ins Heulen kippen konnte.

Che bastardo, hatte Matilda vorhin unfein gesagt, womit sie garantiert nicht Bruno gemeint hatte, der zumindest ein reinrassiger Basset Hound war.

Bastardo, bastardo, bastardo.

6

Ludwig

Ascona – im Juli

Herbert hatte sich reuevoll gezeigt. Er hatte von einem weiteren Überraschungsauftritt aus dem Hinterhalt abgesehen, bei Tabea geklingelt, wie es sich gehörte, und ihr ein Kistchen mit acht Setzlingen entgegengehalten. »Aus biologischer Anzucht«, hatte er verkündet. Ganz so, als bestünde seine Gabe aus einer Kollektion weißer Alba-Trüffel. »Alles seltene Zucchinisorten. Romanesco, Gold Rush und Tondo chiaro di Nizza.«

Das hatte Ludwig nicht selbst erlebt. Tabea hatte es ihm mit schauspielerischer Untermalung berichtet.

»Jedenfalls sollen wir nachher zum Abendessen hochkommen. Zur Wiedergutmachung.« Sie erweckte nicht den Eindruck, als habe sich Herbert im Eilverfahren und mit ein paar raren Biopflänzchen rehabilitieren können.

Ludwig war erschöpft und gereizt. Der Fototermin anlässlich eines Kindergeburtstags hatte sich als Strapaze erwiesen. Die geladene Kinderschar, die sich weder von der eigens für sie aufgebotenen Gelateria auf Rädern noch von einem Zauberer und noch viel weniger von einem verzweifelt um Lacher bemühten Clown hatte beeindrucken lassen, war auch beim Shooting nicht in Stimmung geraten. Die Dame des Hauses hatte sich bei der schnellen Durchsicht der Fotoausbeute zu einem ungehaltenen »Das hätte ich auch selbst machen können« hinreißen lassen, woraufhin Ludwig ihr vorgeschlagen hatte, das doch das nächste Mal bitte zu tun. Damit hatte er zwar bewiesen, kein Kriecher zu sein. Geschäftsfördernd war es nicht.

In jedem Fall war ein Essen bei seinem Vater nicht das, was er sich für den schwülen Abend vorgestellt hatte. Andererseits bestand die Möglichkeit, dem Hausfrieden bei einem Glas Wein zur Regeneration zu verhelfen. Das war eine sehr optimistische Vision, wenn man davon ausging, dass von einem solchen nie viel vorhanden gewesen war und die spärliche Substanz durch Herberts barbarischen Zucchiniblüten-Überfall ins Minus gerutscht war. Aber Ludwig wollte die Gelegenheit beim Schopf fassen, einen erneuten Vorstoß bezüglich des ungenutzten Ateliers im Obergeschoss zu wagen. Ihm schwebte der Anbau einer Außentreppe vor. Eine leichte Metallkonstruktion, die sich gefällig an die vorhandene Bausubstanz anpassen und ihm damit zu einem eigenen Fotoatelier mit separatem Zugang verhelfen würde. Er wollte Herbert die Übernahme der entstehenden Kosten und eine, nun ja, doch eher im Symbolischen angesiedelte Mietzahlung vorschlagen.

»Wir sollten die Einladung als Geste seines guten Willens sehen«, sagte Ludwig mehr zu sich selbst als zu Tabea. »Lass uns eine Flasche von dem Barolo mitnehmen, den wir in Luino gekauft haben.« Ein exquisiter Tropfen kam bei Herbert immer gut an und konnte das Terrain für die Besprechung der Atelierangelegenheit planieren.

»Barolo?« Tabea sah aus, als wollte sie weder eine Flasche des edlen Getränks noch ihre wertvolle Zeit opfern.

Dafür hatte Ludwig Verständnis, aber sie mussten an die Zukunft denken. An ein friedliches Zusammenleben und das eigene Fotoatelier.

✳✳✳

»Kommt rein, kommt rein!« Herbert trug Shorts und eine Latzschürze, was in der Kombination etwas merkwürdig aussah. »Ein Barolo Bussia 2017. Nicht übel.« Er nahm Ludwig den Wein aus der Hand, noch bevor er zum Überreichen kam. »Schuhe ausziehen«, ermahnte er seine Gäste, während er selbst sich mit seinen pinkfarbenen Pantoffeln mit Filzsohlen wieder auf den Weg in die Küche machte. Offenbar hatte er bereits an putztechnisch geeignetes Schuhwerk gedacht, denn für das Polieren des Holzparketts würde es bald keine Matilda mehr geben.

Ludwig war mit Tabea übereingekommen, Herberts unerklärliche Kündigungswut heute Abend nicht zu thematisieren. Die Sache mit dem Atelier hatte Vorrang.

»Ich muss hier noch ein bisschen was vorbereiten. Geht ihr schon mal auf die Terrasse.« Das war eine von Herberts nicht seltenen Anordnungen, die er ihnen aus der Küche zurief. »Heute Abend seid ihr meine lieben Gäste.«

Obwohl Ludwig durchaus vom Gastsein ausgegangen war, waren ihm die Flötentöne seines Vaters nicht geheuer. Tabea ging es offenbar ähnlich. Nur so konnte er sich ihre nach oben gezogenen Brauen erklären.

Sie durchquerten das weitläufige Wohnzimmer, dessen südöstlich ausgerichtete Fensterfront von den schweren, dunklen Samtgardinen befreit worden war, die Herbert tagsüber zum Schutz des Mobiliars vor dem Sonnenlicht zuzog.

Bruno, der auf seinem in Farbe und Material zu den Vorhängen passenden Hundebett lag und von dem nur für ihn platzierten Ventilator angeblasen wurde, machte außer dem leichten Anheben seines lang gezogenen Hundekopfs keine Anstalten, sie zu begrüßen.

Der Terrassentisch war gedeckt. Für vier Personen.

»Hat er zu dir gesagt, dass noch jemand eingeladen ist?« Die an Tabea gerichtete Frage geriet Ludwig lauter als beabsichtigt.

»Dann hätte ich das doch erwähnt«, zischte Tabea.

»Habe eine liebe Bekannte eingeladen.« Herbert besaß die Fähigkeit, wie ein Pilz aus der feuchten Walderde zu schießen. Hatte er nicht eben noch klappernd mit Geschirr hantiert? In den Händen hielt er ein Tablett mit drei gefüllten Gläsern und einem Schälchen Pistazien.

»Was denn für eine Bekannte?« Ludwig ließ das heute großzügig von seinem Vater eingeflochtene »liebe« weg.

»Setzt euch. Wir können schon mal anstoßen.« Herbert hatte offenbar nicht vor, ihm zu antworten.

»Was hast du uns denn da eingegossen? Sollen wir raten?«

Tabea, die von Herberts Vorliebe für Schnäppchenkäufe wusste (vornehmlich wenn es um die Verkostung seiner Gäste ging) und nicht gern etwas ins Blaue hinein trank, wie sie es nannte, wirkte leicht gereizt.

Ludwigs Hoffnung auf günstigen Wind für die Ateliergeschichte schwand. Umso mehr, als eine vierte Anwesende der Sache nicht zuträglich sein würde.

Herbert ignorierte auch Tabeas Frage und überreichte jedem ein Glas. »Auf den Sommer«, sagte er. »Auf unser harmonisches Zusammenleben in der wunderschönen Villa Felicità.«

»*Cincin*«, sagte Tabea.

»*Cincin.* Auf dieses herrliche Fleckchen Erde und dieses großzügige Anwesen.« Im Gegensatz zu Tabea wollte auch Ludwig ein Scherflein zu Herberts Harmoniebeschwörungen beitragen. Ganz unverhofft hatte ihm sein Vater ein Fenster für sein Anliegen geöffnet. Jetzt, bevor diese mysteriöse Bekannte auftauchte, musste er die Sache anpacken. »Ähm, da wir gerade von der Villa Felicità sprechen. Du kennst doch meinen Freund, den Architekten Francesco Amato. Der hat eine wirklich raffinierte Idee, wie man mit einer eleganten Edelstahltreppe auf der Nordseite einen äußeren Zugang zum Obergeschoss für ein Fotoatelier schaffen könnte. Ein kleiner Durchbruch in der Wand, ein separater Eingang, und fertig wäre die Chose. Natürlich auf meine Kosten.«

Aus den Augenwinkeln nahm Ludwig Tabeas Verwunderung wahr. Ihren leicht geneigten Kopf, das etwas gezwungene Lächeln. Er war sich bewusst, sein Verlangen gehetzt vorgetragen zu haben. Mit einem großen Schluck kippte er ein erhebliches Quantum des süßlichen Spumante in sich hinein. Erst dann sah er seinen Vater an, dessen Augenmerk in die Ferne gerichtet war.

Entgegen Herberts Aufforderung waren sie alle stehen geblieben. Er selbst gegen die Brüstung gelehnt. »Versonnen« hätte Ludwig seines Vaters Pose genannt, wäre dieser nicht ein Mann, zu dem Nachdenklichkeit gar nicht passte. Herbert war ein Macher, kein Denker. Konnte es sein, dass er ihn gar nicht gehört hatte? Ein akustisches Problem? Eine vorübergehende Absenz?

»Anwesen in dieser Lage gibt es nicht viele. Diese Aussicht muss man auf sich wirken lassen. Immer wieder aufs Neue«, unterbrach Herbert Ludwigs Grübelei. »Wer weiß schon, wie lange wir das noch genießen können.« Und dann, als hätte er auf einen Kippschalter gedrückt: »Verdammt schwül heute. Könnte ein Gewitter geben. Vermutlich aber erst nach Mitternacht. Wir müssen uns vorerst keine Sorgen machen.«

Nein, Ludwig machte sich keine Sorgen wegen des Gewitters. Was interessierte ihn das? Wenn es nach ihm ging, konnten die Blitze im Minutentakt niedergehen. Sofort und genau hier. Wenn ihn etwas umtrieb, dann das anschwellende Bedürfnis, seinen Vater an den Schultern zu packen und zu schütteln. Ich habe eben mit dir gesprochen. Hörst du mich? Gesprochen! Kannst du mir, verdammt noch mal, einfach antworten?, wollte er rufen. So laut, dass man ihn noch unten an der Uferpromenade hören konnte. Doch er rief nichts, leerte stattdessen sein Glas und versuchte, Blickkontakt mit Tabea aufzunehmen. Es war wie verhext, auch sie schien sich plötzlich dem Zeitvertreib des In-die-Ferne-Schauens hinzugeben. Hatte er da irgendeinen Trend verpasst? Dabei war die Ausbeute bescheiden. Die hohe Luftfeuchtigkeit hatte alles in milchiges Licht gehüllt und den See mit einem Schleier überhängt. *Vista lago* in reduzierter Form.

Der Stoff seines Hemds pappte an Ludwigs Brust, als hätte er sich den Sekt nicht einverleibt, sondern in den Kragen gegossen. Sollte er doch kommen, der verdammte Gewitterregen, und ihm mit seinem prasselnden Nass nicht nur die Klebrigkeit, sondern auch gleich die Wut abspülen!

»Da ist jemand«, sagte die von Ludwigs Turbulenzen unberührte Tabea, die sich zur Terrassentür gewandt hatte.

Jemand. Wie es klang, war die Wortwahl kein Zufall.

»Unsere wunderschöne Kassandra Zweiglein-Bordoli!«, rief Herbert, um ein Vielfaches enthusiastischer, und ging auf die Blondine zu, die sich auf der Schwelle zur Terrasse – einen

Arm lässig gegen den Türrahmen gelehnt, den anderen in die Taille gestemmt, ein Bein angewinkelt – in Pose geworfen hatte.

Von Herberts Damenbesuch hatte Tabea Ludwig schon bei anderer Gelegenheit berichtet. Kennengelernt hatte er die Frau, der sein Vater so eine überschwängliche Begrüßung zukommen ließ, jedoch noch nicht.

Sogar Bruno hatte sich von seinem ventilierten Hundebett erhoben und schnüffelte an dem mit Glitzersteinen besetzten Sneaker, mit dem die »wunderschöne« Kassandra bei allem Chic noch Bodenhaftung bewahrte.

✳✳✳

Es wollte sich kein Schlaf einstellen.

Fulmini, tuoni, fulmini, tuoni. Blitze, Donner, Blitze, Donner.

Nahm dieses Gewitter denn kein Ende?

Und doch hatte die Schlaflosigkeit ihr Gutes, denn langsam entwirrten sich die Gedanken, die so lange ihr verästeltes Unwesen getrieben hatten.

Es musste eine saubere Sache sein. Ja, absolut sauber. Kein Blut. Nichts Abstoßendes.

Möglicherweise würde es Kollateralschäden geben. So war das Leben.

Heiseres Gelächter durchdrang die kurze Stille zwischen Blitz und Donner. War da noch jemand? Nein, niemand sonst konnte lachen über so etwas wie einen sauberen Tod.

Una morte pulita.

Nur diese eine Person, die keinen Schlaf fand. Aber das würde bald vorüber sein. Dann würde Ruhe eintreten.

Pace dell'anima.

Seelenfrieden.

Im Juli

»Wie kann man nur Kassandra heißen. Und dazu noch Fitnesstrainerin sein.« Meine nachhallende Verstimmung brachte mich zu immer neuen Ausbrüchen der Missbilligung.

»Dagegen spricht eigentlich nichts.« Mimi blieb zum soundsovielten Mal stehen und nutzte den Moment, um sich mit dem Handrücken den Schweiß von der Stirn zu wischen. »Ich bin allerdings froh, weder Fitnesstrainerin zu sein noch eine zu haben. So kann ich nämlich selbstständig entscheiden, dass wir diese Strapaze hier abbrechen. Mamma mia, ist das heiß!«

Erleichtert darüber, dass Mimi diejenige war, die zu unserem schweißtreibenden Unsinn ein Machtwort sprach, nickte ich und zog die Trinkflasche aus der Hüfttasche. Das neu erstandene Accessoire vermochte nicht, die Tatsachen zu verwischen: Wir waren keine Joggerinnen mit Durchhaltevermögen. Schon gar nicht bei neunundzwanzig Grad im Schatten. Da half auch der dichte Baumbestand des Monte Verità nichts.

Das sportlich eigentlich nicht besonders ambitionierte Trainingsprogramm war meine Idee gewesen. Von der Villa Felicità waren wir voller Eifer zum Parco del Monte Verità gejoggt. Erste Anzeichen der Ermüdung zeigten sich an der Teeplantage nahe dem Hotel, wo Mimi so getan hatte, als würde sie sich neuerdings für den Teeanbau interessieren, was vielleicht sogar stimmte. Aber fünfundzwanzig kontemplative Minuten im Schatten einer Magnolie, um ein paar wenig spektakuläre Teepflanzen zu betrachten?

Im sanften Trab hatten wir uns anschließend auf den hügeligen Pfaden des Balladrüm bergan gequält, auf dem Sport-Parcours ein paar Übungen absolviert und keuchend die jüngsten Ereignisse besprochen. Ganz besonders natürlich das Abendessen auf Herberts Terrasse. Dass diese Kassandra dieselbe Person war, die mir unlängst am Tor begegnet war und von der zu erzählen mir Paul eigentlich versprochen hatte, gehörte zu den geringeren Übeln. Es war Herberts aufgeblasenes Benehmen gewesen, das Ludwig und mich in Rage versetzt hatte. Wie er seine eisgekühlte Zucchini-Rucola-Suppe aufgetragen hatte, als müsste ihm schon allein dafür eine goldene Kochmütze verliehen werden! Mit welchem Gebaren er die Scheiben des Rindercarpaccios von der Servierplatte gehoben, mit viel *» Voilà«* auf unsere Teller verteilt und einem feinen Strahl Olivenöl übergossen hatte. Dazu Kassandras quietschendes Lachen über jeden noch so kümmerlichen Scherz des Hausherrn. Ludwig und ich hatten schweigend danebengesessen. Zwei Komparsen, die man vergessen hatte.

»Warum hat er uns eigentlich eingeladen?«, hatten wir uns danach auf dem Weg in unsere Wohnung gefragt. »Um uns seine Fitness-Trulla zu präsentieren?« Selten waren Ludwig und ich so harmonisch im Zorn vereint gewesen.

»Kassandra. War das nicht diese trojanische Schönheit, der Apollon die Gabe der Weisheit geschenkt hat?« Mimi gab sich dem Nachsinnen hin. Weit weniger schweißtreibend und zweifelsfrei entspannender als mein amateurhaftes Fitnessprogramm.

»Kann sein. Bei Herberts Kassandra waren Weisheit und Schönheit allerdings nicht im Angebot inbegriffen.« Mehr als kleine Gemeinheiten wollte ich für die Frau, die Herbert angeblich zu körperlichen Höchstleistungen antrieb, nicht aufbringen.

Ich schlug den Trampelpfad zu einer der Bänke ein, die etwas abseits des offiziellen Weges zu finden waren und von denen sich die herrlichste Sicht auf den Lago Maggiore auftat. Mimi, der alles recht zu sein schien, wenn es nur in gemäßigtem Tempo vonstattenging, kraxelte hinter mir her.

» Voilà!«, rief ich schließlich, als wir den höchsten Punkt

der felsigen Anhöhe erreicht hatten, und tat es damit meinem Schwiegervater gleich. Allerdings hatte ich keine hauchdünn aufgeschnittenen Rindfleischscheiben anzubieten, sondern den im Sonnenlicht des Nachmittags glitzernden See. Unter uns zur Linken lagen das Maggia-Delta und Ascona, das sich mit seiner Uferpromenade wie eine bunte Spielzeugstadt präsentierte. Nordöstlich und weiter entfernt der in den See mündende Ticino. Dazu die alles umrahmende Bergwelt. »*Voilà!*«, rief ich ein zweites Mal, weil mir eines nicht ausreichend schien für so viel *bellezza*.

Herbert hatte mit dem angekündigten Gewitter recht gehabt. Noch in der Nacht unseres missratenen Besuchs hatte es losgelegt. Donner, Blitze und Regengüsse hatten mich, besonders aber Ludwig, um den Schlaf gebracht.

Als ich Mimi und Simon und Garfunkel am Vortag vom Bahnhof abgeholt hatte, war der Nordwind in Aktion getreten und hatte alles Unschöne weggepustet. Geblieben war kristallene Klarheit. Strahlendes Azur statt milchigen Graublaus, trockene Hitze statt Schwüle.

Von den zwei Bänken wählten wir die, die uns durch die überhängenden Äste einer nahen Kiefer vor der prallen Sonne schützte.

»Endlich Ferien!« Mimi rollte den Stoff ihrer knielangen Jogginghose bis ganz nach oben, streckte die Beine aus und legte den Kopf in den Nacken. »Lass uns an was Schönes denken. An nette Menschen und die Fülle der Tessiner Natur. Dafür bin ich schließlich hierhergekommen. Denk dran, dass das Verharren am Negativen nur weitere Negativität nach sich zieht.«

»Genau deswegen sitzen wir jetzt auch hier.« Den versteckten Vorwurf wollte ich nicht auf mir sitzen lassen. »Lass uns die Aussicht genießen.«

Zumindest ich folgte meiner Anweisung. Mimi sinnierte neben mir mit geschlossenen Lidern.

»Wir könnten doch morgen mal auf die Brissago-Inseln fahren. Da war ich seit meiner Schulzeit nicht mehr. Wie es aussieht, fühlen sich Simon und Garfunkel in eurer Wohnung wohl. Um die müssen wir uns keine Gedanken machen.«

Ich nickte, was Mimi in ihrer entspannten Pose nicht bemerken konnte. Meine Zustimmung galt den Brissago-Inseln wie den beiden Siamkatzen gleichermaßen. Die machten es sich nämlich während unserer Abwesenheit in unserem Wohnzimmer auf ihren mitgebrachten Decken bequem.

»Komm!« Ich nahm Mimi bei der Hand und hievte sie hoch. »Du hast meinen Gemüsegarten noch gar nicht gesehen. Mein ganzer Stolz.«

***

»Schade, dass ihr keinen Pool habt.«

Mimi hatte sich ihre Schirmkappe tief in die Stirn gezogen. Darunter lugten gerötete Wangen und eine von der Sonne rosa geküsste Nase hervor. Wir waren, das war nicht zu übersehen, in einem nach kühlendem Wasser schreienden Zustand. Aber ein Schwimmbecken hatte die Villa Felicità tatsächlich nicht zu bieten, und den See zu erreichen hätte uns weitere Anstrengungen abverlangt.

Auf einem der Stellplätze vor der Villa, gleich neben dem Carport des Hausherrn, stand Giuseppes blauer Alfa Romeo Alfetta, der so in die Jahre gekommen war, dass er noch mit einem der alten, die Herkunft verratenden Nummernschild versehen war. Sowohl der Platz hinter dem Lenkrad wie auch der Beifahrersitz waren besetzt. Beim Näherkommen erkannte ich Giuseppe und Matilda, die in ein mit allerlei Gestik untermaltes Gespräch vertieft zu sein schienen. Erstaunlich war, dass Matilda und nicht Giuseppe auf dem Fahrersitz saß. Überhaupt hatte ich die beiden noch nie miteinander in einem Wagen kommen oder wegfahren sehen. Matilda besaß, so wusste ich, einen ebenfalls vom Zahn der Zeit angenagten Fiat Panda, dem Herbert einen kümmerlichen Streifen vor einer nicht mehr genutzten Ausfahrt zugewiesen hatte. Der Panda war heute nirgends zu sehen.

»Was hocken die denn da im Auto? Bei der Hitze?« Auch Mimi war das Szenarium nicht entgangen.

Matilda und Giuseppe erweckten nicht den Anschein, als wollten sie uns darüber aufklären. Schon allein deshalb nicht, weil sie uns keines Blickes würdigten.

Beim Aufschließen des Tores kam uns Kassandra entgegen. Sollte das mein neues Schicksal sein? Tortreffen mit Herberts Personal Trainerin? Ich konnte mir Besseres vorstellen.

Sie hatte Bruno an der Leine, der ins gleiche Fitnessprogramm involviert zu sein schien wie sein Herrchen. Wenigstens warf sie mir heute einen Gruß zu.

In perfekter Synchronie drehten Mimi und ich uns um und schauten der kerzengerade davonstolzierenden Kassandra und dem beflissen um Tempo und Haltung bemühten Bruno hinterher. Ich dachte an Ludwig und daran, dass ihn die Sichtung von Brunos speckunterlegten Pobacken neben Kassandras wohlgeformtem, wenn auch ausladendem Gesäß in den rosa geblümten Shorts zur Kamera hätte greifen lassen.

»Das ist sie also.« Mimis Feststellung fiel sachlich aus.

»Gut kombiniert«, sagte ich lachend, während wir unseren Weg fortsetzten. »Das ist die von Apollon mit Weisheit beschenkte Kassandra.«

Was mich wohl an dieser Frau störte? Konnte mein Schwiegervater nicht tun und lassen, wozu er Lust hatte? Das war es doch, was ich mir auch für Ludwig und mich wünschte: von Herbert in Ruhe gelassen zu werden.

Es blieb keine Zeit, noch weiter über das Kassandra-Phänomen zu rätseln, denn Mimi stieß einen durchdringenden Schrei aus.

»Garfunkel!«, rief sie. »Was machst du hier?«

Die Frage war berechtigt. Wir hatten beim Weggehen weder Fenster noch Türen offen gelassen.

Garfunkel lief Mimi entgegen und umstrich leise miauend ihre Beine. Er wirkte verzagt.

»Was ist passiert, und wo ist Simon?«

Garfunkel gab keine Antwort. Selbst einem hochintelligenten Siamkater waren gewisse Grenzen gesetzt. Dafür sprach Herbert, der aus dem Nichts Auftauchende.

»Die Viecher haben nonstop miaut. Nicht auszuhalten. Bruno war schon ganz aus dem Häuschen. Da musste ich etwas unternehmen.«

»Was?« Fast unisono schleuderten Mimi und ich Herbert die Frage entgegen.

»Na ja, sie freilassen. Was sonst?«

»FREILASSEN?«

Mimis Gekreische durchfuhr mich beinahe schmerzhaft. So kannte ich meine Freundin nicht. Den offensichtlich verwirrten, an allzu viel Freiheit nicht gewöhnten Garfunkel fasste sie resolut am Bauch und klemmte ihn sich unter den Arm. »Simon, wo bist du?«, rief sie, während sie in die Strauch- und Buschwelt des Gartens eintauchte.

»Der wird schon irgendwo sein«, sagte Herbert zu niemand Bestimmtem.

»Wie hast du das gemacht?« Meine Stimme bebte. Ich hatte mich dicht vor meinem Schwiegervater aufgebaut.

Im Gegensatz zu mir war er die fleischgewordene Gelassenheit. Meine Lust, den Halsabschluss seines Shirts zu packen und so lange daran zu zwirbeln, bis die Farbe seines Gesichts die des krebsroten Trikotstoffes annahm, war immens. Mein Fragenkatalog wäre noch um einiges länger gewesen: Wie hatte er das Miauen der Siamkatzen von oben hören können? Vorausgesetzt, sie hatten überhaupt miaut. Ob er mich nicht hätte anrufen können. Und – Frage aller Fragen – mit welcher Berechtigung er vorgegangen war. Aber ich wollte ruhig bleiben. Die Kontrolle behalten. Mich Schritt für Schritt durch den Nebel meiner Wut tasten.

»Dafür gibt es die Zwischentür. Als Hausherr habe ich natürlich einen Schlüssel. Für dringende Fälle.« Herbert, der wie so oft seine Hände in die Taschen seiner Shorts geschoben hatte, sprach mit dem Habitus eines Mannes, der die Legitimität seines Handelns nicht eine Sekunde anzweifelte. Der eigentlich nie irgendetwas anzweifelte, was sein eigenes Tun betraf.

Während ich Mimis Simon-Rufe vernahm – mal näher, mal ferner, mal leise lockend, mal inständig –, dachte ich an die Tür im Keller, die zum oberen Geschoss führte und die wir noch nie geöffnet hatten. Schon allein deshalb nicht, weil wir gar keinen Schlüssel dafür besaßen. Unsere Abstellräume fürs Nötigste befanden sich davor. Größeres mussten wir im nahen Gartenhaus deponieren.

»Es ist absolut inakzeptabel, dass du ungefragt in unsere Wohnung eindringst, Herbert.« Ich war froh um die Bestimmtheit, die ich meinem Protest trotz Herzflattern verleihen konnte.

Herbert zog die Brauen nach oben. Leicht nur, aber doch schon zu viel. Ein Schauspielschüler im ersten Lehrjahr, den man angewiesen hatte, Verwunderung zu mimen.

»Das war notwendig, meine Liebe. Da blieb mir nichts anderes übrig.« Die Brauen waren in ihre Ausgangsposition zurückgefahren worden. Herbert übte sich mit sanfter Stimme in Nachsicht für mein mangelndes Verständnis. Auch das gelang nicht. Sanftheit und Nachsicht passten nicht zu ihm. »Eine dringende Maßnahme, liebe Tabea.« Der »lieben Tabea«, die ich weder war noch sein wollte, folgte ein abrupter Wechsel in seinem Gebaren. Die eben noch dominierende, wenn auch aufgesetzte Überlegenheit verwandelte sich durch das Zusammenziehen seiner Brauen in eine kühle, fast bedrohliche Attitüde. »Ich lasse mir nämlich auch keine toten Mäuse auf den Teller legen. Von niemandem.«

Ich wich einen halben Schritt zurück. Was redete er da? Was hatten tote Mäuse mit Simon und Garfunkel zu tun? Ja, die zwei waren Katzen. Intelligente Katzen, aber so etwas Vulgärem wie dem Mäusefang gingen die beiden bestimmt nicht nach. Und wie sollten sie zu Herbert in die Wohnung gelangt sein? Was für eine absurde Idee. Das ergab alles keinen Sinn.

»Blödsinn!«, zischte ich. Die Sache begann, mir über den Kopf zu wachsen.

Zu einer gewissen Entspannung trug Mimi bei. Den mittlerweile ebenfalls aufgespürten Simon unter dem noch freien rechten Arm, entstieg sie mit zerzaustem Schopf – die Mütze musste irgendwo hängen geblieben sein – dem üppigen Gesträuch.

»Wie sprichst du mit mir?« Herberts Augen bohrten sich in meine.

»Blödsinn«, wiederholte ich trotzig. Eine seltsame Mischung aus Wut und Verunsicherung, die – kein Zweifel – eine Kampfansage war.

8

Ludwig

Er schob die Fotoausrüstung in den Kofferraum und klappte die Heckklappe zu. Unschlüssig tat er ein paar Schritte.

Nein, der Parkplatz von Asconas Yachthafen, dem Porto Patriziale, war kein Ort zum Verweilen, auch nicht für zielloses Vor- und Zurückgehen, aber Ludwig zog es nicht nach Hause. Das Shooting war schneller fertig gewesen als erwartet, da sich Künzli, ein Unternehmer aus Luzern, entgegen ihrer vorherigen Abmachung für die halbstündige und somit preisgünstigste Fotosession entschieden hatte. Und das bei einer Yacht, die locker eine halbe Million Franken gekostet haben mochte.

Ludwig beschloss, noch einmal umzukehren und sich auf der Terrasse des »Vela Bianca« ein Bierchen zu genehmigen. Nach den jüngsten Ereignissen brauchte er noch ein bisschen Zeit zum Nachdenken.

Es war turbulent zugegangen in der Villa Felicità in den letzten Tagen. Er nahm auch nicht an, bei seiner Heimkehr eine Oase der auf wundersame Weise wiederhergestellten Eintracht vorzufinden. Wie auch? Er selbst watete im Sumpf seiner Gefühlsmisere.

Tabeas Freundin war nach kurzem Aufenthalt und entgegen ursprünglicher Planung mit ihren zwei Siamkatzen im Gepäck wieder nach Hause gefahren. Verärgert und verstört, wie er die sonst so geerdete Mimi noch nicht erlebt hatte. Zurückgeblieben war eine schlecht gelaunte, reizbare Tabea, die sein Bemühen, mit einer Umarmung zarte Signale seiner Anteilnahme zu senden, mit Abwendung erstickt hatte.

Wie konnte es sein, dass eine einzige Person – sein Vater – so viel in Bewegung setzte?

Ludwig bedankte sich bei der Brünetten im rot gepunkteten Sommerkleid, die das Bier und das Schälchen mit Salznüssen vor ihn platzierte. Es war nicht der Moment, ihr leicht herausforderndes Lächeln so zu erwidern, wie er das an irgendeinem anderen Tag vielleicht gemacht hätte. Schließlich hatte er sich nicht umsonst einen Platz am Rande der fast voll besetzten Terrasse der Lounge Bar gesucht. Er brauchte Ruhe.

Bootsbesitzer, Möchtegernbootsbesitzer und nach dem Baden durstige Urlauber gaben sich ein quirliges Happy-Hour-Rendezvous. Keine Frage, die Saison hatte begonnen. Von Beschaulichkeit keine Spur. Trotzdem gelang es Ludwig, sich an so etwas wie Besonnenheit anzunähern. Schon zwei Schlucke Bier, der Anblick der sanft im Wasser schaukelnden Boote im Yachthafen und das Funkeln des Sees in der Nachmittagssonne taten Wunder. Kleine Wunder, aber immerhin.

Auf dem Weg hierher hatte er seinen Vater im Garten angetroffen. Herbert hatte sich über eine von Giuseppe am Wegesrand liegen gelassene Astschere empört. Wie lange Giuseppe überhaupt noch zur Arbeit kommen würde, hatte Ludwig gefragt. Still für sich hielt er die Nachlässigkeit des Gärtners für eine nachvollziehbare Folge der Hauruckkündigung.

Aber die Sache mit Giuseppe war nur die Einleitung gewesen. Er hatte das leidige Thema der inakzeptablen Grenzüberschreitungen angesprochen, woraufhin sich sein Vater unerwartet einsichtig gezeigt hatte. Mehr noch, in einem Akt Herbert'scher Theatralik hatte er Ludwig am Ellbogen gefasst und zum Eingang seiner Wohnung dirigiert.

»Damit ihr seht, wie wichtig mir das paritätische Zusammenleben ist, sollt ihr einen Zweitschlüssel für meine Haustür bekommen. So habt ihr immer Zugang zu meinen Räumlichkeiten«, sagte er mit der Grandezza eines seinen Untertanen wohlgesinnten Herrschers, schob Ludwig durch die Tür zur Garderobe und entnahm dem chinesischen Wandschränkchen, das älter war als Ludwig selbst, einen Schlüssel. »Hier, nimm!«

Ludwig hatte die unerbetene Gabe an sich genommen und in die Hosentasche gesteckt. Was sollten sie damit tun? Und was würde Tabea zu dieser Wiedergutmachungsshow sagen? Ludwig bezweifelte, dass sie mehr als ein sarkastisches Lachen für die Geste ihres Schwiegervaters erübrigen würde. Zu dem

Katzen-Waterloo hatte sich nämlich ein weiteres Debakel gesellt. Ein Großvater-Enkel-Telefongespräch, welches Jasper in so ungewöhnlichem Maß aufgewühlt hatte, dass er ihnen gleich im Anschluss davon berichtet hatte. Die Frage seines Großvaters, ob dieser Tom eigentlich Jaspers süßes Liebchen sei, hatte Jasper mit einem spontanen Ja beantwortet, seinen Großvater aber umgehend dazu aufgefordert, sich für eine andere Form des Ausdrucks zu entscheiden, wenn er zukünftig auf Telefonate und Besuche Wert legte. Nein, Jasper war kein Duckmäuser. Seine Beziehung zu Tom vor seinem Großvater in irgendeiner Weise zu kaschieren kam für ihn nicht in Frage. Das Gespräch hatte kein versöhnliches Ende genommen.

Als hätte das stimmungsmäßige Bergab noch einer weiteren Talfahrt bedurft!

Ludwig trank den Rest des Bieres und hielt der Serviererin, die am Nebentisch die leeren Gläser auf ein Tablett lud, sein Glas entgegen.

»*Ancora una, per favore.*« Er brauchte mehr von dem nervenberuhigenden Trunk.

Nach der Übergabe des Haustürschlüssels hatte sich Herbert dann noch zu einer weiteren Demonstration seiner Großzügigkeit hinreißen lassen.

»Ich werde einen Zweitschlüssel für die Verbindungstür zwischen dem Untergeschoss und dem Obergeschoss anfertigen lassen. Dann könnt ihr selbst entscheiden, ob ihr mal durch den Keller zu mir hochkommen wollt oder nicht. Damit ihr nicht denkt, ich hätte das Monopol über das ganze Anwesen.«

Ludwig hatte lediglich genickt. Und dann war es passiert: Auch wenn sein klügeres Zweit-Ich ihn hatte hindern wollen, hatte er seinen Vater erneut auf die Ateliernutzung und die dafür nötige Außentreppe angesprochen. Begonnen hatte er damit, Herbert von seiner Arbeit zu erzählen. Davon, dass die ersten zwei Monate besser gelaufen waren als erwartet. Dass er aber, wenn er professionell auftreten wollte, unbedingt einen eigenen Raum für Business-Shootings und Porträtaufnahmen benötigte. Seine Ausführungen waren ihm immer gehetzter geraten. Während er sich hoffnungslos verheddterte, blieben Herberts Augen ausdruckslos. Mitten in einem seiner umständlichen Sätze hatte er ihn unterbrochen.

»Ludwig«, hatte er gesagt, »können wir diese abstruse Idee nicht endlich zu den Akten legen? Das Atelier ist mir ein kostbares Andenken an deine liebe Mutter. Das bleibt, wie es ist. Such dir doch was Kleines unten im Ort. Eine Außentreppe! Nein, das würde die Villa verschandeln.« Und dann noch, ganz so, als hätte es eine Zugabe seiner väterlichen Zuwendung gebraucht: »Meine Güte, Ludwig. Was für ein Unsinn!«

Ludwig entfuhr ein bitteres Lachen. Sodbrennen stellte sich ein, zusammen mit drückendem Schmerz hinter dem Brustbein. Er presste seine flache Hand gegen die Brust. Keine Frage, die Erinnerung an das Gespräch mit seinem Vater, seinem Vater als Gesamtpaket, stieß ihm übel auf.

Auf dem Bootssteg sah er den aufgeblasenen Künzli vom Shooting mit seiner freundlichen, aber mit ihrem fortwährenden »So schön hier!«-Gerufe doch etwas anstrengenden Frau dem Hafenzugang entgegenschlendern. Die beiden würden garantiert gleich hier auf der Terrasse der Lounge Bar aufkreuzen.

Bloß keinen Small Talk jetzt. Ludwig duckte sich, auch wenn er dadurch nicht weniger sichtbar war.

Kostbares Andenken, liebe Mutter. Meinte sein Vater das ernst? Der Mann, der seine Frau zu ihren Lebzeiten wahrlich nicht behandelt hatte wie eine Kostbarkeit? Wenn seine Mutter wüsste, mit welchem Geschwätz Herbert dem gemeinsamen Sohn die Räumlichkeit verwehrte.

Ludwig trank einen kräftigen Schluck vom frischen Bier, das die Serviererin – ohne Lächeln – vor ihn hingestellt hatte. Es schüttelte ihn. Doch jetzt, nachdem das bittere Gebräu schon mal da war wie das Sodbrennen, konnte er es auch einfach in sich reinkippen.

Zu den Akten legen … such dir was im Ort … bleibt, wie es ist … abstruse Idee.

Die Stimme seines Vaters hallte nach.

9

Tabea

»Na, ein bisschen kühle Luft tanken?«

Vor mir stand Mario Gallino mit seinem Einkaufswagen. Fast wären wir beim Umkurven eines Regals, angefüllt mit einer unzähligen Menge verschiedener Sorten Olivenöl, mit unseren zwei Gefährten kollidiert.

»Ja, auch«, erwiderte ich. »Wenn schon einkaufen, dann wohltemperiert.«

»Ist auch eine enorme Hitze.« Mario spann unverdrossen am unverfänglichsten aller Themen: dem Wetter. Und natürlich hatte er recht. Es war heiß. Sehr heiß.

In unserer Wohnung in der Villa Felicità erwies sich das Untergeschoss als Segen. Im Übrigen der einzige Segen, der mir dieser Tage einfiel. Trotzdem kam es mir heute Nachmittag gelegen, die dreiunddreißig Grad Tessiner Julihitze durch ein kurzes Eintauchen in die Supermarktkühle unterbrechen zu können, nachdem ich noch nicht zu einem Bad im See gekommen war.

Der kleine Mann mit der ausgeprägten Nase und den rot umränderten Augen, deren Unterlider denen von Bruno ähnlich waren, gehörte zum Feinschmeckertrio. Ich war ihm bisher nur wenige Male begegnet. Verwunderlich, dass er mich überhaupt wiedererkannt hatte.

»Und?« Ich wies auf das Sammelsurium von Gemüse, Früchten, Getränken und allerlei Verpacktem in seinem Einkaufswagen. »Ist das für die Kochrunde morgen?« Kurz kamen mir Zweifel, ob es nicht vielleicht unhöflich war, anderer Leute Einkäufe in Augenschein zu nehmen. Was, wenn die Zahl der Flaschen mit alkoholischem Inhalt auf einen übermäßigen, aber vorzugsweise vertuschten Konsum hindeutete? Oder sich sonst wie Intimes unter dem Erworbenen befand?

Aber Mario schien meine Inspektion nicht zu stören. Im

Gegenteil. »Ja, endlich wieder. Ich bin diesmal mit dem Beschaffen der Esswaren dran. Frische Felchenfilets aus dem Lago …« Er griff nach einer Vakuumverpackung mit angehefteten Etikett, hielt mir das Paket entgegen, auch wenn es rein nichts zu sehen gab, und legte es wieder zurück. »Die müssen zu Hause gleich ganz zuhinterst in den Kühlschrank. Dazu gibt's die kleinen Chioggia-Artischocken, die violetten.« Auf der Suche nach dem Blütengemüse schichtete Mario sorgfältig Schachteln, Beutel und Plastikbehälter von unten nach oben, was mich befürchten ließ, nun in einem langwierigen Verfahren die einzelnen Bestandteile des gesamten Menüs bestaunen zu müssen.

»Klingt verlockend. Und zum Dessert was Leckeres mit Heidelbeeren. Stimmt's?« Davon hatte Mario nämlich drei Körbchen erstanden. Nicht dass mich das brennend interessierte, aber der Sprung zum Nachtisch sollte abkürzend wirken. »Jetzt muss ich schauen, dass bei mir auch noch was Essbares im Wägelchen landet, sonst müssen Ludwig und ich uns morgen bei euch zum Dinner einladen.« Mein mit verschmitztem Lächeln vorgebrachter Plauderbeitrag lag auf der Humorskala eher im unteren Bereich, aber Mario war so freundlich, einen Lacher zu spendieren.

Ich war schon im Begriff, meinen Einkaufswagen an ihm vorbeizusteuern, als er räuspernd nach der oberen Metallkante meines Wagens fasste und diesen abbremste. »Frau Tabea, was ich noch sagen oder vielmehr fragen wollte …«

»Ja?« Unser harmloses Supermarktgeplauder nahm mit dem brüsken Griff eine unerwartete Wendung. Dazu kam, »Frau Tabea« hatte mich noch nie jemand genannt. Das klang nach einer Wahrsagerin mit Glaskugel.

»Sind Sie … ich meine … Wie fühlen Sie sich bei Herbert im Haus?« Mario hielt noch immer mit der rechten Hand die Reling meines Einkaufswagens umklammert. Sein Blick war unstet. Die Lider flatterten.

Ich hatte keine Ahnung, worauf er hinauswollte.

»Was mich interessieren würde … Ich meine, sind Sie glück-

lich, oder bereuen Sie den Umzug?« Mario, dessen Finger-
knöchel vom Dauerklammern weiß geworden waren, sah eher
aus, als würde er selbst etwas bereuen, nämlich seine Frage an
mich.

Wie waren wir von Felchenfilets und Artischocken zu Erkundigungen über meine Glücksgefühle gelangt? Und was
sollte ich sagen? Mir stand nicht der Sinn danach, diesem
durchaus sympathisch wirkenden kleinen Mann anzuvertrauen, dass ich derzeit das dringende Bedürfnis verspürte,
Herbert in eine Rakete zu stopfen und zu einem fernen Pla-
neten zu spedieren. Zu Neptun, zum Beispiel, der, wie Jasper
mir unlängst erzählt hatte, viereinhalb Milliarden Kilometer
von der Erde entfernt war. Ihm anzuvertrauen, dass ich unsere
alte Zürcher Wohnung und unsere Autonomie, ohne Herberts
Fiesitäten, fürchterlich vermisste. Und dies, obwohl in meinem
Tessiner Gärtchen die Tomaten prächtig gediehen, die Zucchini
so schnell wuchsen, dass man sich auf einen Hocker setzen und
ihnen beim Anschwellen zugucken konnte, und das Basilikum
in einer Weise ins Kraut schoss, dass vor meinem inneren Auge
Hunderte von Gläschen bester Pesto-Soße tanzten.

»›Glücklich‹ ist so ein überfrachtetes Adjektiv« war meine,
wie ich fand, sehr clevere, wenn auch etwas schulisch be-
lastete Antwort auf Mario Gallinos eigentümliche Befragung.
»Ich denke, Ludwig und ich sind erfolgreich im Begriff, uns
ein neues Daheim zu schaffen. Das dauert ein bisschen, aber
wir bleiben dran. Was lange währt … wie man so sagt.« Gut,
die letzten Sätze waren Geschwafel. Doch Marios wieder-
holtes Nicken, ganz so, als hätte ich einen gelungenen philo-
sophischen Diskurs geliefert, über den er noch ein wenig
nachzudenken gedachte, war für mich Signal genug, mich
schleunigst davonzumachen. Dass sich außer Brot, Wein und
Käse nichts in meinem Einkaufswagen befand, spielte keine
Rolle mehr.

***

Ein schnelles Bad im See wollte ich mir doch noch genehmigen. Ich hatte mir angewöhnt, zur Sicherheit immer einen Badeanzug und ein Handtuch dabeizuhaben. Nicht umsonst hatte ich mein neues grafitgraues E-Bike mit einem geräumigen Gepäckträgerkorb ausgestattet, in dem sich allerlei aufbewahren ließ. Der weitläufige Uferstreifen, nahe dem Yachthafen und dem den Golfplatz umrundenden Weg, war eigentlich kein Badestrand, aber ich liebte den sandigen Zugang zum See, die schattenspendenden Weiden und Pappeln und das schützende Schilf.

Und so schob ich mein Rad den Flanierweg entlang, vorbei an der Lounge Bar des Yachthafens, angezogen vom Gleißen des Seewassers wie eine in der Wüste Verschollene bei Sichtung einer Oase. Eine Wirkung, die der See immer auf mich hatte, ganz besonders aber an diesem heißen Julinachmittag.

Erstaunlich, dass es mir bei diesem Drang gelang, Ludwig wahrzunehmen. Gab es einen sechsten Sinn für das Aufstöbern von Ehemännern? War es eine Frage der Witterung, wie bei einem Jagdhund?

Ludwig saß am äußersten Terrassenrand der Lounge Bar bei einem Glas Bier. Ihm über den uns trennenden Rasenstreifen und die Rabatte hinweg keinen Gruß zuzurufen, entsprach nicht der Art, wie wir normalerweise miteinander umgingen. Trotzdem blieb ich einfach stehen und schaute zu ihm hin.

Er bemerkte mich nicht. Der Umzug ins Haus seines Vaters hatte unsere Beziehung verändert. Nicht zum Besseren. Das stimmte mich nachdenklich, sogar ein bisschen traurig.

Auch Ludwig schien sein Bier nicht in heiterer Entspannung zu genießen. Mal schaute er düster ins Glas, als orakelte ihm die enthaltene Flüssigkeit Unerfreuliches, mal nahm er, die Augen leicht zusammengekniffen, die Hafenanlage und die dort festgemachten Segelyachten ins Visier. Vielleicht wünschte er sich, bei einer davon als Skipper anheuern, die Segel hissen und davonschippern zu können.

Ich dachte an Mario Gallinos eigenartige Frage im Supermarkt. An seine Erkundigung nach meinem Wohlbefinden.

Nein, Ludwig und ich waren nicht glücklich. Auch wenn ich glaubte, dass ein Leben mit permanenten Hochgefühlen weder möglich noch erstrebenswert war, wollte ich meinen Schwiegervater für unsere gegenwärtige Eheflaute verantwortlich machen. Herbert, der Unruhestifter. Es war, so befand ich, Ludwigs Aufgabe, sich der Sache anzunehmen. Und zwar rigoros. Jedenfalls mussten seine Verweise mehr Wirkung zeigen als bisher.

Dass die sonst nur schwer zu erschütternde Mimi nicht lange nach Herberts Gemeinheit mit den Katzen in höchster Entrüstung abgereist war, hatte mir zugesetzt. Und als wenn es dessen bedurft hätte, hatte sich mir Jaspers Reaktion auf den Kommentar seines Großvaters zu seinem Verhältnis mit Tom zusätzlich auf die Brust gelegt. Nun hatte es der Alte also geschafft, auch noch seinen Enkel zu verletzen. Jasper, der doch sonst alles so herrlich entspannt zu nehmen wusste, der das Wesen seines Großvaters wenn schon nicht verteidigte, so doch zumindest relativierte, hatte seinen angekündigten Besuch erst mal verschoben und sich mit Tom auf den Weg an die französische Riviera gemacht.

Wie festgewachsen stand ich auf dem Asphalt. Vielleicht fünfzig Meter von Ludwig entfernt. Mein Rad zur Linken, die Augen auf meinen Mann gerichtet, die Gedanken frei flottierend.

Ich wollte die Sache belassen, wie sie war. Kein »Huhu«, kein »Hallo, Ludwig«. Nirgends stand geschrieben, dass man nicht auch mal den eigenen Mann links liegen lassen konnte.

Entschlossen schob ich mein Rad über die Wiese, stellte es am Uferabschnitt ab, den ich für die nächste halbe Stunde zu meiner Wohlfühlbasis machen wollte, zog mich um und tauchte kurz darauf ins kühle Nass.

Von nun an, so entschied ich, während ich mich nach einigen Zügen rücklings treiben ließ, würde ich die Schwimmkur regelmäßig heranziehen.

Nein, ich würde nicht als neuer Mensch dem Seewasser entsteigen. Trotzdem erlaubte ich mir, mich für eine kleine Weile so zu fühlen oder zumindest doch so lange, bis ich wieder festen Boden unter den Füßen hatte.

Um nach Ludwig Ausschau zu halten, musste ich ein Stück der grasbedeckten Anhöhe erklimmen. Er war nicht mehr zu sehen.

Mit einer Erkenntnis und einem gefassten Entschluss kehrte ich zu Kleidern und Handtuch zurück.

Die Erkenntnis war trivial: Mit einem Mann seit Jahrzehnten verheiratet zu sein hieß nicht, ihn so zu kennen, wie man das gelegentlich glaubte.

Der Entschluss war kämpferisch: Wenn Ludwig das Herbert-Problem nur lauwarm anpackte, dann auch, weil er auf das Atelier im Obergeschoss der Villa spekulierte. Uns deshalb zu devoten Schleichern zu machen, war unter unserer Würde. Das durfte ich nicht zulassen.

Energisch rubbelte ich mir die Haare trocken.

Nein, zumindest ich würde vor neuen Schlachten nicht zurückschrecken.

»Und was soll die Sache mit dem Schlüssel bedeuten? Sollen wir uns jetzt unbändig darüber freuen, bei ihm genauso in der Wohnung herumspionieren zu können wie er bei uns?«

Natürlich hatte er mit so einer Reaktion gerechnet. Tabeas Frage war so berechtigt wie ihr Argwohn.

»Keine Ahnung. Soll wohl eine Art Vertrauensbekundung sein«, knurrte Ludwig. Zum wiederholten Mal – und obwohl das Abendessen mehr als zwei Stunden zurücklag – stieß ihm die Knoblauch-Olivenöl-Peperoncino-Soße auf, die Tabea großzügig über die gebratenen Zucchinischeiben gegossen hatte. Zucchini standen seit einigen Tagen in allen nur erdenklichen Varianten auf dem Tisch.

»Aha. Ich fühle mich wertgeschätzt. Herbert befürchtet demnach nicht, dass wir heimlich eines seiner preziösen Möbelstücke abtransportieren.«

Auch wenn Tabeas Sarkasmus verständlich war, so wünschte er sich heute Abend doch vor allem die liebevolle Zuwendung seiner Frau. Gallebittere Gedanken hatte er selbst zur Genüge.

Was das von ihr mit Spott bedachte Mobiliar betraf, so stammte ein großer Teil aus den Beständen von Ludwigs Großeltern. Sein Vater behandelte die massigen Mahagonistücke, gegen deren Präsenz schon seine Frau nichts hatte ausrichten können, mit größter Sorgfalt. Oder besser: Er ließ behandeln. Schließlich war es noch immer Matilda, die den Möbelmonstern regelmäßig mit weichem Lappen und Politur zu Leibe rückte.

»Auf jeden Fall soll er nicht meinen, dass sich damit weitere Übergriffe rechtfertigen lassen. So nach dem Motto: Seht her, Opa vertraut euch sogar seinen Schlüssel an. Da darf er sich schon mal ein paar Gemeinheiten erlauben.« Tabea blieb stehen und stützte sich an einem Mauervorsprung ab.

»Jetzt steigerst du dich ein bisschen zu sehr in die Sache rein.« Das war lahm und entsprach auch nicht Ludwigs eigener Gestimmtheit. Schließlich erbrachte er dieser Tage selbst Hochleistung in der Disziplin des Hineinsteigerns.

Er nutzte die Verschnaufpause, um ein Taschentuch aus der Hosentasche zu fummeln und sich damit über die feuchte Stirn zu fahren. Obwohl es auf Mitternacht zuging, hatte sich die Temperatur kaum abgesenkt. Kein Windhauch verschaffte Abkühlung. Tabea hatte nach dem späten Abendessen einen Spaziergang am See vorgeschlagen, den sie nun mit dem steilen Aufstieg auf den unzähligen Granittreppen des Sentiero delle Vigne bezahlen mussten.

»Mag sein, dass ich gegenwärtig alles reichlich düster sehe. Zum Glück mit Unterbrechungen«, sagte sie. »Aber meine Befürchtungen, was das Leben unter einem Dach mit Herbert betrifft, wurden mehrfach überboten.«

Nach »Befürchtungen« hatte Tabea eine Sprechpause eingelegt. Er hätte schon sehr begriffsstutzig sein müssen, um nicht zu verstehen, worauf sie anspielte. Mit welcher Unbekümmertheit er doch vor mehreren Monaten ihre Bedenken abgetan hatte, als es um das Wohnungsangebot seines Vaters gegangen war.

»Ich will jetzt mal ganz ehrlich sein.« Tabea, die ein paar weitere Stufen erklommen hatte, ließ sich auf einem Mäuerchen nieder.

Mit Sätzen der Sorte »Ich will jetzt mal ganz ehrlich sein« hatte er, wenn sie aus Tabeas Mund kamen, nicht immer die besten Erfahrungen gemacht.

»Dein Vater ist eine Kanaille.« So nüchtern, wie sie diese Feststellung von sich gab, klang das nicht weiter schlimm. Genauso hätte sie auch sagen können: Dein Vater ist ein lustiger Kerl. Aber sie wussten beide, dass eine Kanaille kein Begriff war, mit dem man ein nahestehendes Familienmitglied charakterisierte. Zudem konnte sich Ludwig nicht erinnern, diesen Ausdruck je aus Tabeas Mund vernommen zu haben.

»Ja.« Er setzte sich neben Tabea, auch wenn der Platz nur

noch für eineinhalb Gesäßbacken reichte. Mehr fiel ihm nicht ein. Die ungeschminkte Wahrheit war, dass sein Vater ein unangenehmer Mensch war. Egal, welchen Namen man sich dafür ausdachte.

Von der Seepromenade drangen Stimmen und Musik zu ihnen nach oben. Nicht laut, aber vernehmbar. Es war noch keine Viertelstunde her, da hatten sie selbst zu denen gehört, die den Sommerabend auf der Piazza Motta hatten ausklingen lassen. Darauf bedacht, sich für die Dauer eines mit einer Orangenscheibe dekorierten Negroni gelöst und unbekümmert zu fühlen. Nicht unähnlich den sie umgebenden Menschen in Ferienlaune.

»Wie schön, die Silhouette der Berge. Und die Uferlichter, wie Girlanden.« Tabea hatte den Blick auf den im Dunkel sanft schimmernden See gerichtet.

Eine Weile sagten sie nichts.

Während Tabea die unerfreulichen Dinge bis auf Weiteres beiseitegeschoben zu haben schien, spülten sich in Ludwig Erinnerungen nach oben. Vergangenes, Unschönes, das er längst in die Grube des Vergessens gekippt und dort verschüttet gewähnt hatte. Sein Vater, seine Mutter. Ein unglückseliges Paar. Seine Schwester und er, die dem nichts entgegenzusetzen gehabt hatten.

Gleich nach seiner Rückkehr vom Yachthafen hatte er sich hinter seinem Computer verschanzt, die letzten Fotos hochgeladen, bearbeitet und abgelegt. Fast frenetisch hatte er Mails beantwortet, Marketing betrieben und die Buchhaltung auf den neuesten Stand gebracht.

Während des Abendessens – in Ferienzeiten war Tabea die Köchin – war er ihren Fragen ausgewichen. Das Gespräch mit seinem Vater am frühen Nachmittag im Garten hatte er genauso unterschlagen wie das reduzierte Arbeitsprogramm am Yachthafen. Erst jetzt, auf dem Rückweg von ihrem abendlichen Bummel, hatte er die Sache mit den Schlüsseln erwähnt. Den unschönen Rest des Dialogs behielt er für sich. Herbert war nur in Kleinstmengen verträglich. Er musste mit der

Pipette verabreicht werden. Oder besser noch: in homöopathischer Dosierung. Verdünnt und nicht mehr nachweisbar.

»Lass uns weitergehen.« Tabea hatte sich mit einem Sprung erhoben und hielt ihm die Hand entgegen, von der sich Ludwig bereitwillig hochziehen ließ. Auch was seine bedrückenden Gedanken betraf, hätte er gegen ein bisschen Beistand nichts einzuwenden gehabt. Aber es gab nun mal Dinge, die er allein bewältigen musste.

✳ ✳ ✳

Die Villa Felicità war hell erleuchtet, zumindest Herberts Wohngeschoss. Das war der Teil, den sie vom Tor aus sehen konnten. Die beiden Außenlampen links und rechts von der Haustür wurden genauso wie die vier Laternen am Rand des Pfades aus Gründen der Sparsamkeit nur bei Besuch oder strikter Notwendigkeit angeschaltet. Sein Vater hatte ihn auf die Beachtung dieser Maßnahme, die er ökologisch nannte, hingewiesen. Von Leuchten mit Bewegungsmeldern wollte er nichts wissen.

»Der Hausherr hat Gäste«, stellte Tabea fest.

Ein schrilles Lachen, das Ludwig bekannt vorkam, drang durch das gekippte Küchenfenster. Das von wildem Wein umrankte Fenstergitter verwehrte jeden Einblick.

»Gast, nicht Gäste«, korrigierte er. »Das ist das Organ von dieser Fitnesstrainerin.« Sie waren stehen geblieben.

Tabea sah auf ihre Armbanduhr. »Welche Art von Training steht wohl um Mitternacht auf dem Programm?«

Darüber hätten sie lachen können, aber für mehr als ein schiefes Lächeln reichte es heute nicht. Weder bei ihm noch bei Tabea. Nein, er konnte rein gar nichts anfangen mit der anscheinend noch immer ausgeprägten Neigung seines Vaters, sich mit jüngeren Frauen zu umgeben. Schon gar nicht vor dem Hintergrund seiner gegenwärtigen Gefühle.

»Herbert, der Schwerenöter.« Tabea überraschte Ludwig heute mit ihren Wortraritäten.

»Nennt man das immer noch so?«

»Keine Ahnung.«

Erneut drang Kassandras Lachen durchs Weinlaub, gefolgt von einem kecken »Oh, oh, Herbert«. Dazu die Geräuschkulisse von Möbelrücken.

»Meine Güte.« Ludwig nahm Tabea bei der Hand. »Lass uns nach unten gehen, bevor mir die Pasta mitsamt dem Negroni hochkommt. Ich halte das nicht aus.«

11
Tabea

Nun hatte sich die Hitze auch in unser Untergeschoss einge-schlichen und Ludwig und mir eine unruhige Nacht beschert. Während ich mich in leichtem Halbschlaf gewälzt hatte, aber doch immer wieder ins Reich der Träume abgetaucht war, mussten Ludwigs Nachtstunden von längeren Wachphasen durchzogen gewesen sein. Mehrmals hatte meine Hand ins Leere gefasst. Schlaflosigkeit gab es bei Ludwig öfter, sie schien sich aber in letzter Zeit zu häufen.

Neben den für mein Frühstück bereitgestellten Utensilien – Teller, Lieblingstasse und Glas für den Saft – hatte mir Ludwig eine Notiz zurückgelassen. Er sei, so hatte er auf die Rückseite eines aufgerissenen Briefumschlags geschrieben, zu Paul für ein Probeshooting aufgebrochen. Mir fiel ein, dass Ludwig vor ein paar Wochen von diesem erfreulich lukrativen Auftrag berichtet hatte. Paul, dem es an Geld nicht mangelte, wollte seinem vergangenen Leben als Confiseur und seiner renom-mierten Zürcher Patisserie ein Krönchen aufsetzen: ein Re-zeptbuch für süße Köstlichkeiten mit kunstvoller Illustration. Er zauberte die sahnigen Törtchen und Petits Fours, Ludwig sollte arrangieren und fotografieren.

Zum Mittagessen sei nicht mit ihm zu rechnen, hatte er noch geschrieben. Danach würde er auch gleich und ohne vorheriges Heimkommen nach Zürich weiterfahren. Am folgenden Tag, gegen Mittag, sei er dann wieder daheim, wie ich mich sicher erinnern könne.

Ich erinnerte mich an nichts dergleichen, war aber nicht unglücklich über die vielen Stunden, die ich nach meinem Gut-dünken verprassen konnte.

Nichtsdestotrotz freute ich mich über den für mich arran-gierten Frühstückstisch und den Kuss-Smiley unter Ludwigs Nachricht. Es gab sie noch, unsere kleinen Liebesbeweise.

Der Herbert'sche Geist hatte ihnen nicht den Garaus machen können.

Um zehn wollte ich mich mit einer zukünftigen Fachkollegin, die ich bisher nur vom schriftlichen Austausch kannte, bei einer Tasse Kaffee am Lungolago treffen. Wobei die anhaltende Hitze wohl eher für einen *affogato* sprach. Danach war ein Bad im See für mein seelisch-körperliches Gleichgewicht fällig. Und schließlich wartete in unserer Küche noch eine Heerschar ausgewachsener Zucchini darauf, mit viel Knoblauch und Chilischoten in Öl konserviert zu werden. Die zukünftigen *zucchine sott'olio* würden mir einige Stunden zu tun geben.

Auf dem Weg zum Tor kam mir Matilda mit einer Kühltasche entgegen.

»*Il pranzo per il signor 'erbert*«, erklärte sie mir unaufgefordert und wies auf die Tasche. »*Vitello tonnato. Il migliore da qui fino a Milano.*«

Das waren mehrere Besonderheiten. Zum einen verblüffte mich, dass Matilda ihren Schuft von einem Arbeitgeber, den sie vor nicht allzu langer Zeit mit höchst unschönen Namen versehen hatte, noch immer bekochte. Hatte er ihr nicht gekündigt? Zum anderen wunderte ich mich über ihre Bescheidenheit. Sollte ihr in Weißwein und Brühe gegartes, in feine Scheiben geschnittenes und in Thunfischmayonnaise gebettetes Kalbfleisch wirklich nur von hier bis Mailand das beste sein? Da musste doch noch eine größere geografische Ausweitung möglich sein.

»*Ultimo giorno oggi*«, klärte mich Matilda auch gleich auf, womit zumindest das Rätsel um das gekündigte Arbeitsverhältnis gelüftet wurde. »Letzte Tag. Ab morgen: *finito*!« Mit der flachen Hand vollführte sie eine Art horizontalen Karateschlag, der mich erschrocken zurückweichen ließ. »Fertig!«, wiederholte sie lustvoll.

Aus den Augenwinkeln sah ich Giuseppe näher kommen. Er trug einen Rasentrimmer unter dem Arm, was auf bevorstehende Betriebsamkeit schließen ließ. Als wäre unsere bloße

Präsenz Grund zu einer Kehrtwende, drehte er sich abrupt um und verschwand, wie immer leicht hinkend, hinter denselben Sträuchern, die ihn eben noch ausgespien hatten.

»Ist für Giuseppe heute auch der letzte Tag?«

»*E chi lo sa?*« Matilda zuckte mit den Schultern, als sei sie nun wirklich die Letzte, die eine solche Frage beantworten könne, und setzte sich in Bewegung.

Wer weiß das schon? Was für eine seltsame Antwort. Und das von einer Frau, die ich unlängst mit dem Gärtner in dessen Auto hatte sitzen sehen.

Matilda, so viel ließ sich den Geräuschen hinter meinem Rücken entnehmen, musste an der Tür mit jemandem zusammengetroffen sein, der das Haus verließ. Es blieb mir nichts anderes übrig, als mich umzudrehen, wenn ich nicht weitere Details verpassen wollte.

Während Matilda die Tür hinter sich zuschlug, flatterte ein imposanter Paradiesvogel die zwei der Haustür vorgelagerten Treppenstufen hinab. Ausnahmsweise handelte es sich nicht um die allgegenwärtige Kassandra. Die hochgewachsene Gestalt in purpurroten Palazzohosen und farbenfrohem Kimono aus hauchdünnem Chiffon, der sich wie Flügelwerk hinter ihr blähte, war die Nachbarin, Olivia Herzig.

»Frau Kummer, warten Sie!«, rief sie, als wäre eine lange verschollene Bekannte vor ihren Augen einer Erdspalte entstiegen. Dies, obwohl wir uns so gut wie gar nicht kannten. Was ich von Olivia Herzig wusste, hatte mir Ludwig erzählt. Der vermied es, sich in der Nähe der Hecke zum angrenzenden Grundstück aufzuhalten, wenn er Frau Nachbarin jenseits der Sträucher und Büsche wähnte.

Wir beide hatten uns nur einmal einen Gruß zugeworfen, in dem kurzen Moment, der uns auf der Via Collinetta fürs Aneinandervorbeifahren zur Verfügung stand: Olivia Herzig auf einem silbernen Motorroller, ich – nicht ganz so effektvoll – auf meinem Rad.

»Welche Freude, Ihnen endlich mal richtig begegnen zu können. Ach, und was für eine attraktive Frau Herberts Sohn doch sein Eigen nennen darf! Aber kein Wunder, die Kummer-Männer sind ja selbst wahre Prachtexemplare. Wie schön!« Sie legte ihre beringten Hände zusammen, als müsse sie einer höheren Macht ihren Dank für unser Zusammentreffen aussprechen.

Es gab nicht viele Dinge, die mich zu einer sich in ihr Haus zurückziehenden Weinbergschnecke und so gut wie sprachlos machten. Übertriebene Gunstbezeugungen und hanebüchene Komplimente gehörten dazu. Weder waren die Kummer-Männer Prachtexemplare, noch hielt ich mich für erwähnenswert attraktiv. Nun ja, vielleicht ein klein bisschen. Was mir besonders aufstieß: »Sein Eigen nennen« durfte mich niemand. Auch nicht Ludwig.

Hatte diese Frau ein Distanzproblem oder, schlimmer, ein klitzekleines Schräubchen locker? Jedenfalls verstand ich nun, weshalb Ludwig keinen Wert auf Begegnungen mit ihr legte.

Und doch gab es etwas, das mir an Olivia Herzig zusagte: Es war ihr anscheinend egal, was ihr Gegenüber von ihr dachte. Sie tat sich keinen Zwang an, flatterte grellbunt gewandet und mit Klimperschmuck behängt durch die Gegend und lebte ihre Exzentrik nach Lust und Laune. War das nicht eigentlich erstrebenswert?

»Ja, das freut mich auch, Sie mal zu sehen«, piepste ich wie ein Vögelchen und streckte Olivia Herzig meine Hand entgegen, die sie mit beiden Händen ergriff und kraftvoll in vertikale Bewegung setzte, als handelte es sich um den Pumpschwengel eines Brunnens.

»Haben Sie Herrn Kummer senior einen Besuch abgestattet?« Ja, ich war neugierig, aber damit musste jemand leben, der mir fast den Arm auskugelte.

»So ist es! Wir pflegen unsere Nachbarschaft, wie es sich gehört.«

Darunter konnte ich mir nichts vorstellen.

Es sollte mir auch weiterhin ein Rätsel bleiben, denn der eben zum Prachtexemplar erkorene Herbert feuerte von der

Haustür aus Düsternis auf uns nieder. Nemesis in maskuliner Version. Nichts an ihm erweckte den Anschein, als wollte er an unserem Geplauder auf dem Gartenpfad teilhaben. Eher sah es danach aus, als gefiele ihm der Gedanke, uns beide mit der bloßen Kraft seiner finsteren Miene in Luft aufzulösen.

»Giuseppe will hier gleich die Rasenkante trimmen. Ihr solltet ihm Platz machen«, sprach der Ungehaltene.

Von einem trimmenden Giuseppe war nichts zu sehen. Und an Olivia Herzig schien nichts von Herberts Gereiztheit haften zu bleiben. Oder doch?

Für einen kurzen Moment zogen sich ihre rot geschminkten Lippen zu einem schmalen Schlitz zusammen, bevor sie zu ihrer natürlichen Formung und einem überdimensionierten Lächeln zurückfanden.

»Ciao, Herby!«, rief sie ihm winkend zu, hakte mich ein, als wären wir alte Freundinnen, und dirigierte mich nicht etwa zum Tor, sondern zu dem die beiden Grundstücke trennenden Heckengestrüpp. Das bot offenbar mehr als nur einen Durchschlupf für die spontane Pflege nachbarschaftlicher Beziehungen.

»Und nun trinken wir zwei einen leckeren Cappuccino auf meiner Terrasse und essen ein paar von meinen selbst gebackenen Amaretti.«

Fast hätte mich die Selbstverständlichkeit, mit der Olivia Herzig ihr Anliegen vorbrachte, in ein fremdgesteuertes Wesen verwandelt, das nichts lieber tat, als plaudernd Cappuccino und Amaretti zu sich zu nehmen.

Rechtzeitig erinnerte ich mich an meine Verabredung am Lungolago.

»Das müssen wir leider auf ein anderes Mal verschieben.« Ich entzog Olivia meinen Arm, was sich als schwieriger erwies als erwartet, denn sie hatte mich kraftvoll im Griff.

Am Tor stellte ich fest, etwas Wesentliches vergessen zu haben: mein Rad.

Während ich den Geräteschuppen ansteuerte, fragte ich mich nicht zum ersten Mal, was Frauen wie Kassandra oder

Olivia – nein irgendeine Frau – an einem Mann wie Herbert fanden. Dass sich ein Sechsundsiebzigjähriger durchaus noch einer virilen Ausstrahlung rühmen konnte, wollte ich nicht anzweifeln, auch wenn es mir schwerfiel, meinen Schwiegervater unter diesem Gesichtspunkt zu betrachten.

Was um Himmels willen hatte Herbert zu bieten, außer vielleicht seiner stattlichen Erscheinung und seinen noch immer markanten Zügen? Für mich war er ein Macho, ein Chauvinist, ein …

Erschrocken hielt ich inne. Hinter einem Rhododendron saß Giuseppe im Gras und rauchte eine Zigarette. Neben ihm der Rasentrimmer. Das Szenarium war nur teilweise ungewöhnlich und eigentlich auch nicht erschreckend, denn Giuseppe hing nicht selten eine Kippe im Mundwinkel, und kleine Päuschen legte er häufig ein. Eigenartig und, ja, unheimlich sogar war seine Miene. Seine buschigen Brauen schienen über der Nasenwurzel ineinanderzuwachsen wie die Ranken des seiner Pflege anvertrauten Gebüschs. Die Augen hatte er zusammengekniffen, als müsse er sich vor greller Sonnenstrahlung schützen, was nicht der Fall war. Außer mir hatte er nichts und niemanden im Blickfeld.

»*Ciao, Giuseppe*«, rief ich. »*Ultimo giorno oggi?*«

Die Sache mit dem letzten Tag schien mir das Motto des Tages zu sein, auch wenn Matilda sich bezüglich Giuseppe bedeckt gezeigt hatte. Irgendwann musste ja auch für ihn Schluss sein.

Giuseppe, den ich bisher nur selten wirklich unfreundlich erlebt hatte, schien für meine dick aufgetragene Munterkeit nichts übrig zu haben. »*Sì*«, sagte er.

Zumindest nahm ich an, dass es sich bei dem Laut um etwas dergleichen handelte. In jedem Fall klang es nicht nach der Einleitung zu einem angeregten Geplauder, weshalb ich »*Peccato*« sagte und »*Tanti auguri per il futuro*«.

Nach dem Ausdruck meines Bedauerns und den guten Wünschen für die Zukunft schien es sich Giuseppe doch noch anders überlegt zu haben, denn als ich ansetzte, zum Schuppen weiterzueilen, verkündete er meinem ihm halb zugewandten Rücken: »*Non si sa mai quando sarà l'ultimo giorno.*«

Verblüfft hielt ich ein weiteres Mal inne. Wurde Giuseppe etwa existenziell?

Man weiß nie, wann der letzte Tag sein wird.

Das Wissen um unsere Endlichkeit war als solches weitreichend bekannt. Auch dass wir über das Wann keine Kenntnis besaßen, war nicht neu. Aber darüber hatte ich mich mit Giuseppe nicht auslassen wollen. Ich erwiderte seine Lebensweisheit mit meiner zum Gruß erhobenen Hand und tat, was ich dringend tun musste: Ich holte mein Gefährt aus seinem von Herbert zugewiesenen Unterstand.

Was für ein Treiben heute Vormittag in und um die Villa Felicità. Und was für eine Ansammlung von Launen. Mit einem nur mir zugedachten Kopfschütteln schob ich das Rad hoch zum Tor.

Man weiß nie, wann der letzte Tag sein wird.

Niemand war mehr zu sehen.

※※※

Es war so weit.

Im Leben musste man sein Schicksal selbst in die Hand nehmen, wenn man nicht wollte, dass es andere für einen taten.

Und ohne Risiko ging es nun mal nicht. Auch nicht ohne ein bisschen Tumult. Den würde es natürlich geben.

Non si può fare una frittata senza rompere le uova.

Man kann kein Omelett machen, ohne die Eier aufzuschlagen.

Gerechtigkeit schaffen. Heimzahlen. Ja, heimzahlen.

Es gab viele Gründe, endlich zu handeln.

Heiß, wie heiß es war. Caldo, caldissimo.

Wenn die Hitze doch nur ein Ende nähme.

12

Tabea

Vierzehn Gläschen standen aufgereiht nebeneinander auf dem Küchentisch. Hübsch beschriftet: »Pikante Zucchini in Öl eingelegt«. Ohne Müdigkeit zu verspüren, hatte ich bis spät in den Abend hinein geschuftet.

Das Gespräch mit meiner zukünftigen Kollegin Ursina am Vormittag hatte gutgetan. Ich begann, mich auf das Kolleg und den Unterricht im September zu freuen. Gedichte würde ich auf meine alten Tage immer noch zur Genüge schreiben können, versicherte ich mir. Seit wir im Tessin wohnten, hatte ich gerade mal vier lyrische Texte verfasst. Mittelmäßige noch dazu. Ich konnte umdisponieren. Flexibilität war schließlich eine Tugend.

Und überhaupt, wenn ich anstatt auf die Lyrik auf meine Gartenprodukte setzte? Meine Waren an einem Stand auf der Piazza Grande in Locarno feilbot, von kauffreudigen Urlaubern umringt, die mir meine Ware aus der Hand rissen? Die Idee gefiel mir.

Ich strich den Gläsern über ihre Deckel, als wären sie allesamt meine lieben Sprösslinge. Große, kleine, bauchige, längliche.

Obwohl es spät war, zog es mich noch nicht ins Bett. Ich wollte ein wenig sitzen bleiben mit meinen Konservenkindern und dem Glas mit eisgekühlter Zitronenlimonade. Am Küchentisch, bei geöffnetem Fenster, durch dessen Mückenschutzgitter nur ein schwacher Lufthauch drang.

Draußen raschelte es. Eine Katze? Ein Fuchs? Vielleicht sogar ein Dachs? Es knisterte, knackte.

Ich dachte an den frühen Abend zurück. An den Schreck, als ich einen Kerl erspäht hatte, der sich, von Olivia Herzigs Grundstück kommend, nach links und rechts ausschauhaltend, durch einen Spalt in der Kirschlorbeerhecke gezwängt hatte.

»Hey!«, hatte ich gerufen, die Zinkgießkanne vor mich haltend wie einen Schild. »Was machen Sie da?«

Dass es sich bei dem Mann mit dem grünen Käppi um Mario Gallino handelte, war mir erst klar geworden, als er mir das Gesicht zuwandte.

»Ähm, die Sache ist die …«, hatte er von sich gegeben, während er auf mich zugekommen war. Der Schlenderschritt – ganz so, als wären Spaziergänge in anderer Leute Gärten ein gängiger Zeitvertreib – stand im Kontrast zu seinem Drucksen.

»Ich bin auf der Suche nach *dragoncello*. Wie sagt man auf Deutsch? Ist mir entfallen. Ich brauche das für die Felchen-filets, die ich nachher sautieren werde«, hatte er mir mitgeteilt. Mit jedem Satz war er in mehr erzählerischen Schwung geraten.

In meinem Kräuterbeet, auf das ich sehr stolz war, wuchs so allerlei. Etwas, das sich *dragoncello* nannte, war nicht dabei. Inzwischen kannte ich die italienischen Namen all meiner Gewächse. Das war Ehrensache. Im Übrigen war ich nicht der Meinung, dass irgendein Kräuternotstand das Anschleichen durchs Gebüsch rechtfertigte.

»Estragon«, hatte Mario dann gerufen, als handelte sich die Bergung des Wortes aus den Abgründen seines Gedächtnisses um eine Extremleistung. »Ich meine Estragon!« Damit, so schien es, war für ihn alles in Butter, was wohl auch die Materie war, in der er seine Filets zu sautieren gedachte.

»Haben Sie welchen, liebe Frau Tabea?«

Die »liebe Frau Tabea« hatte keinen Estragon angepflanzt, weil sie nicht einmal gewusst hätte, wofür sich das Kräutlein verwenden ließ.

»Wir haben doch heute unseren Kochabend, und ich habe vergessen, das Gewürz zu besorgen. Ein Sahnesößchen ohne *dragoncello*, das geht gar nicht«, hatte Mario erklärt und seine grüne Schildmütze mehrmals vor- und zurückgeschoben. Weshalb es die Estragon-Mission nötig gemacht hatte, sich von Olivia Herzigs Garten kommend durch die Hecke zu quet-schen, war ungeklärt geblieben.

Während ich mir Marios Auftauchen in Erinnerung rief, wiederholte sich das Knacken und Knistern im Gesträuch nahe dem Küchenfenster. Entschlossen zog ich die Vorhänge zu. Selbst einem Fuchs oder Dachs wollte ich mich nicht hell beleuchtet präsentieren. Nun drang kein Lufthauch mehr in den Raum.

Ich horchte. Draußen war Ruhe eingekehrt, doch vom oberen Stock vernahm ich ein Rumpeln. Herbert? Der saß doch längst mit Paul und Mario zu Tisch. Bei Artischocken und Felchenfilets. Oder doch eher beim Dessert, einem Caffè Corretto oder Cognac. Es war schon nach elf.

Bellen, auch das von oben. Bruno! Dass Hunde bellten, war nichts Ungewöhnliches, aber Bruno war nun mal kein gewöhnlicher Hund. Er war, wie Ludwig und ich mehrfach festgestellt hatten, ein Ausbund an Faulheit, dem selbst eine hündische Eigenschaft wie das Heben des Beines bei Erledigung seiner Notdurft lästig zu sein schien.

Auch wenn ich nicht zur Ängstlichkeit neigte und nicht ungern allein war, begann ich zu frösteln. Ein Kunststück bei der noch immer hohen Temperatur.

Ich beschloss, ins Bett zu gehen, die Kopfhörer in die Ohren zu pfropfen und Musik zu hören. Ein bewährtes Mittel, die Außenwelt auszuklinken.

Beim Zähneputzen dachte ich an den Herrenabend. Was für ein eigenartiges Ritual! Womit Herbert und Paul wohl beschäftigt gewesen waren, während sich Mario auf Kräuterfang begeben hatte?

Ich ließ den von regem Kommen und Gehen auf Herberts Grund geprägten Tag Revue passieren, dachte an Matilda und Giuseppe, an Olivia Herzig und Kassandra. Die war mir heute ausnahmsweise nicht über den Weg gelaufen. Wahrlich keine Entbehrung!

Meine Rückblende hatte zu einer übergründlichen Zahnreinigung geführt. Frisch geduscht, in Shirt und Shorty, saß ich nun auf der Bettkante und tippte einen Gute-Nacht-Gruß für Ludwig ins Handy, den er nicht las. Er war offline.

Wieder hörte ich Brunos Bellen. Gleich darauf ein Poltern. Das musste Herbert sein. Alkoholisch angereichert und nicht mehr ganz trittfest.

Mit den Airpods in den Ohren wählte ich Rhythm & Blues aus meinem Repertoire, streckte mich auf dem Bett aus und versuchte zu entspannen. Immer wieder schoben sich Gedanken zwischen die Klänge. Dass ich am nächsten Tag Tomaten ernten und Sugo zubereiten wollte. Dass ich Herbert höflich, aber bestimmt darum bitten würde, spätnachts etwas leiser zu sein. Und sollte ich vielleicht ein oder zwei Pflänzchen Estragon in mein Kräuterbeet pflanzen?

Irgendwann zwischen Tomaten, Würzkräutern und Eric Clapton, der seltsamerweise bellte und nicht sang, musste ich eingeschlafen sein.

✳✳✳

Ich hatte geschwitzt. Es war stickig warm.

Statt mir die Schwüle schönzureden und mich in meinem Bett wie Scheherazade in einem orientalischen Hamam zu fühlen, richtete ich mich auf und griff nach meinem Handy. Ludwig hatte nicht nur meinen Gute-Nacht-Gruß nicht erwidert, er hatte ihn überhaupt nicht gelesen. Corinna, seine in Neuseeland lebende Schwester, fragte nach, wie sie ihren Bruder erreichen könne. Was denn los sei? Old Herbert, der bei ihr angerufen, aber dann beim Rückruf nicht abgehoben habe, sei genauso ein Ärgernis wie Ludwig, der nicht reagierte und sich sowieso nie meldete. Wie es mir ging, schien sie weniger zu interessieren.

Mimi hatte Fotos von sich und ihren zwei Schwestern geschickt. Zu sehen waren die drei Nixen, wie sie in den schäumenden Wellen der südlichen Adria tollten, was schäumenden Neid in mir weckte. Im Nachhall des Katzenärgers hatte sich Mimi nach ihrer überstürzten Heimfahrt kurz entschlossen in den Zug gesetzt und sich zu ihren badenden Schwestern gesellt. Das nahm ich ihr, warum auch immer, ein bisschen übel.

In dieses Schmollen funkte eine Mitteilung von Jasper. Er und Tom würden nun definitiv nicht in Ascona haltmachen. »Opas Statements nerven«, hatte er geschrieben. Sie seien auf dem Weg an die französische Riviera.

Meine Stimmung sank eine weitere Etage tiefer, auch wenn es keinen vernünftigen Grund dafür gab. Außer vielleicht, dass über mir erneut Bellen zu hören war. Unterbrochen von Heultönen. War Herbert nicht vom kulinarischen Meeting bei Paul heimgekommen? Musste der verwaiste Bruno dringend seine Blase leeren? Vielleicht hatte sich die Männerrunde ein paar Gläschen Grappa zu viel hinter die Binde gekippt und lag im Knock-out auf Pauls Terrasse.

Wenn Herbert meinte, wir würden auch noch Brunos Gassi-touren übernehmen, dann hatte er sich getäuscht. Hatte er uns vielleicht deshalb seinen Hausschlüssel anvertraut? Nein, nicht mit mir! Bruno konnte seinen Hinterlauf getrost am Tischbein heben.

So zu denken war nicht nett, doch nach Nettigkeit war mir nicht zumute. Ich hatte zu tun.

✳✳✳

Die Gardinen waren nicht zugezogen. Und das, obwohl die Sonne ihrem Zenit entgegenstrebte. Auch sah es aus, als stünde die Terrassentür einen Spalt offen. Wurde Herbert auf seine alten Tage nachlässig, oder war er tatsächlich nicht zu Hause?

Im unteren Garten gab es nur eine Stelle, von der aus die Sicht auf seine Veranda möglich war. Verschwitzt von der Gartenarbeit balancierte ich, die flache Hand über die Augen geschirmt, auf einem Mauervorsprung. Nicht dass ich Lust auf voyeuristische Akrobatik verspürte, aber Brunos Gebelle verlangte nun doch nach einer Inspektion. Ich durfte den armen Kerl nicht länger ignorieren.

Die reifen Peretti-Tomaten waren allesamt geerntet und lagen eingeschichtet in ihren Holzkistchen. Ein bisschen Zeit konnte ich abzwacken für einen Akt der Nächstenliebe. Obwohl ich mir vorgenommen hatte, Herberts Wohnungsschlüssel niemals zu nutzen, beschloss ich, nach oben zu gehen und nach dem Rechten zu schauen. Auch die eisernsten Vorsätze konnten gebrochen werden.

Mein Vorhaben scheiterte an der Haustür, die sich nicht aufschließen ließ. Auf der Türinnenseite musste der Schlüssel stecken. Schlussfolgerung: Herbert war zu Hause.

Also doch Alkoholkonsum. Mein Schwiegervater hatte einen ausgewachsenen Kater, der sogar Brunos Nöten die Krallen zeigte.

Andererseits … Es war kurz vor Mittag.

Das wiederholte Drücken der Klingel, deren schriller Ton jeden komatösen Trunkenbold in die Senkrechte befördern musste, bewirkte nichts. Brunos mittlerweile zum Soundtrack gewordenes Bellen war ein anderes Thema.

Ich musste es tun. Ich musste durch den Keller nach oben gehen, wie Herbert es in umgekehrter Richtung getan hatte, um Simon und Garfunkel freizulassen.

Damit wären wir dann quitt.

✳✳✳

Es schien, als würde er ein Lichtbad nehmen.

Herbert lag auf dem schwarz-roten Orientteppich wie einer dieser unbelehrbaren Sonnenanbeter, die sich unten am Lido auf ihren Strandtüchern der Bräunung hingaben. Flach ausgebreitet, die Arme im Winkel von sechzig Grad von seinem Torso weggespreizt. Die Beine breit wie ein Hampelmann bei gezogener Schnur. Dazu diese lächerlichen, auf jugendlich getrimmten Shorts. Durch das Terrassenfenster flutete die grelle Helligkeit des Julitags und verpasste ihm eine Art Ganzkörperheiligenschein.

Herbert, der es sonst nicht duldete, dass die Sonnenstrahlen ungehindert auf die schweren Mahagonimöbel und die Orientteppiche trafen, ließ dem Licht freien Lauf.

Drei Hypothesen drängten sich auf. Die erste: Herbert war

stockbesoffen. Die zweite: Herbert spielte mir einen üblen Streich. Die dritte: … Durfte ich daran überhaupt denken?

»Herbert?« Ich stützte mich am Türrahmen des Wohnzimmers ab, als würde mir ohne Halt das gleiche Schicksal blühen wie ihm. »Warum liegst du da?«

Herbert gab keine Antwort.

Im Raum herrschte Stille.

Bei Bruno, der Herbert zu Füßen stand, musste sich Erleichterung eingestellt haben. Er bellte nicht mehr. Vielleicht war es blanke Erschöpfung. Eine Flaute, die unvermittelt von einem Energiepush abgelöst wurde.

Noch bevor ich irgendetwas tun konnte, schoss der Basset unter Ausstoß eines durchdringenden Heultons an mir vorbei nach draußen. So schnell hatte ich ihn noch nie erlebt.

Und ich? Sollte ich es Bruno gleichtun? Nein, ich musste handeln, musste irgendetwas mit dem so seltsam auf dem Teppich drapierten Herbert anstellen. Seinen Puls fühlen vielleicht, ihn beleben. Wiederbeleben? Dazu musste ich die Türklinke loslassen, die ich zu meinem existenziellen Haltegriff erkoren hatte.

Und überhaupt, wiederbeleben. Ging das, wenn … ja, wenn der Mann dort auf dem Boden mausetot war?

13

Ludwig

Vor der Villa Felicità, am Straßenrand, stand ein weißer Wagen mit orangem Streifen. Dass in schwarzen Lettern »Polizia« auf der ihm zugewandten Seite stand, war eine entbehrliche Information. Dicht dahinter ein ihm unbekanntes graues Auto, miserabel geparkt.

Ludwig manövrierte den Volvo auf den freien Platz des Unterstands, neben den Mercedes seines Vaters. Dabei hielt er sich exakt an die sechzig Zentimeter Abstand, die sich Herbert erbeten hatte. Kurz streifte Ludwig die Frage, ob er vielleicht nicht ganz bei Trost war. Wie sonst käme jemand auf die Idee, angesichts eines Polizeifahrzeugs vor dem heimischen Grundstück mit akribischer Genauigkeit einen Parkvorgang auszuführen?

Er stellte den Motor ab und blieb sitzen, womit er seinem absonderlichen Benehmen treu blieb. Dieselbe höhere Macht, die ihn seit gut einer Minute in den Autositz presste, ließ ihn in Zeitlupe in dem auf dem Beifahrersitz deponierten Rucksack nach seinem Handy suchen. Das hatte er gestern nach dem ermüdenden Shooting im Zürcher Zoo – spleenige Idee eines Paares auf ihrer späten Hochzeitsreise – aus ihm nur noch teilweise nachvollziehbaren Gründen abgestellt.

Sein Freund Henry hatte ihn zum Abendessen in die altehrwürdige »Kronenhalle« zu einem exzellenten Mahl eingeladen. Während Henry vornübergebeugt und mit der Präzision eines Chirurgen seinem Entrecote zu Leibe gerückt war, hatte er ihm wortreich und zum wiederholten Mal versichert, wie sehr er es doch bedauerte, Ludwig die Lokalität in der Froschaugasse nicht mehr mietfrei zur Verfügung stellen zu können.

»Eine unerfreuliche Notwendigkeit«, hatte Henry zwischen zwei Sezierphasen kauend und mit der Miene eines gut geschulten Bestatters beteuert. Auch dies nicht zum ersten

Mal. Die Boutique, die nun in dem früheren Fotostudio ihre überteuerten Klamotten feilbot, entspräche so gar nicht seinen Wertvorstellungen. Andererseits, nun ja, hätte Ludwigs kostenfreies Mietverhältnis doch einige Jahrzehnte angedauert. Und zum Glück hätte Ludwig im Tessin eine valable – er sagte tatsächlich »valable« – Alternative gefunden.

Ludwig hatte sich mit der gestärkten weißen Serviette den Mund abgetupft, am Vierhundert-Franken-Burgunder genippt und ausgiebig genickt. Kurz hatte er den Versuch unternommen, Verständnis zu mimen. Dass es ihm nicht gelungen war, lag daran, dass ihn die Rechtfertigungen seines Jugendfreunds nicht überzeugt hatten. Der alleinstehende Henry verfügte mit oder ohne Mietzahlungen über ein Vermögen, das ihm noch so manches Abendessen in der »Kronenhalle« ermöglichen würde. Da durfte dann an dem auf der Weinkarte vermerkten Flaschenpreis durchaus noch eine weitere Null hängen.

Die Frage, ob die Freundschaft zu Henry vielleicht nichts anderes war als eine über die Jahre löchrig gewordene Gewohnheit, hatte Ludwig sich im inneren Dialog bei Rumdatteln mit Zimtparfait gestellt. Die Antwort stand noch aus.

Nach ein paar Single-Malt-Vintage-Whiskeys waren sie ein wenig um die Häuser gezogen, wie Henry seinen Programmvorschlag genannt hatte. So etwas gehörte eigentlich nicht zu Ludwigs Gewohnheiten und hatte auch kein gutes Ende genommen. Ein Ende, das er wie schon ein paar andere der Erinnerung unwürdige Ereignisse in seinen mentalen Mottenschrank verbannen wollte.

Nun saß er also hier in seinem Volvo, in einem Zustand der Umnebelung, der nicht mit den Überresten von Trunkenheit erklärt werden konnte, und tat endlich, was er schon längst hätte tun sollen: Er schaltete sein Handy ein. Die verpassten Anrufe entsprachen grob geschätzt der Zahl der gestern geleerten Gläser verschiedenster Spirituosen. Hauptsächlich war es Tabea, die versucht hatte, ihn zu erreichen, aber auch Jaspers Nummer und die seiner Schwester Corinna befanden sich darunter. Tabeas letzter erfolgloser Anruf lag zehn Minuten zurück. Außerdem – Ludwig scrollte weiter zurück – hatte sein Vater versucht, ihn anzurufen, was in doppelter Hinsicht erstaunlich war. Herbert rief ihn nämlich nur selten an. Er zog Kurzmitteilungen vor, die ihren Namen tatsächlich verdienten. Auch die späte Stunde seines Anrufs, gestern Abend nach elf Uhr, war unüblich.

Was wollten sie alle von ihm?

Übelkeit schwappte in ihm auf. Die Hitze im Volvo? Die vielen Anrufer, die er hatte auflaufen lassen? Das Aufgebot vor der Villa Felicità?

Ein junger Polizist, den er nicht hatte näher kommen sehen, klopfte an das Seitenfenster.

Ludwig verzichtete darauf, das Fenster herunterzulassen. Stattdessen öffnete er die Tür und stieg aus.

Der Polizist, den Ludwig auf nicht viel älter als zwanzig schätzte, trat einen Schritt zurück.

»Signor Kummer?« Das lag irgendwo zwischen Frage und Feststellung. Warum lächelte der junge Mann mit dem wie aufgemalt wirkenden Kinnbärtchen nicht ein wenig? Wäre das nicht ein psychologisch geschickter Zug, dessen Vermittlung man in den Lehrplan der Polizeischule aufnehmen sollte?

Ludwig nickte. Zumindest dass er Signor Kummer war, konnte er problemlos bestätigen.

Seinen Beinen, die nun Bodenkontakt aufgenommen hatten, fehlte die Kraft, ganz so als wären ihm seine Muskeln nach langer Bettlägerigkeit weggeschrumpft. Es gelang ihm gerade noch, in der Senkrechten zu bleiben, ohne sich die Blöße zu geben, sich am wohltrainierten Oberarm seines jugendlichen Gegenübers festzuklammern.

Das Kinnbärtchen warf ihm einen besorgten Blick zu und stellte sich mit seinem Namen vor, den aufzunehmen Ludwig erst gar nicht versuchte. Auch die nachfolgenden Sätze, bei denen er nicht hätte sagen können, in welcher Sprache sie gesprochen wurden – Italienisch, Deutsch? –, rauschten an ihm vorbei, ohne dass er ihren Sinn erfasst hätte. Er solle doch bitte mitkommen, so viel war immerhin hängen geblieben.

Er stolperte der blauen Jacke mit der Aufschrift »Polizia« hinterher, eifrig bemüht, nicht mehr als einen, maximal zwei Schritte im Rückstand zu bleiben. So als gäbe es ein Gesetz, das eine größere Distanz ausdrücklich verbot. Ihm schossen so existenziell bedeutsame Fragen durch den Kopf wie die, ob der junge Mann in seiner Jacke nicht furchtbar schwitzte und ob man in dem Beruf überhaupt im Hemd rumlaufen durfte.

Der Polizist, der davon nichts ahnte und dem Ludwigs Zustand vermutlich nicht allzu sehr am Herzen lag, hob ein der Absperrung dienendes rot-weißes Plastikband und duckte sich darunter hindurch. Er hielt das Band gehoben und deutete Ludwig mit einem Kopfnicken an, es ihm gleichzutun, was aussehen musste, als vollführten sie ein graziles Barocktänzchen.

Aber nach Tänzchen irgendeiner Art war Ludwig nicht zumute. Aus den Augenwinkeln registrierte er ein paar Passanten, die sich der Hitze trotzend am unerwarteten und noch dazu kostenlosen Unterhaltungsprogramm erfreuten.

Und weiter ging es im Gefälle auf dem Gartenpfad. Eine Zweierprozession, deren Sinn und Zweck sich Ludwig nicht erschließen wollte. Eine mentale Betriebsstörung. Ja, darum musste es sich handeln.

Die Tür zu Herberts Wohnung stand offen, sodass er im Gang und sich an dessen Ende zeigenden Wohnzimmer ein ungewöhnliches Treiben erkennen konnte. Menschen in dünnen weißen Arbeitsoveralls, die emsig Undefinierbares taten. Nein, so kannte er das Haus seines Vaters nicht. Der duldete, von Ausnahmen abgesehen, weder eine weit geöffnete Haustür noch eine solche Ansammlung von Menschen.

»*Sua moglie* … Ihre Frau«, hörte Ludwig den Polizisten sagen, der stehen geblieben war und mit ausgestrecktem Arm und wunderlich lang erscheinendem Zeigefinger ins Ungefähre wies. Vielleicht dahin, wo der Gartenweg einen Knick machte und als Treppe hinab zu ihrer Wohnung führte; vielleicht auch ins angrenzende Gebüsch.

»Ludwig!« Ein schriller Schrei erübrigte weitere Finger-zeige.

Tabea war von der Steinbank aufgesprungen, dem lauschi-gen Ruheplätzchen im Schatten der weit ausladenden Äste der Trauerweide. Die in langen Ruten nach unten hängenden Zweige verdeckten den Oberkörper seiner Frau auf eine Weise, die sie ihm wie ein mit der Schere zerschnippeltes Wesen er-scheinen ließ. Ein Eindruck, der vielleicht mehr durch eine heimtückisch aufziehende Migräne-Aura verursacht wurde als durch das Geäst.

Neben Tabea kauerte Bruno. Auch der verzerrt.

Eilig kam sie ihm entgegengelaufen. Ludwig rang sich eben-falls so etwas wie Dynamik ab, aber während er zwei Schritte tat, machte sie vier.

»Was ist passiert?«, fragte er in ihren dunkelblonden Haar-schopf hinein.

Sie hatte sich ihm an die Brust geworfen wie einem inbrüns-tig erwarteten Retter, was ihm unter normalen Umständen gefallen hätte, aber jetzt lediglich seine Ratlosigkeit steigerte.

»Was ist passiert?«, fragte er gleich noch mal. Vermutlich deshalb, weil ihm klar wurde, dass diese schlichte Drei-Wort-Frage längst fällig gewesen wäre. Mehr noch, hier und jetzt war sie die Mutter aller Fragen.

»Herbert«, hörte er Tabea sagen. Zumindest klang es so, denn sie hatte diesen ihm durchaus vertrauten Namen in den feucht an seinem Oberkörper klebenden Stoff seines Polo-hemds gepresst. »Dein Vater ist tot.«

Das war deutlicher vernehmbar, denn sie hatte sich von ihm gelöst und sah ihn mit weit aufgerissenen Augen an, die wie bei einem kubistischen Gemälde seitlich verschoben waren und sich – anatomisch schlecht möglich – außerhalb des Gesichts befanden. Ein weiterer Streich, den ihm die Sehstörung spielte.

»Tot.« Ludwig bediente sich der identischen Tonalität wie zuvor Tabea. Es schien, als spielten sie ein Spiel, bei dem man das zuletzt Gesagte des anderen wiederholen musste. Und gleich noch mal: »Tot.«

Die Migräne, die sich mit der Aura in Stellung gebracht hatte, machte sich nun über ihn her wie eine hungrige Hyäne. Übelkeit, pulsierender Schmerz auf der linken Schädelseite und das Gefühl, das Sonnenlicht dieses fürchterlichen Julitages keine Sekunde länger ertragen zu können. Die ganze Palette.

※※

»Warum warst du nicht zu erreichen?«

Die Frage war berechtigt. Trotzdem hätte er Tabea gern gesagt, dass das jetzt keine Rolle spiele, dass er sich nur mit Mühe in aufrecht sitzender Position halten könne und nichts mehr ersehne, als sich im abgedunkelten Schlafzimmer in sein Bett legen zu dürfen. Aber er verschwieg sein Leiden. Sein Vater war tot. Sollte er da etwa um Mitgefühl heischend mit seiner Unpässlichkeit aufwarten? Ins Bett kriechen, als ginge es hier um ihn?

Glücklicherweise befand sich die verstörte Tabea gar nicht in der Verfassung, auf der Beantwortung ihrer Frage zu beharren.

Sie saßen auf der Bank im Schatten der Trauerweide. Neben ihnen, in seiner Regungslosigkeit den steinernen Elfen und Löwen um sie herum nicht unähnlich, lag Bruno. War er aus Loyalität zu seinem Herrn gleich mitgestorben?

Tabea hatte in ungewohnt sprunghafter Form von den Ereignissen der letzten zwei Stunden berichtet. Dass er nicht alles verstand, hing nicht nur mit seinem eigenen Zustand zusammen.

Sie war es, so viel war klar, die seinen Vater leblos auf dem Boden seines Wohnzimmers vorgefunden und daraufhin Dr. Leoni angerufen hatte. Den Hausarzt der Familie, der schon die Todesbescheinigung seiner Mutter vor zehn Jahren ausgestellt hatte. Der alte Dr. Leoni hatte Herbert mit dem Stethoskop abgehorcht und sich nach mehrfachem Kopfschütteln und mit gerunzelter Stirn mühevoll wieder aus der knienden Position aufgerappelt. Tabea hatte dem gesamten Ablauf in ihrem Bericht ermüdend viel Platz eingeräumt. Inklusive Leonis finaler Feststellung, dass ihm die Sache nicht gefalle. Das war als solches nicht weiter verwunderlich. Warum auch hätte ihm der Tod seines langjährigen Patienten gefallen sollen? Erst in einem zweiten Denkanlauf erschloss sich Ludwig Leonis Aussage. »Nicht gefiel« war die abgeschwächte Formulierung von »Hier war etwas, wenn schon nicht faul, dann zumindest fragwürdig«.

Herbert hatte sich nämlich vor nicht allzu langer Zeit durchchecken lassen. Auf Herz und Nieren, wie er es selbst ausgedrückt hatte. Die Untersuchung hatte ergeben, dass er sich bester Gesundheit erfreute, mit einem Herzen wie ein Dreißigjähriger. Mit seinem jüngsten Fitnessprogramm unter der Obhut von Kassandra Zweiglein-Bordoli und etwas Glück konnte er noch zwei Jahrzehnte aufs Parkett legen.

Das war Herberts Version gewesen, die Dr. Leoni heute in etwas nüchterner Form bestätigt hatte.

Das Ungleichgewicht und die Sprunghaftigkeit in Tabeas Bericht verstärkten Ludwigs extremes Unwohlsein. Mal vergaß sie, Sätze zu Ende zu führen, hüpfte in der Zeitfolge vor und zurück oder erzählte – völlig unverständlich – von eingemachten Zucchini und Estragon. Dann wieder verlor sie sich in Kleinkram, auf den Ludwig gut hätte verzichten können. Aber wer wollte ihr die Verwirrung verübeln?

Er hatte seine üblicherweise vier Stunden andauernde Migräne noch nie in aufrechter Position auf einer steinernen Gartenbank verbracht. Das allein erwies sich als Tortur erster Güte. Die Gründe, weshalb sie hier überhaupt saßen, verpassten seinem Leiden die Potenz hoch drei.

»Jedenfalls war Dr. Leoni der Meinung«, fuhr Tabea fort, nachdem sie sich ihre feuchten Augen mit dem Stoff ihres Shirts abgetupft hatte, »dass ein unnatürlicher Tod nicht auszuschließen sei. Und deshalb hat er die Polizei informiert.«

»Die Polizei«, wiederholte Ludwig. »Unnatürlicher Tod.«

Dass er sich wie ein Papagei aufführte – nicht der cleverste obendrein –, nahm er inzwischen ergeben hin. Sein Alter Ego saß neben ihm und machte emotionslos eine Strichliste all der Seltsamkeiten, die der Ludwig aus Fleisch und Blut von sich gab. Eine mehr oder weniger spielte keine Rolle.

»Und jetzt?«, fragte er, um sich zu versichern, doch noch zu mehr als Repetitionen fähig zu sein. »Wo ist Herbert? Und was machen die dadrin?« Er wies zum Hauseingang seines Vaters und stellte fest, dass er inzwischen wenn schon nicht klar denken, so doch zumindest wieder einigermaßen scharf umrissen sehen konnte.

»Herbert ist … noch … dort.« Tabea heulte die Satzfragmente ins Innere ihrer Handflächen, die sie sich in einem erneuten Aufwallen der Emotionen vors Gesicht hielt. »Und der *medico legale* auch. Ist das nicht … furchtbar?« Das »furchtbar« wurde von einem Heulton aufgesaugt, der von einer ausgewachsenen Wölfin hätte kommen können. Klänge dieser Art hatte Ludwig von ihr bisher nicht gehört.

Der *medico legale*. Ludwig wiederholte die zwei Wörter, diesmal still für sich. Der *medico legale* war – ihm wurde abwechselnd heiß und kalt – kein Geringerer als der Rechtsmediziner.

Tabea saß nun ganz vornübergebeugt. Die Hände noch immer vor dem Gesicht, die Ellbogen auf den Oberschenkeln abgestützt. Vorsichtig nahm Ludwig ihre linke Hand und zog sie zu sich herüber, um wenigstens einen kümmerlichen Teil von seiner Frau in seine Obhut zu nehmen. Tabea ließ es geschehen.

Auf diese Weise miteinander verbunden, blieben sie auf der Steinbank sitzen.

Neben ihnen Bruno. Still und stumm.

14

Tabea

Das plumpe Aufklatschen von Brunos Pfoten auf den Stein-
stufen hatte uns bis nach unten begleitet. Bruno, unser Schatten aus Vorwurf und Verzweiflung. Natürlich war das meine
Lesung seines Gefühlszustands. Wie es wirklich in ihm aussah,
wusste niemand außer ihm selbst.

Kaum hatten wir unsere Wohnung betreten, ließ er sich
auf den kühlen Terrakottaboden des Flures fallen. Sein lang
ausgestreckter Körper, sein ganzer Habitus brachten zum
Ausdruck, dass er hier erst mal bleiben würde. Das von mir
herbeigetragene Wasser verschmähte er mit einem kaum erkennbaren Abwenden der Schnauze.

»Papa ist nicht mehr da«, sagte ich zu ihm in einem Anflug
unbeholfener Anteilnahme, was Bruno mit einem Seufzen
quittierte.

Nach seiner Flucht aus Herberts Wohnzimmer hatte ich
ihn eine Weile nicht mehr erspäht, aber auch nicht gesucht.
Schließlich gab es anderes zu bewältigen. Ein Teil von mir
hatte sich allerdings gewünscht, es ihm gleichtun zu können.
Nichts wie weg. Auf und davon.

Irgendwann später war er dann aufgetaucht. Ich hatte längst
meinen Fluchtort aufgesucht: die Steinbank unter der Weide.
Durch die hängenden Äste abgeschirmt, aber doch mit der
Möglichkeit, einen Blick auf das Geschehen werfen zu können, schien die Bank das Beste, was mir unter den gegebenen
Umständen zur Verfügung stand. Für die andere verlockende
Variante, mich in Luft aufzulösen, fehlten mir die Fähigkeiten.
Der staubig hinter mir aus dem Gebüsch kriechende Bruno
wiederum musste *mich* für das Beste gehalten haben, was
verfügbar war. Bei beschränkter Wahlmöglichkeit. Er hatte
sich mit einem kummervollen Grunzen, das auch ein Eber
nicht besser hinbekommen hätte, einen halben Meter von

mir entfernt niedergelassen. Ein erschöpfter Krieger nach der Schlacht. Eine Schlacht, von der ich nichts wusste. Nicht mal, ob es sich um eine solche gehandelt hatte. Die Geschehnisse der letzten Nacht behielt Bruno für sich.

Wir hatten uns stumm Gesellschaft geleistet. Eine aus der Misere erwachsene Gemeinschaft. Er hatte auch dann noch in Reglosigkeit verharrt, als ich begleitet von wütenden Tiraden weitere Male erfolglos versucht hatte, Ludwig zu erreichen.

»Ich muss mich auch mal eben hinlegen«, sagte Ludwig, der nach Betreten unserer Wohnung zuerst unentschlossen im Flur gestanden hatte und dann von Raum zu Raum getigert war. Vom Bad war er mit einer Tablette und einem Glas Wasser zurückgekommen.

Auch! Er wollte es Bruno gleichtun.

»Hinlegen? Wie stellst du dir das vor? Soll ich der Kommissarin etwa sagen, dass mein Mann ein Mittagsschläfchen hält?« Die Vorstellung, so mir nichts, dir nichts erneut auf mich allein gestellt zu sein, hatte meiner Stimme eine grelle Note verpasst, die sogar bei Brunos auf dem Plattenboden ausgebreiteten Hängeohren eine Zuckung auslöste.

»Migräne.« Ludwig spülte die Tablette mit einem Schluck Wasser hinunter. Danach stellte er das Glas auf die Garderobenkonsole und fasste sich mit beiden Händen und abgespreizten Fingern, untermalt von einer Leidensmiene erster Güte, an die Schläfen. Wie es schien, wollte er mir seinen bedauerlichen Zustand veranschaulichen. So als traute er mir eine Verständigung auf sprachlicher Ebene nicht zu. Das war nicht die Art, wie wir miteinander umgingen. »Geht nicht mehr anders. Sorry«, sagte er noch, bevor er ins Schlafzimmer verschwand.

»Aber Ludwig …« Mein Appell prallte an der verschlossenen Tür ab. Ich tat ein paar Schritte zurück und ließ mich auf das abgewetzte Lederkissen des Kamelhockers sinken, eines von Herbert aus irgendwelchen Gründen verschmähten und folglich an uns abgetretenen Erbstücks der alten Kummers, der unserem ansonsten noch immer karg bestückten Eingangsbereich eine orientalische Note verlieh.

Natürlich hatte mich das schreckliche Schicksal meines Schwiegervaters in den letzten Stunden nicht losgelassen, aber es war mir zumindest gelungen, meinen inneren Aufruhr abzudämpfen. Nun löste ein alter Kamelhocker eine Kaskade an Gefühlen aus. Von ungläubigem Erschrecken (hatte ich das vielleicht alles nur geträumt?) bis hin zu stahlkaltem Entsetzen (ein unnatürlicher Tod?).

»Was hat das zu bedeuten?«, fragte ich Bruno mit dünner Stimme. »So eine Kriminalistin kommt ja nicht einfach zum Spaß hierher.« Aber Bruno, der noch immer in unveränderter Pose auf den Terrakottafliesen lag – bäuchlings, den Kopf, so gut es ihm gelang, auf Bodenhöhe –, wollte nach wie vor keinen Beitrag zu meinen Grübeleien leisten. Ich fühlte mich sehr alleingelassen.

Vor einer Stunde hatte sich Signor Beltempo, der hagere Rechtsmediziner, unter professioneller Bekundung seines Beileids zu uns aufs Steinbänkchen gesellt, wo Ludwig und ich noch immer gehockt hatten. In unserer Verstörung Hand in Hand vereint wie Hänsel und Gretel. Mit ernster Miene und wiederholtem Räuspern hatte er uns darüber aufgeklärt, dass Herbert nun für gerichtsmedizinische Untersuchungen – zweimaliges Räuspern, kurze Raucherhustenattacke – ins pathologische Institut überführt werde und wir demnächst einer Mitarbeiterin der Polizia Giudiziaria Rede und Antwort zu stehen hätten.

Die Kriminalpolizci! In was war ich, waren wir da nur hineingeraten?

∗∗∗

Lara Patelli entsprach nicht meinen Vorstellungen von einer *commissaria*. Wobei zu sagen war, dass sich meine Kenntnisse über Kriminalistinnen auf diejenigen beschränkten, die ich bisher in Fernsehproduktionen begutachten konnte.

Erstaunlicherweise hielt mich der Ernst der Situation nicht davon ab, die Bronzetönung der wohlgeformten Commissaria-

Waden zu bestaunen. Ob sich Lara Patelli ungewöhnlich viel freier Zeit für ausgedehnte Sonnenbäder erfreute oder ob ihr Büro vielleicht eine breite Fensterfront in günstiger Südlage zu bieten hatte? Solcherlei gedankliche Seitensprünge mochten deplatziert sein, passten aber zur emotionalen Schleuderfahrt, auf der ich mich befand.

Die Frau mit den smaragdgrünen Augen und der schulterlangen Haarpracht, die in ihrem schimmernden Goldton an Tessiner Kastanienhonig erinnerte, war – anders ließ es sich nicht ausdrücken – ein Augenschmaus. Das schien auch meinem neben mir auf dem Sofa sitzenden und nach seiner Ruhepause einigermaßen regenerierten Mann nicht entgangen zu sein.

Wir hatten uns in der Sitzecke unseres Wohnzimmers niedergelassen. Lara Patelli, die in Begleitung eines kahlköpfigen Kollegen namens Maier erschienen war, hatte sich zielstrebig den unbequemsten unserer Sessel gewählt, der ihr eine aufrechte und somit Dominanz ausdrückende Sitzposition ermöglichte. Der Kollege hatte sich im Hintergrund an den Esstisch gesetzt und an seinem Laptop zu schaffen gemacht. Ludwig und ich, von der Kommissarin durch den Couchtisch getrennt, waren hilflos in den Polstern unseres durchgesessenen Sofas versunken, was durchaus zu unserem Zustand passte. Hänsel und Gretel im finsteren Wald.

»Frau Kummer, würden Sie das alles bitte nochmals bestätigen oder gegebenenfalls korrigieren?« Die Kommissarin schaute von mir zu ihren Smartphone-Notizen und von denen zu ihrem ein Schattendasein fristenden Kollegen. »Commissario Maier hat, wie Sie mitbekommen haben, parallel zu meinen Notizen das Protokoll verfasst. Luca, können wir das bei der Gelegenheit abgleichen?«

Maier, auf dessen haarlosem Haupt ein paar Schweißperlen wie kleine Glitzersteine schimmerten, nickte.

Auch wenn von ihm außer dem leisen Tasten-Klick-Klick nichts zu hören war, ging ich davon aus, dass er der deutschen Sprache genauso mächtig war wie seine Chefin. Wie sollte er sonst auch Protokoll führen können? Das Deutsch mit leicht schweizerischer Färbung der Kommissarin war im Übrigen fehlerlos. Ich tippte auf Zweisprachigkeit durchs Elternhaus, wie bei vielen in dieser Gegend.

Sie gab dem Kollegen Maier ein Zeichen und resümierte alsdann mit der Effizienz einer Topmanagerin meinen zuvor stockend und nicht ohne Tränen vorgebrachten Bericht:

Was mich dazu veranlasst hatte, am späten Vormittag in Herberts Wohnung zu gehen. Warum nicht früher. Wie ich vorgegangen war. Warum so und nicht anders. Natürlich war auch der Vortag einbezogen worden. Wen ich wann und wo gesehen hatte. Was genau ich getan, bemerkt, gehört, geschlussfolgert hatte. Das war in dieser Zusammenfassung, ich staunte, tatsächlich eine ganze Menge.

Die Kommissarin sah mich fragend an.

»Ja, das ist alles korrekt so«, bestätigte ich.

Auch die hochgezogenen Brauen und gespitzten Lippen von Hintergrund-Maier ließen darauf schließen, dass sein Protokoll dem Resümee seiner Chefin in allen Punkten entsprach.

Das wäre aus meiner Sicht der längst überfällige Moment gewesen, fürs Erste von mir abzulassen. Doch dem war nicht so.

»Sie haben also Ihren Schwiegervater gestern Vormittag um Viertel vor zehn das letzte Mal lebend gesehen. Richtig?«, fragte die Kommissarin von Neuem. Ganz so, als hätte ich nicht genau das zuvor gesagt.

Ich bejahte mit einem Dreifachnicken. Meine Güte, die Augen dieser Frau hatten die Kraft eines Lichtschwerts. Schon allein diese an sich unschuldige und mehrfach erwähnte Tatsache bestätigen zu müssen, kam mir inzwischen vor wie das Geständnis einer Straftat.

»Und danach nicht mehr?«

»Nein. Wie schon gesagt: nein.« Gehörte das vielleicht zur Befragungsstrategie? Erwartete sie, dass ich beim dritten Nachfragen das blanke Gegenteil behauptete?

»Und Sie wissen nicht, wann die Haushälterin, Signora

Matilda Gaggetta, das Haus Ihres Schwiegervaters verlassen hat?«

»Nein!« Auch wenn an der Kommissarin die Gefühlsäußerungen ihres Gegenübers abzuperlen schienen wie Regentropfen an einer Pelerine, war ich nun dazu übergegangen, meinem Nein eine Extradosis Nachdruck zu verpassen. Diese Überbetonung durfte sie durchaus meiner zunehmenden Gereiztheit zuschreiben. Ich war seit früher Stunde auf den Beinen, hatte Unkraut gejätet, Gemüse geerntet und – hier begann der wahre Raubbau an meinen Nerven und Kräften – meinen Schwiegervater tot auf dem Fußboden seines Wohnzimmers vorgefunden. Nach Dr. Leonis Untersuchung und Schlussfolgerung waren – auch das nicht alltägliche Kost – die Polizei und der *medico legale* in Erscheinung getreten. Zu allem Überfluss hatte ich seit heute Morgen auch nichts mehr gegessen, wenn man die zwei Tomaten aus eigener Ernte nicht mitzählte. Die hatte ich mir, auf meinem extra für die Gartenarbeit angeschafften Schemel sitzend, andächtig einverleibt. Nicht ahnend, was mich kurz darauf erwarten sollte.

Eine nicht lockerlassende, drei- bis viermal nachhakende Kommissarin gab mir in diesem bunten Arrangement der Herausforderungen einfach den Rest.

Wie es schien, hatte die Frau nun aber doch ein Einsehen und entließ mich aus ihren Fängen. Nachdem sie sich erhoben, dem schweigsamen Maier am Esstisch über die Schulter geschaut und mit ihm für mich Unverständliches besprochen hatte, nahm sie endlich auch Ludwig in die Zange. Dessen Augen hatten, das war mir trotz meines misslichen Zustands nicht entgangen, auf Lara Patellis schimmerndem Haar geruht, das ihr Profil während ihrer Zwiesprache mit Maier wie ein seidener Vorhang überhangen hatte.

»Herr Kummer«, sie zupfte am Saum ihres Rockes und brachte ihr Smartphone für die nun kommenden Notizen in Position, »wann haben Sie Ihren Vater zum letzten Mal lebend gesehen?«

Ludwig wuchs, wie ich mit einem Seitenblick wahrnahm, zu

neuer Größe heran. Das war immer noch weniger als gewohnt, aber in Anbetracht der niederschmetternden Umstände doch beachtlich. Mit durchgedrücktem Kreuz, das die Rückenlehne des Sofas nicht mehr berührte, und vorgerecktem Kinn setzte er zu seiner Einlage an. Wäre er ein Sänger, so dachte ich kurz, begänne er mit einem die Stimme ölenden »Mi-mi«, um gleich darauf seinen Tenor ertönen zu lassen. Statt eines klangvollen Solos lieferte er pflichtschuldig einen Abriss seines gestrigen Vormittagsprogramms bei Paul Feldmann. Von dem fast vierstündigen Shooting ohne Pause und seiner anschließenden Fahrt nach Zürich. Und nein, er habe seinen Vater gestern weder gehört noch gesehen, aber festgestellt, dass dieser versucht habe, ihn anzurufen. Vergeblich, da er sein Telefon abgestellt hatte. Ludwigs schnellen Blick zu mir, das kurze Innehalten deutete ich – zu Recht, zu Unrecht? – als den kaum merklichen Hauch von schlechtem Gewissen.

Ob er das öfter mal tue und, wenn ja, warum, wollte Lara Patelli wissen. Mir schien, als habe ihre Stimme bei Ludwig einen etwas sanfteren Klang.

»Manchmal, wenn die Tage anstrengend waren, brauche ich diese Form des Loslassens«, erklärte mein Mann zu meinem Erstaunen. Seit wann ließ Ludwig los?

»Und heute Vormittag? Müssen Sie als freischaffender Fotograf nicht erreichbar sein?«

Die Frage war naheliegend und wäre wahrscheinlich auch meine gewesen, hätten Ludwig und ich diese Unterhaltung geführt. Ohne die Anwesenheit der schönen Dritten. So aber waren wir … ja, was waren wir eigentlich, Zeugen? Oder sogar – mir wurde flau in der Magengegend – Tatverdächtige?

»Da habe ich schlichtweg vergessen, das Handy wieder anzustellen«, hörte ich Ludwig sagen. »Ich habe heute keine beruflichen Verpflichtungen. Ständige Erreichbarkeit empfinde ich als belastend. Und wir, meine Frau und ich, beschränken uns sowieso nur auf wirklich wichtige Telefonate.«

Dass wir nicht häufig telefonierten, war richtig. Aber die Sache mit den wichtigen Telefonaten hatte einen logischen

Haken. Wie sollte der Austausch von Wichtigem vonstattengehen, wenn er das Telefon gar nicht angestellt hatte? Etwas Dringendes kündigte sich schließlich nicht im Voraus an. Das war uns nun auf drastische Weise veranschaulicht worden.

Die Kommissarin nahm Ludwigs Ausführungen zu Loslassen und Erreichbarkeit ohne erkennbare Regung hin. Was mich betraf, so machte ich mir eine mentale Notiz. Das Thema war für mich noch nicht erledigt. In einem so furchtbaren Moment nicht Ludwig, sondern eine seelenlose Voicemail-Stimme zu hören, hatte mich verletzt und war mir wie ein mutwilliger Akt der Geringschätzung erschienen.

Selbstverständlich war auch mir daran gelegen, dass die Hintergründe von Herberts Tod ans Licht kamen. Und zwar so schnell wie möglich. Trotzdem begann mir Ludwigs Beflissenheit, der Kommissarin bei jeder weiteren Frage prompt und äußerst ausführlich Auskunft zu geben, auf die Nerven zu gehen. Das war mehr, als die Umstände verlangten.

Ludwig, rief ich ihm zu, dein Vater ist gestorben. Und du spielst den Gockel? In Tat und Wahrheit rief ich nichts dergleichen. Ich rückte lediglich von ihm weg. Für niemanden merklich und wohl auch nur einen halben Zentimeter.

Was hatte sich Herbert Kummer da nur geleistet? War es nicht ausreichend, schon zu Lebzeiten als wandelndes Ärgernis unterwegs zu sein? Nun musste er auch noch mit seinem Tod für Unruhe und Unfrieden sorgen.

»Tabea!« Ludwig stupste mich am Arm. »Signora Patelli hat die Frage uns beiden gestellt.«

»Welche Frage?« Es dauerte ein paar Sekunden, bis meine Gedanken von Herbert, dem Quälgeist im Leben und im Tod, zu Ludwig und der Kommissarin zurückfanden.

»Ob wir glauben«, er legte eine klitzekleine Pause ein, bevor er weitersprach, »dass jemand Herbert nach dem Leben getrachtet haben könnte.« Er gab sich demonstrativ nachsichtig mit seiner unaufmerksamen Ehefrau.

Und überhaupt, was waren das für Formulierungen: »nach dem Leben getrachtet«?

»Das weiß ich nicht«, sagte ich schlicht und wahrheitsgemäß. Dass es mir leichtfallen würde, sehr schnell eine Handvoll Leute aufzuzählen, die Herbert nicht allzu viele Tränen nachweinten, unterschlug ich. Auch deshalb, weil sich ein furchtbarer Gedanke ungebeten und unvermittelt bei mir eingestellt hatte: Gehörte nicht Ludwig selbst zu denen, die sich von Herbert verletzt und gedemütigt gefühlt hatten?

15

Tabea

»So ganz verstehe ich das nicht.« Jasper überstreute die bis zum Rand mit Spaghetti al Pomodoro gefüllte Schüssel mit fein gehacktem Basilikum, ließ sich von Tom die Teller reichen und füllte einen nach dem anderen mit dem duftenden Produkt ihrer beider Küchenarbeit.

Angesichts der eigentlich so schlichten Speise hatte sich mir ein Wässerchen im Mund angesammelt. Allem Unglück zum Trotz verspürte ich so etwas wie Hunger. Eine Regung, die ich mir zugestand.

»Ich meine …« Er stellte den vierten Teller vor sich ab, setzte sich und betrachtete die zu einem kleinen Vulkan mit Lavaerguss aufgetürmten Spaghetti von mehreren Seiten – ein Künstler angesichts des vollendeten Werkes. »Ich meine, wie kommt man so mir nichts, dir nichts drauf, dass bei Opa jemand nachgeholfen hat? Er hatte ja schließlich keine Axt im Kopf. Oder eine Kugel in der Brust. Und einen der Golfschläger aus seiner Kollektion hat anscheinend auch niemand zweckentfremdet.«

Ludwig, der neben mir auf der Bank saß, zuckte zusammen. Jaspers Illustrationen alternativer Möglichkeiten, so viel war spürbar, behagten ihm nicht. Doch auch er musste seinen Sohn gut genug kennen, um zu verstehen, wie wenig dessen saloppe Art, sich zu äußern, seinen innersten Regungen entsprach.

Gleich nach meinem Anruf bei ihm – vor einer kleinen Ewigkeit, wie mir jetzt schien – hatten Tom und er an der Plage Paloma von Cap Ferrat ihre gerade erst ausgebreiteten Frotteetücher in die Rucksäcke gestopft, im Hotel die noch nicht mal ausgepackten Reisetaschen ergriffen und nonstop die sechs Stunden Fahrt nach Ascona zur Villa Felicità zurückgelegt. Sie wollten sich, wie Jasper es ausdrückte, nützlich machen.

Das war seine Art, seine Gefühle auszudrücken. Dies und die feste Umarmung gleich bei der Ankunft.

»Wenn er ansonsten munter wie ein Fisch im Wasser war«, warf Tom ein, während er eine beträchtliche Menge in Soße gehüllte Spaghetti um seine Gabel wickelte, »dann kann der Arzt aber auch nicht einfach so tun, als wenn nichts wäre. Dann könnte man jeden problemlos und ungestört aus dem Verkehr ziehen. Allerdings habe ich letzthin etwas Erstaunliches dazu gelesen.« Er legte die Gabel zurück auf den Tellerrand. »Einer Schätzung zufolge gehen fünfzig Prozent der Todesfälle ohne eindeutige Ursache auf Fremdeinwirkung zurück, ohne dass das erkannt wird. Das heißt, eine Vielzahl von Tötungsdelikten wird schlichtweg übersehen. Dazu kommt«, Tom redete sich in Fahrt, »dass hier in der Schweiz ohne granitharte Hinweise auf eine Straftat keine weiteren Abklärungen zugelassen werden. Nicht zugelassen, wohlgemerkt! Das muss man sich mal vorstellen.«

Tom hatte vier Semester Jura studiert und wies trotz Studienabbruchs einige Kenntnisse und ein anhaltendes Interesse am Strafrecht auf, was er uns gerade lebhaft vorführte. Vielleicht etwas zu lebhaft für Ludwigs und meinen Zustand.

»Die Frage ist demnach, worauf im Fall von Opa diese knallharten Hinweise beruhen.« Jasper sah zu Tom hin, dann, nachdem ihm klar wurde, von diesem keine Auskunft bekommen zu können, zu mir und Ludwig. »Die müssen sich doch irgendwie geäußert haben.«

Ich dachte an Dr. Leoni. »Wissen Sie, was Ihr Schwiegervater zuletzt gegessen hat?«, hatte er sich bei mir erkundigt und auf eine bläulich-klebrige Stelle an Herberts Oberlippe gewiesen. Gegessen! Allein die Vorstellung, dass Herbert bis vor Kurzem überhaupt so etwas Weltliches hatte tun können, hatte mir den Hals zugeschnürt. Zu mehr als einem Kopfschütteln war ich nicht fähig gewesen. Daraufhin hatte sich Dr. Leoni seine Brille abgesetzt und ausdauernd mit Zeigefinger und Daumen das Nasenbein gerieben. »Ich kann Ihren Schwiegervater nicht einfach so zur Bestattung freigeben. Er war kerngesund. Ein Phänomen, wenn man bedenkt, dass er für meine Begriffe zu oft und zu tief ins Weinglas geschaut hat«, hatte er gesagt, ohne nochmals auf die Essensgeschichte zurückzukommen. »Da müssen die Polizei und die Rechtsmedizin auf den Plan. Eine Legalinspektion ist unvermeidlich. Tut mir leid, Frau Kummer.«

»Wie ich verstanden habe, besteht die Möglichkeit, dass er was«, ich schluckte, »Giftiges gegessen hat«, sagte ich endlich, denn wie ich Jaspers sichtbare Anspannung einschätzte, würde er sich nicht mit meinem Schweigen zufriedengeben.

Fast gleichzeitig senkten sich unser aller Augen auf die noch immer so gut wie vollen Teller vor uns.

Ludwig atmete hörbar ein und aus.

»Gift?« Den Kopf leicht gesenkt, sprach Jasper so leise, als wähnte er Lauscher hinter den nahen Azaleenbüschen.

»Ja, das hat der Rechtsmediziner angedeutet. Und die Kommissarin dann später auch noch mal. Aber es klang eher wie eine von mehreren Möglichkeiten, denen man allesamt nachgehen muss. Stimmt's, Ludwig?« Ich kam mir langsam vor wie das Sprachrohr des heutigen Abends. Ludwig, der sich in der Betrachtung der rauen Tischoberfläche erging, antwortete nicht.

»Der Freund einer Bekannten von mir ist an einer Überdosis Ecstasy gestorben. Tragische Geschichte.« Tom zog Jaspers und meinen erstaunten Blick auf sich.

»Und was willst du damit sagen?«

Jaspers Erkundigung schien mir berechtigt.

»Na ja, damit kann man jemanden relativ unauffällig um die Ecke bringen. Bei dem Typ hat's der Arzt wohl auch nicht gleich begriffen und wollte es unter Sekundenherztod zu den Akten legen.« Toms Erzählton ließ keinen Zweifel darüber aufkommen, wer von unserem Vierergrüppchen der persönlich am wenigsten Betroffene war. Ich nahm ihm das nicht übel, auch wenn seinen Beiträgen eine leichte Feinabstimmung gutgetan hätte.

»Erstaunlich. Erzähl mehr davon.«

Für jemanden, der sich bis eben in Schweigen ergangen hatte, klang das verblüffend neugierig. Verwundert sah ich Ludwig von der Seite an. Hatte ich sein vielleicht nur für mich hörbares Schnauben zuvor zu Unrecht als Missbilligung ausgelegt? Aber was versprach er sich ausgerechnet von dieser unsinnigen Ecstasy-Story, die nichts mit seinem Vater zu tun hatte?

Dem Unsinn zum Trotz setzte sich bei mir ein Kurzfilm in Bewegung: Herbert auf einer mit Hardcore-Techno beschallten und mit Glasfaser beleuchteten Rave-Party ekstatisch tanzend. Neue Einstellung: Düstere Kapuzengestalt, nur von hinten zu sehen, lässt eine Dreifachportion Ecstasy in Herberts Tequila Sunrise gleiten. Nächste Szene: Schon etwas angeschlagener Herbert kommt nach Hause, fühlt sich zunehmend unwohl, torkelt, versucht zu telefonieren, fällt …

»Na ja, sollte eigentlich nur ein Beispiel sein.« Toms Bemühen, das Ganze etwas abzuwiegeln, unterbrach meine private Filmvorführung. »Eine ordentliche Dosis MDMA kann zu multiplem Organversagen nach Hyperthermie führen. Wenn dann nicht schnell Abkühlung möglich ist … Offenbar ist das Ganze nicht so einfach nachweisbar. Aber okay, bitte mit Vorsicht genießen, ich bin kein Mediziner oder Pharmakologe, nur ein wissbegieriger Laie.« Er hob abwehrend die Hände.

Wie es aussah, hatte Ludwig das so unversehens aufgeflammte Interesse wieder verloren. Er, der sein Essen noch nicht mal angerührt hatte, starrte nun durch die seitlich an der Pergola herabhängenden Weinruten ins dunkle Nichts. Schließlich griff er nach dem in Tessiner Rot-Blau bemalten Boccalino neben seinem Teller. Statt daraus zu trinken, begutachtete er den Inhalt. Ob er den roten Merlot auf seine Tauglichkeit zur unbemerkten Verabreichung von ein paar Ecstasy-Pillen überprüfte? Herbert hatte diesen Wein geliebt und ihn zeit seines Lebens aus den urtümlichen Boccalini getrunken, wie zuvor schon sein Vater.

Was ging in Ludwig vor? Trauer? Gewiss. Bestürzung, was

die Umstände anging? Kein Zweifel. Aber was noch? Die Ruhe für ein Gespräch unter vier Augen hatten wir noch nicht gefunden.

Jasper hatte die Pergola für unser spätes Abendessen ausgewählt. Der Granittisch und die dazugehörigen Bänke standen etwas abseits von unserer Terrasse. Ein lauschiges Plätzchen, das trotz der noch immer hohen Temperatur Frische verströmte, gefühlt oder tatsächlich.

Wir hatten den schattigen Sitzplatz bisher nur zwei Mal genutzt, da er von Herberts Terrasse aus bestens einzusehen war. Ich war sogar Zeugin eines Rebschnitts geworden, bei dem Giuseppe – zweifelsohne im Auftrag seines neugierigen Arbeitgebers – genau die Weinruten gekürzt hatte, die Herberts Observationen im Weg gewesen waren. Für mich ein Grund, diesen an sich so schönen Ort zu meiden. Bis heute.

Nun war alles anders. Auf der oberen Terrasse konnte kein Herbert mehr stehen und sich erkundigen, was wir denn da gekocht hätten. Oder ob wir den Rotwein etwa als Glühwein trinken wollten, nachdem wir ihn schon vor einer Stunde auf dem Tisch abgestellt hatten. Nein, Herbert konnte dort oben weder stehen noch sitzen. Auch nicht liegen. Was seine horizontale Positionierung betraf, so handelte es sich gegenwärtig wahrscheinlich um eine Kühlzelle.

Diese sich so unvermittelt einstellende Gewissheit, auch wenn sie inzwischen nicht mehr neu war, ließ mich erschauern. Eine seltsame Empfindung bei noch immer stattlichen dreißig Grad. Mein Verlangen nach etwas Essbarem hatte sich verflüchtigt. Ich schob den Teller weg.

Jasper und Tom hingegen hatten sich über die Pasta hergemacht. Sie aßen mit dem Appetit junger Männer, die durch die jüngsten Ereignisse zwar betroffen und erschrocken waren, aber auch ihre Prioritäten zu setzen wussten. Das Abendessen war eine davon.

Tom, ein blonder Hüne, der seinen Haarschopf zu einem kecken Dutt gezwirbelt hatte, war vier Jahre älter als Jasper. Einen wie ihn hätte ich vor gut dreißig Jahren hemmungslos angeschmachtet. Ohne auf die Erwiderung meiner Gefühle hoffen zu dürfen. Aber diese nicht unwichtige Komponente wäre mir damals wahrscheinlich entgangen.

Die beiden hatten sich vor einigen Jahren in der Kneipe kennengelernt, in der Jasper hinter dem Tresen und als Kellner tätig gewesen war. *Love at first sight*, wie sie Ludwig und mir nicht viel später bei Craftbier und Chips in ebenjener Kneipe erzählt hatten.

Das war kein Coming-out. Das brauchten sie nicht. Eher so etwas wie ein Manifest: Seht her, uns zwei gibt's ab jetzt im Doppelpack.

Die Sache mit dem gemeinsamen Fahrradladen war Jaspers Idee gewesen. Er, der das Handwerkliche dazu mitbrachte, war der Mechaniker von »OnWheels«. Während Tom, nach dem abgebrochenen Studium auf der Suche nach Neuem, den geschäftlichen Teil übernahm. Der Laden lief mittlerweile so gut, dass sie einen weiteren Mechaniker angestellt und den Verkaufsbereich ausgeweitet hatten.

»Was passiert denn nun als Nächstes?« Jasper sprach an, was uns wohl alle beschäftigte. »Wie kriegen sie raus, was sich da oben abgespielt hat?« Er wies flüchtig mit dem Kopf in die Richtung von Herberts Terrasse und dem dahinterliegenden Wohnzimmer. »Die Kommissarin hat dazu doch bestimmt was gesagt.«

Hatte sie das? Ludwig und ich sahen uns in die Augen, was dem Zufall geschuldet sein musste. Fünf Stunden waren vergangen, seit Lara Patelli mit sanftem Schwingen ihres von sommerleichtem Stoff umhüllten Hinterteils auf der Treppe nach oben entschwunden war. Der sich dem Ende zuneigende Tag kam mir vor wie ein langwieriger Aderlass. Nicht dass ich mich mit Aderlässen auskannte, aber ich hatte gewisse Vorstellungen. Jedenfalls fühlte ich mich leer, ausgelaugt und erschöpft.

Seltsam auch, wie viel Zeit Ludwig und ich heute neben-einandersitzend verbracht hatten. Auf der Steinbank unter der Weide im oberen Garten. Auf dem Sofa, unter Beobachtung und Befragung der Kommissarin. Und nun hier im Garten auf der Granitbank der Pergola. Nebeneinander und doch nicht recht beisammen.

Wo war Ludwig gestern Nacht? Darüber hatte er sich bis jetzt ausgeschwiegen.

»Ich habe dich was gefragt, Mom.« Jasper tippte mir sanft mit dem Zeigefinger auf den Handrücken. »Was passiert jetzt?«

»Keine Ahnung.« Wie sollte ich wissen, wie die Polizeiarbeit ablief? Auch der in sich gekehrte Ludwig neben mir schien nicht in Stimmung, dazu mit Substanziellem beitragen zu wollen. Oder zu können.

»Signora Patelli hat lediglich erwähnt, dass jeder Schritt vom Entscheid der Staatsanwaltschaft abhängig ist. Vorerst müssen wir uns für Fragen zur Verfügung halten. Aber natürlich nicht nur wir. Schließlich sind noch einige andere involviert. Wobei man …«, ich sah zu Ludwig hin, »… bei Signora Patelli mehrmals den Eindruck bekommen konnte, als wären *wir* dringend tatverdächtig. Das ist natürlich absurd.« Mein Auflachen klang blechern.

»Na ja, im Grunde bist du das ja auch«, sagte Ludwig mit wiedergefundener Stimme. Nichts deutete darauf hin, dass er scherzte.

Nun gab es an diesem Tag tatsächlich keinen Anlass, mit Späßen aufzuwarten, aber sollte dies im Umkehrschluss heißen, dass Ludwig das ernst meinte? Zweite Person Einzahl? *Bist du?*

»Wie bitte? Und was ist mit dir?«, entfuhr es mir mit solcher Vehemenz, dass Jasper den zum Trinken angesetzten Boccalino erschrocken wieder abstellte.

Dem an Henkel und Schnabel geleimten Krug, der schon so manchem standgehalten hatte, musste die Lebensfreude just abhandengekommen sein. Er zerbrach. Rotwein ergoss sich über den Tisch. Mit sämtlichen in Griffnähe befindlichen Servietten versuchte Jasper, die Flüssigkeit aufzusaugen. Auch Tom war aufgesprungen, schob Teller und Schüssel zur Seite und murmelte etwas von glückbringenden Scherben, wofür er den Preis des Abends in Sachen »fehl am Platz« verdient hatte.

Selbst Bruno, der die ganze Zeit regungslos unter dem Tisch gelegen hatte, musste es nun endgültig zu bunt geworden sein. Er drückte seinen langen Leib an meinen Beinen vorbei und verschwand in der einsetzenden Dunkelheit. Seine zweite Flucht heute.

Was für ein Chaos. Was für ein Tag.

16

Ludwig

Paul strich sich zum wiederholten Mal mit der flachen Hand übers Haupt. Die vermutlich in Fleisch und Blut übergegangene Geste, mit der er den akkuraten Verlauf seiner mit Gel angeordneten Strähnen kontrollierte, hatte heute etwas Fahriges an sich.

Seit vielleicht zehn Minuten saßen sie im Schatten der Markise auf Pauls Terrasse. Seine für ihn allein viel zu große Wohnung in bester Lage unterhalb des Monte Verità war um einiges luxuriöser als Herberts Villa, auch wenn ihr der Charme des Unverwechselbaren fehlte. Man hatte beim Bau der terrassierten Wohnanlage darauf geachtet, dass kein störendes Grünzeug die Aussicht auf den Lago Maggiore behinderte. Was es an Bepflanzung gab, war dekorativ, aber gnadenlos zurechtgestutzt. Natur mochte man am liebsten in der gezähmten Variante. Dagegen war Herberts Garten trotz Giuseppes kontinuierlicher Interventionen und Herberts Pingeligkeiten ein wahrer Dschungel.

»Das ist schrecklich«, sagte Paul nicht zum ersten Mal. »Wer tut so etwas? Ich meine, Herbert hatte ja wirklich seine Macken, aber Mord? Das ist doch eine Extremlösung.«

Ludwig nickte. Extremlösung. Was für eine seltsame Formulierung. »Was war denn da los? Bei eurer Kocherei wird es sonst doch immer spät?« Die Rekonstruktion jenes Abends, das lag für ihn auf der Hand, war ein Schlüssel zur Aufklärung der Tat.

Das zu erkennen war zugegebenermaßen keine geistige Leistung, der man sich rühmen konnte. Auch Lara Patelli und ihr Team würden ihr Augenmerk auf das Koch-Meeting richten. Ludwig hatte der Kommissarin nach bestem Wissen Auskunft über alles gegeben, was er über die Anlässe im Allgemeinen und den geplanten im Besonderen wusste. Tabea hingegen hatte sich Lara Patelli gegenüber seltsam spröde gezeigt, obwohl sie Herbert in den vergangenen Tagen räumlich am nächsten gewesen und folglich von allen Beteiligten am besten informiert sein musste.

Wo hatte sich sein Vater an besagtem Abend aufgehalten? Wie waren die zeitlichen Abläufe?

»Wir haben nicht gekocht.« Dafür, dass sich Paul bei seiner Antwort nicht um Eile bemüht hatte, fiel sie verblüffend karg aus. Seine ohnehin schmalen Lippen waren fast ganz verschwunden. Es musste die Anspannung sein, die seinen Gesichtszügen etwas Holzgeschnitztes verlieh.

»Wieso das denn? Als wir beim Fotoshooting über eure Kocherei gesprochen haben, hast du nichts davon erwähnt.« Ludwig dachte an den Vormittag bei Paul. Die Sache mit den Törtchen und den Kreationen aus Muranoglas war Pauls spleenige Idee gewesen.

Schon vor Ludwigs Ankunft am vergangenen Dienstagmorgen – lag das wirklich erst zwei Tage zurück? – hatte Paul ein paar Arrangements vorgenommen und diese wie ein gefeierter Installationskünstler präsentiert: Kirschtörtchen zwischen weiß-pink geflammten Glasvasen. Zitronentartes vor einem gelben Glasschwan. Erdbeer-Eclairs, bewacht von einem sich aufbäumenden Pferd mit roter Mähne. Schokoladenmacarons in einer grellorangenen Schale. Nugathäppchen auf violettgoldener Etagere.

Ludwig hatte ihm nicht eine einzige der Kompositionen ausreden können. Zu berauscht war sein Auftraggeber von seiner künstlerischen Ader gewesen. Aber im Grunde war ihm der erhebliche Kitschfaktor egal. Paul bezahlte gut, und Ludwig lieferte fotografisch beste Qualität. Da sollte der Freund seines Vaters doch seinen Willen haben und die bunte Sammlung seiner verstorbenen Frau Mireille aus der Vitrine holen. Ein bunter Paradiesvogel mit ausgebreiteten Schwingen, unter denen ein paar Cremeschnitten Schutz suchten? Warum nicht?

Das Törtchen-Muranoglas-Shooting, obwohl als Erinnerung präsent, hätte sich vor einem Monat oder vor einem Jahr ereignet haben können. Ludwigs Zeitempfinden hatte durch die jüngsten Ereignisse gelitten. Außerdem lag eine so gut wie schlaflose Nacht hinter ihm. An so etwas wie innere Ruhe war nicht zu denken. Sein Vater war tot, seine Gefühlswelt in Aufruhr.

Paul, der ihm noch eine Antwort schuldig war, hatte sich erhoben. An der Hausbar mit Tresen, Barhockern, Kühlschrank und sonstigem Schnickschnack, die er extra für die Terrasse hatte anfertigen lassen, blieb er stehen. »Wie wär's mit Whisky on the rocks?«, fragte er, ohne sich umzudrehen. »Können wir heute gebrauchen. Du ganz besonders.«

»Nein, für mich nur Wasser. Danke.« Whisky würde ihm den Rest geben. »Also, raus mit der Sprache: Warum habt ihr nicht gekocht?«

»Was heißt hier ›raus mit der Sprache‹?« Paul, der Ludwig noch immer den Rücken zugewandt hatte, gab sich mimosenhaft. »Kleine Streitigkeit. Nicht der Rede wert. Kommt bei alten Kumpels schon mal vor.« Den Geräuschen nach zu schließen, werkelte er mit Zange, Eiswürfeln und Whiskytumbler.

»Wenn es nicht der Rede wert war, wieso habt ihr dann euer Abendprogramm gecancelt?« Ludwig hatte sich nun ebenfalls aus seinem Loungesessel erhoben und neben dem emsig hantierenden Bartender aufgebaut. Er wollte nicht mit einem Rücken reden, auch wenn der von geblümtem Hawaiistoff umspannt war.

Paul übergoss die Eiswürfel mit der honiggelben Flüssigkeit in dünnem Strahl und mit der Konzentration eines Chemielaboranten. Wie es aussah, wollte er sich mit der Zubereitung seines Drinks Zeit lassen. Viel Zeit!

»Na ja, du weißt ja, dass Herbert manchmal aus einer Mücke einen Elefanten machen kann«, sagte er endlich, ohne Ludwig anzusehen. »Konnte«, ergänzte er.

»Okay, aber …«, Ludwig schob dieses Präteritum-»konnte«, dessen Endgültigkeit sich ihm schon während der Nachtstunden schwer auf die Brust gelegt hatte, von sich weg, »… wie lief das Ganze ab?«

»Nachher kommt so eine Ermittlerin aus Bellinzona hier vorbei, der werde ich das dann alles genau erzählen.« Auf Pauls hoher Stirn und zwischen den wie Zebrastreifen quer gekämmten Haarsträhnen hatten sich Schweißperlen angesammelt. Er nahm einen Schluck seines Drinks und sah Ludwig endlich wieder an. Allerdings nur in etwa. Genau genommen sah er nämlich mit flatternden Lidern an ihm vorbei; dahin, wo der See zu sehen gewesen wäre, hätte die schwüle Hitze nicht eine dunstige Decke über ihn gebreitet.

Zu Ludwigs Gefühlsballast gesellte sich Wut. Dicke, fette Wut. Was war das für eine dämlich patzige Replik?

»Paul, was soll das? Ich bin Herberts Sohn und habe wohl ein Anrecht zu erfahren, was zwischen euch gelaufen ist. Kostet es dich zu viel Mühe, mir eine anständige Antwort zu geben? Musst du deine Bemühungen für die Polizei aufsparen? Das gibt mir zu denken.«

Mochten die weiteren zwanzig Gebäckkreationen, die Paul noch für seinen Bildband von ihm fotografiert haben wollte, inmitten ihrer Glasparade Schimmel ansetzen. Wegen der zweitausend Franken Honorar ließ er sich nicht zum Deppen machen. Und überhaupt, wo war das Wasser, um das er gebeten hatte?

»Tut mir leid«, erwiderte Paul einlenkend. »Die ganze Geschichte nimmt mich mit. Da musst du nicht alles auf die Goldwaage legen, was ich sage.« Er tätschelte Ludwigs Arm. »Herbert und ich waren schließlich Freunde. Sein Tod ist mir nicht egal.« Er wischte sich eine Träne von der Wange, bei der es sich vielleicht auch um einen Schweißtropfen handelte. Gleich darauf kippte er den Rest des Whiskys in einem Zug in sich hinein.

Ludwig ließ die halbherzige Entschuldigung auf sich wirken. Freunde … ist mir nicht egal.

Eigentlich wusste er nicht viel von dieser Männerfreundschaft, auch wenn er Paul seit Kindertagen kannte. Da waren diese Kochgruppe und die gelegentlichen gemeinsamen Golfrunden in Asconas Golfclub Patriziale. Und sonst?

Jetzt, da Ludwig es sich überlegte, fiel ihm nichts ein, was ihm am Kontakt der beiden jemals freundschaftlich vorgekommen wäre. In der Rückschau erschien ihm deren Umgang unverbindlich, belanglos. Ein paar Sprüche hin und wieder. Sogar an gelegentliche Schroffheit glaubte er sich zu erinnern.

Männer unter sich, würde Tabea wohl einfach sagen und keinen Hehl daraus machen, dass sie damit keineswegs Nähe und Vertraulichkeit meinte.

Die Überlegungen brachten Ludwig unweigerlich zu Henry, von dem er noch immer als seinem Freund sprach. Ein Freund, der plötzlich zweitausend Franken Miete für ein kleines Ladenlokal wollte, für das er zuvor aus Gründen der immerwährenden Dankbarkeit so gut wie nichts hatte haben wollen.

»Für mich ein Glas Wasser, bitte« erinnerte er Paul, auch wenn er sich das selbst hätte besorgen können.

Der hatte sich soeben an die Zubereitung seines zweiten Whiskys on the rocks gemacht.

»Ja, klar doch. Entschuldige.« Er stellte den Eisbehälter ab und durchsuchte den Barkühlschrank nach Mineralwasser, das offenbar um einiges seltener Verwendung fand als die Spirituosen, von denen er ein breit gefächertes Sortiment zu bieten hatte. Ludwig hätte nicht sagen können, ob Paul schon immer so viel gebechert hatte. Zwei Drinks noch vor zwölf Uhr mittags. Das war sportlich.

»So, und nun wäre ich dir sehr dankbar, wenn du mir erzählen könntest, was vorgestern Abend los war«, sagte er mit wiedergefundener Besonnenheit.

Gemeinsam steuerten sie den Sitzplatz unter der Markise an.

»Ja, gleich. Nun ist erst mal Zeit für die Cool Cloud. Die Hitze hält ja kein Mensch aus.«

Ludwig hatte nur eine ungefähre Ahnung, um was es sich bei einer Cool Cloud handelte. Pauls Hightech-Installationen interessierten ihn nicht. Heute noch um einiges weniger als sonst. Kommentarlos registrierte er, wie eine Vielzahl an der

Markisenkante befestigter Düsen feinsten Wassernebel zerstäubte. Tatsächlich war die sich ausbreitende Frische spürbar.

»Adiabate Kühlung nennt sich das«, verkündete Paul stolz, ganz so, als handelte es sich bei dem sicher nicht ganz preisgünstigen Nebelkühlungssystem um seine höchsteigene Erfindung.

»Genial. Aber jetzt schieß los.«

»Schon gut, schon gut.« Paul winkte ab, auch wenn sein fahriges Gebaren nicht den Eindruck erweckte, als wenn irgendetwas gut wäre.

»Also, das war so.« Er hielt inne und griff nach seinem Glas, trank aber nicht, sondern drehte es prüfend in seiner Hand.

Was für ein surreales Szenarium. Sie zwei hinter einer Wand aus Wassernebel.

Endlich begann Paul zu erzählen.

17

Ludwig

Tabea schraubte den Deckel auf ein randvolles Einmachglas. Das letzte von vielen. Die Küche war vom süßlichen Duft der Tomatensoße erfüllt, die bis eben noch im Topf auf dem Herd vor sich hin geköchelt hatte.

»Und für so ein Geschichtchen hat er dich zappeln lassen? Als Grund für den abgeblasenen Kochabend kommt mir das ein bisschen mager vor. Andererseits, mit Herbert Streit zu kriegen ist eben kein Kunststück.« Tabea schien sich des Gebrauchs der Gegenwartsform erst im Nachklang bewusst zu werden. »*War* eben kein Kunststück.«

Wie oft sie diese Korrektur wohl noch vornehmen würden?

»Wir können die Gläser in das Regal gleich links hinter der Verbindungstür stellen. Das wird ja wohl erlaubt sein.« Sie belud das Tablett mit dem Produkt ihrer Betriebsamkeit.

Tatsächlich war ihnen der Zutritt zu Herberts Wohnung bis auf Weiteres verwehrt, obwohl die Spurensicherung durch die Polizei abgeschlossen zu sein schien. Dass ihnen Herberts Kellerräume – und nicht nur die – bis anhin nicht zur Verfügung gestanden hatten und sich das nun ändern würde, war ein anderes Thema. Ludwig wollte sich diesen durchaus interessanten Gedanken noch nicht gestatten, obwohl der schon ein paarmal vorwitzig bei ihm angeklopft hatte.

»Ja, kommt mir auch komisch vor, dass sie deswegen das ganze Abendprogramm gestrichen haben.« Zu Tabeas Plänen, sachte mit der Inanspruchnahme von Herberts Räumlichkeiten zu beginnen, wollte er sich nicht äußern. »Nachdem sich Paul dermaßen schwergetan hatte, mit der Sprache rauszurücken, hatte ich mir als Streitanlass tatsächlich was Deftigeres vorgestellt.«

Herbert und er, so hatte Paul berichtet, hätten sich an besagtem Abend auf der Terrasse mit ein, vielleicht auch zwei

Caipirinhas erfrischt. Mario, der für die Kochzutaten und einen Großteil der Zubereitung verantwortlich gewesen war, hatte telefonisch sein verspätetes Eintreffen angekündigt.

Man sei dann in dieser Wartephase auf alte Zeiten zu sprechen gekommen. Auf die gute Mireille, die seit vier Jahren tot war. Auf Herberts Louise, die von Alkohol und Nikotin dahingerafft worden war. Ja, dahingerafft, hatte Paul gesagt.

Beim Durchblättern eines Fotoalbums hätten sie in Erinnerungen geschwelgt, dabei zur Abkühlung einen dritten Caipirinha getrunken, und … nun ja … Paul habe sich erlaubt zu sagen, dass gegen Louises ausufernden Genussmittelkonsum – möglicherweise habe er auch von Suchtmitteln gesprochen – hätte angegangen werden müssen. Worin Herbert einen Vorwurf gewittert hatte. Ganz so, als machte ihn Paul für Louises Tod mitverantwortlich. Die Sache sei dann eskaliert und auch akustisch aus dem Ruder gelaufen. Am Ende hätte Herbert den mitgebrachten Wein gepackt und sei abgerauscht, noch bevor sich Mario überhaupt gezeigt hätte. Der sei erst später gekommen. Die Kocherei hätten sie dann gestrichen und sich stattdessen mit ein paar Drinks und der schon im Voraus präparierten Käseplatte bei Laune gehalten.

Ludwig war vor einer halben Stunde von seiner Paul-Visite heimgekommen. Beim Öffnen der Wohnungstür hatte ihn Bruno, den sie nun wohl oder übel beherbergen mussten, mit blutunterlaufenen Traueraugen angesehen. Wie ein ruheloser Reisender, der Hut und Mantel nicht ablegen wollte, um die Weiterfahrt nicht zu versäumen, belagerte er den der Tür nahen Bereich des Flures. Sein Hundebett befand sich noch in Herberts Wohnzimmer. Bis in die oberen Räumlichkeiten vorzudringen war nicht nur wegen des Verbots ein Tabu. Sie verspürten nicht das Bedürfnis danach. Schon gar nicht Tabea, die sich mit dem Verarbeiten ihrer Gartenerträge auf Trab hielt, als müsste sie Vorräte für drei Winter anlegen. Wie es Ludwig schien, war das ihre Art, mit dem Geschehen der letzten Tage umzugehen. Seine Hilfsangebote hatte sie abgewiesen. Außer ein paar Handlangerdiensten durfte er nichts beitragen.

»Warum war dieser Mario eigentlich verspätet?« Tabea ließ sich nun endlich auf einem Küchenstuhl nieder und trocknete ihre Hände am Geschirrtuch ab, das sie sich zur allzeitigen Verfügbarkeit in den Hosenbund geschoben hatte. Der kam Ludwig sehr lose vor. Tabea musste abgenommen haben.

»Gute Frage, habe mich aber nicht erkundigt«, sagte er.

»Er war hier im Garten.«

»Wer? Wann?« Ludwig war verwirrt. Einen Moment lang hatte er an seinen Vater gedacht. An dessen Wiederauferstehung im Garten der Villa Felicità, von Tabea beiläufig erwähnt. Was war nur mit ihm los, dass er, wenn auch nur kurz, auf so eine irrwitzige Idee kommen konnte?

»Mario. Vorgestern. Er war auf der Suche nach Estragon.«

»Estragon?« Ludwig rieb sich den verspannten und zudem feuchten Nacken. Es schien ihm, als seien sie gegen ihren Willen in eine so bizarre wie beklemmende Realityshow geraten. Nicht als Zuschauer, sondern als Akteure. Mit dem Unterschied, dass so eine Show irgendwann endete. Damit war in ihrem Fall vorerst nicht zu rechnen.

»Warum Estragon?«

»Für den Fisch.« Tabeas Gesicht zeigte keine Regung.

War nur er derjenige, der nicht recht begriff, was sich um ihn herum abspielte?

Ludwig ersetzte die Realityshow durch einen düsteren, existenzialistischen Film in Endlosschleife. Die Handlung zeichnete sich durch seltsame Dinge vollführende Menschen aus. Dazu gehörte unter anderem deren Suche nach Estragon.

»Warum hast du das der Kommissarin nicht erzählt?«

Tabea zuckte mit den Schultern. »Vielleicht, weil gestern ein fürchterlicher Tag war? Weil ich nicht wusste, wo mir der Kopf stand? Und mich mein Mann zu allem Überfluss als verdächtige Person bezeichnet hat?« Sie sah ihn herausfordernd an.

»Tut mir leid. Ich weiß auch nicht, was mich da geritten hat.« Kurz legte er die Hand auf Tabeas Unterarm. »Du kannst dir sicher vorstellen, dass das alles auch für mich ein

Gefühlstornado ist.« Seinen tatsächlich schnöden Ausfall gestern Abend unter der Pergola hatte er im Gegensatz zu Tabea verdrängt. »Aber die Vernehmung mit der Kommissarin hat ja schon vorher stattgefunden.«

Seinem Einwand begegnete Tabea mit einem Blick aus dem Fenster.

Ludwig stand noch immer an die Arbeitsfläche gelehnt. Ein konfuser Passant in der eigenen Küche. »Wir müssen Lara Patelli aber alles sagen, was wir wissen.« Das klang belehrend. Damit würde er bei Tabea nichts ausrichten können. Warum fand er nicht die richtigen Worte?

»Dann ruf sie am besten gleich an und berichte ihr von den sträflichen Unterlassungen deiner Frau«, gab sie denn auch schnippisch zurück und machte sich daran, die Gläser mit der sterilisierten Tomatensoße auf dem Tablett in eine neue Anordnung zu bringen.

»Ich denke, wir wollen beide, dass die …«, Ludwig zögerte, »… Tat an Herbert, wenn es denn eine ist, aufgeklärt wird. Je früher, desto besser. Oder?« Er hatte sich um einen einfühlenden Ton bemüht. Nichts Bevormundendes, sondern die ihn einbeziehende Wir-Form.

»Ja, wenn es denn eine Tat ist«, wiederholte Tabea, glücklicherweise wieder in versöhnlichem Ton. »Wenn Bruno doch nur sprechen könnte …« Sie sah an Ludwig vorbei zur Küchentür.

Herberts weiß-braun gefleckter Liebling hatte seine Stellung verlassen, stand x-beinig auf der Schwelle und sah zu ihnen hin. Zu seinen zahlreichen Stirnrunzeln hatten sich noch weitere gesellt. Bruno, die Inkarnation der Verlassenheit. Ein Trauerkloß auf plumpen Pfoten.

»Komm her, Alter!« Ludwig kniete sich hin und streckte die Hand nach ihm aus.

Das war offenbar schon zu viel der Zuwendung, denn Bruno vollzog eine Kehrtwendung und watschelte davon. Im Flur ließ er sich erneut auf die Tonfliesen plumpsen. Seine ganz persönliche Form der Totenwache.

»Komm her, Ludwig.« Tabea klopfte lächelnd mit der Handfläche auf die Tischplatte und schob den Stuhl an der Frontseite für ihn zurecht.

Ludwig beschloss, es Bruno nicht gleichzutun und Tabeas Aufforderung nachzukommen. Er hatte lange genug rumgestanden. Sich wie der Basset auf den Boden zu werfen, so verlockend das sein mochte, war keine Option.

»Ich werde die Kommissarin nachher anrufen«, versprach Tabea, nachdem sie sich einen Moment lang auf Augenhöhe angesehen hatten. »Erzähl mir, was du von diesem Mario weißt. Eigentlich habe ich keine Ahnung, was für ein Typ er ist.«

Noch bevor Ludwig das wenige zum Besten geben konnte, was ihm zur Verfügung stand, erwähnte Tabea ihre Begegnung mit Mario Gallino vor einigen Tagen im Supermarkt und dessen seltsam bohrende Fragerei bezüglich ihres Verhältnisses zu Herbert. Wieder wunderte sich Ludwig, dass sie erst jetzt damit rausrückte. Ganz egal, ob die Geschichte mit dem Tod seines Vaters zu tun hatte oder nicht. War das nicht etwas, das sie zeitnah hätte erwähnen können? Solche Mengen an Gesprächsstoff hatten sie nun auch wieder nicht, dass dafür nicht Platz gewesen wäre.

Dann wieder dachte er an die Petitessen, die er verschwieg. Die Benennung hatte er für sich als geeignet auserkoren. Eventuell würde Tabea darüber anders urteilen. Aber das stand jetzt allemal nicht zur Diskussion.

»Viel gibt es da nicht zu erzählen. Herbert und Mario kennen sich … kannten«, korrigierte nun auch er sich, »seit längerer Zeit. Muss was Geschäftliches gewesen sein, das die beiden zusammengebracht hat. Früher war Gallino finanziell gut situiert. Aber seit einigen Jahren lebt er in vergleichsweise bescheidenen Verhältnissen. Seine Segelyacht hat er aber noch. Die ist sein Ein und Alles.«

»Frau und Kinder?«

»Meines Wissens hat er eine Tochter, die in Italien lebt. Gar nicht so weit weg. Seine Frau war diejenige, die das Kapital in die Ehe gebracht hat. Als sie ihn vor einigen Jahren verlassen hatte, war es mit dem schönen Leben vorbei. Irgendjemand hat mal gemunkelt, sie hätte eine Affäre mit ihrem Bankberater gehabt. Aber ob das stimmt … Herbert hat sich zu den ganzen Hintergründen immer erstaunlich bedeckt gehalten.«

»Komisch. Sonst hat er mit den Missgeschicken der anderen nie hinter dem Berg gehalten. Alles war ihm recht, wenn es eine gute Story hergab.«

Das »er« und »ihm« hallten nach. Er, das war sein toter Vater.

Für einen Moment schwiegen sie beide.

Wäre es nicht eine Frage des Respekts, über einen Toten mit mehr Wohlwollen zu sprechen? Noch dazu, wenn es sich nicht um irgendeinen Toten handelte?

»Mehr kann ich dir zu Mario Gallino nicht erzählen. Auf jeden Fall musst du diese Supermarktgeschichte der Polizei gegenüber erwähnen.« Das sollte ein vorläufiger Schlussstrich sein, was Tabea anders sah.

»Von diesem Melodrama hättest du mir aber schon früher berichten können« war ihre Replik. Ein nicht zu überhörender Hinweis darauf, dass die erzählerischen Unterlassungen nicht ihr allein zugeschrieben werden durften. »Schon wegen der pikanten Note. Von wegen abhandengekommene Frau und Bankberater.« Tabea lächelte.

Das Lächeln und ihr unversehens entspannterer Ton taten Ludwig wohl. Ein kurzer Moment relativer Unbeschwertheit, den sie beide gebrauchen konnten.

Und doch, so dachte er, würde es sich nur um eine minimale Verschnaufpause in einem unlängst begonnenen Marathonlauf handeln.

»Was hältst du eigentlich von Giuseppe? Der kam mir in letzter Zeit reichlich merkwürdig vor. Bestimmt war er auf Herbert nicht gut zu sprechen nach der Kündigung.«

Aha, die Verschnaufpause war schon wieder beendet. Sie waren zurück auf der Marathonbahn.

Ludwig ließ Tabeas Frage auf sich wirken. Es war nur eine

von vielen, mit denen sie konfrontiert waren. Ob sie wollten oder nicht.

»Ein bisschen merkwürdig war er eigentlich schon immer, das heißt, seit ich ihn kenne. Aber wegen einer Kündigung bringt man doch niemanden um.« So, nun hatte er es ausgesprochen: umbringen.

»Das habe ich ja nicht gesagt, dass er Herbert ermordet hat«, verteidigte sich Tabea.

Ermorden. Noch so ein Verb.

»Andererseits musst du zugeben, dass es für all die Brutalitäten auf dieser Welt fast nie mit Vernunft nachvollziehbare Gründe gibt.« Sie sah ihn herausfordernd an. »Das macht uns letztlich alle zu potenziellen Tätern.«

Wenn Tabea Grundsatzfragen aufwarf, konnte er selten etwas entgegenhalten. »Lass uns ein Glas von deinem kalten Melissentee trinken«, schlug er deshalb vor und stand auf. »Der soll doch angeblich gut für die Nerven sein.« Mit einer Hand an der geöffneten Kühlschranktür wendete er sich wieder Tabea zu. »Natürlich können wir über Giuseppe reden. Müssen wir sogar. Aber dann dürfen wir Matilda nicht aussparen. Der hat Herbert schließlich auch gekündigt.« Er nahm den Teekrug aus dem Kühlschrank. Mit der freien Hand öffnete er die Vitrine, die die Trinkgläser beherbergte.

»Und wenn's ums Kündigen geht, kommt mir auch gleich noch diese Kassandra in den Sinn.« Tabea war ebenfalls aufgestanden und hatte ein Messer aus der Besteckschublade genommen, das sie bei Erwähnung der Fitnesstrainerin bedrohlich zwischen Daumen und Zeigefinger wippen ließ. Eine Messerwerferin bei Anpeilung des Zieles.

»Wieso? Der hat er ja nicht gekündigt. Oder weißt du da mehr?« Es hätte Ludwig nicht gewundert, wenn auch dazu eine bisher verschwiegene Information zutage treten würde.

Während er kalten Tee in zwei Gläser goss, schnitt Tabea die Tomate in feinste Scheibchen, legte diese fächerartig auf einem Holzbrett aus und schob die so präparierte Frucht in die Mitte des Tisches. »Probier mal!«, befahl sie. Und dann noch: »Nein, gekündigt sicher nicht. War mehr so ein Stichwort, weil sie für ihn ja auch so eine Art Dienstleistungserbringerin ... gewesen ist. Ich überlege mir nur gerade, ob sie eigentlich weiß, dass Herbert tot ist.«

Die so bescheidene wie eigenwillige Mahlzeit zwischen sich, sahen sich Tabea und Ludwig erstaunt an. Nein, Kassandra Zweiglein-Bordoli hatte niemand erwähnt.

18

Tabea

»Wann könnt ihr ihn denn endlich bestatten?« Mimis unumwundene Art, an eine nicht unbelastete Angelegenheit heranzugehen, tat gut.

»Nicht bevor alle Obduktionsergebnisse vorliegen.«

Ich überließ die heikle Angelegenheit Ludwig, der im Gegensatz zu mir ganz offensichtlich nichts dagegen einzuwenden hatte, mit diesem und jenem an Lara Patelli heranzutreten, und dem Anschein nach auch von ihr gelegentlich kontaktiert wurde.

Mimi, die gerade erst von den Adria-Ferien mit ihren Schwestern zurückgekommen war, hatte sich kurzerhand in den Zug gesetzt, um mir moralischen Beistand zu leisten, wie sie es nannte. Der bestand im Moment darin, dass wir auf der Terrasse des »Easy« an der Promenade Schokoladeneis löffelten und das besprachen, was telefonisch zu kurz gekommen war. Viel Zeit hatten wir nicht. Schon am Abend wollte sie wieder heim zu Simon und Garfunkel, denen nach einer Woche Fremdbetreuung durch Mimis Nichte keine weiteren schmerzvollen Entbehrungen zugemutet werden durften.

Da der Regen der vergangenen Nacht für angenehme Abkühlung und einen klaren Himmel mit flockigen Schäfchenwolken gesorgt hatte, stand den Urlaubern um uns herum der Sinn nach Flanieren. Das waren nicht wenige, denn die Saison war im Begriff, sich in ein Hoch im Hoch hineinzusteigern.

Aber der Trubel, den ich sonst lieber mied, hatte nun etwas Belebendes an sich. Noch durchzog die Räume der Villa Felicità – und somit auch unsere Wohnung – eine morbide Stille, die nicht einfach durch die Abwesenheit von Geräuschen zustande kam und die mich bedrückte. Der frische Luftstrom, der während Jaspers und Toms viel zu kurzer Anwesenheit durchs Haus gezogen war, hatte sich zusammen mit den beiden verflüchtigt. Sie wollten zu Herberts Beerdigung zurückkommen.

Sie könnten ja doch nichts Sinnvolles tun, solange alles in der Schwebe sei, hatte Jasper gesagt.

Auch wenn er damit recht hatte, wäre ich gern Brunos Beispiel gefolgt und hätte mich wie dieser blockierend vor der Wohnungstür ausgestreckt. Zu Ludwigs und meinem Erstaunen hatte er den beiden sehr schnell sein geschundenes Herz zu Füßen gelegt. Umso erstaunlicher, dass er sich heute, zum ersten Mal ohne zu bocken, von mir an die Leine hatte nehmen lassen. Mit ersten Anzeichen zurückkehrender Energie und zaghaften Bezeugungen von Zuneigung war er neben mir zur Bushaltestelle getapst, wo wir Mimi in Empfang genommen hatten. Nun lag er unter dem Tisch, seine feuchten Lefzen auf dem Rist meines Fußes.

»Es könnte doch einfach sein, dass er was Toxisches gegessen hat. Du hast doch die bläulichen Essensreste an seinem Mund erwähnt, auf die dich der Hausarzt hingewiesen hat. Wer weiß, was er da in sich reingestopft hat. Da muss nicht zwangsläufig jemand nachgeholfen haben.« Mimi vereinte ihr Laut-vor-sich-hin-Denken mit dem akribischen Auslöffeln des Eisschälchens.

»Was soll denn so toxisch sein, dass man gleich daran stirbt? Eine Portion Satansröhrling als Amuse-Bouche? Außerdem hätte die Staatsanwaltschaft garantiert keine weiteren Untersuchungen genehmigt, wenn die Hinweise auf Fremdeinwirkung nicht gegeben wären.«

Ich schilderte Mimi, was Tom zur limitierenden rechtlichen Lage in solchen Fällen und zur Zurückhaltung seitens der Behörden erwähnt hatte. »Solchen Sachverhalten aufwendig nachzugehen, setzt einen deutlichen Verdacht voraus.«

»Na ja, dein Schwiegervater war natürlich auch ein Ekel. Von daher gesehen spricht tatsächlich nichts dagegen, dass ihm irgendjemand mehr gewünscht hat als nur ein bisschen Bauchweh.«

Auch wenn ich Ähnliches erwogen hatte, kam mir Mimis unverblümte Art, kurz zuvor noch geschätzt, nun doch etwas despektierlich vor. Durfte man einen Verstorbenen ein Ekel nennen?

»Er hatte auch seine Fans«, widersprach ich, mehr als eine Art Pflichtverteidigerin denn aus Überzeugung.

»Du meinst diese zickige Fitnesstrainerin?« Mimi runzelte die Stirn, während sie mit leichtem Widerwillen ihren Stuhl für eine aufgetakelte, der eben Erwähnten nicht unähnliche Platinblondine mit Taschen-Chihuahua zur Seite rückte.

»Ja, die zum Beispiel. Aber die Nachbarin, Olivia Herzig, war auch fix und fertig, als sie von Herberts Tod erfahren hat.« Ich dachte an die Szene am Vortag, als sich Olivia durch die Lücke im Zaun gequetscht und die leichte Anhöhe zu unserer Terrasse erklommen hatte. Wirr hatte ihr das sonst originell dressierte Haar ins Gesicht gehangen. Aufgelöste Wimperntusche hatte sich eine Bahn ins etwas zu kräftig geratene Wangenrouge gepflügt.

»Wie absolut schrecklich«, hatte sie geheult, sich ohne jede Zurückhaltung auf Ludwig und mich gestürzt und uns in einer wild ausufernden Beileidsbekundung in die Arme genommen, was sich allein deshalb als bedrängend erwies, weil wir saßen und die in ein schwarzes Gewand gehüllte Olivia sich zu uns neigte. Eine Riesenfledermaus, die ihre Flügel über uns zusammenschlug und uns buchstäblich den Atem nahm, auch weil sie den zweifelhaften Duft von mindestens einem in Kette weggepafften Päckchen Zigaretten verströmt hatte.

Ludwig, der von ihr ganz besonders in den Schwitzkasten genommen worden war, hatte sie schlussendlich in einem von Keuchen begleiteten Befreiungsakt von sich schieben können.

»Wie infam« und »Was für eine Tragödie«, hatte sie gejammert. Aus der Fledermaus war ein sich die Augen tupfendes Klageweib geworden, das sich ungefragt zu uns gesetzt und zur Wiederherstellung ihrer Fassung um einen Grappa gebeten hatte.

Gerade wollte ich Mimi die Episode schildern, als ich Ludwig unter den am Ufer Spazierenden entdeckte. Exakt den Ludwig, der sich heute Morgen beim Weggehen mit einem Stöhnen über die zeitraubenden Autorenfotos ausgelassen hatte, die er von einem an seinem Philosophenprofil feilenden Schriftsteller in dessen Arbeitszimmer zu machen hatte. Jedenfalls befand sich an seiner Seite kein Schreiberling mit Rauschebart, sondern Lara Patelli in sommerlichem Erdbeerrot. Ein Tête-à-Tête mit der Kommissarin unter den Platanen an der Promenade hatte Ludwig nicht erwähnt. Und überhaupt, war das üblich? Ein sachbezogener Austausch, wenn es denn ein solcher war, im Schlenderschritt?

Trotz der relativen Distanz rutschte ich ein wenig auf meinem Stuhl nach unten. Das war unsinnig und vermutlich einem Reflex zuzuschreiben. Ludwig hätte mich ohnehin nicht erkannt. Mein Haupt zierte ein Strohhut mit breiter Krempe. Ferienmitbringsel von Mimi. Sie trug das gleiche Modell. Die Kleidsamkeit ließ zu wünschen übrig, aber der Tarneffekt war nicht übel. Wobei mir selbst nicht klar war, weshalb ich in Anonymität verharren wollte.

»Ist das nicht Ludwig?« Mimi, die meinem Blick gefolgt sein musste, war das flanierende Pärchen nicht entgangen. Schon gar nicht, dass es sich bei dem männlichen Part um meinen Ehemann handelte.

»Ja.« Auch meine Einsilbigkeit vermochte nicht, den in mir blubbernden Ärger zu kaschieren.

»Und wer ist die Schöne an seiner Seite?« Natürlich ließ Mimi nicht locker. Das hätte ich an ihrer Stelle auch nicht getan.

»Die Kommissarin.« Warum auch immer, zog ich es vor, die Sache erst mal wegzustecken. Ich würde das später mit Ludwig besprechen.

Mimi stieß einen leisen Pfiff aus. »Sollte die nicht Turnschuhe und eine Survivalweste tragen? Wie will sie mit den Sandaletten einen Verbrecher verfolgen?«

»An Asconas Seepromenade gibt es keine Verbrecher. Höchstens Geldwäscher in Armani-Hemden.« Im Grunde wäre es mir lieber gewesen, die Angelegenheit nicht weiter auszuwalzen, aber Mimi ignorierte meine Befindlichkeit.

»Keine Verbrecher? Und das sagt die Frau, die unlängst eine längere Vernehmung über sich ergehen lassen musste?« Sie sah mich mit hochgezogenen Brauen an. »Wie auch immer. Jedenfalls nenne ich das eine ungewöhnlich entspannte Art, einem ungeklärten Todesfall auf die Schliche zu kommen.« Sie ließ es sich nicht nehmen, die beiden Flanierenden noch ein wenig im Auge zu behalten. »Was ist eigentlich mit Ludwigs Schwester? Ist die schon auf dem Weg hierher?«

Mimis Themenwechsel kam mir gelegen.

»Die kommt nicht. Kann ihre Corriedale-Schafe nicht allein lassen. Sagt sie.«

Seit Corinna in ihren späten Zwanzigern nach einer vielversprechend begonnenen Laufbahn als Bankerin das Rattenrennen, wie sie es nannte, für beendet erklärt, ihre Berufung zur Landwirtschaft gespürt und die Liebe zu einem Schafzüchter gefunden hatte, hatte sich das Verhältnis zu ihrem Vater äußerst konfliktreich gestaltet. Wobei »konfliktreich« die abgeschwächte Formulierung war, die sie selbst in den besseren Momenten gebrauchte. Jedenfalls hatte sie ihrem Bruder mitgeteilt, dass sie es vorzog, auf ihrer Farm auf Neuseelands Nordinsel zu bleiben. Die Distanz, die unzähligen Schafe, ja sogar die inzwischen autonomen Kinder standen der Reise angeblich im Weg.

»Na, beliebt war dein Schwiegervater wirklich nicht. Wenn sogar der eigenen Tochter der Weg zur Beerdigung zu weit ist …«

Ich nickte ein bedächtiges Universalnicken; Bejahung nicht nur von Mimis unwiderlegbarer Feststellung, sondern auch von all den Merkwürdigkeiten, die mit Herberts mysteriösem Tod zusammenhingen.

Wir schauten im visuellen Einklang auf den im späten Vormittagslicht glitzernden See. Auf ein wohlgenährtes Duo, beide mit Schildkappen bemützt und sportlich in glänzende Radlerhosen gezwängt, das vom nahen Bootssteg aus ein

Tretboot bestieg. Auf eine vom Ältesten bis zum Jüngsten an tropfenden Eiswaffeln leckende Großfamilie. Auf das stylishe Paar fortgeschrittenen Alters im sommerlichen Edeloutfit, das in Slow Motion auf den Leihrädern einer Fünf-Sterne-Herberge an uns vorübereierte. Natürlich hatte ich mir nebenbei auch noch einen letzten Kontrollblick dahin erlaubt, wo ich meinen Mann mit Lara Patelli wähnte. Aber von den beiden war nun definitiv nichts mehr zu sehen. Hatten sie sich etwa zum gemeinsamen Kaffeeplausch niedergelassen? Die Sache würde ein Nachspiel haben.

»Dann werden Ludwig und Corinna ja Erben einer Villa allererster Sahne. An Asconas edler Collina. Nicht zu verachten.« Mimi hing ihren Gedanken zu der besonderen Lebenssituation nach, in die wir unversehens geraten waren. »Und ihr werdet ordentlich Platz für euch haben. Ludwigs Fotoatelier steht auch nichts mehr im Weg.«

Was sie da so unbeschwert dahinsagte, war natürlich auch mir schon durch den Kopf gegangen. Vermutlich gestattete sich Ludwig solche Überlegungen ebenfalls, selbst wenn wir das Thema im Gespräch bisher vermieden hatten.

»Corinna steht die Hälfte zu. Wir müssten sie auszahlen, und dazu fehlt uns das Geld.« Ich bediente mich des Konjunktivs: »müssten«. Alles andere schien mir nicht nur verfrüht, sondern auch pietätlos. Herbert, den man nicht unbedingt mit Pietät in Verbindung gebracht hätte, war drei Tage tot. Da sprachen nur Aasgeier übers Erben.

Mimi, die nichts zu erben hatte, sah das lockerer.

»Dann verkauft ihr das bescheidene Häuschen, gebt die Hälfte des Geldes Corinna und ersteht vom Rest was Nettes für euch selbst. Das sollte nicht schwierig sein.«

Wieder nickte ich. Nur angedeutet. Sanftes Nicken war mein neues Zustimmen, ohne mich allzu sehr hervorzutun. »Zuerst muss die Angelegenheit mit Herberts Tod geklärt werden. Anschließend werden wir ihn anständig beerdigen. Danach kann man weitersehen.« Die Abschwächung dieser materiellen Hintergedanken schien mir angebracht.

»Ich schätze die Villa Felicità mitsamt dem Grundstück auf mindestens sechs Millionen. Bei der exklusiven Lage vielleicht sogar sieben oder acht. Ich nehme mal an, dass es bei dem alten Familienbesitz längst keine Hypothek mehr gibt.« Mimi, die eigentlich keine ausgesprochen monetäre Ader hatte, schien Immobilienblut geleckt zu haben. Meine samtpfotigen Formulierungen waren ihr egal.

»Das Haus selbst ist alt. Aber du hast recht. Die Lage ist einmalig. Da gibt es tatsächlich nicht mehr viel Vergleichbares zu ergattern.« Es war unmöglich, sich nicht von ihrem gedanklichen Fluss mitreißen zu lassen. Was würden Ludwig und ich mit drei, vier Millionen Franken machen? Unsere Bankkonten hatten bisher bestenfalls fünfstellig vor sich hin vegetiert. Und auch das nur im unteren Bereich.

»Ihr könntet aber auch in Herberts Wohnung ziehen und eure jetzige vermieten. Mit den Mieteinnahmen könnte Corinna monatlich bedient werden, ohne dass ihr verkaufen müsst. Vorläufig zumindest ... *Due Spritz*«, rief Mimi dem vorbeilaufenden Kellner zu, ohne mich dazu befragt zu haben.

Ihre glänzenden Augen wiesen auf ein plötzlich angestiegenes Fieber hin, wie sie es bisher eher für ideelle Werte entwickelt hatte. Zu diskutierende Besitztümer, eigene oder fremde, hatte es weder für sie noch für mich gegeben.

»So einen monatlichen Zuschuss könnten die auf ihrer Farm doch bestimmt gebrauchen. Und ihr wäret fein raus.« Sie war nicht zu bremsen.

»Langsam, langsam.« Ich legte meine Hand auf ihre.

Ich dachte an meine Mutter, die sich nach Jahrzehnten staubtrockener Tätigkeit in einem Treuhandbüro einen Herzenswunsch erfüllt und zusammen mit ihrer Freundin Siglinde ein schlichtes Häuschen an Irlands Atlantikküste erstanden hatte. Dort lebten die zwei in einfachen Verhältnissen, webten bunte Stoffe, nähten daraus allerlei bizarres Zeug und verkauften die Produkte an einen Laden in der nächsten Stadt. Mir war diese Haltung zum Leben, auch wenn ich es so weder führte noch je hätte führen wollen, immer näher gewesen als Herberts Golfspiel, sein Personal-Trainer-Getue und das Zelebrieren von exklusiven Weinen, die er dann aber doch am liebsten selbst trank. Wie also wäre es, wenn Ludwig und ich auf einmal Villenbesitzer wären? Zumindest hälftig. Wenn Ludwig auf diese Weise endlich Platz für ein Atelier hätte? Oder, andere Variante, uns ein paar Milliönchen für eine hübsche Eigentumswohnung zur Verfügung stünden? Eine mit großer Terrasse und Seepanorama. Mit genügend Platz für meine Pflanztöpfe und noch viel mehr.

Ein angenehmes Prickeln machte sich in mir breit, und das, obwohl ich von der perlend roten Flüssigkeit, die der Kellner in bauchigen Gläsern vor uns abstellte, noch gar nichts getrunken hatte. Meine Bedenken, schon vor dem Mittag ein alkoholisches Getränk zu konsumieren, schob ich beiseite. Was Mimi da mit ihren Fragen vom Zaun gebrochen und an gedanklichen Spielereien in Bewegung gesetzt hatte, musste begossen werden.

»Auf die neue Ära! Mit oder ohne Villa Felicità.« Mimi hielt mir ihr Glas entgegen.

Wir ließen die Kelche aneinanderklingen, tranken von der süß-bitteren Spirituose und gaben uns ein wenig unseren Phantasien und Überlegungen hin. Jede ihren eigenen, unausgesprochenen.

Die angenehme Frische des Vormittags wich der abermals zunehmenden Hitze. Die Sonne näherte sich dem Zenit. Lange würden wir nicht mehr hier sitzen können.

Das sah Mimi genauso. »Lass uns baden gehen«, schlug sie vor und leerte ihr Glas in einem Zug. »Ich habe mein Badezeug schließlich nicht zum Spaß mitgenommen.«

Ganz im Sinne meiner Rolle als zukünftige Villenbesitzerin beschwerte ich zwei Scheine mit meinem Glas und legte noch einige Münzen Trinkgeld dazu. Eigentlich hätte ich das so oder so ähnlich ohnehin getan, aber nun stand die Geste unter dem Stern unseres Gesprächs.

»Dann würde ich dich auch wieder mit Simon und Garfunkel besuchen können.« Mimi wob weiter an den sich zukünftig bietenden Möglichkeiten, während wir die Via Albarelle entlangschlenderten, immer den schattigsten Wegabschnitten auf der Spur. Bruno zottelte eher lustlos neben mir her, was ich ihm nicht verdenken konnte. Ich war nun mal nicht die flotte Kassandra, die Herrchen und Hund mit Gurren und Tirilieren zu Höchstleistungen angetrieben hatte.

»Ja, das wäre schön«, sagte ich.

Und dann passierte es. Meine Imagination durchbrach das Gatter, ließ sich nicht mehr aufhalten, galoppierte los: Im Geiste durchstreifte ich Herberts Wohnräume, riss Wände ein, überließ das schwere Mobiliar der Heilsarmee oder bot es bei eBay feil, griff zu Farbe und Pinsel und überredete Ludwig zu einem Besuch bei meinem Lieblingsmöbelhändler. Kurzum, ich tat genau das, was ich vorher wohlweislich vermieden hatte.

»Wir hätten dort oben ein weitläufiges Wohnzimmer und dazu noch drei Räume. Die Küche würde ich in den Wohnraum integrieren. Das Ostzimmer wäre ein ideales Gästezimmer. Groß und freundlich, sobald das monströse Mahagonizeug draußen wäre. Stell dir vor! Für dich, für Jasper und Tom, für meine Mutter, wenn sie denn mal käme … Vielleicht ließe sich sogar noch ein En-suite-Badezimmer einbauen.«

Ich war gestikulierend im Schatten einer ausladenden Grandiflora-Magnolie stehen geblieben, was Bruno umgehend dazu bewog, sich hechelnd auf den Asphalt zu werfen. Der neue Strohhut war mir in die Stirn gerutscht. Ich ließ es geschehen. Wer mit großen Vorhaben jonglierte, den störten solche Bagatellen nicht.

Doch Mimi bremste meine Planung. »Wenn ihr Corinna mit monatlichen Abschlägen bedienen müsst, habt ihr aber nicht so viel Geld flüssig.« Die Rollen hatten sich vertauscht. Nun war ich diejenige, der Einhalt geboten wurde. »Und das Atelier muss ja auch noch finanziert werden. Das hat garantiert Vorrang. Schließlich sind Ludwig und Corinna die Erben und nicht du. Und Ludwig ist ja besonders scharf auf sein eigenes Fotostudio, wie du mir erzählt hast.«

Ihr nüchterner Einwand und die Erinnerung an Ludwigs

Begehren waren wie eine kalte Dusche, die eigentlich gutgetan hätte, mich nun aber zusammenzucken ließ.

»Komm«, sagte ich zu Bruno und zog ihn an der Leine in die Höhe. »Ist nicht mehr weit zum Bagno Pubblico.«

Was Ludwig über all dies dachte? Ich wusste es nicht. So wie ich keine Ahnung hatte, warum er mir seine Verabredung mit der Kommissarin unterschlagen hatte. Und ja, auch das: warum er in der Nacht von Herberts Tod nicht erreichbar gewesen war. Was, wenn er sich zu besagter Zeit überhaupt nicht in Zürich aufgehalten hatte?

Noch bevor ich nur den großen Zeh ins Seewasser halten konnte, durchlebte ich Wechselbäder. Heiß, kalt, heiß …

Mit der freien Hand riss ich mir den Sonnenhut vom Kopf und strich meine feuchten Haare aus der Stirn.

»Ist dir nicht wohl?«, fragte Mimi.

So eine schlichte Frage. Die simpelste von allen. Und nicht mal auf die hatte ich eine Antwort.

19

Tabea

»*Bella donna.*«

»Hast du mich erschreckt!«

Aus meiner knienden Stellung in die Aufrechte zu gelangen erwies sich als gelenkknacksende Herausforderung. Seit einer Dreiviertelstunde befreite ich kauernd und kriechend meine Gemüsebeete von Unkraut. Ludwig hatte ich nicht kommen hören.

Andererseits: Vom eigenen Mann als »schöne Frau« begrüßt zu werden, meinetwegen auch aus dem Hinterhalt, hatte seinen Reiz.

»Wie komme ich zu der Ehre?« Keck neigte ich den Kopf zur Seite, die erdigen Hände in die Hüften gestemmt. Die zu Shorts abgeschnittenen Jeans, löchrig und ausgefranst, passten nicht recht zur Femme fatale. Der Strohhut vermutlich auch nicht. Aber wer bestimmte so was?

»Vater wurde mit Tollkirschen vergiftet. Atropa belladonna. Ein Nachtschattengewächs.« Ludwig war offensichtlich nicht nach einem Flirt zumute.

Ich brauchte nicht lange, um das Programm von bescheidenem Entertainment auf Ernst zu schalten. Nein, hier ging es nicht um mich.

»Woher weißt du das?«

»Von der Kommissarin.« Ludwig setzte sich ins Gras und legte die Arme auf seine angewinkelten Beine. Er sah an mir vorbei, wirkte müde.

Nachdem ich Mimi am Abend zuvor nach Locarno zum Bahnhof gebracht hatte, war Ludwig in den Zangengriff meiner Befragung geraten. Wie denn das Fotoshooting bei dem philosophierenden Autor mit dem Rauschebart gewesen sei, hatte ich ihn gefragt. Das habe nicht stattgefunden, weil der Philosoph von heftigen Kopfschmerzen heimgesucht worden sei, hatte Ludwig erwidert. Und wie ich überhaupt auf den Bart komme. Darauf hatte ich keine Antwort.

»Was hast du denn stattdessen getan, nachdem du dann so viel Zeit übrig hattest?« war meine listige Erkundigung gewesen. Aber Ludwig hatte sich als die personifizierte Unschuld erwiesen, was ich fast schon wieder bedauerlich fand. Lara Patelli hätte ihn angerufen, da sie noch einige Fragen an ihn hatte. Unter anderem die, was er über Kassandra Zweiglein-Bordoli wisse, die seit einigen Tagen nirgends auffindbar war. Da die Signora Patelli in der Nähe zu tun hatte – na so was! –, hätten sie sich auf einen Informationsaustausch am Lungolago getroffen.

Ich war zwar der Meinung, dass man sich für so etwas nicht leibhaftig treffen musste, hatte mich dann aber doch geschlagen gegeben. Ludwig hatte mir nichts verschwiegen, zumindest nicht was die Seepromenadengeschichte betraf. Das war das Wichtigste. Vorerst.

Und nun dies.

Ich ließ mich neben ihn ins Gras fallen. »Wie sind sie darauf gekommen?«

Das war vielleicht nicht die klügste aller möglichen Fragen. Schließlich war Ludwigs Vater nicht erst seit gestern tot, Zweifel am natürlichen Ableben waren Dr. Leoni unverzüglich gekommen, und die Polizei war auf der Bildfläche erschienen. Die mutmaßliche Vergiftung hatte Lara Patelli früh angedeutet. Das ließ keinen Platz für naives Erstaunen.

»Durch die Autopsie natürlich.« Die Betonung lag auf dem letzten Wort.

»Ja klar, aber wo wurde das Zeug nachgewiesen? Im Magen? Im Blut?«

»Im Magen.« Ludwig hatte eine Bocksbartblüte abgerupft und zupfte ihr die Blütenblättchen weg. Das sollte er nicht tun.

»Nach so vielen Tagen?«

»Wohl nicht erst heute. In der Pathologie haben sie anderes zu tun, als uns über jeden Untersuchungsschritt einzeln zu

informieren. Das ist jedenfalls das abschließende Ergebnis.«
Irritation schwang in jedem Satz.

Er warf das Bocksbartblümchen in hohem Bogen weg, als
trüge es eine Mitschuld. Und nicht nur das Blümchen. Auch
ich schien ihm gegen den Strich zu gehen. Sollte ich ihn zu
seiner Gereiztheit befragen? Ich entschied mich für tiefes Ein-
und Ausatmen.

»Möchtest du mir erzählen, was du von der Frau Kommissarin in der Angelegenheit alles erfahren hast?« Das sagte
ich betont sanft. Die Lehrerin, die den bockigen Schüler zu
nehmen wusste. Ludwig mochte es nicht, wenn ich so mit ihm
sprach. Aber er war nun mal nicht der Einzige, der Gründe
hatte, von den Ereignissen aufgewühlt zu sein.

Die Klänge eines geschäftigen Sommervormittags drangen von der Via Moscia und der Seepromenade zu uns hoch.
Stimmengewirr, motorisierte Gefährte, Undefinierbares. Von
unserem Plätzchen aus blieb uns der See verborgen, nicht aber
das akustische Treiben darauf und darum herum.

»Herbert muss eine beträchtliche Menge Tollkirschen ver-
speist haben. Vermutlich hat er das verpasste Abendessen mit
seinen Feinschmecker-Buddys damit ersetzt.«

»Mit Tollkirschen?« Was war denn das für eine verrückte
Geschichte?

»Na ja, natürlich nicht einfach so von einem Früchteteller
weg.« Ludwig begegnete meinem Nachfragen nun gnädiger.
»Die waren auf Vanillesahnecreme gebettet. Fruchttörtchen
mit viel Drumherum. Heidelbeeren waren auch dabei.«

»Und das giftige Zeug schmeckt man nicht raus?« Ich hatte
keine Ahnung, wie ich mir den Geschmack von Tollkirschen
vorstellen sollte. Natürlich kannte ich das Nachtschattengewächs. Mutter hatte mir frühzeitig eingebläut, niemals auch nur
eine einzige von den blauschwarzen Beeren zu naschen. Auch
nicht von den roten Früchten der Eibe und der Heckenkirsche.

Trotz neuerlicher Höchsttemperaturen war mir fröstelig.
Wer besaß die Tollheit, Cremetörtchen mit Tollkirschen zu
belegen?

»Nein, die Früchte schmecken anscheinend süßlich. Und die Farbe ist den Heidelbeeren nicht unähnlich. Wohl dunkler, aber wenn man sie unter die *mirtilli* schichtet …«

Tatsächlich hatte sich Ludwigs Art, mit mir zu sprechen, zurechtgerückt. Wir waren endlich das, was wir in dieser besonderen Situation sein sollten: zwei Menschen, die zusammenhielten. Zusammenhalten mussten.

»Wer zum Teufel hat ihm die nur untergejubelt?« Erneut musste eine Bocksbartblüte für Ludwigs Aufbegehren herhalten. Diesmal zerrieb er sie ohne Umschweife zwischen Daumen und Zeigefinger.

»Die Blümchen haben dir nichts getan«, ermahnte ich ihn. Schließlich wollte ich Giuseppe nicht vergebens dazu angehalten haben, der Wiese um mein Gemüsebeet nicht mit seinen drastischen Bearbeitungsmethoden beizukommen.

Ludwig erhörte meinen Appell und faltete die Hände über den Knien.

»Und wie viele von diesen Dingern muss man verspeisen, bis man …«, ich schluckte, »… bis man tot ist?«

»Vielleicht zwanzig. Je nachdem. Herbert war groß. Da wird es ein bisschen mehr gebraucht haben.«

Wir schwiegen eine Weile.

Mein Augenmerk richtete sich auf die Tomatenpflanzen, die schon wieder erntereife Früchte trugen. So eine Tomate war ebenfalls die Frucht eines Nachtschattengewächses. Aber wenn man sie nicht grün und noch dazu in reichlicher Menge aß, musste man das Alkaloid nicht fürchten.

Ich dachte an den Abend, an dem mein Schwiegervater die tödliche Mahlzeit verputzt hatte. An die wiederkehrenden Geräusche, die ich vernommen hatte.

Ich hätte zu ihm gehen sollen. Eine gute Schwiegertochter hätte das getan. Sie hätte zumindest telefoniert, hätte sich erkundigt. So hatte Herbert seinen Todeskampf allein ausgefochten. Nur der verstörte Bruno war bei ihm gewesen.

Als könnte er meine Gedanken lesen, entlastete mich Ludwig ein wenig.

»Viel Zeit, um Hilfe zu holen, hatte er wohl nicht. Delirium und Halluzinationen verunmöglichen ziemlich schnell irgendein zielgerichtetes Handeln. Danach setzt Bewusstlosigkeit ein. Na ja, und am Ende führt Atemlähmung zum Tod.« Er trug das erstaunlich emotionslos vor.

»Hat dich Lara Patelli darüber aufgeklärt?« Die Vorstellung, dass die schöne Signora auch noch mit medizinischem Wissen auftrumpfte, selbst wenn sich dergleichen im Nullkommanichts googeln ließ, ärgerte mich.

»Nein, Dr. Leoni. Ich habe ihn angerufen. Der war schließlich Herberts Hausarzt.«

Und ich bin deine Frau, dachte ich. Hätte Ludwig nicht das Bedürfnis verspüren sollen, zuerst mit mir zu sprechen?

Meine Erinnerung trug mich zurück zum Tag der Tage. Zu meinem auf dem Boden ausgestreckten Schwiegervater und dem neben ihm knienden Dr. Leoni, der dem blauen Krustenrand an Herberts Mundwinkel besondere Aufmerksamkeit geschenkt hatte. Und plötzlich spazierte vor mir, nur für mich sichtbar, ein buntes Aufgebot an Personal auf einem Laufsteg vorbei: Herberts Haushälterin Matilda, die eine Kühltasche trug. Olivia Herzig, in wehendem Gewand, die am Tag der Tat Herberts Haus verlassen hatte. Mit leeren Händen. Aber waren die auch leer gewesen, als sie das Haus betreten hatte? Giuseppe, der maulfaul Gewordene, schlich vorbei. Giuseppe, von Beruf Gärtner. Kannten sich die nicht bestens mit Pflanzen aus?

Und wer war der da auf dem Laufsteg? Mario Gallino, der einen Einkaufswagen schob. Einen Wagen voller Esswaren, unter denen sich, Moment mal, blaue Beeren befanden: Heidelbeeren. *Mirtilli.* Mir stockte der Atem.

»Weißt du, an wen ich immerzu denken muss?« Ludwig, der von meiner imaginären Parade nichts ahnte, sah mich von der Seite an.

»Nein«, antwortete ich, da ich nicht annahm, dass er mich meinte.

»An Paul. Den Törtchenbäcker vom Dienst.«

Paul. Natürlich. Das lag nahe. Zu nahe, auch wenn er eben noch das Schlusslicht auf meinem Laufsteg gewesen wäre. Erhobenen Hauptes ausschreitend, eine Tortenplatte in den Händen.

»Du meinst, er hat dich am Vormittag des Todestags für Fotoaufnahmen zu sich nach Hause bestellt, um dann ein paar seiner Produkte bei Herbert zu deponieren?«

Ludwig zuckte mit den Schultern. »Klingt tatsächlich etwas plump.«

Wir sahen uns an. Ludwig hatte Schatten unter den Augen, wie immer, wenn er zu wenig schlief.

»Das hieße tatsächlich, den Verdacht auf sich selbst auf dem Tablett zu servieren.«

»Vielleicht ist das seine Strategie: So offensichtlich agieren, dass niemand daran glaubt.« Ludwig spann den Faden weiter, während sich bei mir ein anderes Bild an die Oberfläche drängte.

»Kannst du dich an die Himbeertörtchen vor einiger Zeit erinnern? Das muss noch im Juni gewesen sein. Jedenfalls bin ich zu der Zeit noch von Zürich ins Tessin und zurück gependelt. Paul war hier aufgekreuzt und hatte die Törtchen tatsächlich auf einem Tablett. Eigentlich waren sie für Herbert bestimmt.« Auch die Szene auf der Steinbank unter der Weide mit Matilda trat immer klarer aus dem Dunst vergangener Ereignisse heraus. Matilda, die traurig, aber auch empört gewesen war über die Kündigung. Paul und ich hilflos beschwichtigend an ihrer Seite. Himbeeren auf Vanillecreme. Bingo!

»Ich werde Lara davon berichten.« Ludwig erhob sich. »Das ist wichtig. Bei aller himmelschreienden Offensichtlichkeit.«

Lara? Waren die zwei schon beim Du angelangt?

Die Nähe, zu der Ludwig und ich in den letzten fünf Minuten zurückgefunden hatten, zerplatzte wie eine Schaumblase. Bitterer Geschmack stellte sich ein. Fast, als wäre auch mir etwas Giftiges verabreicht worden.

»Du meinst Signora Patelli?«, sagte ich spitz. Das war nur

der Form nach eine Frage. »Ich denke, dass ich diejenige bin, die ihr das mitteilen sollte. Schließlich war ich in erster Instanz in die Szene verwickelt. Nicht du.«

»Wie du meinst.« Ludwig hatte mir den Rücken zugewandt. Er machte sich auf den Weg nach oben. »Aber versprich mir, dass du das dann auch wirklich tust. Allzu mitteilsam warst du bisher nicht.«

Sein Verweis gefiel mir nicht.

»Ich gehe ein paar Schritte mit Bruno«, sagte er im Weggehen.

Was war das für eine Geschichte? Ludwig und die Kommissarin. Nur ein Produkt meiner Phantasie? Ludwig hatte mir noch nie echten Anlass zur Eifersucht gegeben. Aber was, wenn ich mir das nicht nur einbildete mit dieser besonderen Beziehung? Würde man so was nicht Befangenheit nennen?

Auch ich war inzwischen in der Senkrechten. Die Handhacke in einer und den Rechen in der anderen Hand stand ich da und schaute meinem Mann hinterher. Der Übriggebliebene der zwei Kummer-Männer. Sohn eines *donnaiolo*, eines Frauenhelden.

Tabea, sagte ich zu mir selbst, nachdem Ludwig hinter dem großen Kamelienbusch verschwunden war, du wirst jetzt selbst aktiv. Diese Kommissarin soll ihren Job machen, ich mache meinen. *My way. A modo mio.*

20

Mario gelang es nur notdürftig, die Verwunderung zu kaschieren. Sein Dauerzwinkern, als sei ihm ein kleines Mückengetier ins Auge geraten, sprach eine deutlichere Sprache als die mehrmalige Beteuerung, wie nett er meinen Besuch doch fände. So spontan und unkompliziert. Wobei, er korrigierte sich blitzschnell, die Umstände leider nicht für den Gebrauch eines Wortes wie »nett« sprächen. Nervöses Hüsteln. Und ja, es sei ja wirklich alles so erschreckend tragisch – wieder korrigierte er sich –, tragisch erschreckend.

Ich fand »tragisch erschreckend« auch nicht besser, war aber nicht gekommen, um mit ihm sprachliche Feinheiten zu diskutieren.

Mario trug eine dreiviertellange Hose, die auch als Pyjamaunterteil durchgehen konnte. Dazu ein T-Shirt, das eine bebrillte und »*What's up?*« fragende Giraffe zierte. Ich machte mir nichts aus Giraffen mit Brillen, eigentlich überhaupt nichts aus beschrifteten Shirts, schon gar nicht an Männern über siebzig. Aber bei einem unangekündigten Besuch konnte ich nicht auch noch erwarten, von einem nach meinem Gusto gekleideten Mario Gallino empfangen zu werden. Allein schon ihn bei sich daheim angetroffen zu haben war Glückssache. Wie ich nun wusste, verbrachte er einen großen Teil seiner Zeit auf seiner Yacht.

Tatsächlich war Marios Heim in keiner Weise mit dem von Paul oder Herbert zu vergleichen. Seine Wohnung befand sich in der ersten Etage eines dreistöckigen Mehrfamilienhauses. Der See war zwar nicht weit, jedoch nicht zu sehen. Das ließ sich als Lebensumfeld immer noch als erfreulich bezeichnen, hatte aber nichts von dem Standard, den der Mario vergangener Zeiten einmal hatte vorweisen können. Dies gemäß dem, was mir Ludwig erzählt hatte.

»Kommen Sie rein, kommen Sie rein.« Er komplimentierte mich von der Diele in ein karges Wohnzimmer mit nur mäßigem Gemütlichkeitsfaktor. Von dort gleich weiter zum Balkon. »Was darf ich Ihnen anbieten, liebe Frau Tabea?« Eilig befreite er einen Terrassenstuhl von drei Aktenordnern und einer Hantel, deponierte das Zeug auf dem Boden und rückte mir die Sitzgelegenheit zurecht. »Ein Glas Wein? Gin Tonic? Fruchtsaft?«

»Wasser ist gut.« Meine Mission sah kein alkoholdurchzogenes Geplauder vor.

Mario Gallino verschwand im lichtarmen Schlund des Wohnraums.

Der Balkon war das Tessiner Äquivalent zu unserer Zürcher Veranda am Schaffhauserplatz. Ruhiger natürlich. Statt einer Straße trennte hier eine Rasenfläche den Wohnblock vom nächsten. Zwei Buben, vielleicht sieben oder acht Jahre alt, kickten sich auf dem abgewetzten Grün mit kindlichem Elan und unter lauten Zurufen, der frühnachmittäglichen Hitze trotzend, einen Fußball zu. Auf dem Balkon vis-à-vis breitete eine ältere Frau Wäsche auf einem Klappständer aus. Wie anders sich Ascona hier präsentierte. Das alltägliche Leben lief ohne die durch hohe Hecken und Mauern gewahrte Privatsphäre und den Schutz automatischer Toreinfahrten ab.

»Mein erstes Zuhause ist meine ›Favolosa‹, nicht hier«, sagte Mario, der mit zwei Gläsern auf den Balkon trat. Ob er meinte, bei Frau Tabea müsse man in Anbetracht der eher bescheidenen Wohnung die Yacht erwähnen? Da war er bei mir an der falschen Adresse. Ludwig und ich konnten nicht mal mit einem Gummiboot aufwarten.

»Weiß man denn schon mehr?« Er wechselte das Thema mit nicht zu überbietender Beiläufigkeit, ganz so, als erkundigte er sich nach der Wetterprognose für den kommenden Tag. »Wie schrecklich, ein Mord im schönen Ascona.«

Was sollte das denn? Hatten sich Scheußlichkeiten etwa nur an unattraktiven Orten zuzutragen?

»Ein Mord?« Ich mimte Erstaunen. Ziel meiner Mission

war es, die Drei-Männer-Menagerie aus Mario Gallinos Perspektive in Augenschein zu nehmen. Es war nicht an ihm, *mich* zu befragen.

»Na ja, man geht doch anscheinend von Mord aus.« Sein Augenzucken hatte wieder eingesetzt.

Wen er wohl mit »man« meinte? In jedem Fall war ich nicht gekommen, Mord oder Nichtmord mit ihm zu erörtern.

»Ich nehme an, die Kommissarin war auch bei Ihnen.« Nur ein minimales Heben meiner Stimme hatte die Aussage zu einer Frage gemacht, die Mario mit einem Nicken bestätigte. Dass er zeitgleich einen Schluck von seinem Getränk zu sich nahm, erwies sich als tückisch. Etwas vom braungoldenen Nass bahnte sich seinen Weg aus dem Glas heraus und übers Kinn.

»Reine Routine, hat man mir versichert«, ergänzte er eilig, nachdem er die entwischte Flüssigkeit mit dem Handrücken verrieben hatte.

Da war es wieder: man.

»Ja klar. Wobei … Sie waren ja am Tag von Herberts Tod noch im Garten der Villa Felicità.«

»Ich habe nichts zu verschweigen. Was ich weiß, habe ich der Polizei mitgeteilt.«

Seine Freude über meinen Besuch war zweifelsohne im Sinkflug. Wieder verschwand er in den Tiefen seines Glases. Was er da wohl becherte, zu doch eher früher Stunde?

»Wegen des Estragons.« Ich setzte auf Beharrlichkeit.

Natürlich war davon auszugehen, dass ihm Lara Patelli einige Fragen zu der Sache gestellt hatte. Das war schließlich ihr Job. Ich hatte ihr nämlich pflichtschuldig, wenn auch mit Verspätung, von der eigenartigen Begegnung mit dem durch den Zaun kriechenden Mario berichtet.

»Ich meine, haben Sie den Estragon anschließend noch gefunden?« Und wenn er sich die im Glas verbliebene Flüssigkeit über den Kopf goss, ich würde nicht lockerlassen.

»Leider nein.« Sein Blick trübte sich in echtem Bedauern. »Das Kräutlein wurde ja dann auch nicht mehr gebraucht. Ich habe den Fisch eingefroren. Wäre schade drum gewesen.«

»Haben Sie denn an dem Abend das Essen nicht mehr zubereitet? Sie und Paul werden doch trotzdem Hunger gehabt haben, auch ohne Herbert.«

»Paul war schlecht gelaunt. Vermutlich wegen der vorausgehenden Unstimmigkeiten. Mir war dann auch nicht mehr nach Kochen zumute. Das habe ich der Signora und ihrem Kollegen übrigens schon gesagt.«

»Ich weiß davon aber nichts«, sagte ich streng.

Das stimmte nicht ganz. Ludwig hatte mir erzählt, was er im Gespräch mit Paul in Erfahrung gebracht hatte.

Jedenfalls war die Sache komisch: eine Streiterei zwischen Herbert und Paul, die sich allen auf den Magen legte? Was waren das für Mimosen?

»Liebe Frau Tabea …« Mario Gallino neigte sich über sein Glas zu mir hin. Seine Bernhardineraugen, die heute an den Rändern besonders gerötet schienen, kamen mir näher, als ich mir das wünschte. »Sosehr ich mich über Ihren, ähm, spontanen Besuch freue … Ich würde doch zu gern wissen, was Sie wirklich zu mir führt.«

Ich hatte für sein Anliegen durchaus Verständnis. Wenn er ein Gespräch ohne Umschweife vorzog, dann sollte er es haben.

Auf der Grünfläche vor der Veranda deponierte eine Mutter, zwei Kleinkinder und einen Zwergpudel im Schlepptau, ein aufblasbares Badebecken. Einen der beiden Fußballbuben wies sie an, den an der Hauswand aufgehängten Wasserschlauch abzurollen und zu ihr heranzuziehen. Es war mir ein Rätsel, wie sie es in der prallen Nachmittagssonne aushalten wollten.

»Die Sache ist die: Ich gehöre ja nur in angeheirateter Form zur Familie Kummer und habe das große Bedürfnis, ein bisschen mehr über das Leben des armen Herbert zu erfahren. Sein Tod und dessen dramatische Umstände haben einiges in mir ausgelöst. Zumal ich diejenige war, die seinen leblosen Körper vorgefunden hat.« Keine Ahnung, wie sich das Pathos eingeschlichen hatte. Wieso sprach ich vom »armen Herbert«?

Immerhin schien der von mir so gespreizt formulierte Beweggrund bei Mario Gallino nicht schlecht anzukommen.

»Das kann ich verstehen.« Er kippte den Rest der Flüssigkeit in sich hinein und schaute betrübt ins geleerte Glas. »Aber wie kann ich Ihnen behilflich sein?«

»Zum Beispiel, indem Sie mir erzählen, was Sie vor einigen Tagen meinten, als Sie mich im Supermarkt gefragt haben, wie Ludwig und ich mit Herbert klarkommen. Oder besser: wie er sich uns gegenüber benimmt. Das klang, als hielten Sie ein friedliches Nebeneinander für schwierig.«

Mario Gallino sah mich einen Moment lang an, als könne er sich an gar nichts erinnern, schlimmer noch, als hätte er vorübergehend sogar vergessen, was man gemeinhin unter einem Supermarkt verstand.

»Als Sie die Einkäufe gemacht haben. Für den Feinschmeckerabend. Mit den Heidelbeeren.« Ich hätte auch die Artischocken oder Felchenfilets im Einkaufswagen ansprechen können. Ihn an die Beeren zu erinnern, war der Kunstgriff der cleveren Fahnderin, zu der ich mich ermächtigt hatte.

Aber die Erwähnung der blauen Früchte löste nichts in ihm aus. Keine Rotfärbung der Gesichtshaut. Nicht einmal eine Zuckung im Augenbereich. Und schon gar kein leutseliges Plaudern der Sorte: Ach ja, jetzt fällt es mir wieder ein. Die Beeren, die ich für die Törtchen gebraucht habe, um die Tollkirschen zu kaschieren.

Es wäre auch zu schön gewesen, wenn sich meine erste Miss-Marple-Tour nach wenigen Minuten als Volltreffer erwiesen hätte.

»Die Einkäufe ... ja, natürlich«, murmelte mein wenig mitteilsames Gegenüber und schob zur Untermalung sein Glas auf der Tischplatte hin und her. »Ach, wissen Sie, liebe Tabea«, sagte er schließlich, »das mit Herbert, das war von mir so dahingesagt. Hatte nichts weiter zu bedeuten. Er war ja kein pflegeleichter Zeitgenosse. Eher so ein ... *brontolone*.«

Herbert ein Meckerer? Das klang fast schon possierlich. Überhaupt ließ mich diese Bagatellisierung unbefriedigt zurück. Das hatte im Laden anders geklungen. Oder sollte ich seiner Frage zu viel Bedeutung beigemessen haben?

Na gut, da es sich als nötig erwies, musste ich eben noch etwas beherzter auf den Busch klopfen. »Haben Sie die Heidelbeeren dann auch eingefroren? Oder waren die am Abend von Herberts Tod schon verarbeitet? Zum Beispiel zu leckeren Muffins oder zu sonst einem Gebäck?« Das war starker Tobak, aber der Mann hatte es nicht anders gewollt.

Mario Gallino versteifte sich. Der letzte Überrest an Freundlichkeit – falls es davon je etwas Authentisches gegeben hatte – war unerwarteter Kühle gewichen. Seine Augäpfel, rot umrändert, hatten sich in kleine Eiskugeln verwandelt.

Ich ließ mich nicht lumpen, straffte die Schultern und wich seinem frostigen Blick nicht aus.

»Sie meinen also, ich hätte Herbert mit dem Blaubeergebäck vergiftet?«, fragte er.

Kein Zweifel, Mario Gallino war bestens informiert. Durch wen?

»Ich meine gar nichts. Ich denke nach und stelle mir Fragen«, antwortete ich forsch.

»Sie stellen *mir* Fragen.« Mit dieser Korrektur, knallhart pariert, lag er nicht daneben.

Ein Helikopter flog über uns hinweg und sorgte mit dem hackenden Geräusch seiner Rotoren für eine kurzfristige, fast willkommene Unterbrechung.

»Ich muss Sie enttäuschen, Frau Kummer.«

Das war's dann wohl mit der »lieben Frau Tabea«.

Er schaute einen Moment lang dem Helikopter hinterher, der sich, soweit sich dies sagen ließ, in Richtung Centovalli davonmachte. Dann wandte er sich mir erneut zu.

»Punkt eins: Ich kann nicht backen. Punkt zwei: Ich wüsste nicht, warum ich Herbert nach dem Leben hätte trachten sollen, und Punkt drei …« Hier zögerte er, da ihn die Aufzählung zu einer zuvor nicht bedachten Fortführung nötigte. »Punkt drei … Ich esse Heidelbeeren seit einer Weile regelmäßig. Mindestens zwei Mal pro Woche. Roh. Wegen dem Vitamin C.

Und dem Kalium. Und dem … Zink.« Er atmete schwer aus. Deutlich erleichtert, die Sache zu einem gelungenen Abschluss gebracht zu haben. Die Kühle hatte seinem Bedürfnis nach Erklärung nicht standgehalten

Auf die Aufzählung weiterer diätetischer Vorzüge von Heidelbeeren verzichtete er. Mario Gallino hatte andere Pläne mit mir.

»Sie sollten etwas trinken. Es ist heiß.« Er wies auf das unberührte Wasserglas vor mir. »Und dann würde ich mich gern von Ihnen verabschieden. Ich will nämlich noch mit meiner ›Favolosa‹ in See stechen.«

Das war eine klare Ansage. Auch ich erkannte, wann es mit der Fragerei nicht mehr vorwärtsging.

Beim Zurückschieben des Stuhles brachte ich den kleinen Turm zum Einsturz, den Mario Gallino mit den zuvor von der Sitzfläche entfernten Aktenordnern gebaut hatte.

»Entschuldigung, wie ungeschickt!«, stammelte ich und bemühte mich, das Konstrukt wiederherzustellen. »H K«, stand in schwarzen, handschriftlich angebrachten Lettern auf dem Rücken des obersten Ordners. Und darunter: »*coglione*«.

Es war der stetigen Erweiterung meiner Italienischkenntnisse zu verdanken, dass neben grammatikalischen Feinheiten und unentbehrlichem Alltagswortschatz mittlerweile auch Schimpfworte zu meinem Fundus gehörten. Ich war nun mal eine zügige Lernerin, wenn es um Sprachen ging. *Coglione* war eine unschöne Vokabel, die aus anatomischen Gründen Vertretern des männlichen Geschlechts vorbehalten war. Bei offiziellen Anlässen und gegenüber empfindlichen Gemütern vermied man diese Art der Anrede. So einen Begriff zur Kennzeichnung von Ordnern zu verwenden, hielt ich ebenfalls für unkonventionell.

Das musste Mario Gallino ähnlich sehen, denn er riss mir das eigenartig beschriftete Objekt grob aus der Hand. »Das mache ich schon«, rief er in für ihn ungewöhnlicher Lautstärke. »Gehen Sie jetzt bitte!«

In fast einstudiert erscheinender Gleichzeitigkeit erhoben

wir uns aus der knienden Position, unsere Augen und Nasen nur fünfzehn Zentimeter voneinander entfernt. Gallino, auf dessen Oberlippe sich feine Schweißperlen angesammelt hatten, hielt den Ordner gegen die Brust gepresst wie ein in letzter Minute vor den Flammen gerettetes Wertstück.

H K, dachte ich, während ich die Haustür hinter mir zuzog und sich die Hitze der zweiten Tageshälfte mit unvermittelter Heftigkeit über mich stülpte.

War das mein verstorbener Schwiegervater Herbert Kummer?

Herbert, ein *coglione*.

***

Finalmente! Endlich. Ein Aschehäufchen in einer Urne.

Ha, so schnell konnte es gehen. Eben noch munter auf zwei Beinen.

Dann: Bums, aus. Und eh man sich's versieht: grau-weißes Pulver.

Ti sta bene, figlio di puttana! Recht geschieht's dir, Hurensohn!

21

Tabea

Eine Beisetzung bei prasselndem Regen, Blitz und Donnerschlag. Die atmosphärische Untermalung auf dem Cimitero Comunale von Ascona hatte Stil. Und nicht nur das, welche Wetterverhältnisse hätten besser zu Herbert gepasst als ein Gewitter?

Wäre mir noch am Vortag der Gedanke an eine Jacke lachhaft erschienen, so hatte ich heute mein selten getragenes Kostümjäckchen bis obenhin zugeknöpft und mit einem Seidenschal in schwarz-weißem Hahnentritt komplettiert.

Der graue Schirm – Grau war, die bleifarbenen Wolken eingerechnet, die Kolorierung des Tages – schützte Ludwig und mich nur unzureichend vor dem schräg und in Böen niederpeitschenden Regenschauer. Ich hatte mich bei Ludwig eingehakt. Ein überraschend angenehmes Gefühl der Nähe und Vertrautheit nach den Wechselbädern, in die unsere Beziehung durch die außergewöhnlichen Umstände von Herberts Tod getaucht wurde.

Herbert hatte sowohl mündlich wie auch schriftlich vorgesorgt und seine Anweisungen in einer Mappe hinterlegt, die er wiederum in der Schublade seines Schreibtischs deponiert hatte. In einem weinseligen Moment, der schon einige Zeit zurücklag und in keiner Weise von Hellseherei durchzogen gewesen war, hatte er uns dies anvertraut, zusammen mit einem Resümee seiner spezifischen Vorstellungen. Das Ganze mit der Miene eines Mannes, der den Tag der Tage noch weit weg wähnte.

Dekret Nummer eins: Bloß keine Aufbahrung in der *camera mortuaria*. Da Herbert eitel gewesen war, hatte ihm vermutlich eine ungünstige und seinem Einfluss entzogene Zurschaustellung seiner selbst widerstrebt. Zu Leb- wie zu Todeszeiten.

Dekret Nummer zwei: Kremierung.

Im Weiteren: Kein Schnickschnack. Keine Trauermusik, weder Händel noch Bach und schon gar nicht Chopin. Nur engster Familien- und Freundeskreis und vor allem niemand, der sich beim ohnehin unerwünschten Leichenschmaus durchzufressen gedachte.

Last, but not least: Auch auf kirchliches Drumherum sollte verzichtet werden. Das war in der schriftlichen Version etwas gewunden formuliert, wohl ahnend, dass ihm seine Eltern, deren Vorstellungen ihm zu ihrer und seiner Lebzeit erstaunlicherweise Gebot gewesen waren, eine Beisetzung ohne Pfarrer nicht verziehen hätten. Aber die hatten nun mal nichts mehr zu melden, was im jetzigen Stadium auch für Herbert selbst galt.

Was er bei alldem nicht hatte wissen können – aber wer wusste das schon im Voraus? –, waren die ungewöhnlichen Hintergründe und Umstände, die diesen von ihm beizeiten durchdachten Tag umwölkten. Zum Beispiel der, dass neben den engsten Angehörigen auch eine Kommissarin der Polizia Giudiziaria zugegen war.

Lara Patelli, die sich eines ausladenden Schirmes ganz für sich allein erfreute und folglich trocken blieb, stand etwas abseits. Sie trug einen hellgrauen Regenmantel, dessen voluminösen Kragen sie auf kleidsame Weise nach oben geschlagen hatte. Sogar die klobigen Regenstiefeletten nahmen ihren wohlgeformten Waden nichts von ihrem Reiz. Beim Schuhwerk hatte sie im Übrigen mehr Sinn fürs Praktische erwiesen als ich.

»Was will sie hier?«, hatte ich Ludwig zuvor zugeraunt und mich noch etwas näher an ihn herangedrückt. Sollte sie doch sehen, dass das Ehepaar Kummer ein Herz und eine Seele war.

»Schauen, wer da ist und wer nicht«, war seine knappe Antwort gewesen, die mich nicht überzeugte. Welche Schlüsse konnten wohl aus so einer Beobachtung gezogen werden? Und dass der gegebenenfalls anwesende Mörder angesichts der Urne in später Reue in emotionale Turbulenzen geriet und an Ort und Stelle ein Geständnis ablegen wollte, konnte ich mir auch nicht vorstellen.

Eigentlich fehlte auch niemand, außer Bruno und Corinna. Ersterem hatten wir die seelischen Strapazen nicht zumuten wollen. Wer wusste schon, ob ein Hund nicht sogar die Asche seines Herrchens schnuppernd identifizieren konnte? Corinna hatte zu ihrer Ankündigung gestanden und die weite Reise nicht angetreten, aber das machte sie nicht verdächtig. Oder irrte ich mich da? Nein, es war nicht anzunehmen, dass sie mal eben schnell und klammheimlich von der anderen Seite der Welt nach Ascona gejettet war, ihren Vater mit Tollkirschentörtchen ins Jenseits befördert und gleich darauf die Heimreise angetreten hatte.

Soeben war Herbert beziehungsweise das, was von ihm übrig war, von einem sehr ernst dreinschauenden Herrn in eine Art Schließfach geschoben worden. Die Wand, in der sich auch für Herbert ein Nischenplätzchen hatte finden lassen, hatte einen wohlklingenden Namen: Kolumbarium. Ich musste fünf Jahrzehnte auf der Welt sein, um diese Bezeichnung kennenzulernen.

Mein Schwiegervater würde sein nichtirdisches Dasein in einer mit einer Steinplatte abgeschlossenen Nische in Einsamkeit verbringen müssen, denn seine Frau Louise hatte seinerzeit verfügt, in ihrem Heimatort am Genfersee zur ewigen Ruhe gebettet zu werden. Das hatte auch sie rechtzeitig festgehalten, wohl in der Voraussicht, dass ihr ein Platz an Herberts Seite auch auf dem Feld des ewigen Friedens keinen solchen bescheren würde.

Die Friedhofszeremonie war in Anbetracht des in Schüben niederprasselnden Regens noch kürzer als vorgesehen ausgefallen. Den Nachruf auf Herbert Kummer hatte Ludwig zuvor im Trauersaal des zwölf Kilometer von Ascona entfernten Centro Funerario e Crematorio Locarnese vor dem kleinen Grüppchen anwesender Trauergäste verlesen. Über der Ausarbeitung der Rede hatte er eine halbe Nacht lang gebrütet. Er konnte sich bei diesem Prozedere meines ganzen

Mitgefühls sicher sein, denn es war nicht einfach, die guten Seiten eines Menschen hervorzuheben, wenn solche rar waren. Auch die außergewöhnliche Art seines Abtritts musste geschickt formuliert werden, wofür mich Ludwig in den frühen Morgenstunden des Vortags zwecks Austüftelung zu sich an den Küchentisch gerufen hatte.

Was Herberts Qualitäten betraf, so hatte ich ihm geraten, die liebevolle Hinwendung zu Bruno zu betonen und zudem seine erfolgreiche Berufslaufbahn in der Finanzbranche zu erwähnen. Das war nicht viel, hatte sich aber durch Ludwigs geschickten Vortrag mit wirkungsvollen Sprechpausen und ernstem In-die-Runde-Schauen überraschend gut inszenieren lassen. So gut, dass Kassandra Zweiglein-Bordoli, die sich nach tagelanger Absenz und trotz Verspätung in der ersten Reihe und gleich neben Jasper und Tom niedergelassen hatte, bei der Erwähnung von Herberts Hundeliebe mit einem effektvollen Schluchzer das fühlbare Erstaunen aller auf sich gezogen hatte. Mit ihrem engen Deuxpièces aus schwarzem Satin und einem kessen Pillendosenhütchen hatte sie das Zeug zur filmreif trauernden Witwe. Vermutlich hatte sie bei ihrer Selbstdarstellung vergessen, eigentlich nichts anderes als Herberts persönliche – sehr persönliche – Fitnesstrainerin gewesen zu sein. Oder irrte ich mich auch damit?

Nun strebten wir alle dem Ausgang zu. Vor uns liefen, ebenfalls unter einem Schirm aneinandergeschmiegt, Jasper und Tom. Sie hatten sich über das ungeschriebene Gebot der gedeckten Trauerfarben hinweggesetzt und für ihr Outfit helles Blau und Naturweiß gewählt. Recht hatten sie. Was auch immer es zu betrauern gab, mit Dunkel und Hell hatte das wenig zu tun.

Das musste auch Olivia Herzig so sehen, denn sie hatte dem Regen buchstäblich die kalte Schulter gezeigt und sich in ein tief dekolletiertes, lose über die Schultern rutschendes Gewand in Vanillegelb gehüllt. Einziges Accessoire war ein Zweigchen weiße Bougainvillea, das sie sich neckisch hinters Ohr gesteckt hatte. Alles in allem eine trotzige Herausforderung, die dem Regen allerdings egal war. Ihr rotes Haar hing nun mitsamt der Bougainvilleablüte nass und mutlos an ihrem Haupt herab, während das Kleid wie eine zweite Haut an ihrem kräftigen Körper klebte.

All das schien Olivia Herzig nichts auszumachen. Mit versteinerter Miene, nicht nach links und nicht nach rechts schauend, marschierte sie an Ludwig und mir vorbei. Hätte sich Kassandra Zweiglein-Bordoli nicht zwischenzeitlich vom Gottesacker gemacht, so hätte Olivia mit dieser problemlos in den Ring steigen können, im Kampf um den ersten Platz in der Rolle der verstört um Herbert trauernden Witwe.

Kassandra hatte es offenbar vorgezogen, sich nicht der kühlen Friedhofsnässe auszusetzen. Jedenfalls war sie verschwunden.

Nicht mehr zu sehen waren auch Giuseppe und Matilda, die sich ohnehin nur kurz auf dem Friedhof gezeigt hatten. Giuseppe, dem die Mission offensichtlich unangenehm war, hatte nur wenige Minuten, unruhig vom rechten auf den linken Fuß tretend, abseits der Trauertruppe gestanden und war noch vor Matilda davonmarschiert. Die hatte einen in Zellophan gewickelten Blumenstrauß (weiße Lilien) unterhalb von Herberts Nischenplatz abgelegt, uns kurz zugenickt und es dann Giuseppe nachgetan. Schon diese reduzierte Geste fand ich mehr als nobel, hatte sich doch Herbert den beiden gegenüber reichlich schäbig verhalten.

Ich ging davon aus, dass Lara Patelli die zwei langjährigen Angestellten längst vernommen hatte. Durfte sie das überhaupt, oder musste sie zu diesem Zweck bei den italienischen Kollegen anklopfen? Ich würde Ludwig später dazu befragen. Vielleicht kannte er sich da besser aus als ich. Wir hatten in den letzten Tagen – Herbert war seit einer Woche tot – nur wenig über die Tat gesprochen und es vorgezogen, uns Hals über Kopf in die Vorbereitungen für die Beisetzung zu stürzen. So bescheiden diese ausfiel, sie wollte doch organisiert sein. Mehr noch: Was unser beider Bedürfnis nach Ablenkung betraf, wäre uns sogar die Ausrichtung eines Staatsbegräbnisses mit Pomp und Trara gelegen gekommen.

Außerdem hatte ich meiner Mutter, die E-Mails ignorierte und kein Smartphone besaß, einen langen Brief geschrieben. Ausschweifende Mitteilungen waren bei uns nicht üblich, und sie hätte sich vermutlich ernste Gedanken über den seelischen Zustand ihrer Tochter gemacht, wenn sie überhaupt der Typ Mutter für ernste Gedanken gewesen wäre. Natürlich wusste sie längst von Herberts Ableben und von dessen nur teilweise geklärten Umständen. Sie war dem Vater ihres Schwiegersohns nur einmal begegnet. Das war zu Ludwigs und meiner Hochzeit gewesen und lag Jahrzehnte zurück. Weder sie noch »Old Kummer«, wie sie ihn nannte, hatten danach je wieder das Bedürfnis nach einem erneuten Zusammentreffen verspürt.

In sehr besonderen Fällen ließ sich meine Mutter in ihrer irischen Kate sogar mal zu einem Telefonat hinreißen. Das war auch an dem Tag geschehen, als ich meinen Schwiegervater tot auf dem Boden seines Wohnzimmers vorgefunden hatte. Bei weniger dringlichen Belangen schrieb sie auf eigenhändig geschöpftem Papier (nicht mehr als ein Blatt) und schickte mir dies dann auf dem klassischen Postweg zu. Mir war schon der Verdacht gekommen, dass es ihr mehr um das Papier gehen könnte als um den Austausch.

Ich hingegen hatte für mein sechsseitiges Schreibwerk an sie die Blätter eines schnöden Recyclingblocks verwendet. Zuvor hatte ich erwogen, ebenfalls in die zeitverschleißende Papierproduktion einzusteigen. Ja, mein Bedürfnis nach Zerstreuung trieb seltsame Blüten. Ein Funken letzter Besonnenheit hatte mich davon abgehalten. In die Fußstapfen meiner kreativ unermüdlichen Aussteigermutter zu treten war keine Option.

In meinem Schrieb an sie hatte ich mich lang und breit über meine Garten- und Küchenarbeit ausgelassen, hatte von Brunos Nöten und seiner aufkommenden Zutraulichkeit berichtet, die Sommerhitze in allen erdenklichen Facetten beschrieben, meine Italienischkenntnisse zur Schau gestellt und erst zum Schluss eher knapp über die noch ausstehende Aufklärung des Mordes an Herbert berichtet. Das war auch der Moment gewesen, in dem mir bewusst geworden war, vom Fortgang der

Untersuchungen bisher so gut wie nichts erfahren zu haben. Sollte ich als Finderin der Leiche nicht etwas mehr einbezogen werden? Warum wollte Lara Patelli nichts mehr von mir wissen? War ich so unbedeutend in der ganzen Geschichte, dass ich nicht mal mehr einen kleinen Verdacht verdiente?

Um ein Haar vergaß ich in dieser Phase des Beinahe-beleidigt-Seins, mich anfänglich von der Kommissarin zu heftig befragt gefühlt zu haben.

»Wir können den Schirm zuklappen.« Ludwig riss mich mit seiner profanen Mitteilung aus meinen Gedanken. Umgehend tat er, was er vorgeschlagen hatte.

Tatsächlich regnete es nicht mehr. Nichts deutete darauf hin, dass es in absehbarer Zeit nochmals dazu kommen könnte. Von Norden tat sich die Wolkendecke auf, und immer mehr Blau lugte hervor. Auch der Gipfel des Cimetta, Locarnos Hausberg, hatte sich seiner Verhüllung entledigt. Überhaupt schien es, als hätte sich mit Herberts endgültiger Verabschiedung jeder Grund für weiteren Trübsinn erübrigt.

Ach, wenn es doch nur so einfach wäre, dachte ich, während wir die Viale Monte Verità überquerten und dem Parkplatz und unserem Volvo entgegenstrebten.

22

Ludwig

Was sein Vater wohl zu dieser kärglichen Versammlung gesagt hätte?

Außer Paul, Mario, Jasper und Tom war niemand zum finalen Addio bei Oliven und Schaumwein geladen worden. Das Grüppchen gab sich auf der Terrasse der nun wieder freien Sicht auf den Lago Maggiore hin.

Ludwig, der eine weitere Flasche Franciacorta aus dem Kühlschrank geholt hatte, verharrte einen Moment im Wohnzimmer. Das Lachen der vier Männer war ihm unbehaglich. Dass sich Trauerfeiern nicht selten als gesellige Momente erwiesen, war nicht neu. Gemeinsam verabschiedete man sich vom Verstorbenen. Da durfte ruhig auch so etwas wie gelöste Stimmung aufkommen. Aber hier und heute, so fand er, war das etwas anderes. Über allem waberte die Frage, wer für den Tod seines Vaters verantwortlich war. Nein, Herbert war nun mal nicht friedlich eingeschlafen, wie man so schön sagte. Er war heimtückisch umgebracht worden.

Seine Augen hefteten sich auf Pauls Rückfront. Auf die elegant klassisch geschnittene, dem Anlass geschuldete Hose und das von dem schwarzen Stoff umspannte und für einen Mann etwas breit geratene Hinterteil. Auf die eher schmalen Schultern unter dem weißen Hemd mit den messerscharf gebügelten Ärmelfalten und den grau-beigen Haarkranz.

War es Paul, der wohlhabende Konditor, der Herbert auf dem Gewissen hatte? Waren die Törtchen mit den dunklen Früchten seine so exquisite wie tödliche Gabe gewesen? Wenn ja, warum?

Neben Paul stand der um einiges kleinere Mario. Auch er heute nicht in den für ihn typischen Freizeitklamotten, der Weste mit den vielen Taschen und den Multifunktionshosen. An deren Stelle ein grauer Sommeranzug. Bestimmt noch aus seiner in finanzieller Hinsicht rosigeren Vergangenheit, angeschafft unter der Fuchtel der in jenen Tagen noch nicht abhandengekommenen Carlotta. Hatte Mario seine Finger im Giftspiel?

Noch waren draußen letzte Spuren des heftigen Regens sichtbar. Eine Absenkung im Terrassenboden hielt restliche Nässe zurück. Bald würde die wieder kraftvoll scheinende Sonne alles getrocknet haben.

Der Umtrunk fand in Herberts Räumlichkeiten statt. Obwohl sie den Ort der Tat schon längst wieder betreten durften, hatten Tabea und er es vermieden, sich hier oben aufzuhalten.

Wobei, so ganz entsprach das nicht der Wahrheit. Oder doch? Aber was war schon Wahrheit? Konnte man die schnellen Rundgänge, die er sich während Tabeas Abwesenheit gestattet hatte, überhaupt als Aufenthalt bezeichnen? Ausgerüstet mit einem Lasergerät hatte er ein paar Ausmessungen vorgenommen. Nicht viel mehr. Aus der wenig großzügigen und althergebrachten Aufteilung der Wohnfläche ließ sich durchaus was machen. Von der Perspektive auf ein eigenes Fotostudio ganz zu schweigen. Das alles musste nicht mal so viel kosten.

Nun ja, das Ausmaß des Umbaus würde davon abhängen, wie viel sein Vater noch auf der hohen Kante hatte. Und natürlich auch davon, wie er sich mit Corinna einigen konnte. Sie war diesbezüglich am Telefon ausgewichen. Da ließe sich bestimmt eine für sie beide befriedigende Lösung finden, hatte sie gesagt. Das klang doch schon mal vielversprechend. Dazu kam das von ihr und Kevin oft und gern kundgetane Bekenntnis zu den ideellen Werten. Ihr Glück läge in der Weite ihrer Farm und dem alle Sinne stimulierenden Geruch des wolligen Schafspelzes.

»Willst du hier Wurzeln schlagen?« Tabea, die in der Küche hantiert hatte, war neben ihn getreten. In den Händen eine Platte voll mit duftender Tomaten-Focaccia, frisch aus dem Ofen.

»Füttere die mal nicht so sehr.« Sein Blick glitt vom aufgetürmten Gebäck in Tabeas Händen zu dem Quartett auf der Terrasse. »Sonst bleiben sie zu lange.« Natürlich meinte er nicht Jasper und Tom, die erst am nächsten Tag nach Zürich zurückfahren wollten.

»Nicht mehr als zwei externe Trauergäste, und du willst sie am liebsten verscheuchen?« Sie hielt ihm auffordernd den Teller entgegen.

Er nahm das kleinste Stück und biss in den luftig-knusprigen Hefeteig. »Herbert wollte ohnehin keine Gäste«, sagte er kauend.

»Und bestimmt auch keinen, der ihn *coglione* nennt.« Tabea hatte auf Flüsterton geschaltet, auch wenn man sie von der Terrasse aus bestimmt nicht hören konnte.

Ludwig schluckte die Teigmasse hinunter. »Was meinst du damit? Wieso *coglione*?«

»Na ja, eigentlich weiß ich gar nicht so genau, ob Herbert damit gemeint war.«

Das trug nicht zur Klärung bei.

»Tabea …«, sagte Ludwig, während er die Flasche Franciacorta in die Höhe reckte. Hinweis für den vielleicht zehn Meter entfernt stehenden Jasper, der sich mit fragendem Gesichtsausdruck, das leere Glas erhoben, zu ihnen umgedreht hatte. »Könntest du bitte aufhören, in Rätseln zu sprechen?«

»Ich erklär es dir später.« Tabea ließ die von ihr selbst aus dem Hut gezogene Andeutung so schnell wieder darin verschwinden, wie sie sie hervorgezerrt hatte. Die aufgetürmten Focacciastücke wie eine edle Kreation vor sich hertragend, marschierte sie zu den Männern auf die Terrasse.

Ludwig verspürte das Bedürfnis, ihr nachzurufen, wie wenig ihm dieses Erklär-ich-dir-später in den Kram passte, aber dafür war es zu spät. Und da er selbst noch ein paar unerwähnte Sachen mit sich herumtrug, war es ohnehin besser, abzuwarten.

»Habt ihr Kassandra nicht eingeladen?« Paul hielt ihm sein leeres Glas entgegen und ließ sich vom Schaumwein eingießen. »Schließlich stand sie ihm als seine … ganz persönliche … Trainerin sehr nahe. Herbert hätte sich das gewünscht.«

Wieso erdreistete sich Paul, über Herberts Wünsche Bescheid zu wissen?

»Sie hat es ja nicht mal für nötig erachtet, nach der Zeremonie im Krematorium noch mit auf den Friedhof zu kommen. Allzu persönlich kann es folglich nicht gewesen sein.« Da hatte Ludwig zwar seine Zweifel, vor allem wenn er an den Abend dachte, als er und Tabea vor Herberts Küchenfenster Zeugen juchzender Töne (Kassandra) und verhaltener Brunftlaute (Herbert) geworden waren, aber das musste er Paul nicht auf die Nase binden.

»Vielleicht hat sie eine Nekrophobie«, sagte Tom, der bisher nur wenig hatte verlauten lassen. »Ich habe darüber mal was gelesen. Bei manchen Menschen kann schon der Anblick von Grabsteinen zu Panikattacken führen.«

»Dann wäre sie gar nicht erst erschienen. Noch dazu wie ein aufgezäumtes Zirkuspferd. Wahrscheinlich wollte sie auf dem Friedhof nicht nass werden.« Ludwig beeilte sich, die Hypothese im Keim zu ersticken. Tom war ein netter Kerl, aber dass er zu allem und jedem mal »was gelesen« hatte und das auch wortreich kundtat, war im besten Fall ermüdend.

»Wäre eigentlich interessant zu wissen, ob diese Kassandra ein hieb- und stichfestes Alibi für den Abend von Opas Tod hat.« Jasper hatte sein Glas auf die Terrassenbrüstung gestellt und sich zu Bruno hinuntergebeugt, der hechelnd zu seinen Füßen lag.

»Hat sie«, sagte Ludwig, womit er sich einen von Tabeas messerscharfen Blicken einhandelte.

»Sagt wer?«, fragte aber nicht sie, sondern Mario.

»Die Kommissarin. Details kann ich nicht benennen.«

Tabeas Augen, so spürte Ludwig, brannten ihm ein Loch in die Wange. Abgesehen davon, dass natürlich auch sie nicht zu einer derartigen physikalischen Leistung fähig war, konnte er nicht mit Sicherheit sagen, ob sie ihn überhaupt noch ansah. Er vermied nämlich weiteren Augenkontakt. Gefühlt stand seine rechte Gesichtshälfte jedenfalls in Flammen.

Tatsächlich verschwieg er Tabea seine gelegentlichen Gespräche mit Lara Patelli. Die am Telefon oder bei einem Espresso in der »Tucano Bar«. Gewiss konnte man darüber grübeln, weshalb sich die attraktive Kommissarin recht häufig an ihn wandte mit ihren nicht immer dringlichen Fragen.

Lara, deren Dezernat sich nicht in direkter Nähe befand, schienen die zu fahrenden Kilometer nach Ascona und der ständig starke Verkehr nichts auszumachen, wenn es um die Klärung einer Sache ging, für die auch ein Telefonat seine Dienste getan hätte.

Dass er Tabea von alldem nichts berichtete, hatte einen einfachen Grund. Er wollte sie nicht unnötig mit solcherlei Randerscheinungen beunruhigen. Die gegenwärtigen Umstände waren belastend genug. Zumindest war das die Begründung, die er sich selbst zurechtgebastelt hatte.

»Wobei die Frage nach Kassandras Alibi sowieso nur begrenzt sinnvoll ist. So viel wird ja auch Signora Patelli von ihrem Geschäft verstehen.« Von dem kleinen Seitenhieb abgesehen, schien sich Tabea zum Glück doch mehr mit Jaspers Erkundigung zu beschäftigen als mit Ludwigs unkluger Erwähnung der Kommissarin. »Schließlich konnten die Giftbeerentörtchen zu jeder Tageszeit in Herberts Küche deponiert worden sein. Ein Alibi für die Abendstunden sagt da gar nichts aus.«

Damit hatte sie recht. Eine profunde Erkenntnis war es allerdings auch nicht.

»So gesehen kann jeder in Betracht gezogen werden, der Zugang zum Haus hatte. Buchstäblich jeder.« Mario sah von einem zum anderen. Die Art, wie er seine Zunge seitlich in die Backe schob, mal auf die eine Seite, mal auf die andere, hatte etwas Süffisantes an sich. Ganz so, als sei er ein letztlich unbeteiligter, aber besonders cleverer Betrachter.

»Folglich auch du«, sagte Ludwig, den das Gebaren ärgerte. War der Typ nicht selbst nur wenige Stunden vorher aus fadenscheinigen Gründen durch den Garten geschlichen?

»Ich habe keinen Schlüssel.« Mario zuckte mit den Schultern, wie jemand, der meinte, damit seine Unbescholtenheit verbrieft und versiegelt zu haben.

»Leute!«, intervenierte Paul. »Das ist doch nicht der Moment ... Aber sagt mal, was ist denn nun damit?« Er hob sein Kinn in Richtung Haus.

Die scheinbar beiläufig dahingeworfene Frage – ein Themenwechsel zweifelhafter Qualität – brauchte keine weitere Erläuterung. Die Augen aller richteten sich auf die blassgelbe Fassade der Villa Felicità, als müsste sich gleich eine Schrift geheimnisvollen Ursprungs darauf materialisieren, die etwas über die Zukunft des Anwesens kundtat.

Nichts dergleichen geschah.

»Morgen haben wir einen Termin beim Notar.« Tabea hatte mit der Hand ein paar verbliebene Tropfen von einem der Terrassenstühle gewischt und sich hingesetzt. »Dann erfahren wir mehr.«

»Ist ja nun nicht mehr der alte Castelli. Sein Sohn führt seit Kurzem die Kanzlei und das Notariat im Alleingang.«

Paul schien um einiges besser informiert zu sein, als dies bei Ludwig noch bis vorgestern der Fall gewesen war. Er hatte sich zwar an die Erwähnung eines Notars erinnern können (Castellani, Caslano, Castani ... wie hieß der doch gleich?), in den Unterlagen seines Vaters aber nichts Aufschlussreiches gefunden. Erst durch einen Anruf von einem Filippo Castelli junior vor zwei Tagen war klar geworden, dass Herbert Kummers Testament in Locarno im Studio Legale e Notarile Castelli & Castelli hinterlegt worden war.

»Eigentlich ist der Fall ziemlich klar, oder?« Jasper hatte sich neben Tabea gesetzt, was mit sich brachte, dass sich auch Bruno neu positionieren musste. Mit einem Seufzer ließ er sich dem Angebeteten auf die Füße fallen. »Du und Corinna fifty-fifty. Danach müsst ihr euch nur noch über die Modalitäten einig werden.«

So sah Ludwig das auch, aber er schwieg. Sein Vater war heute beigesetzt worden. Genauso wenig, wie über die Aussagekraft von Alibis diskutiert werden musste, war es der Moment, das Nachlassthema auszuwalzen.

Das allerdings schien der heute seltsam aufsässige Mario

anders zu sehen. »Da wir beim Thema Geld sind. Herbert hatte bei mir Schulden.« Er legte eine bühnenreife Pause ein. Gute drei Sekunden. »Hundertfünfzigtausend.«

Seine Mitteilung hatte den Effekt eines Donnerschlags. Typ: Tessiner Sommergewitter mit Schwerpunkt über dem See. Die Aufmerksamkeit aller galt ihm, nur ihm.

Bei der Erwähnung des Geldes hatte sich sein rundes Gesicht verwandelt. Eine Sphinx mit nicht zu enträtselnden Zügen. Zusammengepresste Lippen, zu Schlitzen gezogene Augen. Wenn da etwas schwelte, so gab er die Emotion nicht preis.

»Aber das wird sich ja bald regeln lassen.« Seine Züge entspannten sich. Sogar die kurzzeitig verschwundenen Hängelider kamen wieder zum Vorschein.

Von Entspannung konnte bei Ludwig nicht die Rede sein. »Wieso … wie …?«, setzte er an, brach aber ab. Tabeas und seine Blicke trafen sich.

Paul hatte sich abgewendet und sah in die Ferne.

Jasper war mit dem Kopf unter den Tisch getaucht und kraulte Bruno zwischen den Ohren. Tom goss sich mit konzentrierter Miene vom Franciacorta nach.

Ein Beinahe-Stillleben der besonderen Art.

Nur eine Krähe ließ sich flügelschlagend nicht weit von ihnen auf der Brüstung nieder, schaute knopfäugig in die kleine Runde und entschloss sich mit einem fast verärgerten »Krakrakra« zum Weiterflug.

23

Ludwig

Die Kanzlei befand sich im Centro Storico, der Altstadt von Locarno. Das sorgfältig renovierte Gebäude mit rostroter Fassade, einer von Granitsäulen begrenzten Loggia und dunkelgrünen Läden sah nach altem Familienbesitz aus.

Sie hatten die Marmorstufen des Treppenhauses erklommen und standen vor der mit »*Studio legale e notarile*« gekennzeichneten Tür im ersten Stock.

»Na, dann wollen wir mal.« Tabea drückte auf den in die Messingplatte eingelassenen Klingelknopf, gleich unterhalb der fein ziselierten Namen der Herren Anwälte. Von den zweien war seit nicht allzu langer Zeit nur noch der Junior übrig, der ihnen höchstselbst die Tür öffnete.

»*Buongiorno, signori!*«, rief er mit so enthusiastischem Ton, als hätte man sich zu einer Plauderstunde bei Champagner und Häppchen verabredet. »Filippo Castelli.« Er schüttelte Tabea und Ludwig die Hand. »*Le mie condoglianze.* Mein Beileid.« Dies in gedämpftem Tonfall. Der Anlass der Verabredung war ihm wohl noch rechtzeitig in Erinnerung gekommen.

»Italienisch oder Deutsch?«, fragte er, während er mit ausgestrecktem Arm die Richtung wies.

»Egal. Oder vielleicht doch besser Deutsch. Was meinst du, Tabea?« Ludwig wandte sich seiner Frau zu.

»Geht beides gut.«

Das klang etwas spitz. Er hatte sich zu spät an ihre Abneigung gegen einseitig getroffene Entscheidungen erinnert.

»Deutsch, Italienisch, Französisch. Meinetwegen auch Rätoromanisch. Alles kein Problem.« Filippo Castelli lachte, schien er doch selbst hocherfreut über seine Mehrsprachigkeit.

Der Kanzlei-Junior war um die fünfzig und damit nicht mehr ganz so jugendlich, wie der Begriff glauben machte. Das hielt Filippo Castelli aber nicht davon ab, einen äußerst eng sitzenden Anzug zu tragen, in dem sich ein Dreißigjähriger mit Sixpack und schmaler Taille gut gemacht hätte. Sein nicht zu übersehender Bauch hätte wohl lieber in einem klassisch geschnittenen Modell Unterschlupf gefunden.

Ludwig sah sich um. Die minimalistische Einrichtung der Büroräumlichkeit stand im Gegensatz zum Äußeren des Hauses. Ein großer Glastisch, auf dem außer einem Desktop-computer nichts auf so etwas Lästiges wie Arbeit hinwies, ein Bürostuhl, der an einen Behandlungsstuhl beim Zahnarzt erinnerte, und eine Sitzecke der Edelklasse. Ob der alte Castelli sich das so gewünscht hatte? Sein von einem Goldrahmen umrandetes Konterfei an der Wand war das Einzige, was in diesem Raum keinen modischen Chic aufwies.

»*Accomodatevi!*« Castelli wies auf das Zweiersofa in creme-farbenem Leder und wartete, bis sich Tabea und Ludwig nieder-gelassen hatten, bevor auch er auf einem der zwei Sessel Platz nahm. Er schlug ein Bein über das andere, was eines der ohnehin kurz geratenen Hosenbeine noch weiter nach oben rutschen ließ und gut zwanzig Zentimeter behaarte Wade freigab.

Aus unerklärlichen Gründen störte sich Ludwig an dem so dargebotenen Stück Bein. Er beschloss, sein Augenmerk aus-schließlich auf den Oberkörper seines Gegenübers zu richten.

Castelli befand sich bereits in der Gesprächseröffnungspose: Über seine gespreizten Finger, die sich an den Spitzen berühr-ten und eine Art Dreieck bildeten, sah er seine Mandanten mit einem Lächeln an, das an professioneller Freundlichkeit nichts zu wünschen übrig ließ.

Ludwig, dem etwas mehr Zügigkeit lieber gewesen wäre als Attitüde, wartete auf die nun fällige Eröffnung des Anwalts.

Der löste sein Fingerdreieck auf und wies erst mal auf das Bild seines Vaters. »Vor zwei Monaten verstorben. Zum Leid-wesen der ganzen Familie.« Abgesehen von einem leichten Akzent war sein Deutsch tadellos.

»Herzliche Anteilnahme«, sagten Tabea und Ludwig fast einstimmig. Es war der Tag der gegenseitigen Beileidsbekun-dungen.

Castelli junior nickte bedächtig. Und ganz so, als müsse er nun doch eine Abgrenzung der beiden Todesfälle vornehmen: »Eine Herzattacke. Kein Leiden. Friedvoll. Sehr friedvoll.«

Gemeinsam widmeten sie dem so angenehm Verstorbenen einen Moment des Gedenkens, was bei Ludwig und Tabea eher pflichtschuldig ausfiel. Schließlich kannten sie den wohlgenährten Herrn mit dem ausgeprägten Doppelkinn nicht, der im Gegensatz zu Herbert Kummer die Schicklichkeit besessen hatte, sich von niemandem aus dem Weg räumen zu lassen.

Trotz aller Andacht erlaubte sich Ludwig, eine letzte Betrachtung zur optischen Annäherung des Juniors an den dahingeschiedenen Senior anzustellen. In seinen Extra-Slim-Anzug würde Filippo Castelli bald nicht mehr passen.

»Wollen wir loslegen?« Tabea straffte die Schultern.

»Wir müssen noch einen Moment warten«, sagte Castelli, inzwischen wieder geschäftsmäßig, die Augen auf seine Armbanduhr gerichtet.

Warten? Es war acht Minuten nach elf. Sie waren wie vereinbart zur vollen Stunde erschienen. Wollte der Herr Notar etwa noch ein bisschen Zeit rausschinden für ein fetteres Honorar und eine weitere Armbanduhr der Luxusklasse?

»Worauf?« Tabea sprach aus, was Ludwig dachte.

Filippo Castelli wies mit spitzem Zeigefinger auf den leeren Sessel schräg neben sich. »Auf Signora Zweiglein-Bordoli. Sie muss jeden Moment hier sein. Hoffe ich doch.«

Zweiglein-Bordoli? Der Name kam Ludwig bekannt vor. Doch nicht etwa …? Was die Fitnesstrainerin seines Vaters in diesen Räumlichkeiten zu suchen hatte, wollte sich ihm nicht erschließen.

Das erging Tabea wohl nicht anders. »Warum das, bitte?« Ihre Stimme klirrte, was zu dem auf Kühlschranktemperatur gefrosteten Raum bestens passte.

Statt einer Antwort zog der Notar eine Ledermappe aus einem nur von seiner Tischseite aus zugänglichen Ablagefach und legte das so wichtig wie edel aussehende Objekt auf die Tischplatte. »*Il testamento di Herbert Kummer.*« Er wies auf den in Leder gehüllten Letzten Willen. Ohne erkennbaren Grund war Castelli ins Italienische übergewechselt.

Das Aufklappen der Mappe erfolgte im Einklang mit dem Öffnen der Tür. Klingeln oder Klopfen war nicht zu hören gewesen.

»*Scusate il ritardo!*« In den Raum trat keine andere als die zuvor erwähnte Kassandra Zweiglein-Bordoli.

Immerhin, sie entschuldigte sich für die Verspätung.

Ludwig stellte mit Erstaunen fest, dass sie außer Atem war, was einer Fitnesstrainerin schlecht anstand. Nichts von alledem änderte etwas an der Rätselhaftigkeit ihres Erscheinens. Mit Genugtuung stellte er fest, dass die neben ihm zur Statue gewordene Tabea seine Verwirrung zu teilen schien.

Kassandra trug ein königsblaues Leinenkostüm und dazu passende Velourssandalen mit hohen Absätzen. Das blonde Haar hatte sie sich mit Gel an den Kopf geklebt. Oder kam sie gerade aus der Dusche? So etwas konnte Tabea besser beurteilen.

Warum stellte er sich überhaupt solche Fragen? Hatten sie nicht Wichtigeres zu tun?

»Herrlich kühl hier drin.« Kassandra nahm auf dem Sessel neben ihnen Platz. Ihr dabei nach oben rutschender Rock gab weite Bereiche ihrer Beine frei, die sich deutlich – Ludwig kam ärgerlicherweise nicht umhin, das zu registrieren – von den behaarten des nicht weit weg sitzenden Castelli abhoben. Glatt waren die ihren und durchaus präsentabel.

Castelli räusperte sich. »Lasst uns beginnen«, sagte er mit in die Höhe gezogenen Brauen. Für einen Moment erinnerte er an einen zur Predigt ansetzenden Geistlichen. Er entnahm der Mappe ein Blatt. »Um es vorwegzunehmen, die Notariatsangelegenheiten unterlagen dem Tätigkeitsbereich meines Vaters. Ich hatte bisher kaum Gelegenheit, mich in die Dokumente seiner Mandanten einzuarbeiten. Aber das ist ja kein … wie sagt man … Hexenwerk. Sie werden natürlich Kopien der Dokumente erhalten.« Zusätzlich zu dem Blatt zog er zwei Kuverts aus der Mappe, hielt sämtliche Papiere in die Höhe und wedelte kurz damit. »Wie Sie sehen, hat meine Sekretärin, Frau Marchesi, die heute leider nicht hier ist, alles in Perfektion vorbereitet. Nun zum Inhalt des Testaments … Aber, ach …« Castelli hüstelte, räusperte sich erneut und legte die Dokumente vor sich auf den Tisch. »Das muss ich Ihnen ja gar nicht alles vorlesen. Insgesamt regulär. Nichts, was langen Redefluss wert wäre. Da sind wir uns gewiss einig.« Mit einem Blick in die versammelte Runde, der Zustimmung sicher, entledigte er sich kurzum der lästigen Pflicht.

Waren sie sich da einig?

Tabea, deren Sicht der Dinge Ludwig gern erfahren hätte, sah ihn nicht an. Was ihn betraf, so wollte er nicht länger als nötig in diesem seltsamen Quartett verweilen. Corinna und er waren die Erben, dazu gab es tatsächlich nicht viel zu sagen. Blieb die Frage, weshalb Kassandra anwesend war.

Erfreulicherweise ließ Castelli mit der Klärung nicht länger auf sich warten. »Bevor ich es vergesse. Der von unserem Mandanten sehr geliebte Basset Hound Bruno von Liechtenstein soll in die Obhut von Kassandra Zweiglein-Bordoli gegeben werden. Das war dem Verstorbenen sehr wichtig. Alles schriftlich vermerkt.« Er schmunzelte ob dieser kleinen Schrulligkeit. »Natürlich zu einem Zeitpunkt, als er von seinem vorzeitigen und, äh, von außen herbeigeführten Ende nichts ahnen konnte.« Seine Augen umflorten sich. Schmunzeln war nicht mehr angebracht.

Um ein Haar wäre Ludwig ein erleichtertes Lachen entwichen. Das also war der Grund, weshalb Kassandra hergebeten worden war. Es ging um seines Vaters Wunsch, sie zur Hundemutter zu erküren. Was für ein Aufwand!

Doch die Sache schien noch nicht erledigt zu sein. Castellis Hüsteln und fahriges Zupfen am Stoff der in den Kniekehlen zu engen Hosenbeine deuteten auf mehr hin.

»Allerdings ist da noch eine weitere Kleinigkeit, die unsere Aufmerksamkeit verdient. Was den möglichen Verkauf der Villa Felicità seitens der Erben Ludwig Kummer und Corinna Brady, geborene Kummer, betrifft, gibt es eine Besonderheit.

Eine Besonderheit, die aus der außergewöhnlichen Beziehung Herbert Kummers zu Signora Zweiglein-Bordoli hervorgegangen ist. Es sei angemerkt, dass ich mich hier seiner Formulierung bediene.« Castelli warf Kassandra ein schalkhaftes Lächeln zu. »Sollte das Anwesen veräußert werden, so hat Signora Zweiglein-Bordoli ein Vorkaufsrecht, das sich durch einen festgelegten Verkaufspreis auszeichnet. Es handelt sich hierbei um ein limitiertes Vorkaufsrecht, wie wir Juristen das nennen.« Er sprach nun langsam und mit Nachdruck. Sein Habitus war vom Jovialen ins Geschäftsmäßige gekippt. Konnte dieser Mann nicht maßvoll mit seinem Gebaren umgehen?

»Bitte?«

Ludwig kannte diesen Ton seiner Frau und musste gar nicht erst zu ihr hinsehen, um sich der dazugehörigen Körperhaltung zu vergewissern. Des maximal durchgedrückten Rückens und des gespitzten Kinns.

»Was heißt das genau?« Nachhaken war Tabeas Spezialität, die er in diesem besonderen Moment zu schätzen wusste.

Ja, was zum Teufel hieß das? Auch wenn Ludwig eine Ahnung hatte, wartete er in Anspannung auf Castellis Erläuterung.

Der hüstelte ein wenig – Hüsteln schien zu seinem Basisrepertoire zu gehören –, klappte seine Dokumentenmappe auf und wieder zu und entschloss sich zu einer Zugabe. »Sollte es zu einem Verkauf der Liegenschaft Villa Felicità kommen und die hier anwesende Kassandra Zweiglein-Bordoli Interesse am Objekt zeigen, so hat sie die Möglichkeit, es zum Preis von maximal zwei Millionen Franken zu erwerben, noch bevor andere Kaufinteressenten zum Zuge kommen. Dieses Vorkaufsrecht ist zeitlich unbegrenzt.«

Ludwig fröstelte. Musste diese verdammte Klimaanlage wirklich auf frische Herbstluft eingestellt werden?

Im Raum herrschte Stille. Auch die auf so generöse Weise Begünstigte schwieg. Ihre in Rosé bemalten Lippen zuckten, was vieles bedeuten mochte. In jedem Fall vermied sie es, Tabea und Ludwig anzuschauen.

Castelli wippte derweil mit dem Fuß des übergeschlagenen Beines, ganz so, als vernähme er eine nur ihm vorbehaltene Melodie.

»Das Anwesen ist das Doppelte wert.« Tabea hatte noch vor Ludwig zu ihrer Stimme zurückgefunden. »Wenn nicht gar das Dreifache.«

Keiner widersprach.

»Herbert und ich wollten heiraten.« Kassandra sagte das zu niemand Bestimmtem. Oder etwa doch? Ihre Augen richteten sich auf den nicht mehr unter den Lebenden weilenden Castelli senior. In seinem Zustand, an die Wand genagelt und in Gold gerahmt, war dieser allerdings für solche Weltlichkeiten nicht mehr zu haben. »Dazu kommt, dass ich Herbert während eines finanziellen Engpasses ausgeholfen habe. Er schuldet mir noch hundertachtzigtausend Franken.« Kassandras in glitzerndem Blau umpuderte Augen hatten nun doch noch den Weg zu Ludwig und Tabea gefunden. Ungefähr nur, aber immerhin. »Das Geld hätte er mir natürlich zurückgezahlt, wenn er nicht vorher …« Sie schluckte. Ihre Stimme versagte. »Alles schriftlich festgehalten«, flüsterte sie nach kurzer Trauerpause und wies auf Filippo Castellis Ledermappe.

»So ist es«, bestätigte Castelli. »Falls Sie noch Fragen haben …« Seine Hände waren fürs schwungvolle Erheben auf den Armlehnen seines Sessels platziert. Er war, das sollte niemand im Raum vergessen, ein hochbeschäftigter Mann, der bei aller Verfügbarkeit doch noch anderes zu tun hatte. So eine edle Armbanduhr bekam man schließlich nicht auf der Straße hinterhergeworfen.

Was Fragen betraf, so gab es einige. Aber Ludwig verspürte den Drang zu gehen. Und zwar schleunigst. Wie Tabea das wohl sah?

Der furiose Griff nach ihrer Tasche, das Glattstreichen ihres Rockes, als hätte der eine Abreibung verdient, waren deutlich.

»Ich muss hier raus«, sagte sie, während sie sich an ihm vorbeischob. »Schlechte Schwingungen hinter mir lassen.«

Von solchen Regungen schien Kassandra nicht heimgesucht

zu sein. Auch sie hatte sich erhoben und vor einem Gemälde aufgebaut, das in seiner mit dickem Pinselstrich hingeworfenen Belanglosigkeit nicht schlecht zum Drumherum passte. Wie es aussah, gab es für sie in diesem Augenblick nichts Faszinierenderes als die in der Kanzlei zur Schau gestellte Kunst. Nur wenige Zentimeter trennten ihre Nase von den großzügig aufgetragenen Acrylklecksen.

Gut so. Ludwig verspürte kein Bedürfnis, sich mit ihr über ihre außergewöhnliche Beziehung zu seinem Vater auszutauschen. Nicht hier, nicht jetzt. Vorzugsweise: nie.

Castelli stand an der Tür zur Verabschiedung bereit. Ganz der Gastgeber, der nicht unfroh war, seine Gäste jenseits der Schwelle zu sehen. »Natürlich können Sie sich jederzeit –«

»Danke, wir sind bedient.« Tabea schien der gute Ton abhandengekommen zu sein.

In einem anderen Moment hätte Ludwig ihre rüde Art peinlich berührt. Aber die anderen Momente, die alltäglichen, einschätzbaren und somit normalen, hatten sich aus ihrem Leben davongemacht. Ob vorübergehend oder für lange Zeit, das würde sich zeigen.

24
Tabea

»Was ist das für ein mieses Spiel?«

Das war nur eine von mehreren Varianten, eine gemäßigte, mit denen ich seit Verlassen der Kanzlei versuchte, meinem Ärger Luft zu machen. Aber der war hartnäckig und ließ sich nicht in den Äther entlassen.

Ludwig hingegen war verstummt.

Wir hatten uns – mein Vorschlag, Ludwig schien willenlos – ein schattiges Plätzchen auf einer Bank in Locarnos Kamelienpark gesucht. Nicht wegen der Kamelien, die waren längst verblüht, und Sinn für Blütenpracht hätten wir nicht aufbieten können. Die an den See grenzende Parkanlage war das, was ich still für mich einen Ort der Kraft nannte. Heute wollte sich nichts dergleichen einstellen. Keine Ruhe, keine Kraft.

Ludwig, der Verstummte, hatte eine unterwegs erstandene Literflasche Wasser in Rekordtempo geleert. Im Alleingang, wenn man die zwei Schlucke für mich nicht zählte. Nun drehte er die leere Flasche zwischen den Fingern, als könne sie ihm bei andauernder Rotation Auskunft geben. Tatsächlich war die Zahl der angehäuften Rätsel mit dem jüngsten Ereignis um ein weiteres gestiegen. Ich nahm Ludwig das Objekt seiner stummen Befragung aus den Händen und legte es neben mich. Wir brauchten kein Plastikflaschen-Orakel. Wir brauchten einen klaren Kopf.

Herbert hatte sich nicht nur bei Mario Gallino Geld geliehen, sondern auch noch bei Kassandra Zweiglein-Bordoli. Das waren Leute, die sich mit größter Wahrscheinlichkeit eines weit geringeren Vermögens erfreuten als er.

Warum nur hatte er sich bei ihnen die Gesamtsumme von dreihundertdreißigtausend Franken erbettelt? Dazu gesellte sich seit der jüngsten Eröffnung die Königsfrage: Was hatte es mit dem Vorkaufsrecht für die Villa Felicità auf sich? Weshalb die Begünstigung seiner Fitnesstrainerin, die er angeblich ehelichen wollte?

»Wenn es stimmt, dass er vorhatte, sie zu heiraten«, ich wandte mich an meinen im Zustand der Erstarrung verhafteten Mann, »warum dann das Vorkaufsrecht? Als seine Frau hätte sie doch im Fall seines Todes die Hälfte von allem geerbt.« Ich fasste ihn mit leichtem Druck am Unterarm. Als das nicht half, zwackte ich ihn mehrmals. Eine unumgängliche Steigerung, nachdem er für den sprachlichen Austausch nicht mehr empfänglich war.

Mit gerunzelter Stirn betrachtete Ludwig meine ihn kneifenden Finger. Hatte er vergessen, zu wem sie gehörten?

»Ludwig, hörst du mich?«

»Ja.«

»Also?«

»Wenn ich das wüsste.« Er seufzte.

Das war zwar mehr, als er bisher von sich gegeben hatte, aber längst noch nicht das, was ich mir wünschte. Bei allem Verständnis, Ludwig machte mich nervös. Schlimmer noch, ich war nahe daran, ihn in meinen ganz privaten Zirkel des Zorns aufzunehmen, in dem schon einige ihre Runden drehten. Allen voran Herbert Kummer, für den ich nach seinem unfreiwilligen Abgang, zuzüglich der unschönen Begleitumstände, kurzfristig Erbarmen empfunden hatte. Mit der Betonung auf »kurzfristig«. Damit war jetzt Schluss.

»Vielleicht wollte sie auf Nummer sicher gehen.« Ludwig war zu den Lebenden zurückgekehrt. Ich war erleichtert.

»Wie meinst du das?«, fragte ich nach.

Er griff nach der von mir zur Seite gelegten Plastikflasche, legte sie sich übers Knie und reduzierte sie mit der geballten linken Faust um einen Großteil ihres Volumens. Ein geräuschvoller Akt, der zwei Vögel im nahen Geäst in die zeternde Flucht schlug.

»Na ja, heiraten und dann erben ist eine Sache, aber sich als ergänzende Absicherung noch den privilegierten Zugriff auf eine Liegenschaft mit enormem Marktwert zu verschaffen ist ein Kunstgriff der Extraklasse.«

»Und Herbert hat ihr das einfach so zugesichert?« Ich konnte es nicht fassen.

»Damit sie auf die Sonderbedingungen des Vorkaufsrechts Zugriff hat, müssten wir das Anwesen aber erst mal verkaufen«, sagte Ludwig. »Für zwei Millionen verscherbeln wir die Villa Felicità garantiert nicht.«

Er bekräftigte seine Beteuerung mit einem Schlag gegen die Bank, auf der wir saßen. Es beruhigte mich, dass sich Klarheit und Tatkraft bei ihm einstellten. Da konnte er meinetwegen auch unschuldige Parkbänke mit Hieben traktieren.

An uns vorbei schlenderte ein älteres Paar im beliebten Rentner-Sommeroutfit: knielange Hosen, Trekkingsandalen, Karohemd für ihn, Shirt mit undefinierbarem Muster für sie. Die beiden, vielleicht fünfzehn, zwanzig Jahre älter als wir, ließen sich auf einem nahen Bänkchen nieder und beförderten ihr Picknick aus dem Rucksack. Mit Hingabe wickelte Herr Karohemd sein Brötchen aus der Alufolie. Wie es aussah, machte er sich nur über eine Sache Gedanken: Hatte der zwischen den Brötchenhälften eingeklemmte Schinken die sommerliche Hitze gut überstanden? War das Salatblatt noch zum Verzehr geeignet? In meiner Phantasie ließ ich das Paar in einer Mietwohnung in Luzern oder Olten wohnen, vielleicht auch in einem Reihenhaus in Niederbipp. Mit ihrem Generalabonnement der Schweizer Bahn waren sie angereist und würden gegen Abend die Heimreise antreten. Zufrieden. Ohne Ballast. Kein Mordfall. Keine dubiosen Klauseln im Testament eines nahen Verwandten. Herrlich.

Bevor ich mir noch weitere Details zu ihrem beneidenswert unaufgeregten Leben ausdenken konnte, meldete sich Ludwig mit seinem Dauerbrenner zu Wort.

»Ich muss die Kommissarin umgehend über diese überraschende Wendung informieren. Die ganze Sache stinkt zum Himmel.«

Das Kommissarin-hier-Kommissarin-dort-Getue war zwar

nicht das, was ich mir als Beitrag von ihm wünschte, aber natürlich hatte er recht.

»Zudem werde ich morgen die Kantonalbank kontaktieren, bei der Herbert seine Konten hatte. Auch das für unsere Mietzahlungen. Jetzt ist Schluss mit der pietätvollen Zurückhaltung.« Er holte zu Schlag zwei mit der Plastikflasche aus. »Komisch allerdings, dass bei den Ordnern nichts zu alldem zu finden ist.«

»Vielleicht hat er alles per E-Banking gemacht.«

»Herbert? Eher nicht. Andererseits … er hat ein Leben lang mit Finanzen zu tun gehabt. Da muss er doch mit der Zeit gegangen sein.« Ludwig sah mich nachdenklich an. »Unterlagen müsste es aber trotzdem geben. Er war doch sonst so pingelig. Was wohl Corinna zu der Geschichte sagt? Crazy!« Mit wiedergefundenem Elan spann er an seinen Gedanken.

»Ich denke, wir müssen auch mal ein Wörtchen mit dieser Kassandra reden. Ob uns das gefällt oder nicht«, war mein bescheidener Beitrag. »Was meinst du? Ob ihr die Betreuung von Bruno genauso am Herzen liegt wie ihre Rolle als Villenkäuferin in Poleposition?«

Ludwig zuckte mit den Schultern. Bruno schien auf seiner Prioritätenliste nicht weit oben zu rangieren.

Es war an der Zeit heimzufahren. Auf Ludwig wartete ein Auftrag in Brissago, und mir stand der Sinn nach etwas, das rein nichts mit Mord, Erbschaft und Darlehen zu tun hatte. Die ersten Auberginen konnten geerntet werden. Ein Stapel Rezepte für ihre Zubereitung und Konservierung lag bereit. Ich würde mit der Auberginencreme beginnen, die ich in eine Heerschar Gläschen füllen wollte.

»Komm.« Ich dirigierte Ludwig aus dem Kamelienhain in Richtung See. Die malträtierte Flasche hatte ich zwecks sachgerechter Entsorgung (ihre Abreaktionsdienste hatte sie zur Genüge geleistet) an mich genommen.

Ein paar Sonnenanbeter umrundend, gelangten wir zum Ufer und wateten durchs seichte Wasser. Für mehr fehlten Zeit und Muße.

»Du schuldest mir übrigens noch eine Erklärung«, sagte Ludwig zehn Minuten später übers Autodach hinweg, kurz bevor wir in den Wagen stiegen.

»Ich?«

»Ja, wer sonst? Was meintest du mit dem ›*coglione*‹, dem ›Arsch‹? Wer genau hat das gesagt, warum und wann? Du weißt schon, gestern, nach der Beerdigung.«

Natürlich wusste ich, wovon er sprach.

»*I coglioni* sind aber die Eier«, stellte ich richtig. Beim Gebrauch von italienischem Vokabular war mir Präzision wichtig.

»Tabea, bitte!« Kein Zweifel, ich trug mit meinen Spitzfindigkeiten nicht zur Erheiterung meines Mannes bei.

»Mario hat einen Aktenordner mit den Initialen von Herbert bei sich zu Hause rumliegen. Zumindest gehe ich davon aus, dass es sich bei H und K um ihn handelt. Jedenfalls stand ›*coglione*‹ daruntergeschrieben. Handschriftlich. Ist doch komisch, oder?«

»Du warst bei Mario zu Hause?« Ludwig sah aus, als ob wir nicht das Gleiche komisch fanden.

Ich nickte, duckte mich weg und verschwand ins brütend heiße Innere des Autos.

»Warum?« Ludwig, der es mir gleichgetan hatte, nahm mich ins Visier. Ein Mann, der soeben einen ihm wenig vertrauten Zug an seiner Frau entdeckt hatte. Einen, der ihm missfiel. »Warum warst du bei Mario?«

»Weil ich mir ein Bild machen wollte. Weiterhin machen möchte.« Ich fuhr mir mit dem unteren Zipfel des Blusenstoffs, so gut es ging, über meine feuchte Stirn. Obwohl die Autotüren weit offen standen, war die Temperatur im Inneren des Wagens noch immer um einiges höher als die Mittagshitze draußen.

»Ein Bild? Dafür ist die Polizei da«, sagte er.

»Die Polizei hält mich leider nicht auf dem Laufenden. Da hast du die besseren Kontakte.« Das war schnippisch und kindisch. Zur Abwendung eines Konflikts war so eine Äußerung nicht geeignet. In der Theorie war ich Expertin in Beziehungsfragen. In der Praxis gab es Verbesserungsbedarf.

»Warum warst du eigentlich in der Nacht von Herberts Tod nicht erreichbar?« Wenn wir schon bei den unbeantworteten Fragen waren, konnte auch ich etwas in die Waagschale werfen. »Ich meine: *wirklich* nicht erreichbar.«

Ludwig steckte den Schlüssel in den Anlasser. »Lass uns fahren. Ich muss pünktlich in Brissago sein. Von allem, was uns bewegt, ist das nun wirklich das Unwichtigste.«

Wer entschied eigentlich, ob etwas wichtig oder unwichtig war? Gab es da eine Rangliste? Ein Nachschlagewerk für Paare bei sich anbahnendem Streit? Auch wenn ich die Sache mit der Pünktlichkeit einsah, wollte ich mir nicht sagen lassen, meine Nachfrage sei unbedeutend.

Der Blick aus dem Seitenfenster auf den im Sonnenlicht funkelnden See und die an den Stegen von Locarnos Yachthafen hübsch aufgereihten und sanft schaukelnden Boote erwies sich als minimal beruhigend. Für mein eigenes Wohlbefinden wollte ich auf die Fortführung des Gesprächs mit Ludwig verzichten. Was ich in jedem Fall für mich behielt: Ich würde nicht lockerlassen, so viel wie möglich über Herbert und die mit ihm verbandelten Personen herauszufinden. Da gab es mehr als seine Hundeliebe, die Kochabende und seine Einmischungen in unser Leben. Viel mehr. Und um den Umständen auf die Spur zu kommen, die zu seinem horizontalen Finale geführt hatten, musste man nicht unbedingt Lara Patelli heißen.

Natürlich würde ich die Ergebnisse meiner Recherchen mit Ludwig und der Polizei teilen. Aber über das Wann und das Quantum entschied ich. Ich allein.

25

Tabea

Die Auberginen waren schnell geerntet, ein paar Unkräuter nebenbei gezupft. Nun standen die Gläschen mit der viel zu schnell fertiggestellten Auberginencreme randvoll, zugeschraubt und etikettiert auf ihrem Platz im Vorratsregal. Die sonst bei solcherlei Aktionen empfundene Befriedigung blieb aus.

Das wäre als solches weder schlimm noch weiter erwähnenswert gewesen, hätte sich nicht eine kribbelnde Unruhe in mir breitgemacht. Zum ungeklärten Mord hatte sich das Rätsel mit dem Vorkaufsrecht gesellt. Untermalt von der vor Selbstbewusstsein strotzenden Kassandra Zweiglein-Bordoli, die Herberts Frau hatte werden wollen und ihm – oha! – ein hübsches Sümmchen geliehen hatte.

Und plötzlich wusste ich es: Ich wollte weg. Am besten nach Zürich. Zu Mimi oder Jasper. Je nachdem, wer bereit war, mir vorübergehend Unterschlupf zu gewähren. Zürich versprach mir all das, was ich in der Villa Felicità nicht fand: reges Treiben und die simple, nicht von der Hand zu weisende Tatsache, dass Zürich nicht Ascona war.

Ich saß auf dem Sessel im Wohnzimmer, fächelte mir mit meiner Rezeptsammlung Luft zu und schaute durch die weit geöffnete Terrassentür ins Dschungelgrün des Gartens. Wenn ich mich beeilte, konnte ich den Bus um kurz vor halb sechs erwischen, zwanzig Minuten später in Locarno den Zug besteigen und mich um fünf vor acht in Zürichs Stadtleben spülen lassen. Verlockend. Bei wem ich mich dann für zwei, vielleicht sogar drei Nächte einquartieren würde, musste nicht jetzt entschieden werden.

»Du musst hierbleiben, Dicki«, teilte ich Bruno mit, der sich auf dem Berberteppich unter dem Couchtisch ausgestreckt hatte und nur kurz mit den Ohren zuckte. »Papa Ludwig kommt bald heim und geht mit dir Gassi.« Ja, so sprachen wir mittlerweile mit ihm. Ob Papa Ludwig tatsächlich bald heimkam, wusste ich nicht. Das musste ich unterwegs noch klären.

Nun galt es, in Blitzgeschwindigkeit ein paar Sachen in meine Reisetasche zu stopfen und hügelabwärts zur Post zu sausen. Mit ein wenig Einsatz konnte ich das in einer Viertelstunde schaffen. Sportlich, aber machbar.

Angenehme Aufregung machte sich in mir breit. Nein, ich musste hier nicht grübelnd ausharren. Hinter mir lagen ein schwerwiegendes Ereignis und viel nervenaufreibendes Drumherum. Ich hatte großstädtische Zerstreuung verdient.

***

»Krass.« Jasper ließ sich neben mir aufs Sofa fallen. »Opa war ja ein ganz Heimlicher.«

Wie wahr.

»Welche Gründe er wohl hatte, uns nichts von seinen Heiratsplänen zu erzählen?«

Auch diese Frage, die ich so wenig beantworten konnte wie Jasper, war berechtigt. Fragezeichen reihte sich an Fragezeichen, wovon das fetteste die Sache mit dem Vorkaufsrecht war. Warum er seiner Zukünftigen vorsorglich den Zugriff auf seine Villa ermöglicht hatte, zu einem Preis, der jeden ortskundigen Makler zu wieherndem Gelächter veranlasst hätte, blieb trotz einer Vielzahl an Überlegungen ein Mysterium.

»Niemand kann euch dazu zwingen, das Anwesen zu so einem Spottpreis zu veräußern.« Das war Toms pointierter Kommentar aus dem Hinterhalt, wo er für ein spätes Abendessen sorgte.

»So ist es.« Zur Bekräftigung trank ich einen großen Schluck von der eisgekühlten Holunderlimonade. Hausgemacht und köstlich.

Die bodentiefen Fenster des Wohnraums waren vollständig geöffnet, was zwar nicht zur Kühlung beitrug – auch in Zürich war es heiß –, dafür aber den Innen- und Außenbereich nahtlos ineinander übergehen ließ.

Jasper und Tom wohnten seit Kurzem in einer bestens positionierten Drei-Zimmer-Wohnung in der Hadlaubstraße am Zürichberg. Die direkte Nachbarschaft zum Money-Museum hielt ich für einen diskreten Hinweis darauf, dass es in dieser Gegend ratsam war, über einen kleinen Vorrat besagter Materie zu verfügen.

Tatsächlich lief »OnWheels« bestens. Radfahren war angesagt – vorzugsweise Hightech – und durfte was kosten. Die dazugehörigen Dienstleistungen waren noch um einiges gefragter.

Und so saßen wir denn auf dem abgewetzten Ikea-Sofa, das in apartem Kontrast zu den Eichenholzdielen stand, und schauten auf die Krone eines Kastanienbaums. Zwischen den Ästen blitzte der Abendhimmel hervor, gegen dessen intensive Färbung alles andere verblasste.

Es tat gut, hier zu sein, auch wenn Jasper seine Verwunderung über mein kurzfristig angekündigtes Auftauchen nur schwer hatte verbergen können.

Bei der ebenfalls erstaunten Mimi, die mich wegen eines nicht näher beschriebenen Abendprogramms nicht empfangen konnte, würde ich morgen Unterschlupf finden.

»Diesen Vertrag fürs Vorkaufsrecht müsst ihr euch aber gut anschauen. Wurde der bei dem Notar beglaubigt?« Tom, zu dem ich mich immer wieder umdrehen musste, beförderte Radieschenscheiben in die gut gefüllte Salatschüssel.

»Keine Ahnung«, antwortete ich kleinlaut. »Haben wir ja alles erst heute erfahren.« Ich dachte an den Umschlag, der zu Hause auf dem Schreibtisch lag. Da, wo wir ihn gleich nach dem Heimkommen deponiert hatten.

»Jedenfalls ist die Sache komisch. Sehr komisch.« Tom griff nach den gewaschenen Salatblättern, die er in Stücke zupfte. »Wieso leiht der sich rechts und links Geld?« *Der*, das war Herbert, von dem heute mit weit weniger Feingefühl gesprochen wurde als an den Tagen nach seinem Tod.

»Wie sieht es denn mit seinem Vermögen aus? Bankkonten? Sonstige Werte?«

»Das wird Ludwig morgen alles klären.« Ich hoffte, meiner Stimme eine entschlossene Note gegeben zu haben. Ich wollte mich vorerst nicht mehr zu dem hackenden und schnipselnden Tom umdrehen. Schließlich war ich nicht nach Zürich gekommen, um im Sekundentakt an alles erinnert zu werden, was mit Herberts Tod und Nachlass zu tun hatte. Dabei vergaß ich um ein Haar, mit meinem Auftauchen und den Neuigkeiten die Urheberin der ganzen Diskussion zu sein.

Jasper, der jeglichen Papier-, Behörden- und Bankenkram Tom überließ, besiegelte das Thema mit einem universell passenden »Wird sich alles zeigen«. Das war in meinem Sinne.

Ärgerlich nur, dass Ludwig mal wieder nicht auf meine Textmitteilung reagierte. Auch mein Anruf von unterwegs war unbeantwortet geblieben. Aber heute, so hatte ich mir vorgenommen, würde ich mich von seiner mangelnden Verfügbarkeit nicht aus dem Gleichgewicht bringen lassen. Und Bruno musste noch ein bisschen auf seinen Abendspaziergang warten. Für einmal ging es um mich, was auch der Grund war, weshalb ich mich so bald wie möglich an den gedeckten Tisch setzen wollte. Die Zeichen standen gut. Tom vermengte die Salatzutaten mit den Händen. Ein Chef de Cuisine in seinem Element.

»Wir können essen«, verkündete er und trug die Salatschüssel zu Tisch, wo Brot und eine üppig bestückte Käseplatte bereitstanden. »Salatsoße muss sich jeder selbst darübergießen.«

Das ließ ich mir nicht zweimal sagen. Zum ersten Mal seit Langem verspürte ich echten Hunger. Zweihundert Kilometer vom Ort der Tat entfernt zu sein wirkte Wunder. Dass genau in diesem Moment mein Handy klingelte, kam mir nicht gelegen. Musste Ludwig ausgerechnet jetzt anrufen? Bestimmt wollte er nun doch Näheres über meinen spontanen Aufbruch in Erfahrung bringen. Zum Beispiel, wie lange er für Bruno zuständig sein sollte.

Weiß noch nicht. Vielleicht für drei Tage, würde meine Antwort lauten.

Aber es war nicht Ludwig. Die unbekannte Nummer einfach zu ignorieren, war beim Anblick des gedeckten Tisches verlockend.

»Kummer«, sagte ich schließlich doch, dafür ziemlich barsch. Wer immer zu dieser Stunde anrief, tat gut daran, handfeste Gründe für die Störung vorzuweisen.

Die gab es.

Man habe vergebens versucht, mich zu Hause anzutreffen, sagte eine männliche Stimme auf Italienisch, aber glücklicherweise meine Handynummer einem im Auto hinterlegten Kärtchen entnehmen können. Mein *marito*, Ludwig Kummer, habe einen Autounfall gehabt. Er sei mit der Ambulanz ins *ospedale* von Locarno gebracht worden. La Carità.

Ospedale, marito … in meinen Ohren, nein in meinem Kopf rauschte, knackte und knisterte es. Ein Radio früherer Zeiten, bei dem sich der Sender nicht einstellen ließ und das lediglich eine Palette penetranter Töne von sich gab.

Konnte-das-bitte-mal-jemand-abstellen?

Es war Jasper, der dies für mich tat, indem er mein Telefon an sich nahm.

Die Geräusche in meinem Kopf wurden leiser. Tom fasste mich an den Schultern und drückte mich sanft auf einen Stuhl. Ich ließ es geschehen.

»Ja«, sagte Jasper mehrmals, nickte, schaute sehr ernst und notierte etwas auf der Papierserviette.

»Du musst was trinken«, sagte Tom, der nicht untätig sein wollte und mir ein Glas an den Mund hielt.

Ungehalten schüttelte ich den Kopf. Ich musste zuhören, nicht trinken.

»Frontalunfall auf der Kantonsstraße von Brissago nach Ascona. Ein Auto ist von der Gegenfahrbahn auf Papas Seite gekommen und …« Jasper schluckte. Er hatte das Telefon auf den Tisch gelegt, pflückte Finger für Finger meiner festgekrallten Hand von der Tischkante und umfasste sie mit der seinen.

»Wir müssen in der Carità anrufen, Mama. Dort können sie uns mehr sagen.«

Mir war kalt.

»Er lebt«, sagte Jasper leise, aber eindringlich und drückte meine Hand, die er noch immer festhielt und die mir vorkam wie ein an meinen Arm genähter Fremdkörper. Dann griff er erneut nach dem Telefon. »Willst du, oder soll ich?«

Ich war Ludwigs Frau. Ich hatte zu wollen.

»Tipp mir bitte die Nummer ein.«

Nicht viel später wusste ich mehr. »Er hat ein Schädel-Hirn-Trauma und musste ins künstliche Koma versetzt werden.« Erstaunlich, dass es mir gelungen war, die Aussagen des Arztes aufzunehmen und in diesem bescheidenen Satz zusammenzufassen.

Jasper und Tom saßen dicht neben mir. Der eine zur Linken, der andere zur Rechten. Zwei Bodyguards, bereit, mir uneingeschränkt beizustehen. Tom hielt noch immer das Wasserglas in der ausgestreckten Hand. So als rechnete er mit einem verzögerten Schwächeanfall seiner Schwiegermutter.

Nichts dergleichen war zu befürchten. Ich hatte mich gefasst. Keine Geräusche mehr im Kopf, keine scheinbar losgelösten Gliedmaßen. Der Arzt hatte mich beruhigt. Soweit das möglich war, denn Ludwig lag im Koma. Da war Erleichterung eine unzuverlässige Maßeinheit. Ich solle ins Spital kommen, wann immer ich wolle, hatte er gesagt.

Wann immer ich wolle, das war jetzt.

Der nächste Zug nach Locarno fuhr in einer knappen Stunde. Ich würde nach Mitternacht ankommen, ein Taxi nehmen und fünf Minuten später bei Ludwig in der Carità sein. Sogar ein Sprint zu Fuß war eine Option.

Nicht dass es auf ein paar Minuten ankam. Ludwig würde mich nicht erwarten.

Was für ein Gedanke: Er-würde-mich-nicht-erwarten.

»Ich komme mit«, sagte Jasper.

»Nein, bleib hier. Ich ruf dich an, sobald ich dort bin.«

Was noch vor wenigen Minuten nicht vorstellbar gewesen

war, zeichnete sich jetzt in gänzlicher Klarheit ab: Ich konnte und wollte das allein machen.

***

Ludwig schlief. Tief und fest. Ruhte sich von den Strapazen aus und würde aufwachen, sobald es ihm wieder besser ging. Das war zumindest die Mär, die ich mir erzählte, als ich ihn so liegen sah. Den Kopfverband wandelte ich in eine Art Schlafmütze um. Monitor, Beatmungsgerät und Schläuche radierte ich aus dem Bild. Den entblößten Oberkörper schrieb ich der warmen Jahreszeit zu.

Seit einer Weile schon saß ich neben ihm am Bett. Hellwach, obwohl es drei Uhr nachts war.

War es möglich, dass wir uns vor wenig mehr als dreizehn Stunden voneinander verabschiedet hatten? Aufgebracht von den Ereignissen des Vormittags bei Castelli und ohne uns bewusst zu sein, wie nichtig das alles war. Ohne zu ahnen, dass einige Stunden später die Karten völlig neu gemischt würden.

Eine Schwellung des Gehirns nach einem Schädel-Hirn-Trauma, hatte mir der diensthabende Arzt gesagt. Ludwig war bewusstlos gewesen, als sie ihn ins Spital eingeliefert hatten. Eine künstliche Vertiefung des Komas hatte die Aufgabe, das Gehirn zu schützen. Die Senkung des Gehirnstoffwechsels sollte verhindern, dass weitere Gehirnzellen beschädigt würden. Nun galt es abzuwarten, bis die akute Phase vorbei war. Wie lange das dauerte, konnte er mir nicht sagen.

Akute Phase. Die Worte hatten sich mir wie ein Kettenhemd auf die Brust gelegt. War das eine Umschreibung für lebensbedrohlich? Ich hatte nicht zu fragen gewagt und mir zur Beruhigung das Bild vom sich friedlich ausschlafenden Ludwig gemalt. Dem mit der Nachtmütze und dem tiefen, tiefen Schlaf, den er normalerweise nur selten hatte.

»Ich gehe jetzt«, teilte ich ihm leise mit. »Bruno hat inzwischen bestimmt in die Wohnung gepinkelt.« Und zum Schluss noch: »Ich liebe dich.«

Wann hatte ich ihm das zum letzten Mal gesagt? In dieser Form? War ich nicht alt genug zu wissen, dass es im Leben keine Zeit zu vergeuden galt? Niemals?

Ich strich ihm über die Hand. »Gute Nacht, Ludwig.«

* * *

Der Taxifahrer hatte *buona notte* gewünscht und war davongebraust.

Am Tor der Villa Felicità, das ich vor noch gar nicht langer Zeit hinter mir zugezogen hatte, hielt ich inne. Dieser Ort, so dachte ich, hatte uns bisher nicht viel Gutes beschert. Herbert war umgebracht worden, und ich hatte ihn aufgefunden. Ludwig hatte einen schlimmen Unfall und lag im Koma. Was weiter passieren würde, stand in den Sternen, von denen heute Nacht so viele am Himmel funkelten.

Wie ruhig es war. Die betörend warme Nacht hatte auch die ausdauerndsten Sommernachtsschwärmer nicht davon abgehalten, endlich schlafen zu gehen.

Oder doch nicht alle? Bei Olivia Herzig brannte noch Licht. Ihr Schlafzimmer, vielleicht. Mir schien, als hätte ich eine Bewegung hinter der Gardine wahrgenommen.

Beim Öffnen der Haustür ereignete sich ein Déjà-vu: Bruno schoss wie ein Pfeil an mir vorbei. Anstatt sich davonzumachen und im Gebüsch zu verkriechen, hob er am nahen Myrtenstrauch ein Bein, geriet kurz ins Torkeln, fing sich wieder und verpasste dem Gewächs einen nicht enden wollenden Strahl seines angestauten Harnstoffes.

»Guter Junge«, lobte ich ihn, nachdem er zu mir zurückgetrottet war, und strich ihm über die fellig-faltige Stirn. »Und nun gehen wir zwei schlafen. Papa Ludwig schläft auch schon.«

Möglicherweise hatten mich die Ereignisse in einen infantilen Zustand versetzt. Auch das war unbedeutend. Es gab viele Arten des Trostes.

Nach vier Stunden Schlaf war ich mit der Gewissheit aufgeschreckt, dass nichts war, wie es sein sollte. Kein Ludwig neben mir. Kein Geschirrklappern aus der Küche. Kein Kaffeeduft.

Stattdessen Bruno auf dem Bettvorleger. Wir sahen uns in die Augen. Eine Schicksalsgemeinschaft der besonderen Art. Sein Herrchen war seit neun Tagen tot. Mein Ludwig war Patient auf der Intensivstation.

Bruno im Schlafzimmer, das war ein Novum, das auch ihn selbst verblüfft zu haben schien.

»Komm rein, Dicki«, hatte ich ihn nach dem spätnächtlichen Zähneputzen aufgefordert. Dem war er nicht gleich nachgekommen, hatte mal nach links, mal nach rechts geschaut, als ließe sich da irgendeine Erklärung für solche ungewöhnlichen Sitten finden, und war dann doch ins Zimmer spaziert. Vom Bettvorleger aus hatte er noch ein wenig zu mir hochgeschielt. Für sein Misstrauen hatte ich Verständnis. Alles war anders.

Ich strich ihm über den Nasenrücken. »Guten Morgen.« Dann griff ich nach meinem Telefon, auf dem sich einige ungelesene Mitteilungen stauten.

Jasper kündigte seine baldige Ankunft an. Mimi, der ich im Zug eine Nachricht geschrieben hatte, fragte, ob sie kommen solle. Meine von Jasper über das jüngste Ereignis informierte Mutter bot ihre Unterstützung an, wobei ich mir nicht recht vorstellen konnte, worin die bestehen sollte. Die in der Zukunft lebende Corinna – es ging im winterlichen Hamilton auf den Abend zu – zeigte sich äußerst besorgt, erklärte aber vorbeugend, dass sie so gar nicht abkömmlich sei. Ich versicherte ihr, dass es auch keine Veranlassung für die weite Reise gebe. Ludwig würde es besser gehen, bevor sie auch nur einen Fuß ins Flugzeug gesetzt hätte. Mit so einer kühnen Aussage beschenkte ich vor allem mich selbst. Positives Denken sollte mich über den Tag retten.

Auf dem Weg zum Tor, mein E-Bike schiebend, erspähte ich Olivia Herzig zu meiner Rechten. Mit einer mir nicht besonders funktionstüchtig erscheinenden Heckenschere schnippelte sie am Kirschlorbeer, exakt da, wo das Gesträuch eine größere Lücke aufwies. Mit ihrem blauen Overall und einem vorn geknoteten Kopftuch, rot mit weißen Punkten, wies sie alle Attribute einer tatkräftigen Gärtnerin auf. Und doch hatte die Aktion in ihrer Planlosigkeit Inszeniertes an sich.

»Meine liebe Thea!«, rief sie mir zu und schlüpfte unaufgefordert auf die Kummer'sche Seite des Zaunlochs.

Ich erwog, sie darauf hinzuweisen, dass ich Tabea und nicht Thea hieß, aber es gab Wichtigeres. Ich wollte ins Krankenhaus.

Olivia Herzig hatte eigene Vorstellungen von Dringlichkeit und Diskretion. »Gestern Abend stand die Polizei vor der Tür. Schon wieder«, sagte sie.

Bildete ich es mir ein, oder hatte ihre Bemerkung einen vorwurfsvollen Nachklang? Die zwielichtige Familie Kummer, die es im Wochenrhythmus mit der Polizei zu tun hatte.

Olivia stand mir jetzt direkt gegenüber. Zu nah für meinen Geschmack. Sie sah mich gespannt an, sichtlich bedacht, sich keine meiner Regungen entgehen zu lassen.

»Mein Mann hatte einen Unfall.« Der sachliche Tonfall bereitete mir Mühe. Das Ereignis zu verschweigen war unnötig und ergab keinen Sinn. Selbst Olivia Herzig musste erkennen, dass ich bei so viel Unglück keine Zeit für Tratschereien erübrigen konnte.

»Oh nein, wie schrecklich!« Sie sah keineswegs aus, als wollte sie sich mit vier Wörtern zufriedengeben. »Was ist geschehen?«

»Ein Autounfall auf der *litoranea*. Unverschuldet.« Warum hatte ich das angefügt? Die Schuldfrage zu erwähnen war schon allein deshalb überflüssig, weil ich mir vorgenommen hatte, mich knapp zu halten.

Olivia hielt sich erschrocken die Hand vor den Mund, was nicht hieß, dass sie schweigen wollte. Im Gegenteil. Sie neigte sich zu mir, nicht ohne sich mit einem schnellen Rundumblick unseres Alleinseins zu vergewissern und mich an den olfaktorischen Begleiterscheinungen ihres Zigarettenkonsums teilhaben zu lassen.

»Seit diese Frau hier ihr Unwesen treibt, passieren nur noch schlimme Dinge«, hauchte sie mir entgegen.

Ich bat sie nicht um eine Erläuterung. Auch wenn meine Gefühle für Kassandra Zweiglein-Bordoli nicht die herzlichsten waren (und dass sie die meinte, stand außer Frage), war mir nicht nach dieser Art Gedankenaustausch zumute. Bei aller Abneigung nahm ich auch nicht an, Herberts Vielleicht-Zukünftige könnte auch noch bei Ludwigs Unfall ihre Finger im Spiel gehabt haben.

»Jetzt muss ich aber los.« Ich erstickte weitere Mutmaßungen Olivias, denn ihr tiefes Luftholen deutete auf einen zweiten Schub hin.

»Ich hätte da so einiges zu erzählen«, rief sie mir nach, woran ich nicht zweifelte.

»Ein anderes Mal«, antwortete ich über die Schulter hinweg und schubste mein Rad wie einen widerspenstigen Bock über das letzte Wegstück bis zum Tor.

Meine Gefühle für die Nachbarin waren zwiespältig. Mal ging sie mir auf die Nerven, mal hegte ich Sympathien für ihre Eigenwilligkeit. Heute Morgen hatte Ersteres das Übergewicht.

Oh Ludwig, sagte ich in voller Fahrt auf der Strada Rondonico bergab ins Städtchen. Oh Ludwig, sagte ich auf der Brücke über die im Morgenlicht glitzernd dahinfließende Maggia, während mir Tränen die Wangen hinabkullerten, die ich vom Fahrtwind trocknen ließ. Und: Oh Ludwig, sagte ich, als ich auf der Via Castelrotto durch die Altstadt zur Carità radelte. Vielleicht sagte ich es auch nicht, dachte oder fühlte es einfach viele Male.

Es war keine Erkenntnis der tiefgründigen Sorte, aber sie brachte den Boden unter mir zum Beben: In der Abwesenheit und Entbehrung des geliebten Menschen wurde überdeutlich klar, welche enorme Wichtigkeit er hatte.

∗∗∗

Jasper, der einen sehr frühen Zug genommen haben musste, saß an Ludwigs Bett. Er sah besorgt aus. Natürlich, wie auch nicht?

Ludwig lag da, wie ich ihn vor einigen Stunden verlassen hatte. War es mir in der Nacht gedanklich noch gelungen, den Kopfverband zu etwas Gemütlicherem umzumodeln, ließ das Tageslicht keine Beschönigungen zu. Die verbundene Kopfwunde war nur ein kleiner Teil seines Leidens. Wahrhaft massiver Eindringling war der unter dem Schlüsselbein eingeführte Katheter.

Mit bleischwerem Herzen setzte ich mich neben Jasper, der schweigend einen zweiten Stuhl herangezogen hatte. Es gab nichts zu bereden. Nicht hier und überhaupt. Unser Nebeneinander brauchte keine Sprache.

Der Vormittag war kein guter Zeitpunkt für einen Besuch auf der Intensivstation. Das Pflegepersonal war mit den Patienten beschäftigt, Visiten wurden durchgeführt, Fälle besprochen. Auch wenn wir die Erlaubnis für dieses Stelldichein mit Ludwig hatten, war spürbar, dass wir bei dem Treiben nur im Weg waren. Wir sagten unserem stummen Patienten Adieu.

Ob es in Ordnung wäre, wenn er zurück nach Zürich führe, wollte Jasper wissen. Die Werkstatt platze aus den Nähten mit Rädern, deren er sich annehmen musste. Mitarbeiter und Lehrling waren in den Ferien.

Ich versicherte ihm, dass er fahren solle. Warum auch nicht? Sein Vater befand sich im Tiefschlaf, und seiner Mutter brauchte er nicht das Händchen zu halten. Sie hatte bereits Pläne. Ich versprach ihm, mich umgehend zu melden, sobald sich Neues ergab, und schwang mich auf mein Rad.

Wieder daheim, am Küchentisch, schrieb ich nieder, was ich zu tun gedachte.

Kassandra aufsuchen
Zu Giuseppe und Matilda fahren
Mit Paul sprechen
Ein zweites Treffen mit Mario vereinbaren
Olivia Herzig zu ihren Andeutungen befragen

Über die Reihenfolge war ich mir noch nicht im Klaren. Worüber jedoch keine Zweifel bestanden: Ich konnte unmöglich zu Hause sitzen und mich ohne Unterlass in Sorge winden. Davon würde Ludwig nicht schneller gesund. Mein Aktionismus war Therapie.

Symptomatisch für meinen prekären Zustand war, dass ich mein Vorhaben in dem Heft notiert hatte, welches eigentlich für meine Gedichte gedacht war. Wie ich beim Zurückblättern feststellte, war mein letztes Schreibprodukt noch vor Herberts Tod entstanden. Ein Elfchen, in dem es um einen Raben ging, der sich über seinen schlechten Ruf als Todesvogel grämte.

Meine Güte, was hatte ich mir da nur gedacht? Ich riss die Seite mit den heutigen Notizen heraus und klappte das Heft zu. Ob mir wohl je wieder der Sinn nach Lyrischem stehen würde?

»Hör zu, Dicki«, sagte ich nach ein paar in mich gekehrten Minuten zu dem auf dem kühlen Boden ausgestreckten und leise schnarchenden Bruno. »Papa Ludwig kommt erst mal nicht heim. Aber mach dir keine Sorgen. Ich lasse dich nicht im Stich.« Die Mitteilung war mir wichtig. Auch Hunde litten unter Verlustängsten, und Bruno hatte diesbezüglich einiges durchgemacht.

Vermutlich wollte ich mich einfach selbst einlullen, denn Bruno sah in seinem schlafenden Zustand so aus, als fände er sein Leben gar nicht übel.

Der Gewitterregen hatte uns von der Terrasse vertrieben, weshalb ein Umzug ins Innere des Hauses unvermeidlich war. Leider. Ich wäre lieber draußen geblieben.

Olivia Herzigs Wohnzimmer war eine wilde Mischung aus Boudoir, Serail, ostasiatischem Tempel und etwas Undefinierbarem, zufällig Dazwischengeratenem. So grinste uns ein fetter Buddha aus Speckstein aus der Zimmerecke an, wo er auf einem Messingtisch thronend ein Sträußchen vor sich hin qualmender Räucherstäbchen in den Händen hielt. Durchdringend süßlicher Geruch – Sandelholz? Patschuli? – erfüllte den Raum.

Eine Wasserpfeife aus smaragdgrünem Glas mit vier Schläuchen, die sich im Zentrum einer Anordnung bunter Lederpuffs befand, verwirrte mich in besonderem Maß. Wer setzte sich dahin und rauchte Wasserpfeife? Betrieb Olivia Herzig nebenbei eine Shishabar?

In völligem Kontrast die fünf grazilen Salonsessel mit goldgelbem Brokatbezug. Sie standen in wunderlicher Unordnung um einen Louis-quatorze-Tisch herum. Ganz so, als hätte eine Gruppe Gäste sie bei eiligem Aufbruch achtlos nach hinten geschoben.

Wie Olivia entschieden hatte, sollten unsere Gläser mit kaltem Masala Chai und eine mit der gleichen Flüssigkeit gefüllte Karaffe ihren Platz auf dem Tisch mit den krummen Beinen finden. Das erforderte eine größere Umlagerung gestapelter Materialen. Die in einen Kimono gehüllte Hausherrin beeilte sich, Stapel von Illustrierten, zerfledderten Tageszeitungen, Büchern und Papierkram von der Tischplatte auf die verbliebene freie Fläche der nahen Anrichte zu schichten.

»Solche Figuren hatte meine Oma auch«, kommentierte ich eine Gruppe Porzellanballerinen, die im verglasten Teil der Anrichte ihr Tänzchen wagten.

Das erwies sich als Fehler. »Setzen Sie sich, liebe Thea«, befahl Olivia und ließ sich nach getaner Räumaktion mit grazilem Schwung ihrer nackten Beine auf einen der Brokatsessel nieder. »Ich erzähle Ihnen, was es mit den Figuren auf sich hat.«

Ich entschied, sie nun doch auf meinen tatsächlichen Namen hinzuweisen. Schon allein um sie von der angekündigten Ausführlichkeit abzulenken.

»Auch ein schöner Name.« Sie besaß die Fähigkeit, Hinweise auf ihre Irrtümer salopp hinwegzufegen. »Jedenfalls hatte Edoardos Mutter … also, Edoardo ist mein verstorbener Mann. Bei Gelegenheit zeige ich Ihnen ein paar Fotos. Er war Apotheker im Bündnerland. Eigentlich war er ja Italiener. Aus dem Veltlin. Wir hatten eine florierende *farmacia* im Oberengadin. Aber wissen Sie, ich habe ja immer mehrheitlich hier im Tessin gelebt. Das hier ist nämlich das Haus meines Lieblingsonkels Samuele. Ich muss doch mal schauen, ob ich nicht ein paar Fotos zur Hand habe … *Ma dove sono?*« Sie machte Anstalten, sich zu erheben.

»Nicht nötig«, rief ich, schon fast in Panik. »Ich muss rechtzeitig wieder bei meinem Mann im *ospedale* sein.«

»Nun gut. Dann machen wir das mit den Fotos ein anderes Mal. Was ich eigentlich sagen wollte: Edoardos Mutter …«

Es war, daran bestand kein Zweifel, ein gravierender Fehler, die von mir erstellte Liste anstehender Erkundigungen in umgekehrter Reihenfolge zu beginnen. Für Olivia Herzig brauchte es ein gefestigtes Nervenkostüm, Ruhe und eine Extraportion Zeit. Nichts davon konnte ich im Moment aufbieten. Es half nur eine deutliche Unterbrechung:

»Olivia, weshalb ich eigentlich hier bin … Sie haben heute Morgen Andeutungen gemacht, die auf Kassandra Zweiglein-Bordoli bezogen waren. Habe ich das richtig verstanden?«

»Ja«, sagte Olivia ohne weitere Umschweife und faltete ihre Hände im Schoß wie eine brave Maid. »Genau die meinte ich.«

»Und weshalb haben Sie so ein … ähm … unvorteilhaftes Bild von dieser Frau?«

Olivia lachte auf und strich sich eine Locke ihres rotblonden

Haares hinters Ohr, die sich vorwitzig aus dem am Hinterkopf gebündelten Dutt gelöst hatte. Durch die Streichbewegung fiel meine Aufmerksamkeit auf den vielleicht fingerbreiten, silbrig-weißen Haaransatz. Wie alt Olivia wohl war? Ich schätzte sie auf Ende sechzig, vielleicht auch älter. Ein von der Natur generierter Rotton war eher unwahrscheinlich.

»›Unvorteilhaftes Bild‹ ist gut.« Sie doppelte mit einem weiteren Auflachen nach. »Ich sehe diese Frau ganz nüchtern als das, was sie ist: eine Goldgräberin.«

Ob Olivia Herzig mit ihrem Urteil so nüchtern war, wie sie behauptete? Ein Rundumblick in ihrem Wohnzimmer genügte, um so etwas wie Nüchternheit nicht mit ihr in Verbindung zu bringen. Und doch, die Titulierung, die sie sich für Kassandra ausgedacht hatte, sagte mir zu.

»Eine Goldgräberin?« Ich war neugierig, mehr zu erfahren.

»Sie hatte es von Anfang an auf ihn abgesehen. Auf die Villa, sein Geld. Dieses Fitnesszeug war doch nur eine Finte. Herbert brauchte so was gar nicht. Er doch nicht! Eine Skulptur von einem Mann.«

Olivias wachsende Erregung – gerötete Wangen und zuckende Mundwinkel – hatte in dieser maßlosen Übertreibung ihren Höhepunkt gefunden. Herbert mochte für sein Alter recht gut beieinander gewesen sein, aber eine Skulptur? An welche dachte sie? An Michelangelos David, an Rodins Denker?

»Wussten Sie, dass er sie heiraten wollte?« Ich ging aufs Ganze. »Ich meine, hat er das mal erwähnt? Sie lebten ja in einem regen, ich möchte sogar sagen freundschaftlichen Nachbarschaftsverhältnis, oder? Da wurde doch sicher über die Jahre so einiges an Privatem ausgetauscht.« So sicher fand ich das gar nicht, aber die Unterstellung konnte nicht schaden.

Begleitet von einem tiefen Seufzer griff Olivia nach der Karaffe und goss uns von dem selbst gebrauten Masala Chai nach. Gleich darauf stand sie auf und ging zum Fenster. Es hatte aufgehört zu regnen. Erste Sonnenstrahlen erhellten die von Buschwerk locker umrandete Veranda, von der wir uns vor einer Viertelstunde in Eile zurückgezogen hatten.

Olivias Gestalt in Rückenansicht war ein Bild der besonderen Sorte. Was für eine stattliche Frau sie doch war.

Ohne sich zu mir umzudrehen, gab sie endlich Antwort. Mir war, als spräche der auf die Rückfront ihres Kimonos gestickte Drache zu mir. »Nein, das wusste ich nicht.«

Sie hielt sich genau dann knapp, wenn ich mir mehr erhoffte.

»Er hatte mit der Wahl seiner Frauen nie ein gutes Händchen«, sagte der Drache. »Schon Louise war ein Missgriff.«

Missgriff? Meine verstorbene Schwiegermutter bezeichnete sie als Missgriff? Das schien mir reichlich deplatziert.

Ein Blick auf meine Uhr reichte aus, um mich gegen die Einforderung einer Erklärung zu entscheiden. Olivia Herzig, so dachte ich für mich, während ich ihr für den Masala Chai und die mir zur Verfügung gestellte Zeit dankte, war eine sonderliche Frau, die vorzugsweise in kleiner Dosierung zugeführt werden sollte. Das verträgliche Quantum war erreicht.

»Lustig«, sagte sie noch, als ich bereits die letzte der drei Stufen nahm, die von ihrer Haustür zum Gartenweg führten. »Der schönen Kommissarin habe ich das alles auch schon erzählt. Na ja, fast alles jedenfalls. Und noch ein paar von den Sachen, die ich sonst noch weiß.«

Ich hörte, wie die Eingangstür hinter mir ins Schloss fiel. Wieso lustig? Und was meinte sie mit »sonst noch«? War es möglich, dass mich Olivia Herzig provozieren wollte?

***

Am darauffolgenden Tag wollte man Ludwigs Zustand anhand seiner Reaktionen abklären. Zu diesem Zweck würde die Sedierung verringert. Dr. Maggetti, der Intensivmediziner, hatte sich verhalten zuversichtlich gezeigt. Nur bei meiner Frage, wie lange dieser Zustand denn dauern würde, war er ausgewichen. »So kurz wie möglich, so lange wie nötig«, hatte er gesagt. Im Grunde hatte ich mit einer Antwort dieser Art gerechnet. Dr. Maggetti war Arzt, kein Wahrsager.

Nun saß ich bei Ludwig am Bett, hielt seine Hand und erzählte ihm von Olivia Herzig. Das tat ich sehr leise, kaum hörbar – wir waren schließlich nicht allein –, und ließ alles aus, was ihn hätte beunruhigen können. Ich beschrieb die Wasserpfeife und den grinsenden Buddha, die Räucherstäbchen, den Drachen auf dem Kimono und den kalten Tee. Anschließend musste Bruno herhalten. Dass er eigentlich ein sehr lieber Hund war, auch wenn ich früher so gar keinen Draht zu ihm hatte. Bei »früher« wurde ich unsicher. Bedrückende Assoziationen zum toten – ermordeten! – Herbert sollten schließlich nicht wachgerufen werden.

Dr. Maggetti hatte mir bestätigt, dass sanfte Plaudereien wohltuend seien. Ich könne Ludwig auch etwas vorsingen. *Sottovoce*, wohlverstanden. Zum Beispiel ein Lied, das wir gelegentlich zusammen sängen.

Trotz angestrengtem Nachdenken war ich auf nichts dergleichen gekommen. Ludwig und ich hatten schon so manches gemeinsam getan. Singen gehörte nicht dazu.

＊＊＊

Auch wenn der Arzt keine wundersame Heilung versprochen hatte, das nicht gerade nach Karibikurlaub klingende Wort »Rehabilitation« gefallen war und Ludwig mir keine Botschaften aus den Tiefen seiner Narkose per Händedruck hatte zukommen lassen, war mir zuversichtlicher zumute.

Vom Krankenhaus aus ging ich durch die Via dell'Ospedale zur Piazza Sant'Antonio, suchte mir einen Platz unter einem der weißen Schirme des nahen Cafés und bestellte einen Eiskaffee.

Was für ein herrlicher Julitag es doch war. Der Regen des Vormittags hatte für leichte Abkühlung gesorgt. Alles wirkte frischer, strahlender sogar: die Altstadthäuser mit ihren dunkelgelben Fassaden und grün gestrichenen Läden, die Kirche

Collegiata Sant'Antonio, deren grau-weiße Konturen sich in besonderer Klarheit vom Himmelsblau abhoben.

Durfte ich mir in Anbetracht der Ereignisse zugestehen, das zu genießen? Mich mit einem Seufzer zurückzulehnen und die Schönheit der Altstadt von Locarno in mich aufzusaugen?

Tabea, sprach ich mir selbst gut zu, warum solltest du es dir nicht einen Moment lang wohl sein lassen? Nein, so ein bisschen Entspannung tat niemandem weh, und mir gab es Kraft. Ich würde sogar noch einen Schritt weitergehen und mir nach meinem Eiskaffee die auf einem Plakat angekündigte Skulpturenausstellung in der nur wenige Schritte entfernten Pinakothek Casa Rusca ansehen, würde durch die Säulengänge des Innenhofs spazieren und versuchen, für ein Stündchen nicht an gestern oder morgen zu denken.

Skulpturenausstellung. Ein Stichwort, das mich zu meinem Vormittagsbesuch bei Olivia Herzig zurücktrug, auch weil die Statue eines stattlichen Mannsbilds die Piazza Sant'Antonio zierte. Ein selbstgefällig dreinschauender Herr mit Cape und Schwert namens Marcacci. Baron Marcacci, wer auch immer das gewesen sein mochte.

Von Herbert, der eine Skulptur von einem Mann gewesen sei, hatte Olivia gesprochen. Abgesehen von ihrer Manier, mit wunderlichen Übertreibungen aufzuwarten, war sie in ihrer Verehrung nicht die einzige Frau.

Lag da der Schlüssel zu seiner süßen Tötung? Wer nahm ihm übel, dass er war, wie er war?

Du wirst das schon noch rausfinden. Eins nach dem andern, Tabea, sagte ich mir und bedankte mich bei der jungen Frau, die den Eiskaffee lächelnd vor mich hinstellte.

Ein zögerlicher Paul an der Sprechanlage. Mein unfreiwilliger Gastgeber, der mich mit Sicherheit auf dem Bildschirm sehen konnte, schien meinem Besuch nicht mit Begeisterung zu begegnen.

»Nicht lange«, sagte ich überflüssigerweise. Paul konnte unmöglich befürchten, dass ich Stunde um Stunde bei ihm verbringen wollte.

Statt einer Antwort ein diskretes Summen. Ich durfte eintreten.

Der kühle Eingangsbereich – eine Kreation aus Beton, Glas und Marmor – sagte alles aus, was es über die terrassierte Wohnanlage zu erfahren gab: Man gab sich nicht mit Mittelmäßigem zufrieden.

Paul erwartete mich an der Lifttür. Seine Haarsträhnen glänzten feucht, als habe er sie noch schnell fixiert.

»Tabea! Ich wollte mich schon vorgestern bei dir melden. Wie furchtbar!«

Offenbar hatte er sich noch rechtzeitig daran erinnert, dass Ludwig, Sohn seines Freundes Herbert, in reduzierter Verfassung im Krankenhaus lag und mir folglich mehr gebührte als dieser halbherzige Einlass. Was geschehen war, mussten die Rythmen der Buschtrommeln längst zu ihm hochgetragen haben.

»Wie geht es ihm? Komm doch rein.«

Wir betraten seine klimatisierte Wohnung. Mich fröstelte. Was für eine Unsitte. Wollte sich Paul mit Kühlschranktemperaturen konservieren?

»Die Prognosen sind gut.« Das war eine Mischung aus dem, was mir gesagt worden war, was ich hoffte und was ich Paul zukommen lassen wollte.

»*Bene, bene.* Das hört man doch gern.«

Das war mir entschieden zu floskelhaft. Paul schien ohnehin nicht ganz bei der Sache zu sein.

»Setz dich doch hin«, forderte er mich auf.

Der Wohnbereich, überdimensioniert, stylish und makellos aufgeräumt, war der Gegenentwurf zu Olivia Herzigs wildem Gemenge. Hier mussten Professionisten ihre Hände im Spiel gehabt haben. Solche, die nach Herzenslust fremdes Geld verpulvern durften. Die wollweiße Wohnlandschaft mochte geschmackvoll sein. Teuer allemal. Aber Seele? Nein, Seele hatte sie nicht. Bestand nicht die Gefahr, sich hier des Abends wie ein versehentlich im Showroom eines Möbelgeschäfts vergessener Kunde zu fühlen?

Mein Blick fiel auf die gut sortierte Hausbar auf Rädern. Vielleicht lagen dort Antwort und Abhilfe.

Ich ließ mich auf der Sofakante nieder. Mich anzulehnen hätte bedeutet, ein gutes Stück nach hinten rutschen zu müssen und die Beine ohne Bodenberührung schweben zu lassen.

»Was führt dich zu mir, Tabea?«

Das klang zwar nicht unfreundlich, hatte aber doch etwas Frostiges an sich. Als sorgte nicht schon die Aircondition für Kühle.

»Ich hoffe doch, dass es nicht noch mal um den Mord an Herbert geht. Ich musste dieser Kommissarin erst letzthin wieder klarmachen, dass jemand, der Freude an Gebäckkreationen hat, nicht zwingend auch der ist, der den besten Freund mit Beerentörtchen aus dem Weg räumt.« Paul griff sich eines der farblich perfekt abgestimmten Kissen und verpasste ihm einen Knuff. »Wie blöd müsste einer sein, der einen Mord mit etwas verübt, das in direktem Zusammenhang zu seinem Beruf steht? Das wäre ja, als würde … als …« Er war auf der Suche nach einem Plus an Bildhaftigkeit. »Als wenn ein Metzger jemanden mit dem Ausbeinmesser umbringt. Oder ein Gärtner mit dem Spaten.«

»Danke, ich hab's verstanden«, erwiderte ich, noch bevor er mit weiteren Beispielen aufwarten konnte.

Paul war mir nie unsympathisch gewesen. Im Gegenteil.

Doch heute machte sich Ärger in mir breit. Ein gärender Hefeteig aus Unmut. War das nicht passend für den Besuch bei einem Bäcker und Konditor?

»Paul, du scheinst vergessen zu haben, dass ich diejenige war, die ihren Schwiegervater tot aufgefunden hat. Das ist aufwühlend und bleibt hängen. Wir sind hier nicht im Fernsehkrimi, wo die Haushaltshilfe den Hausherrn auf dem Teppich liegen sieht und sich erst mal einen Kaffee kocht.« Keine Ahnung, wie ich darauf kam. Auch hatte ich so was noch in keinem Film gesehen. »Und nun liegt zu allem Unglück auch noch mein Mann im Koma. Kannst du dir vorstellen, dass ich vielleicht wenigstens eines der Gewichte, die mir auf den Schultern liegen, abwerfen möchte? Dass ich ein klein bisschen verstehen will, was da passiert ist?« Auch ich schnappte mir ein Sofakissen – dunkles Rot – und verpasste ihm einen gut zentrierten Hieb.

»Das kann ich verstehen, Tabea«, sagte Paul im Tonfall eines geduldigen Onkels mit dem aufbrausenden Kind. »Aber meinst du nicht, dass dafür die Polizei zuständig ist? Und die scheint mir recht umtriebig zu sein. Sobald der Fall gelöst ist, wirst du alles erfahren.«

Fast erwartete ich, dass er ein Bonbon aus der Tasche seiner karierten Freizeithose ziehen und mir zur Beruhigung überreichen würde.

Aber er überreichte mir nichts. Mehr als unverhohlen schaute er auf seine Uhr. »Nimm es mir nicht übel, aber gleich sollte eine größere Weinlieferung eintreffen. Muss anwesend sein, wenn sie die Flaschen ins Kellerabteil tragen. Wir plaudern ein andermal ausgiebig, ja?«

Plaudern? Ich wollte nicht plaudern.

Ding-dong, drang es von der Wohnungstür zu uns. Das musste der Weinlieferant sein.

Elastisch wie ein Jüngling sprang Paul in die Höhe, sichtbar belebt vom Programmwechsel, der den Abbruch unseres Gesprächs mit sich bringen sollte. »*Mia cara …*« Seine zum Abschied ausgebreiteten Arme verrieten, dass er auch mich aufrecht stehen sehen wollte.

»Ich warte.« Feingefühl war eine Eigenschaft, die ich mir durchaus zuschrieb. Ich konnte, wenn es die Umstände verlangten, aber auch stur sein.

Pauls ausgestreckte Arme sanken beim zweiten Erklingen des Gongs herab. Hatte er sich eben noch um ein Abschiedslächeln bemüht, überließ er nun einem verkniffenen Zug um den Mund die Bühne.

»Worauf willst du warten? Wir haben alles besprochen.« Und als er mich ungeniert verharren sah: »Das dauert ein bisschen. Du wirst dich langweilen.«

»Bestimmt nicht. Lass dich nicht hetzen. Zu Hause wartet niemand auf mich. Auf dich ja auch nicht.« Ich schenkte ihm ein mildes Lächeln.

Zögernd trat er den Weg zur Wohnungstür an. Die Tatsache, dass er sie offen ließ, mochte eine stumme Mahnung sein: Ich sollte mich nicht zu heimisch fühlen.

Einen kleinen Rundgang wird er mir nicht verübeln können, dachte ich, erhob mich und nahm die exquisite Version der guten alten Wohnwand in Augenschein. Vor einer Vitrine, die mit ihrem Inhalt nicht recht zum ästhetisch ausgeklügelten Gesamtbild passen wollte, blieb ich stehen. Sowohl der Glasschrank wie auch die darin zur Schau gestellte Sammlung musste der Innenarchitektin oder ihrem männlichen Pendant ein Dorn im Auge gewesen sein. Hatte nicht Ludwig das bunte Getier, kunstvoll geblasen aus Muranoglas, im Zusammenhang mit dem Fotoshooting erwähnt?

Soviel ich wusste, war Pauls verstorbene Frau die Sammlerin dieser farbenfrohen Objekte gewesen, die hier museal ausgestellt waren. *»In memoria di Mireille«* war der Begleittext auf einer zu diesem Zweck angefertigten Glastafel. Platziert zwischen einem sich aufbäumenden Hengst und einem Schwan.

Ich schlenderte weiter. Ein Bücherregal, stilmäßig dem modernen Teil der Einrichtung zuzuordnen, beherbergte eine Reihe von Kochbüchern, ein Golflexikon und etwas Schwergewichtiges, das sich »Der Weinkenner« nannte. Weiter oben

eine Serie in Rot und Schwarz gehaltener Krimis. Die blut-
rünstige Sorte.

Ich griff nach dem Golflexikon und blätterte aufs Gerate-
wohl. War es nicht in manchem Roman so, dass die Protago-
nistin bei so einer Aktion auf etwas Offenbarendes stieß? Zum
Beispiel eine handschriftlich verfasste Notiz der Sorte: Nun
muss Herbert endlich die Rechnung für seine hinterhältige
Bosheit zahlen. Die Fruchttörtchen mit den leckeren Nacht-
schattenbeeren werden sein Ende sein.

Auch Variationen dieses imaginären Inhalts hätte ich akzep-
tiert. Aber das richtige Leben war nun mal keine unterhaltende
Prosa.

Auf der obersten Ablage des Regals schmiegten sich ein
gutes Dutzend Fotoalben aneinander. Jedes war auf seiner
Rückseite penibel mit Jahreszahlen versehen. Das erste Album
umfasste den Zeitraum von 1968 bis 1974, das letzte die fünf
Jahre von 2008 bis 2012. Danach war Schluss, was in etwa der
Zeit entsprach, als die guten alten Papierabzüge der digitalen
Form Platz zu machen begannen.

Auch wenn es nicht von guten Manieren zeugte, angelte
ich mir das erste Album. Zum einen liebte ich jahrzehntealte
Bilder, zum anderen (das war der eigentliche Antrieb) war
ich nun mal auf dieser besonderen Mission. Ich wollte verstehen, welche Gefühle die Menschen in Herberts Umfeld
für ihn gehabt hatten. *Wirklich* gehabt hatten. Das, was blieb,
wenn die sorgfältig aufgetragenen Lackschichten des Scheins
an- oder ganz weggekratzt waren. Und dafür musste ich – mit
Verlaub – nun mal ein bisschen rumschnüffeln.

Die ersten Seiten des Albums zeigten einen jugendlichen
Paul. Üppig ergoss sich ein kastanienbrauner Haarschwall
über sein Haupt und weit in die Stirn hinein. Was für ein Kontrast zu den spärlichen Überresten, die sich heutzutage seiner
ganzen Aufmerksamkeit erfreuten.

Es folgten zahlreiche Fotos mit ihm in seinem beruflichen
Umfeld. Weiße Arbeitskleidung. Kopfbedeckung. Paul Feldmann, der Patissier. Mal im Team, mal stolz mit einem Diplom

in der Hand in die Kamera grinsend. Dann lachend Arm in Arm mit einem Freund oder Kollegen.

Erst beim zweiten Hinsehen erfasste ich, um wen es sich bei dem anderen handelte: Herbert. So lange kannten sich die zwei also schon. Der breitschultrige Herbert überragte Paul um einen Kopf. Nein, es bedurfte keiner Jury, um den besser Aussehenden zu küren. Herbert Kummer war ein so attraktiver wie selbstsicherer Strahlemann gewesen. Ein siegesgewisses Grinsen verströmte seine Lebensdevise: Ich nehme mir, was ich haben will. Ja, diese mimische Eigenheit kannte ich. In nur minimal abgeschliffener Form, angereichert mit einer wenig kleidsamen Spur Zynismus, war sie bis zum Schluss sein Markenzeichen gewesen. Das war meine Sicht der Dinge. Kassandra oder Olivia mochten eine andere haben.

Die nächste Seite des Albums war für ein einziges Foto reserviert. Das ließ sich an vier rauen Stellen erkennen, den Eckpunkten eines aufgeklebten und dann weggerissenen Fotos. »*L'amore della mia vita*«, stand neben dem leeren Feld.

Davon, dass diese Liebeserklärung jemandem sehr missfallen haben musste, zeugte eine mit rotem Filzstift schräg über die vier Wörter gezogene Linie. Darunter ein Ersatztext. Um einiges weniger romantisch, aber nicht ohne Leidenschaft: »*Putain*«. Von dem Grobian oder der Grobianin in Rot und wahrlich nicht in Schönschrift gekritzelt.

Die Neugier trieb mich in zittriger Ungeduld zum Weiterblättern. Für Sorgfalt blieb keine Zeit, denn Pauls Rückkehr kündigte sich durch leise hörbare Liftgeräusche an. Das Album zu wenden und zu schütteln war folglich ein Akt entschuldbarer Dringlichkeit.

»Was tust du da?« Pauls Stimme hatte die Schärfe eines frisch geschliffenen Messers.

Es war mir im letzten Moment gelungen, das Album an seinen angestammten Platz zurückzustellen, doch mein ausgestreckter Arm konnte ihm nicht entgangen sein.

Was sollte ich antworten? In flagranti bei etwas erwischt zu werden, wozu ich mir die Erlaubnis großzügig selbst erteilt

hatte, gehörte bei mir nicht zu den alltäglichen Vorkomm-
nissen. Getoppt wurde mein Erklärungsnotstand durch ein
Objekt zu meinen Füßen, die für Paul aufgrund der uns trennenden Couchrückwand glücklicherweise nicht sichtbar waren. Es musste sich, so viel war erkennbar, um das von seinem
angestammten Platz weggerissene Foto handeln. Um es in
meinen Besitz zu bringen, benötigte ich Einfallsreichtum und
eine zusätzliche Minute Zeit. Mich auf der Stelle hinauskom-
plimentieren zu lassen, kam nicht in Frage.

»Ältere Fotos faszinieren mich«, sagte ich. Als Entschuldigung für meinen Übergriff konnte das nur als Gipfel der
Einfallslosigkeit bezeichnet werden. Eine Schande für mich,
die ich mir gelegentlich als Lyrikerin gefiel. »Und da uns doch
einiges verbindet, nahm ich an, dass du nichts gegen mein
Stöbern einzuwenden hast.« Zur Einfallslosigkeit hatte sich
Dreistigkeit gesellt. Flucht nach vorn war die Devise des Augenblicks.

»Ich habe aber etwas dagegen einzuwenden.« Paul tat mir
nicht den Gefallen, mein Gerede abzusegnen.

Für seinen Einwand hätte ich unter anderen Umständen
durchaus Verständnis gehabt. Aber die Umstände waren nun
mal die, die sie waren.

Unverhofft zu Hilfe kam mir ein zunehmendes Augen-
brennen mit Tränenfluss, das mich bei klimatisierten Räumen
gelegentlich befiel.

»Hättest du bitte mal ein Papiertaschentuch für mich?« Für
mein heulendes Leiden bedurfte es keiner schauspielerischen
Fähigkeit.

Pauls Mimik zu erkennen war mir allerdings verwehrt.
Vermutlich hätte er mir statt eines Taschentuchs lieber einen
Schubs in Richtung Wohnungstür verpasst. Und doch sah ich
ihn schemenhaft entschwinden. Das reichte mir, mich nie-
derzuknien und auf dem Boden nach dem zu tasten, worauf
ich es abgesehen hatte. Es gelang mir in letzter Sekunde, das
Objekt meines Begehrens in die hintere Tasche meiner Jeans
zu schieben.

»Hier, nimm!« Paul, der Tempo an den Tag gelegt hatte, hielt mir ein Taschentuch entgegen. Aus seiner Stimme war der letzte Überrest an Freundlichkeit gewichen.

»Ich gehe jetzt.« Nachdem ich mir die Augen betupft und damit Linderung verschafft hatte, bestand auch für mich kein Grund mehr zu verweilen.

»Tu das.«

Wir trennten uns mit einem »*Ciao*«. Frostklirrend bei Paul, eilig dahingeworfen von mir.

29
Tabea

Vor einer knappen halben Stunde hatte ich nicht weit von Pauls Wohnung das erstbeste Plätzchen außer Sichtweite aufgesucht und das Foto aus meiner Hosentasche gezogen, das ich kurz zuvor darin verstaut hatte. Es war zwar nicht anzunehmen, dass Paul mir folgen würde, aber ich wollte sichergehen. An einen Mauervorsprung gelehnt, im Schatten einer immergrünen Magnolie, hatte ich gebannt meine Beute in Augenschein genommen. Auch wenn ich nicht hätte sagen können, was ich mir von meinem Besuch erhofft hatte, war es mir erschienen, als hätte ich einen fetten Fisch an Land gezogen.

Ein Foto, in vier Teile zerrissen und akribisch wieder zusammengeklebt, zeigte Paul, seinen Arm um eine hübsche junge Frau gelegt. Innig, fast ein bisschen so, als hätten sie die Präsenz der Fotografin oder des Fotografen ausgeblendet, sahen sich die beiden in die Augen. Den schmückenden Hintergrund bildete ein Grüppchen Chinesischer Hanfpalmen, wie sie hier im Tessin zuhauf wuchsen. Das Bild hatte die Tönung einer Farbfotografie der späten sechziger Jahre. Die Zeit hatte für zusätzliches Verblassen gesorgt, was dem Ganzen eine weichgezeichnete Note verlieh.

Die Schänderin des Fotos – mein nicht immer verlässliches Bauchgefühl sagte mir, dass es sich um eine weibliche Akteurin handelte – war mit dem gleichen roten Stift, den sie schon für die böswillige Textkorrektur benutzt hatte, einmal grob über das Gesicht der Frau gefahren. Unkenntlich hatte sie sie damit nicht gemacht. Ich konnte mich nur an sehr wenige Fotos von Ludwigs Mutter Louise als junger Frau erinnern, war mir aber sicher, dass es sich auf diesem Bild um keine andere als sie handelte.

Angetrieben von der Dringlichkeit, meine Annahme zu bestätigen, war ich auf der mittäglich leer gefegten Via Monescie hügelabwärts auf die Strada Collinetta und von dort nach Hause geeilt. Die zehn Minuten Fußweg waren um die Hälfte zusammengeschrumpft. Bruno hatte mich schwänzelnd empfangen, musste sich aber mit einem Tätscheln seiner faltigen Stirn und einem »Nachher, Dicki!« zufriedengeben.

Im kleinen Salon – so hatten Louise und Herbert die Sesselgruppe mit Beistelltischchen, einer Bücherwand und zwei für diesen Zweck erstaunlich wenig lichtgebenden Leselampen genannt – war ich fündig geworden. Vier Fotoalben standen, nicht unähnlich dem Arrangement in Pauls Regal, ordentlich mit Jahreszahlen versehen nebeneinander.

Allerletzte Zweifel konnte ich beim fieberhaften Durchblättern des ersten Albums beseitigen. Die Frau, die irgendjemand von Wut gepeinigt als *putain* bezeichnet hatte, war meine Schwiegermutter Louise. Insbesondere eine Aufnahme – Louise und Herbert im Tennisdress, einige Jahre später, in enger Umarmung – erwies sich beinahe als Kopie des von mir unrechtmäßig eingesackten Paul-Louise-Fotos. Mit dem Unterschied, dass Herberts Augen, auf die junge Louise gerichtet, nicht die gleiche Wärme ausstrahlten, wie sie sich in Pauls Zügen zeigte. Aber dieses Detail mochte meine Interpretation sein. Ich war voreingenommen, das stand außer Frage. Niemand war da, der meinen Eindruck bestätigen oder mir widersprechen konnte.

Ich hatte mich im Salon meiner Schwiegereltern umgeschaut, das Arrangement der in akribischer Ordnung aufgereihten Bücher und in dunklen Braun- und Grüntönen gehaltenen Ölgemälde auf mich wirken lassen und ein Frösteln verspürt. Eine bemerkenswerte Leistung in Anbetracht der Temperatur des Sommertags. Wäre doch nur Ludwig in meiner Nähe gewesen, ich hätte ihm ausnahmsweise sogar von meiner Entdeckung berichtet, selbst auf die Gefahr hin, dass er meinen Alleingang kritisiert und mich auf die nützliche Arbeit der Kommissarin hingewiesen hätte. Aber Ludwig schlief noch immer tief und fest.

In Ermangelung meines mir unversehens fast schmerzhaft

fehlenden Ehemanns hatte ich mich an Mimi gewandt. Die einzige weitere Person, der ich mich in dieser Angelegenheit anvertrauen wollte. Ich hatte ihr die von mir abfotografierten Fotos über WhatsApp zugeschickt und dazu sowohl die Sache mit dem roten Filzstift wie auch die Umstände meines kleinen Diebstahls geschildert. In groben Zügen, versteht sich.

Kaum hatten sich die zwei Häkchen unter Text und Bildern blau gefärbt, war auch schon Mimis Konterfei auf dem Bildschirm erschienen. Wie ich ließ sie sich so schnell keine spannende Geschichte entgehen.

»*Putain?* Wieso auf Französisch?« Ihre Frage war berechtigt.

Putain war das französische Wort für »Hure« und dem italienischen *puttana* nicht unähnlich.

»Kommt drauf an, wer's geschrieben hat. Jemand mit Französisch als Muttersprache wird sich in einem emotionalen Moment der Lexik bedienen, die unkontrolliert nach oben sprudelt.«

»Hm.« Mimi hatte offenbar nichts Substanzielles gegen meine Argumentation hervorzubringen.

Es tat mir gut, meiner Freundin im Videochat gegenübersitzen und mich mit ihr austauschen zu können. Ich noch immer auf einem der plüschigen Sessel des kleinen Salons, in den ich unter normalen Umständen keinen Fuß gesetzt hätte. Mimi, ungewöhnlich freizügig bekleidet, auf ihrem Zürcher Balkon. Zu meinem Erstaunen trug sie nicht etwa eines ihrer üblichen Shirts in Zeltformat, sondern eine tief ausgeschnittene, leicht transparente Sommerbluse. Zu gern hätte ich in Erfahrung gebracht, was es mit dem frechen Kleidungsstück auf sich hatte, weshalb sie Lidschatten und Wimperntusche aufgetragen und was das zweite Weinglas im Bildausschnitt zu suchen hatte. Aber das musste warten.

»Wenn du mich fragst …«, sie drehte sinnend am Stil des ihr von den beiden Gläsern am nächsten stehenden, »… die Sache mit dem ›besten Freund‹ ist eine Farce. Es sieht doch eindeutig danach aus, als ob Herbert Paul die Herzdame weggeschnappt hat. Bezeichnet man so einen Platzhirsch dann noch als Freund?« Die Frage war rhetorischer Natur.

Natürlich entsprach das exakt meinem Gedanken, was ich befriedigt zur Kenntnis nahm. Aber ein gutes Gespräch musste Raum für mehr bieten als nur gegenseitige Bestätigung. Und so wartete ich auch gleich mit einem Gegenargument auf.

»Das Ganze liegt lange zurück. Paul könnte dem Casanova längst verziehen haben. Schließlich hat er ja nicht viel später seine Mireille gefunden und geheiratet. Die muss er sehr geliebt haben. Ihre kitschigen Glasobjekte haben in der Vitrine jedenfalls Reliquienstatus.«

Mimi nickte bedächtig. »Kann natürlich auch sein. Fakt ist: Irgendjemandem war das Foto von Louise und Paul ein Stein im Auge.«

»Ein Dorn.«

»Meinetwegen.«

Nachdem wir noch ein wenig über den rabiaten Akt des Fotozerreißens und die Rotstifttat gegrübelt hatten, warf Mimi zwei neue Gedanken in den Ring.

»Und wenn nicht Herbert, sondern Paul in fremdem Gehege geräubert hat? Vielleicht ist Herbert lediglich bei der Rückeroberung als Sieger hervorgegangen.« Mimi hob ihr Glas und leerte den darin verbliebenen Weißwein in einem Zug.

Hätte ich doch nur nach dem zweiten Glas greifen können! Den dazugehörigen Trinker hatte ich noch nicht zu Gesicht bekommen. In meiner unwirtlichen Klause – mir war, als strömte aus jedem Winkel der Kummer'sche Familiengeist in Form von abgestandener Luft – gab es nichts Belebendes. Meine ausgedörrte Kehle hinderte mich allerdings nicht daran, eine weitere Erklärungsvariante aufzutischen.

»Wäre aber auch vorstellbar, dass Louise die Spielerin war. Paul und Herbert hatten dann lediglich den Status von Schachfiguren, die sich ihren Zügen fügen mussten.« Noch während ich den Gedanken aussprach, verwarf ich ihn. Herbert und sich fügen? Eher nicht.

Auch Mimi hatte für den aus feministischer Sicht zwar wertvollen, aber sonst wenig glaubhaften Gedanken nur ein Schnauben übrig. Die ihr zugekommene Kostprobe von Herberts herrischem Verhalten war kaum verdaut.

»Die Kernfrage ist ohnehin eine andere.« Mein Rätseln und Sinnieren kannte keinen Einhalt. »Entscheidend ist doch, ob mein Fund« – Fotodiebstahl wollte ich es nicht nennen – »als Puzzleteil bei der Mordaufklärung betrachtet werden kann oder nicht.«

Mimi, die vom Licht der Nachmittagssonne geblendet wurde, kniff die Augen zusammen und legte die Stirn in Falten. Hinter ihr, im für mich nicht einsichtigen Wohnzimmer, waren Geräusche zu vernehmen. Menschlichen Ursprungs?

Nein, Mimi trank nicht aus zwei Weingläsern, um sich Gesellschaft vorzugaukeln. Sie hatte zweifellos Besuch.

»Fakt ist, wenn ich von Wut und Eifersucht geplagt wäre, würde ich mit so einem massiven Racheakt wie Mord nicht Jahrzehnte warten. So was passiert doch zeitnah. Vielleicht sogar im Affekt. Zum Beispiel mit …«, sie wies auf etwas zu ihrer Rechten, »… einer Weinflasche, die man dem Gegner über den Schädel zieht.« Das real vorhandene Objekt außerhalb meines Bildausschnitts musste sie inspiriert haben.

Mehr als ein Nicken brachte ich nicht mehr auf. Meiner anfänglichen Aufregung war die Luft entwichen. Die Entdeckung, dass Herbert und Paul in der Vergangenheit um dieselbe Frau gebuhlt und eventuell auch ein paar handfeste Revierkämpfe ausgetragen hatten, war bestenfalls verblüffend, meinetwegen auch spannend. Mehr nicht. Mimi hatte recht. Selbst ein ausgesprochener Spätzünder befriedigte seine Rachegelüste nicht erst, wenn schon ein halbes Jahrhundert verstrichen war.

»Wer ist bei dir?« Die Frage war überfällig. Ich hatte nicht mehr an mich halten können. »Die Bluse steht dir übrigens ausgezeichnet.«

»Danke«, sagte Mimi. »Vom Secondhandladen in der Seefeldstraße. Brauchte dringend was Sommerliches.«

»Wer?« Ich wies auf das zweite Glas. »Ich nehme nicht an, dass Simon und Garfunkel ein Gläschen mit dir bechern.«

»Alfonso Holbein ist hier.« Das klang, als handelte es sich bei Alfonso um einen täglich ein und aus gehenden Mitbewohner. An Gewöhnlichkeit nicht zu überbieten.

»*Der* Alfonso Holbein?«

»Ja, so viele gibt es nicht, die so heißen.«

Alfonso war Kunstlehrer an der Kantonsschule, die für mich Vergangenheit, für Mimi hingegen noch immer Gegenwart darstellte. Aber nun waren Ferien. Und Alfonso war, auch wenn der Name anderes suggerierte, ein flotter Mittvierziger, dem wir schon so manches Mal wohlwollend hinterhergeschaut hatten. Gute sechs Jahre jünger als ich, fast zwölf Jahre jünger als Mimi. Was bist du für eine kleingeistige Person, tadelte mich meine innere Zensorin auf der Stelle.

»Du siehst aus, als wenn du nachrechnest«, sagte Mimi, die Gedankenleserin. »Ja. Alfonso ist einiges jünger als ich. Aber keine Sorge. An Nachwuchs denken wir nicht.«

Ich fühlte mich ertappt und auch ein wenig beschämt. Mimis schnippische Replik war mehr als verdient.

»Seit wann?«

»Seit einer Woche, vielleicht auch zwei. Und falls du wissen möchtest, warum ich ihn bisher nicht erwähnt habe: Du hast genug um die Ohren.«

Simon – ich erkannte ihn an den scharfen Konturen seiner dunklen Gesichtsmaske – sprang auf Mimis Schoß, maunzte und warf mir einen ungnädigen Blick zu. Das konnte als Gruß durchgehen. Katzenmutter Mimi strich ihm übers fast weiße Rückenfell. Sein niederfrequentes Schnurren war trotz der zum Balkon hochdringenden Straßengeräusche zu hören.

Wir schwiegen ein wenig, was uns auch am Bildschirm gut gelang. Fürs gemeinsame Schweigen kannten wir uns lange genug. Mimis letzte Bemerkung hatte mich in die Gegenwart zurückkatapultiert. Und die war bedrückend.

Ja, ich hatte so einiges um die Ohren. Daran änderten die Entdeckungen zur amourösen Vergangenheit meiner Schwiegereltern genauso wenig wie das für mich so unerwartet aus dem Off gesprungene Liebesleben meiner Freundin. Das waren Unterbrechungen, mehr nicht.

»Ich werde nun zu Ludwig fahren«, sagte ich und fühlte mich unvermittelt müde und schwer. Ein Felsbrocken auf einem Plüschsessel.

»Berichte mir, falls es Neues gibt. Und wenn du magst.« Mimis Stimme war sanft.

»Morgen früh wecken sie dich auf.«

Ludwig ließ sich in seinem Tiefschlaf nicht stören. Rhythmisch hob und senkte sich sein Brustkorb. Ich hatte mir angewöhnt, mich auf dieses gleichmäßige Auf und Ab zu konzentrieren und mir den in die Nase eingeführten Beatmungsschlauch einfach wegzudenken.

»Das wird schon«, versicherte ich ihm noch. Ich, die ich mehr als Ludwig dieser Beteuerung bedurfte.

Die Mitteilung von Dr. Maggetti hatte das Gewicht des Felsbrockens auf meiner Brust halbiert. Eigentlich war es nicht mal mehr ein Brocken, der da deponiert war. Eher so ein Teil aus einem Hantel-Set. Von einem bis fünf Kilos. Gerade eben war es die Ein-Kilo-Version. Locker zu stemmen.

Die bildgebenden Untersuchungen – Dr. Maggettis Vokabular – wiesen darauf hin, dass bei Ludwig kein schweres Schädel-Hirn-Trauma vorlag. Am kommenden Vormittag, nach Einleitung der Aufwachphase, würden seine Reaktionen auf Außenreize und generelle Funktionen überprüft. Fielen die Vitalwerte positiv aus, würde man Ludwig vollständig aufwachen lassen. Mehr hatte ich Dr. Maggetti nicht entlocken können, auch wenn mein Fragenkatalog noch nicht erschöpft war. »*Si vedrà*«, hatte er gesagt und mir freundlich auf die Schulter geklopft. »*Non si preoccupi!*«

Seinem Rat wollte ich folgen: abwarten, sehen, was passiert, und mir möglichst wenig Sorgen machen.

Ich erzählte Ludwig, dass Mimi, Single aus Überzeugung, ein Techtelmechtel mit Alfonso Holbein hatte. »Techtelmechtel« ersetzte ich sofort durch »Liaison«. Das klang seriöser, auch wenn sich Ludwig an der etwas lächerlich anmutenden Formulierung nicht zu stoßen schien. Gleich im Anschluss beklagte ich mich über die Wachstumsfreude der Zucchini im

Garten. Das Gemüse hatte das Format von Baseballschlägern erreicht. Ich wurde des ungebremst wachsenden Zeugs nicht mehr Herr. Sollten wir den kommenden Winter damit verbringen, uns von früh bis spät in Olivenöl eingelegte Zucchini einzuverleiben? »Nicht mehr Herr werden« strich ich auch gleich wieder. Selbst wenn mir niemand zuhörte, wollte ich mich doch einer zeitgemäßen Sprache bedienen. Das war ich meinem Beruf schuldig. Und nicht nur dem.

»Ich werde der Zucchini nicht mehr Frau«, sagte ich. Eine nicht wirklich befriedigende Anpassung, aber ich beließ es dabei.

Es war eigenartig, was so ein leiser Monolog mit mir machte. Die fehlende Resonanz ersetzte ich durch Sprachexperimente. Das hing vielleicht auch damit zusammen, dass ich die wichtigen Dinge oder was ich dafür hielt, nicht erwähnen wollte. Keine Aufregung für Ludwig, auch nicht im Tiefschlaf. Schließlich wusste ich nicht, was tatsächlich bis zu ihm vordrang. Gar nichts, ein kleines bisschen, ein bisschen mehr?

»*Andrà tutto bene*«, versprach ich ihm zum Abschied. Alles wird gut.

✳✳✳

Ich hatte mir ein Bad im See verdient. Der Besuch bei Paul mit dem nervenaufreibenden Beutezug, die Perspektive auf Ludwigs bevorstehende Rückkehr ins Reich der Wachen, all das hatte seinen Tribut gefordert. Eine spätnachmittägliche Erfrischung war da das Mindeste, was mir zustand, auch wenn ich Bruno mein baldiges Heimkommen versprochen hatte. Zur Wiedergutmachung durfte er sich auf einen umfangreichen Abendspaziergang gefasst machen, wie er ihm nicht mal von Kassandra Zweiglein-Bordoli in dem auf ihn zugeschnittenen Fitnessprogramm geboten worden war.

Dass sich Kassandra beim bloßen Gedanken an sie gleich in meiner Nähe materialisierte, deutete ich als Anzeichen, über so was wie magische Kräfte zu verfügen. Zwar entsprach eine

Begegnung mit ihr nicht meinem Herzenswunsch, und über Zauberkräfte hatte ich mir bisher nie ernsthaft Gedanken gemacht, aber verwunderlich war es doch. Das Ganze entsprang einer irrtümlichen Straßenwahl. Anstatt nach rechts zum Lido abzubiegen, war ich geradeaus weitergefahren und auf dem Parkplatz des Golfplatzes gelandet.

Kassandra Zweiglein-Bordoli war aus einem zitrusgelben Mini Cooper mit herabgelassenem Verdeck gestiegen und hielt Ausschau. Die rechte Hand als Blendschutz über die Augen haltend, spähte sie um sich wie ein Kapitän vergangener Zeiten auf hoher See. Mich, die ich in Herberts in die Jahre gekommenem Benz saß, den zu fahren ich mir seit dem Unfall gestattete, schien sie nicht zu sehen.

Ich hätte umkehren und die fünfzig Meter zurückfahren können, die mich von meiner Route weggeführt hatten. Dass ich es nicht tat, lag an dem metallicgrünen Mercedes-Coupé mit getönten Scheiben, das an mir vorbeirauschte und neben Kassandra bei laufendem Motor, keine zehn Meter von mir entfernt, zum Stillstand kam. Kassandra trat ans Fenster und sprach mit dem Fahrer oder der Fahrerin. Dabei wies sie auf ihren Cooper, nickte mehrmals, umrundete dann den Mercedes und bestieg ihn auf der Fahrerseite. Das ergab für einen bevorstehenden Parkvorgang keinen Sinn.

Tatsächlich wendete der Mercedes und setzte zur Wegfahrt an. Wenn ich nicht gesehen werden wollte, blieb mir nicht viel Zeit. Ich musste mich ducken. Was dagegensprach, war die Unmöglichkeit, auf Tauchstation den Chauffeur oder die Chauffeuse des Coupés ins Visier zu nehmen.

Ich entschied mich für eine Zwischenlösung und rutschte auf dem Autositz exakt so weit nach unten, dass nur noch Haarschopf und Augen über die Türkante lugten. Das war unbefriedigend. Ich war weder eine Kontorsionskünstlerin, noch hatte ich die Fähigkeit, meine Augen periskopisch auszufahren. Trotzdem konnte ich am Lenkrad des vorbeifahrenden Mercedes einen Mann mit verspiegelter Sonnenbrille ausmachen. Ein Kunde von Kassandra? Einer ihrer Fitnessjünger?

Und warum stellte sie ihre Zitrone auf dem Parkplatz des Golfclubs Patriziale ab, wenn sie dort gar nichts zu erledigen hatte? Ob sie mich beim Wegfahren wahrgenommen hatte? Der schlammbraune Oldie ihres Ehemanns in spe musste ihr doch vertraut sein.

Ich gab mich noch einige Minuten meinen Grübeleien hin. Den auffälligen Mini hatte ich auf dem Parkareal der Villa Felicità nie gesehen. Die wenigen Male, bei denen ich Zeugin von Kassandras Ankunft geworden war, hatte sie den Hügel mit einem Rennrad erklommen, das sie mit nichts als ihrer Muskelkraft antrieb.

Olivia Herzigs vernichtendes Urteil kam mir in den Sinn. War etwas Wahres an ihrem Verdacht, Kassandra habe ihre Finger beim Mord an Herbert im Spiel? Oder handelte es sich lediglich um die Phantasien eines Paradiesvogels mit zu viel Zeit für Observationen hinter zugezogenen Gardinen?

Und was war mit dem Vorkaufsrecht, das Herbert seiner Fitnesstrainerin zugestanden hatte, was mit dem geliehenen Geld? Ludwig war nicht mehr dazu gekommen, bei der Bank vorzusprechen und Aufschluss über Herberts Vermögen zu gewinnen. Das musste nun warten.

Ein massiger SUV, mit dem man die Wüste Gobi hätte durchqueren können, platzierte sich auf dem freien Parkplatz vor dem Cooper und nahm mir die Sicht. Das war nicht weiter schlimm. Ich musste Kassandras Gefährt nicht im Auge behalten, das lediglich der Gegenstand war, um den sich meine Gedanken wie Kletterpflanzen rankten.

Dem Geländewagen entstiegen ein Mann und eine Frau mittleren Alters. Beide im Golfer-Look mit knielangen Hosen, Poloshirts und Caps. Sie lupften zwei Golftaschen aus dem Fond des Wagens, in dem noch zweihundert weitere dieser Art Platz gefunden hätten, schwangen sich die Taschen über die Schulter und marschierten in Richtung Portal davon.

Zeit für mich, endlich umzukehren. Doch zuvor wollte ich mir noch einen Blick in Kassandras Wagen genehmigen und stieg aus.

Zielstrebig, als sei es meiner, marschierte ich auf den Cooper zu. Die Show war für den gemütlich an einer Blumenrabatte schnippelnden Gärtner bestimmt. Auch wenn nicht anzunehmen war, von ihm für eine Autoknackerin gehalten zu werden, wollte ich nicht durch Herumschleichen auffallen.

Leider gab es im Inneren des Autos nichts zu sehen. Ein weißes Jäckchen mit Goldknöpfen lag achtlos hingeworfen auf der Rückbank. Ich hätte problemlos danach greifen können. Nicht nur meine Abneigung gegen weiße Jacken mit Goldknöpfen hielt mich davon ab. Auf dem Beifahrersitz lag eine aufgerissene Tüte mit Kartoffelchips. Aß man so was als Fitnesstrainerin?

Enttäuscht, nicht mehr entdeckt zu haben, ging ich zum Benz zurück, stieg ein und fuhr die kurze Strecke zum Strandbad.

Es tat gut, mich etwas abseits vom Getümmel auf meiner Decke niederzulassen und endlich, endlich abzuschalten. Ein Enterich, ganz ohne Gesellschaft, watschelte an mir vorbei und ließ sich ins Seewasser gleiten. Nach mehrmaligem Ab- und Auftauchen verschwand er zwischen Schilf und Binsen. Ich wollte es ihm gleichtun, ohne den Akt des Verschwindens.

Ein paar Minuten später war auch ich vom weichen, wohltemperierten Seewasser umhüllt. Balsam für alles, was mich in Unruhe versetzte.

***

Undici giorni – elf Tage. So lange ist der Kerl schon tot. Mausetot. Tot wie die Maus auf dem Frühstücksteller. Aber daran kann er sich jetzt auch nicht mehr erinnern. Ein Haufen Asche hat keine Erinnerung. Ha!

Und die Polizei? Eine Bande von Idioten. Besser so.

E la polizia? Una banda di idioti. Meglio così.

Sogar Bruno war kribbelig. Seine viel zu langen Krallen, die unbedingt einer Pediküre bedurften, klickklackten auf den Platten im Flur, während ich in der Küche mit der Feinmotorik eines Holzfällers Zucchini in Würfel hackte. Das Ganze würde zu Püree verarbeitet. Alsdann: ab in die Tiefkühltruhe.

Für mehr fehlte mir die Ruhe.

Der heutige Vormittag war Ludwigs Aufwachen und den damit verbundenen Untersuchungen gewidmet. Ich würde telefonisch informiert, sobald er wach und bereit für mein Kommen war.

Mitten hinein in meine zucchinihackende Unrast platzte ein Anruf meiner Mutter. Sie und Siglinde seien am Flughafen von Mailand-Malpensa, von wo aus sie den Inlandsflug nach Olbia anzutreten beabsichtigten. Wegen der Schafe.

Das war nicht erhellend. Von Schafen wusste ich so wenig wie von der Absicht meiner Mutter und ihrer Freundin Sigi, nach Sardinien zu fliegen. Unklar war vor allem, was das mit mir zu tun hatte.

»Ja und?«, fragte ich, meine Ungeduld nur mäßig kaschierend.

»Wir kommen. Den Anschlussflug haben wir erst für morgen vorgesehen.« Mutter Gisela hielt das offenbar für eine ausreichende Erklärung.

»Ludwig wird heute aus der Langzeitnarkose geholt. Mir ist nicht nach Besuch zumute.«

Schweigen am anderen Ende.

Zu diesem Dialog musste gesagt werden, dass mein Verhältnis zu meiner Mutter weder gut noch schlecht war. Es lag irgendwo dazwischen. Undefinierbar, was man natürlich auch als schlecht bezeichnen konnte, was ich jedoch nicht so erlebte. Wir führten unsere Leben nun mal ohne größere emotionale Verknüpfungen. Ein freundlicher Austausch hin und wieder. Zwischen dem Hin und dem Wieder konnten mehrere Monate vergehen. Der lange Schrieb, den ich Mutter Gisela nach Herberts Tod hatte zukommen lassen, war dem Schock geschuldet gewesen.

Sie hatte mich, neunzehnjährig, nach eiliger Eheschließung mit einem jungen Mann namens Felix Geiser auf die Welt gebracht. Man konnte auch sagen: geschleudert. Die Geburt soll rasant verlaufen sein. In dem kleinen Dorf auf der deutschen Seite des Rheins hielt man es in jener Zeit noch für angebracht, in dringlichen Fällen mit einer Eheschließung aufzuwarten. Ich war so ein dringlicher Fall. Klein Tabea sei ein schwieriger Säugling gewesen, hatte Mutter oft betont. Das habe auch Felix so gesehen, denn nach vier Tabea-Monaten (mein damals eher ausgefallener Name ging auf sein Konto) hatte er sich aus dem Staub gemacht. Ob diese Auf-und-davon-Interpretation vom schwierigen Kind auch Vater Felix' Sichtweise entsprach, blieb dahingestellt. Jedenfalls war ich ein Einzelkind geblieben. Von den Männern hatte Gisela nämlich nach Felix' Verschwinden genug. Vielleicht schon vorher. So genau haben wir das, wie vieles, nie besprochen.

»Warum hast du nicht vorher Bescheid gegeben?«, fragte ich.

»Wir stören schon nicht«, sagte Gisela. Das war keine Antwort. Ein bisschen verunsichert klang sie doch.

»Na gut«, räumte die nachgiebige Tochter in mir ein. Für mein Zähneknirschen war wohl nur Brunos hündische Antenne empfänglich, denn er kam zu mir in die Küche getrappelt und schenkte mir sein triefäugiges Mitgefühl.

»Ihr müsst euch aber schon selbst behelfen. Taxidienste kann ich heute nicht anbieten.«

»Schon gut«, sagte Mutter Gisela, was nicht danach klang, als wenn sie das wirklich gut fände. »Gegen Mittag sind wir bei dir.«

Einen Moment lang bescherte mir meine Hartherzigkeit einen steifen Nacken. Dann aber dachte ich daran, in die Planung dieses Besuchs nicht einbezogen worden zu sein, und knetete mir die Verspannung mit beiden Händen weg.

Anschließend rührte ich noch ein wenig im Kochtopf, was schon fast als eine Form von Meditation durchgehen konnte. Vielleicht sollte ich das als Kursangebot für den nächsten Sommer erwägen: »Vegane Tiefenentspannung – verbringen Sie drei suppenrührende Tage in einer Villa mit Park und Seesicht und finden Sie zu sich selbst.«

Tatsächlich gelöster, schob ich den Topf vom Kochfeld. Mein Besuch würde sich mit Zucchinicremesuppe zufriedengeben müssen. Davon gab es reichlich.

✳✳✳

Er hatte die Augen geschlossen. Den Beatmungsschlauch musste ich mir nicht mehr wegdenken. Ludwig brauchte ihn nicht mehr.

Dr. Maggetti hatte mir *buone notizie* geben können. Es sei nicht von bleibenden Schäden der Hirnfunktion auszugehen. Die Vitalfunktionen – Herz, Kreislauf, Atmung – waren gut. Was seine Erinnerung anging, müsse ich davon ausgehen, ihm einiges wiederholt erzählen und erklären zu müssen. Selbstverständlich müsse sein Zustand unter intensiver Beobachtung bleiben.

»Ludwig«, sagte ich leise, zog mir einen Stuhl heran und setzte mich nahe zu ihm.

Meine Kenntnisse über Menschen, die aus dem Koma erwachten oder unlängst erwacht waren, entsprangen allesamt einem hollywoodianischen Fundus. Das war, so befürchtete ich, eine zweifelhafte Quelle. Jedenfalls hauchte mir Ludwig kein »Tabea, meine Liebste« entgegen. Er begnügte sich damit, die Augen zu öffnen, mich kurz anzusehen und die Lider gleich wieder zuzuklappen. Wie es schien, war das Antlitz seiner Frau kein belebendes Elixier. Das hätte mich an einem gewöhnlichen Tag gekränkt, aber solche gab es bei den Kummers schon seit einer Weile nicht mehr. Hier und jetzt war ich froh und dankbar. Ein Blick zum seit heute belegten Nachbarbett mit dem intubierten Patienten reichte aus, mich glücklich zu schätzen für das Geschenk meines wohlbehalten aus dem Hades aufgestiegenen Mannes.

Sollte meinen Schwiegervater doch um die Ecke gebracht haben, wer wollte.

In meine so kruden wie flüchtigen Gedanken platzten zwei Ereignisse. Zum einen legte mir Jasper, dessen Eintreten ich nicht bemerkt hatte, seine nie ganz saubere Mechanikerhand auf die Schulter, zum anderen fragte der eben noch duselige Ludwig mit erstaunlicher Klarheit, warum er denn hier liege.

»Du hattest einen heftigen Unfall«, erklärte ich.

»Auf der Uferstraße von Brissago nach Ascona«, ergänzte Jasper, der sich ebenfalls einen Stuhl herangezogen und neben mich gesetzt hatte. Wir sprachen beide leise. Das war das Gebot des Ortes. Es war Ludwig, der das anders zu sehen schien.

»Ja, ja. Das hat mir die Brünette schon gesagt.« Lautstärke und Ungeduld standen im Gegensatz zur Benommenheit, die er kurz zuvor an den Tag gelegt hatte.

Meine noch vor wenigen Sekunden verspürte zärtliche Milde wurde bereits auf die Probe gestellt. Brünette? Und bei mir hatte er die Augen nicht offen halten können?

»Du hast gefragt, warum du hier liegst«, sagte ich leicht düpiert. »Aber wie es scheint, hat dir die Assistenzärztin das schon mitgeteilt.« Genau die musste er meinen.

Jasper drückte sein linkes Bein gegen mein rechtes. Nonverbale Mitteilung, seines Vaters Äußerungen nicht zu viel Bedeutung beizumessen.

Tatsächlich driftete Ludwig schon wieder ab. Seine Augenlider erfreuten sich eines Eigenlebens. Klappten zu, wann sie es wollten.

»Ich habe gelesen, dass sich alle möglichen Regungen nach dem Aufwachen einstellen können. Verwirrung, Gereiztheit … sogar Aggression«, flüsterte mir Jasper zu.

»Was hast du gesagt, Jasper?« Ludwigs Gehör war zweifelsohne nicht beeinträchtigt.

Die Intervention stimmte mich seltsam vergnügt. Ich griff nach seiner Hand und drückte sie sanft. Gut möglich, dass ich mir sein Zurückdrücken nicht einbildete.

∗∗

Und wieder schien es mir, als seien die Vorhänge im oberen Stock kaum merklich beiseitegeschoben worden. Hatte Olivia Herzig so wenig anderes zu tun?

Auf dem Steinbänkchen unter der Weide, Rückzugsort aller mehr oder weniger verwirrten, manchmal auch einfach schattensuchenden Seelen, warteten Gisela und Siglinde. Mutter trug ein Kleid aus selbst gewebtem Stoff, das in seiner Beschaffenheit Ähnlichkeit mit einem Kelimteppich hatte. Rätselhaft, wie sie es darin bei der Hitze aushielt. Sigi war wie immer in sportlichem Tenue: Jeans, T-Shirt und Sandalen, die sie wahrscheinlich noch in ihrer letzten Stunde am Leibe haben würde.

»Da seid ihr ja«, sagte Mutter und sprang auf, um Jasper zu umarmen. Der wohl einzige Mann, den sie wirklich mochte.

»Ludwig ist aufgewacht. Es geht ihm den Umständen entsprechend gut«, verkündete ich laut und deutlich. Hatten sie vergessen, was im Hause Kummer vorgefallen war?

»Wie schön!«, sagte Sigi und zog mich in kraftvoller Umarmung an sich. Sie, die um einiges kantiger und grober wirkte als meine zierliche Mutter, erwies sich nicht selten als die Sensiblere. »Das ist eine ausgezeichnete Nachricht.«

»Sehr.« Mutter hatte nun endlich Jaspers Arm losgelassen und drückte mir eilig einen Kuss auf die Wange, der an einen hämmernden Specht erinnerte.

Wir stapften treppab zu unserer Wohnung. Mit dem Besuch der beiden Frauen hatte ich mich abgefunden. Ludwig würde noch einige Tage im Krankenhaus bleiben. Da konnte ich sogar die irischen Weberinnen bei mir bewirten.

»Warum wollt ihr nach Sardinien?«, fragte ich, während ich die Tür aufschloss, um unserer kleinen Prozession Einlass zu gewähren.

»Wegen der Schafe.« Das war das Letzte, was ich hörte, bevor Gisela und Sigi sich auf den an der Tür bereitstehenden Bruno stürzten.

»Was für ein Süßer!« Sigi schnappte sich den erschrockenen Dreißig-Kilo-Brocken, den – soweit ich mich erinnern konnte – noch niemand einen »Süßen« genannt und noch viel weniger für Liebkosungen in die Höhe gelupft hatte.

Such a cute puppy«, jubilierte auch Gisela und verpasste Bruno, der schon eine gute Weile kein niedlicher Welpe mehr war, einen Kuss auf die Nase, der den mir zuvor zugedachten Spechthieb weit in den Schatten stellte.

»Es gibt kalte Zucchinisuppe.« Ich schob mich an dem Trio vorbei.

»Und ich mache mich wohl besser auf den Weg zurück nach Zürich.« Jasper untermalte seine Ankündigung mit einem entschuldigenden Schulterzucken. »Wir können die Arbeit kaum bewältigen. Wollte eigentlich nur bei Papas Rückkehr zu den Wachen anwesend sein und euch beiden Hallo sagen.«

Er machte, ganz der Charmeur, mit ein paar in die Luft geworfenen Handküssen kehrt und stieg, zwei Stufen auf einmal nehmend, wieder nach oben. Sein Bedauern, uns nicht weiter Gesellschaft leisten zu können, schien so groß nicht zu sein.

»Was für eine köstliche Suppe! Und alles bio.«

Sigi war ganz aus dem Häuschen. Bruno, die Villa, der Garten. Dazu die famose Sicht auf den Lago und die umliegenden Berge. Es gab nichts, was sie nicht unbeschreiblich schön fand.

Sogar meine in vielem so widersprüchliche Mutter, die es schaffte, bestes selbst gebackenes Brot mit billigem Supermarktkäse und Rotwein aus dem Tetra Pak zu kredenzen, erfreute sich an meinen mit liebevoller Pflege herangezogenen Gartenprodukten und dem aus Herberts Weinkeller herbeigeschafften Weißwein erster Güte.

»So ein Segen, hier leben zu können.« Sigi schaute um sich. »Und bald gehört das alles euch.«

Dazu schwieg ich. Auch zum Segen, hier zu leben und sich an der subtropisch anmutenden Lieblichkeit des Tessins erfreuen zu können, insbesondere wenn man an der eher regnerischen irischen Westküste lebte, äußerte ich mich nicht. Mein einziger und wahrscheinlich auch letzter Besuch in ihrem spartanisch ausgestatteten Cottage hatte mir in Sachen Feuchtigkeit und Kühle nachhaltig in den Knochen gesessen.

»Sigi«, sagte Mutter mit vorwurfsvollem Ton. »Wir haben es doch so schön.«

»Ja, klar doch.« Der Entgegnung fehlte das Feuer.

Endlich erfuhr ich, was die beiden nach Sardinien trieb. Irische Freunde, die seit einigen Jahren das mediterrane Klima dem spröden Charme ihrer Heimat vorzogen, hatten sich der Schafzucht zugewandt. Mit einer Herde von fünfzig sardischen Schafen versorgten sie sich mit Schafmilch, stellten Käse her und spannen Wolle. Ähnliches schwebte den suppelöffelnden und in Vorfreude schwärmenden Frauen neben mir am Terrassentisch vor.

Ich warf ein, dass ich dies für ein mutiges Unterfangen hielt.

Mit siebzig war man kein Tausendsassa mehr. Weder Gisela noch Sigi wollten das hören.

»Stell dir vor, mindestens fünf Kilo Wolle gibt so ein Schaf pro Jahr her. Wir hätten dann sogar unser eigenes Rohprodukt.« Mutter wurde nicht müde, die Pluspunkte ihres Projekts anzupreisen. »Müssten dann einfach noch das Garn spinnen und färben.«

Einfach. Was war an diesem Plan einfach? Und doch faszinierte mich ihr Enthusiasmus für etwas, das so viel Einsatz erfordern würde. Ich dachte an meine eigenen bescheidenen Vorhaben, von denen die meisten ohnehin brachlagen.

Während ich ihnen empfahl, bezüglich Schafzucht doch mal mit Ludwigs Schwester Corinna in Neuseeland Kontakt aufzunehmen (von den zwei überzeugten Vegetarierinnen empört verworfen), bemerkte ich ein Rascheln hinter der Kirschlorbeerhecke. Schon wieder Olivia? Diese Schnüffelei ging langsam zu weit.

Mir war, als hörte ich leise Stimmen.

Von Gisela und Sigi unbeachtet – sie erhitzten sich an der Frage, ob sich das Sarda-Schaf auch in Irland eines gesunden Lebens erfreuen könnte – stand ich auf und schlich so geräuschlos wie möglich zur Hecke. Hinter einer dichten Stelle, die mir Deckung verschaffte, aber auch ein klein wenig Sicht gewährte, brachte ich mich in Stellung.

Ja, war denn das die Möglichkeit? Olivia Herzig und Mario Gallino saßen nebeneinander auf einer mit Farn überwucherten Trockensteinmauer. Den Rücken mir zur Hälfte zugewandt, hatten sie sich auf deren Kante zurechtgerückt, ließen die Beine baumeln und steckten die Köpfe zusammen.

Was zum Teufel hatten die zwei zu besprechen?

***

Mein schlechtes Gewissen darüber, dem Besuch der Frauen zu Beginn mit kaum verhohlener Ablehnung begegnet zu sein, beruhigte ich mit spendierten Riesenportionen bei der »Gelateria

Pippo« nahe der Seepromenade. Vorsichtig balancierten wir die gut gefüllten Becher zu einer der roten Bänke im Schatten einer Platane und löffelten um die Wette Mango-Eis, Stracciatella und Fior di Latte.

»Was für ein Glitzern und Gleißen. Wenn ich so einen See vor der Haustür hätte, ich wäre nicht von ihm wegzukriegen.« Sigi freute sich wie ein Kind.

»Wir haben das Meer.« Gisela, der ein Klacks Mango-Eis am Kinn klebte, schien diese mahnende Erinnerung am Herzen zu liegen. Und doch kam sie nicht umhin, in Siglindes Begeisterung einzustimmen, wenn auch nur verhalten.

Mich beschlich die Befürchtung, die zwei könnten sich doch noch einfallen lassen, ein wenig hierzubleiben und erst am nächsten Morgen den Zug zum Flughafen Malpensa zu besteigen.

»Ich denke, ich fahre euch jetzt mal zum Bahnhof. Sonst wird es zu knapp.«

***

Was für ein eigenartiger Besuch, dachte ich auf der Heimfahrt, während ich den Benz durch Locarnos dichten Feierabendverkehr manövrierte. Unangekündigt, unbegründet, kurz (okay, dagegen war nichts einzuwenden) und in Anbetracht unserer Situation auch entrückt. So entrückt, wie Gisela und Siglinde eben waren.

In der Villa Felicità war unlängst ein Mord geschehen, der noch nicht aufgeklärt war. Ludwig lag nach einem schweren Unfall im Krankenhaus. Und über was hatten wir gesprochen? Über Schafe, zu verspinnende Wolle, die Schönheit von Landschaft und Natur und Biogemüse. Auch wenn dieses vorübergehende Abschweifen von der ungemütlichen Realität etwas Erfrischendes gehabt hatte, war es doch auch Ausdruck davon, wie ich meine Mutter und damit auch die Beziehung zu ihr erlebte: nicht recht präsent, losgelöst. Hatte sie mich ein einziges Mal gefragt, wie es mir ging?

Und wie ließ sich die Sache mit Olivia und Mario einordnen? Klar, warum sollten sich die beiden nicht kennen? Aber was gab es Seite an Seite mit baumelnden Beinen zu bereden? Und war nicht Mario am Tag des Mordes auf der Suche nach Estragon – ha! – durch ebenjene Kirschlorbeerhecke gestiegen, hinter der er heute mit Olivia getuschelt hatte?

Während ich rechter Hand von der Schnellstraße nach Ascona abbog, wandte ich mich gedanklich meiner Liste der noch zu erledigenden Besuche zu. Solange Ludwig noch im *ospedale* war, musste ich Kassandra meine Aufwartung machen. Auch Giuseppe und Matilda im nahen Italien sollten nicht leer ausgehen. Und Mario würde ich, ob es ihm gefiel oder nicht, ein zweites Mal auf die Pelle rücken. Vielleicht am Yachthafen, zufällig an seinem Boot vorbeischlendernd?

Lediglich Paul wollte ich eine Verschnaufpause gewähren.

Ludwig hatte geschlafen, und ich wollte ihn nicht wecken. Friedlich und gleichmäßig atmend hatte er in seinem Bett gelegen. Ob er wohl träumte?

Es ginge ihm erstaunlich gut, hatte mir Dr. Maggetti versichert. Mosaiksteine der Erinnerung an den Tag des Unfalls hätten sich eingestellt, aber noch nicht zu einem Bild gefügt. Die Verlegung auf die Überwachungsstation war für den kommenden Tag geplant. Eine Nachricht, die mich voller Zuversicht hatte einschlafen lassen.

»Tabi«, sagte Ludwig lächelnd, als ich am späten Vormittag zu ihm ans Bett trat.

Ich mochte diese etwas albern klingende Abkürzung meines Namens eigentlich nicht. Ludwig tat mir schon seit vielen Jahren den Gefallen, sie nicht mehr zu benutzen. Dass er mich heute so nannte, schrieb ich den Bocksprüngen seiner mentalen Gesundung zu. Was wusste ich schon, was in seinem Kopf ablief? Schon Aufräumarbeit oder immer noch Durcheinander?

Sollte ich ihn mit dem Kosenamen der frühen Jahre unserer Beziehung begrüßen? Vielleicht war so eine Rückblende ein hilfreicher Impuls für seine allgemeine Gedächtnisleistung.

»Vico«, sagte ich und gab ihm einen Kuss auf den Mund. »Du siehst prima aus.« Die kleine Unwahrheit war moralisch vertretbar. Die Kopfwunde hatte sich nicht in Wohlgefallen aufgelöst, aber das Gesamtpaket war schon um einiges präsentabler als vor fünf Tagen.

»Vico.« Ludwig ließ den Namen wie ein Schokobonbon auf der Zunge zergehen. Allerdings schien der Kosename keine romantischen Gefühle in ihm geweckt zu haben. »Erzähl mir, was passiert ist«, forderte er mich auf, was ich, mit einer Pobacke auf der Bettkante sitzend, brav befolgte. Schließlich hatte mich Dr. Maggetti darauf hingewiesen, dass mit solchen Wiederholungen zu rechnen war.

»In der Zeitung war auch ein Artikel.«

Ludwig sah mich staunend an. »Ein Artikel in der Zeitung, wegen eines Unfalls? Hast du den ausgeschnitten?«

Ich nickte, was sich nur auf den Artikel bezog. Wir lasen die Tageszeitung in elektronischer Form. Ausschneiden war keine Option. Im Übrigen berichtete das Lokalblatt über solche Dinge besonders in den ereignisarmen Sommermonaten mit viel Detailfreude. Es war also nicht so, als hätte sich die »Neue Zürcher Zeitung« des Ereignisses angenommen.

Ludwig wollte noch wissen, ob er auch wirklich keine Schuld am Unfall trug. Das konnte ich ihm – Hand aufs Herz – versichern. Der Fahrer des Wagens auf der Gegenfahrbahn war auf Ludwigs Seite gedriftet. Dafür gab es Zeugen.

»Ich muss zur Bank«, sagte Ludwig unvermittelt.

Einen direkten Zusammenhang zum zuvor Besprochenen gab es nicht. Trotzdem war klar, was er meinte. Sein Gehirn schien alles Nötige auf Lager zu haben. Ein bisschen wie bei einem kleinteiligen Puzzle, bei dem so einiges schon zusammengefügt war, aber viele Stücke noch herumlagen. Gerade hatte er sich ein Puzzleteil gegriffen, von dem er wusste, dass es passte. Nun musste er es nur noch an der richtigen Stelle anfügen.

»Das hat Zeit, mein Lieber.« Ich sprach, seine Hand tätschelnd, mit der Langmut einer geschulten Krankenpflegerin, deren Aufgabe es war, beruhigend auf den ihr Anvertrauten einzuwirken. Was Ludwig jetzt nicht brauchte, war Aufregung. Wörter wie Erbschaft, Notar, Vorkaufsrecht, Herbert, Bank – schlimmer noch: Mord – waren tabu. Vorläufig. Dafür würde ich sorgen.

»Mach du das!«

»Was, mein Lieber?«

»Zur Bank gehen.« Er war im Begriff, sich im Bett aufzurichten. Ich drückte sanft, aber bestimmt mit der Handfläche gegen seine Brust.

»Das geht nicht«, sagte ich mit der eben schon erprobten, aber nicht besonders effizienten Pflegerinnenstimme. Ludwig schien mir trotz seiner teilweise punktgenauen Erinnerungen etwas unberechenbar. Da kam mir sogar die brünette Assistenzärztin gelegen, die in den Raum getreten war und mich bat, zu einem späteren Zeitpunkt wiederzukommen, da sie ein paar neurologische Tests mit dem Patienten vornehmen musste.

Ich versprach ihm, bald wieder hier zu sein, was er mit einem freundlichen, aber etwas unverbindlichen Lächeln erwiderte. Einem Lächeln, wie es die wohlmeinende Pflegekraft Tabea durchaus verdient hatte. Aber die wollte ich jetzt, mit einem letzten Seitenblick auf die hübsche junge Ärztin, gar nicht mehr sein.

Mit meinen Gedanken bei Ludwigs noch sprunghaften Erinnerungsleistungen machte ich mich auf den Heimweg. Auf der *passerella*, der Brücke für Fußgänger und Radfahrer über die Maggia, hielt ich an, stellte mein E-Bike ab und lehnte mich an das filigrane Geländer. Unter mir hüpfte das im Sonnenlicht funkelnde Flusswasser über die sich ihm in den Weg stellenden Steine und strebte dem breiten Delta entgegen, als wäre es seiner langen Reise von den Tessiner Alpen bis hierher nun doch überdrüssig und wollte sich endlich in den Lago Maggiore ergießen.

Das konnte ich dem Flusswasser gut nachempfinden. In den See zu tauchen hätte auch mir gutgetan. Aber ich hatte ein Programm. Die Zeit meines Alleinseins musste optimal genutzt werden. Zu Hause wollte ich mich ein wenig herausputzen, um der ultrasportlichen Kassandra zumindest von der Präsentation her in nichts nachzustehen.

Sie wohnte, so viel hatte ich googelnd herausfinden können, in Locarno-Monti oberhalb von Locarno. In einem gut gelegenen, wenn auch schlichten Mehrfamilienhaus, wie mir Street View offenbart hatte. Ich tippte auf Eigentumswohnung. Ganz mittellos schien sie nicht dazustehen.

Doch es kam anders.

Ich hatte die verbliebenen Kilometer mit Elan und sogar bergauf fast ohne Batterieeinsatz zurückgelegt. Schon aus einiger Entfernung stach mir ein gelber Farbfleck ins Auge. Wenn ich mich nicht schwer irrte, hatte Kassandra Zweiglein-Bordoli meine wohldurchdachten Pläne durchkreuzt.

Tatsächlich war es ihr zitronengelber Mini, der frech neben dem Benz stand. Alles an ihm rief: Hier gehöre ich hin. Natürlich traf den kleinen Hüpfer keine Schuld. Er hatte sich seine Besitzerin nicht ausgesucht. Und was diese betraf, so waren bestenfalls die hundertachtzigtausend Franken, die sie Herbert geliehen hatte, ihr Eigen zu nennen.

Das hinderte Kassandra nicht daran, durch den Garten zu schlendern wie die Landlady einer High-End-Villa: Inspektion hier, wohlwollendes Betrachten da.

Während ich mein Rad durchs Tor bugsierte, überlegte ich, ob ihre Sportlichkeit ihr einen eleganten Sprung über den Zaun erlaubt hatte. Oder besaß sie etwa einen Schlüssel?

»*Carissima* Tabea!«, rief mir die in klatschmohnrote Bermudas gezwängte Kassandra entgegen. Ihr Lächeln ließ annehmen, uns verbände eine langjährige Freundschaft.

Mein nur wenig enthusiastischer Gesichtsausdruck wirkte auf weitere Gunstbezeugungen bremsend.

»Ich wollte Ihnen schon längst einen persönlichen Besuch abstatten, aber nach dem Unfall Ihres Mannes war das nicht angezeigt. Wie geht es ihm?« Sie neigte ihren Kopf in ernster Anteilnahme.

»Danke, den Umständen entsprechend sehr gut.« Bei diesem Austausch von Nettigkeiten vergaß ich beinahe meinen Groll darüber, dass sie mir mit ihrer Visite zuvorgekommen war. Mehr noch, ich begann, mich mit der neuen Lage anzufreunden. »Gut, dass Sie gekommen sind«, sagte ich, was eben noch eine Lüge gewesen wäre. Vielleicht lief die Sache mit diesem Heimvorteil sogar um einiges besser. »Es gibt ein paar Sachen zu besprechen ... Kommen Sie mit nach unten.« Jetzt war ich die Herrin von Haus und Hof.

Und während wir die nicht mehr ganz ausbalancierten und

für eine Villa leider auch etwas schäbig daherkommenden Granitstufen hinabstiegen – ich machte eine mentale Notiz, dass der Zugang zu unserer Wohnung unbedingt einer Ausbesserung bedurfte –, stellte ich Kassandra über die Schulter hinweg die Frage, die mich seit wenigen Minuten umtrieb. »Kann es sein, dass Sie noch Schlüssel für Tor und Haustür haben?« Die Leichtigkeit meines Tons verblüffte mich selbst. Ich hätte in der Entertainmentbranche arbeiten sollen.

Hinter mir, für die Dauer von zwei Stufen, Schweigen. Dann endlich: »Hmhm.«

»Das können wir heute gleich regeln. Es gibt keine Veranlassung mehr, dass Sie die noch bei sich haben.«

Vorletzte Stufe.

»Ich bin mir nicht sicher, ob das in Herberts Sinne wäre«, parierte Kassandra meine Entschlossenheit.

Wir waren vor unserer Haustür angekommen. Kassandra hatte sich neben mir aufgebaut. Zwei Frauen, die einen kleinen Kampf ausfochten und sich doch ums Versprühen von Gelassenheit bemühten.

Keep calm, Tabea!, sprach ich mir zu. Was in Herberts Sinne wäre oder nicht, konnten wir in Kürze bereden.

Von drinnen ließ Bruno heiseres Bellen verlauten, das einem starken Raucher mit Atemwegsproblemen hätte zugeordnet werden können. Aus energetischen Gründen setzte er seine Stimme allgemein nur sparsam ein.

Kaum hatte ich den Schlüssel ins Schloss gesteckt und die Tür einen Spaltbreit geöffnet, quetschte Bruno seinen wurstigen Körper hindurch und bescherte Kassandra eine orgiastische Begrüßung. Sonst nicht der Wendigste, warf er sich fast akrobatisch, untermalt von leisen Fiepstönen, auf den Rücken. Kaum zu glauben, aber er war sich nicht zu schade, der Fitnesstrainerin seines Herrchens seinen fleckigen Bauch entgegenzuhalten.

Was für ein elender Verräter!

»Schnuckeli, Spätzli. Bisch mis Schätzli«, gurrte Kassandra auf Schweizerdeutsch in Brunos durch die Rückenlage nach hinten geklappte Flatterohren. Für mich erübrigte sie den durchaus freundlich gefärbten, aber doch mit einer Spitze versehenen Hinweis, dass Schnuckeli etwas fett geworden sei und mehr Bewegung bräuchte.

Endlich ließ sie von Bruno ab, der sich mit einem tiefen Seufzer zurückrollte, wieder zu stehen kam und seine Ohren mit einem Schütteln in Hängeposition brachte.

Entschlossen, den Gefühlsduseleien nun wirklich ein Ende zu bereiten, marschierte ich voran in die Diele und von dort in die Küche. Wir würden auf den Metallstühlen der angrenzenden Terrasse Platz nehmen. Das Duo folgte mir.

»Ach, was hat dieses Anwesen doch für einen Vintage-Charme«, deklamierte Kassandra hinter mir, nun wieder auf Hochdeutsch. »Sogar dieses schlichte Kellergeschoss hat seinen Reiz.«

»Ein Glas Zitronenlimonade?« Nicht jeder ihrer Small-Talk-Beiträge verdiente eine Replik. Ich wies auf den von mir scheppernd in Position gezogenen Stuhl.

»Lieber Wasser.« Kassandra platzierte ihren durchtrainierten Klatschmohnhintern auf die runde Sitzfläche, die normalerweise mit einem Kissen belegt wurde. Heute nicht. Zu gemütlich sollte es nicht werden.

Die kräftig herabbrennende Sonne wurde von einer schnell heranziehenden Wolkenfront bedroht. Trotzdem hätte ich für unser Wohlbefinden den fadenscheinigen Schirm entfalten und aufspannen können, aber auch das tat ich nicht.

Vintage war meine mentale Notiz. So wollte ich von nun an all das abgenutzte Mobiliar nennen, das wir bei unserem Einzug vorgefunden und übernommen hatten. Inklusive Sonnenschirm.

Bruno, der hechelnd hinter uns hergetrottet war, ließ sich zu Kassandras Füßen nieder. Genauer gesagt drückte er seinen Leib an ihren gebräunten rechten Unterschenkel und legte seinen Kopf auf die mir vertrauten Sneakers mit den Glitzersteinen. Ich würde später ein Wörtchen mit ihm reden müssen.

Während ich am Spülbecken zwei Gläser mit Wasser füllte, rekapitulierte ich flink, was ich in Erfahrung bringen wollte.

»Wie ist es nun mit Bruno?« Ich stellte die Gläser mit Schwung auf den gefährlich wackelnden Tisch. »Herbert hat ja schriftlich festgehalten, dass Sie sich seiner annehmen sollen.«

Zwar war ich in der Zwischenzeit davon ausgegangen, Herberts Liebling stillschweigend in unserer Obhut zu belassen, aber sein Verrat an der Tür hatte meine Gefühle zu ihm leicht abgekühlt.

»Ach, das muss nicht sein.« Kassandra winkte ab und nahm einen Schluck aus dem Glas. Ihre mit allerlei Gold- und Silberherzchen behängten Armbänder klimperten melodisch zu ihrer Absage. »Wir haben zwar eine große Schwäche füreinander, aber ich will ihn keinesfalls aus seinem Umfeld rausreißen. Hier kennt er alles. Sein Herrchen ist ihm atmosphärisch nah.« Sie schob ihren Arm unter den Tisch und tätschelte Bruno zur Bestätigung ihrer Liebe den Kopf. Das Ganze untermalte sie mit einem fast andächtigen Moment des Rundumschauens, ganz so, als wäre Herberts Seele ihrem spirituell geschulten Auge sichtbar. »Vorerst wohnen Sie und Ihr Mann ja noch hier.«

Das durfte nicht unerwidert bleiben. »Das ›Vorerst‹ wird wohl bis zu unserem hohen Alter andauern. Ludwig liebt das Haus seiner Eltern und Großeltern.« Mein Lachen war so echt wie die aufgeklebten Fingernägel in Frosty White meiner Besucherin. Ein Außenstehender hätte über unsere auserlesenen Nettigkeiten staunen können.

Nur die wohlplatzierten Nadelstiche sprachen ihre eigene Sprache.

»Ja, auch Herbert hat es geliebt«, sagte Kassandra, während sie ganz nebenbei das Handy aus ihrem Umhängetäschchen fummelte und das Display einer schnellen Kontrolle unterzog. »Wir wollten nach der Hochzeit eine sanfte Renovation vornehmen, aber dazu ist es ja nun nicht gekommen.« Ihre Augen umflorten sich, was in perfekter Synchronie mit der Abdunkelung durch die sich vor die Sonne schiebenden Wolken geschah. Nur die Spitze ihres Zeigefingers zu Hilfe nehmend, tupfte sie sich eine Träne weg. Die Technik einer Frau, die ihre Emotionen nicht verstecken, aber auch das sorgfältig aufgetragene Augen-Make-up nicht ruinieren wollte.

»Kassandra«, sagte ich resolut, unseres Geplänkels nun doch überdrüssig. »Was hat es mit den hundertachtzigtausend Franken auf sich, die Sie Herbert …« »Angeblich« balancierte auf meiner Zungenspitze, aber ich holte es noch rechtzeitig zurück. »… die Sie Herbert geliehen haben? Mein Schwiegervater war ein wohlhabender Mann.«

»Ach«, erwiderte sie, was viele Bedeutungen haben konnte, und schaute in den Himmel. Vom zuvor noch dominierenden Blau waren nur noch ein paar Fetzen übrig.

»Da bahnt sich was an.« Sie wies nach oben.

»Also«, beharrte ich, »weshalb das Darlehen?«

Nach meteorologischen Betrachtungen war mir nicht zumute. Oder sprach Kassandra gar nicht vom Wetter?

Endlich schenkte sie mir ihre Aufmerksamkeit. Hatten ihre Augen schon immer diese durchdringend stahlgraue Tönung?

Ich lehnte mich zurück, spürte den metallenen Druck der Stuhllehne im Kreuz und wartete auf eine Antwort.

»Herbert war ein *Gambler*«, sagte sie endlich.

Für einen Moment stellte sich mir das Bild meines Schwiegervaters ein. Im Spielcasino in Campione d'Italia am Roulettetisch sitzend. Heftig schwitzend nach erlittenen Verlusten. War das möglich?

»Ein Zocker«, erklärte Kassandra, für den Fall, dass ich *Gambler* nicht verstanden hatte. »Ein Spieler.«

»Schon klar.« Hielt mich die Frau für begriffsstutzig? Und würde sie endlich mal mit handfesten Inhalten aufwarten?

»Aber nicht im Sinne von Spielsucht oder so.«

Ich bekam die Informationen in klitzekleinen Häppchen zugeworfen.

»In welchem Sinne dann?«

»Na ja, er hat zum Teil recht riskante Börsengeschäfte getätigt. Aber das wissen Sie und Ihr Mann ja sicher.«

Die Aussage war raffiniert. Das musste ich ihr lassen. Sollte ich nun so tun, als ob uns dieser Wesenszug wohlbekannt war? Es passte mir nicht, als Ahnungslose dazustehen. Und doch, hier betrat ich Neuland. Herbert war ein pingeliger Knauser gewesen, wenn es nicht um ihn selbst oder zur Schau gestellte Großzügigkeit gegangen war. Was diese Eigenschaft betraf, hatte es genügend Anschauungsmaterial gegeben. Aber Börsenspekulationen? Nein, die waren nie ein Thema gewesen.

»Hm«, sagte ich, was in etwa dem zuvor von Kassandra verwendeten »Ach« entsprach. »Er hat ja von Berufs wegen mit Geld zu tun gehabt.« So viel konnte ich beitragen, ohne meine Unkenntnis zu entlarven.

»Jedenfalls hatte er da diesen schlechten Riecher mit den Aktien aus dem E-Commerce. Weiß nicht mehr genau, was das war. Das hat ihn vorübergehend in die Tiefe gerissen.« Die nun geradezu redselige Kassandra führte sich ein weiteres Quantum Wasser zu.

Ich erwog, mit etwas Substanziellerem als Wasser aufzuwarten, wenn damit ihr Redefluss zusätzlich angeregt werden konnte.

»Wie wär's mit einem Prosecco?«, schlug ich vor. »Jetzt, wo wir mal so nett plaudern, könnte das doch nicht schaden.«

Kassandra winkte ab. »Ich habe noch einen Klienten in der Mittagspause. Edles Penthouse in Brissago. Mit Fitnessraum und allem Schickimicki. Bei der Arbeit kenne ich nur eine Devise: *No alcohol.*«

Nun fehlte nur noch, dass sie mir *no alcohol* auf Deutsch übersetzen würde.

Ich griff den Faden wieder auf. »Und dann?«

»Was, ›und dann‹?« Kassandra schien verwirrt.

»Herberts kurzzeitige finanzielle Unpässlichkeit.«

»Ach so. Na ja, dann habe ich ihm natürlich aus der Patsche geholfen. Als zukünftige Ehefrau war ich dazu moralisch verpflichtet.« Die Empörung über jedes mögliche Unverständnis, was ihr Handeln betraf, ließ ihre Stimme eine Oktave nach oben hüpfen.

Ich nickte verständnisvoll.

Während Kassandra sich vom Plingpling ihres Handys ablenken ließ, überlegte ich mir, nicht zum ersten Mal, warum mein Schwiegervater seine Eheabsichten nie erwähnt hatte. Wäre nicht das gemeinsame Abendessen auf seiner Terrasse vor gerade mal zwei Wochen der perfekte Moment gewesen, uns seine Zukünftige vorzustellen?

Schwach merklich wurde es kühler. Im Park der Villa Felicità beugten sich die Palmen im auffrischenden Wind. Lange würden wir hier nicht mehr sitzen können.

Ich musste den Informationsgewinn optimieren.

»Wie ging die Sache weiter?«, fragte ich, nachdem Kassandra ihr Handy wieder zur Seite geschoben hatte. »Gab es für Herbert keine Gelegenheit mehr, die geliehene Summe zurückzuzahlen?«

»Doch, doch. Die gab es.« Und dann, ohne Zusammenhang: »Gleich geht's los.« Mit einem Fingerzeig ins grau-lila Gewölk wies sie auf das Offensichtliche.

Ich schluckte. Es fiel mir schwer, die vielfältigen Erscheinungsformen ihrer Abschweifungen zu ignorieren. Die Zeit drängte.

»Erzählen Sie, Kassandra! Ich bin ganz Ohr.«

»Er hat unerwartet den ganz großen Coup gelandet. Aktien eines Unternehmens, das im Transport von Rohstoffen aktiv ist. Flüssiggas und so. Aber fragen Sie mich nichts Genaues, ist nicht so mein Ding. Mein finanzielles Polster stammt aus der Zeit, als mein Ex und ich noch gemeinsam einen Schuhladen in Lugano geführt hatten. Nach der Scheidung musste er mich auszahlen. Hat ihm nicht gefallen, aber da ist nun mal ein nettes Sümmchen zusammengekommen.«

Sie sah aus, als wäre sie mit dem Ex bei einem von ihr favorisierten Thema angelangt. Dagegen hätte ich unter normalen Umständen nichts einzuwenden gehabt, doch hier und jetzt musste Wesentliches geliefert werden.

»Blieb Herbert denn nach dem großen Coup keine Zeit mehr für die Rückzahlung?« Die Frage, sosehr mir ihre Beantwortung am Herzen lag, erwies sich als Ungeschicklichkeit, deren ich mir zu spät bewusst wurde. »Keine Zeit mehr« in Bezug auf den toten Fast-Ehemann erwies sich als Tränendrüsendrücker.

»Nein.« Ihre Stimme klang belegt. »Er hatte seine Finanzen zwar saniert, mehr als saniert und wollte mir alles zurückzahlen – mit Bonus –, aber dann … aber …«

Hier versagte ihr Organ. Der aufwallende Schmerz ließ sich nicht mehr abwehren. Sie fischte ein Taschentuch aus der Hosentasche (ein stoffiges, keins aus Papier), entfaltete es blitzschnell und drapierte es vor ihrem Gesicht. Damit war mir jede weitere Kontrolle auf ihre Regungen verwehrt.

Bei allem Respekt, das Trauernde-Witwe-Getue war denn doch zu dramageladen. Ungeduld ergriff von mir Besitz. Zeige-, Mittel- und Ringfinger trommelten im Alleingang auf die einst weiß lackierte Tischoberfläche. Zu diesem Rhythmus gesellten sich die ersten vereinzelten Regentropfen.

Bruno, der Gewitter verabscheute, war vorsorglich mit eingezogenem Schwanz ins Haus galoppiert.

»Ich werde jetzt mal losfahren.« Kassandra hatte das Taschentuch wieder in der Hosentasche verstaut. Ihre Augen zeigten sich in erstaunlicher Klarheit. Was auch immer hinter dem Stück Stoff geschehen war, Tränen waren keine geflossen.

Aus der anderen Hosentasche zog sie den Autoschlüssel. *Il tuo topolino – forever*«, stand in Schwarz auf dem Anhänger aus gelbem Leder.

Wer war der Mäuserich, der sich da für immer eingraviert hatte? Etwa Herbert, der (vielleicht) in Frieden Ruhende?

Was mich allerdings noch mehr umtrieb: Wie sollte ich jetzt vorgehen? Mir fehlten noch immer Informationen.

Es begann zu prasseln. Wir zogen die Köpfe ein.

»Kassandra, lassen Sie mich Ihnen etwas von meinen Gartenprodukten mitgeben«, zwitscherte ich, während ich eilig die leeren Wassergläser ineinanderstellte. »In meinen Zucchini ist alles drin, was eine Sportlerin braucht: Magnesium, Kalzium, Eisen, Vitamin A, B-Vitamine und …« Ich kam in Fahrt. Keine

Ahnung, ob das stimmte. Alles war mir recht, wenn ich sie nur ein wenig hierbehalten konnte, was mir noch zu Beginn unseres Gesprächs widerstrebt hatte.

»Wie nett, liebe Tabea«, sagte sie zu meiner Freude, als wir regenbenetzt die Küche betreten und die Terrassentür hinter uns geschlossen hatten. »Aber ich esse vorzugsweise Rindstatar mit Ei. Wegen der Proteine.«

»Tatsächlich?« Kurz hatte sich mir das Bild der geöffneten Tüte mit Kartoffelchips aufgedrängt, die ich unlängst bei der schnellen Inspektion ihres Wageninneren erspäht hatte.

»Ja, mein diätetisches Konzept. Was ich noch sagen wollte …«

»Ja?«

»Es wäre mir sehr recht, wenn Sie mir besagte hundertachtzigtausend Franken überweisen könnten.« Und dann noch, vermutlich als höflicher Nachklapp: »Sobald es die Umstände erlauben, versteht sich. Sie und Ihr Mann werden ja nun Zugriff auf Herberts Vermögen haben.«

Ich schwieg. Von Zugriff konnte im Moment nicht die Rede sein. Hinzu kam, ich war zwar Ludwigs Frau, aber keine Erbin.

»Wir werden uns der Angelegenheit widmen«, sagte ich gemessen.

Ein Donnerkrachen ließ Bruno aufheulen. Er musste sich im Flur, irgendwo hinter Garderobe und Schirmständer, versteckt haben. Die Außentreppe zu unserer Wohnung, so viel konnte ich vom Küchenfenster aus sehen, hatte sich im Nu in einen Bach verwandelt. Auch Kassandra war nicht entgangen, dass selbst ein athletischer Sprint zu ihrem Auto nur mit einer Volldusche zurückgelegt werden konnte.

»*La pioggia depura*«, sagte sie mit abwesendem Blick durchs Fenster hinaus ins nasse Gartengrün, das an einen tropischen Regenwald erinnerte.

Der Regen reinigt.

Wir sprachen nicht Italienisch miteinander. Für wen war das Pathos gedacht?

»Setzen Sie sich doch einen Moment hin, bis das Schlimmste vorbei ist.« Ich rückte einen Küchenstuhl für die Poetin zurecht.

Doch Kassandra reagierte nicht, sah weiterhin nach draußen, eingenommen von etwas, von dem nur sie wusste.

Zur Krönung des Schauspiels wartete ein Blitz mit zuckender Helligkeit auf.

»Tuoni e fulmini«, sagte sie wieder zu niemand Bestimmtem. Donner und Blitze.

Was war mit ihr los? Litt sie an einer Form von Astraphobie?

»Kassandra?« Ich versuchte, zu ihr vorzudringen, kurz davor, ihr zwecks Erweckung mit der Hand vor den Augen zu fuchteln.

»Ja, ist wohl besser, wenn ich zwei Minuten warte.« Sie schien wieder präsenter.

»Sind Sie zweisprachig aufgewachsen?«, erkundigte ich mich aus einer plötzlichen Neugier heraus. Die Frage gehörte nicht zu den dringlichsten, die ich mir mental notiert hatte.

»Ja.« Sie ließ sich auf der Kante des Küchenstuhls nieder. »Meine Mutter ist Luzernerin. Mein Vater war Italiener. Mein Ex Österreicher. Herbert wäre eine weitere Komponente gewesen.«

Herbert als Komponente? Das klang schon fast nach Chemie.

»Darf ich Sie mal was fragen?« Ich setzte mich der nun wieder redseligeren Frau gegenüber, stützte die Ellbogen auf den Tisch und faltete die Hände. Tabea, die sich sanft Einfühlende. Der Formulierung zum Trotz hatte ich nicht vor, auf ihre Erlaubnis zu warten. »Wie ist eigentlich die Sache mit dem Vertrag zum limitierten Vorkaufsrecht für die Villa Felicità zustande gekommen? Ich meine, warum, wenn Sie doch heiraten wollten?«

Mit in mindestens vier Falten geworfener Stirn sah mich Kassandra an, als spräche ich in einer ihr fremden Sprache. War der Themenwechsel zu abrupt erfolgt? Musste ich das Ganze umformulieren?

Mich überkam ein Gefühl der Unwirklichkeit. Was tat ich da eigentlich? Was saßen wir zwei hier rum? Mal auf der Terrasse, mal am Küchentisch. Redeten allerlei Zeug, umschlichen einander wie zwei Katzen an ihren Reviergrenzen.

»Es regnet schon weniger«, sagte die Katze mit den stahlblauen Augen und den roten Hosen und erhob sich. »Ich muss dringend weg. Sonst komme ich zu spät.«

Sie griff nach dem Schlüsselanhänger – Liebesgabe eines *topolino*, eines Mäuschens oder Mäuserichs –, den sie vor sich auf den Tisch gelegt hatte.

»Auf ein andermal«, sagte sie noch und war so schnell aus Küche und Wohnung verschwunden, dass mir schien, ich sähe ihren Lichtschweif.

Ich fühlte mich betrogen. Wo blieb die Antwort auf meine Frage? Wo blieben die Schlüssel zu Tor und Wohnung?

34

Ludwig

Wie es aussah, hatte er keine geistigen Einschränkungen zu befürchten. Zu diesem Schluss war Ludwig bereits in Eigendiagnose gekommen, hatte aber doch leise Zweifel gehegt, ob es sich vielleicht nur um eine Wunschvorstellung handeln könnte. Schließlich wusste ein Dummkopf auch nicht unbedingt, dass er ein Dummkopf war. Im Gegenteil, er sonnte sich oft sogar in der Illusion, ein ganz Schlauer zu sein.

Die junge Ärztin hatte ihm gestern versichert, mit dem Ergebnis der kognitiven Tests sehr zufrieden zu sein. Ob neuropsychologische Defizite vorhanden seien, würde sich in den nächsten Wochen und Monaten abzeichnen.

Die Auskunft sagte ihm zu, was auch daran lag, dass er die Sache mit den möglichen Defiziten nicht auf sich bezog. Da hatte die Ärztin wohl eher so im Allgemeinen gesprochen.

Auch wenn für ihn der Unfall selbst ein nicht greifbares Ereignis blieb, hatte sich seine allgemeine Erinnerungsleistung wesentlich verbessert. Trotz Lücken gelang es ihm, die Ereignisse der letzten Wochen weitgehend zu rekonstruieren. So erfreulich das einerseits war, so sehr brachte es andererseits mit sich, dass ihn Unruhe plagte. Sein Vater war Opfer eines Tötungsdelikts geworden. Der Täter – oder war es eine Täterin? – lief noch immer frei herum. Zudem hatte sein Vater Wichtiges vor ihm geheim gehalten und unerklärliche Entscheidungen getroffen.

Das war kein sanftes Ruhekissen für einen Rekonvaleszenten. Ludwig fühlte sich zu Untätigkeit verdammt, gefesselt, eingeschränkt. Und doch hatte er, das war ihm mehrfach versichert worden, großes Glück gehabt, wofür er gefälligst dankbar zu sein hatte. Natürlich hatte das niemand so formuliert, aber die Essenz war diese.

Seit die dichte Überwachung seines Zustands nicht mehr

nötig und Ludwig auf der Normalstation war, trieb ihn das Bedürfnis um, mit der Kommissarin zu sprechen und sie über den irritierenden Besuch in der Kanzlei und die damit verbundenen Enthüllungen zu informieren, die dem Unfall vorausgegangen waren. Gestern Abend, nachdem Tabea die Zimmertür mit einem letzten Gute-Nacht-Luftkuss hinter sich geschlossen hatte, war es ihm gelungen, mit Lara Patelli Kontakt aufzunehmen.

Und nun war sie hier.

»Sie sollten sich schonen«, sagte sie freundlich, »und nicht über Dinge grübeln, die wir zu erledigen haben.« Lara saß nahe an seinem Bett auf einem Hocker.

Auf dem Nachttisch stand ein transparenter Beutel mit Amaretti al Kirsch, den sie ihm mitgebracht hatte. Er mochte Amaretti nicht, schon gar nicht die mit der aromatisierten Schokocreme. Aber für Lara Patelli hätte er sogar zwei aufs Mal verdrückt und obendrauf noch Begeisterung gemimt.

»Die Sache mit dem Vertrag ist tatsächlich seltsam, ja. Aber das allein macht Kassandra Zweiglein-Bordoli nicht verdächtiger als andere. Wenn sie es auf den Besitz Ihres Vaters abgesehen hätte, wäre ein Tötungsdelikt nach der Hochzeit zielführender gewesen. Dann wäre sie, je nach Ehevertrag, sogar Erbin. So hat sie lediglich ein Vorkaufsrecht, das ihr aber …« Sie ließ den Satz unvollendet. »Glauben Sie mir, Ludwig. Wir sind nicht untätig.« Wieder hielt sie inne und unterzog ihre perfekt manikürten Fingernägel einer kurzen Inspektion. »Ich darf Ihnen leider nicht zu allem, was wir tun und wissen, Auskunft geben. Das verstehen Sie sicher. Bis jetzt gibt es für uns aber keinen Anhaltspunkt dafür, dass Frau Zweiglein-Bordoli etwas mit der Tötung Ihres Vaters zu tun hat. In der Küche sind ihre Fingerabdrücke nur am Wasserhahn und an der Hundeschüssel nachweisbar. Der Teller mit den Kuchenresten ist ohnehin clean. Dafür hat der Täter oder die Täterin gesorgt. Alle anderen Aspekte mögen Kassandra verdächtig machen, aber mehr nicht. Trotzdem ist Ihre Mitteilung für uns sehr wichtig.« Sie schloss ihre Ausführung mit einem Lächeln.

Ein bisschen kam sich Ludwig vor wie der eifrige Schüler, dessen Bemühen aus pädagogischen Gründen von der Lehrerin gelobt wurde, auch wenn er inhaltlich nur Mittelmaß geboten hatte. Unteres Mittelmaß war auch seine Erscheinung. In einem Krankenhausbett zu liegen, noch dazu mit den noch deutlich sichtbaren Lädierungen des Unfalls, lag auf der Eins-bis-zehn-Skala der erotischen Ausstrahlung bestenfalls bei zwei. Und auch das nur, wenn man Daniel Craig oder Chris Hemsworth hieß. Damit musste Ludwig leben.

Die Kommissarin strich sich ihr honigfarbenes Haar hinter die Ohren. Eine Geste, die er sie schon häufiger hatte ausführen sehen und die ihm gefiel, weil sie ihre hübschen kleinen Ohren mit den zarten Ohrläppchen freilegte.

Ludwig, du wirst alt, dachte er. Nicht genug, dass er um ein Haar und viel zu früh das Zeitliche gesegnet hätte, nun labte er sich schon an Ohrläppchen.

Dabei war Lara Patelli auch unterhalb der Ohren mal wieder eine Augenweide. Der Ton ihrer Haut schimmerte noch eine Nuance goldener, als er ihn in Erinnerung hatte. Zusammen mit dem orange-gelben Sommerkleid ergab dies ein ästhetisches Schauspiel der Extraklasse.

Das Schauspiel erfuhr durch das Auftreten einer dritten Akteurin eine Wendung.

Er hatte Tabea nicht klopfen hören. Sie stand im Zimmer wie hingezaubert und schaute mal zu Lara, mal zu ihm. Hin und zurück.

Wenn man Jahrzehnte mit einem Menschen zusammenlebte, kannte man jedes Zwinkern, jedes missbilligende Zucken, jede von Enttäuschung oder Ärger vertiefte Linie an den Mundwinkeln. Keine noch so minimale mimische Veränderung, für die es nicht eine in der persönlichen Legende notierte Interpretation gab. Bei Tabea brauchte es heute keine feinen Sensoren. Was will die denn hier?, stand in blinkenden Neonlettern auf ihrer Stirn geschrieben.

»*Buongiorno, signora Patelli*«, sagte sie mit untadeliger Artigkeit, von der vermutlich nur Ludwig wusste, dass sie bei einer Temperaturmessung fünf Grad Celsius nicht überstieg. »Mein Mann ist Rekonvaleszent.«

»Ich weiß, ich weiß.« Lara Patelli erhob sich und strich ihr etwas nach oben gerutschtes Kleid glatt. »Deswegen bin ich auch im Begriff, wieder zu gehen.« Und zu Ludwig gewandt: »Wie schon gesagt, machen Sie sich nicht zu viele Gedanken. Wir tun unsere Arbeit. Auch wenn es nach außen hin nicht deutlich wird, sind wir dicht am Ball.«

»Das ist tatsächlich gut getarnter Arbeitseifer«, sagte Tabea, nachdem die Kommissarin die Tür mit einem Gruß und einem dahingeworfenen »Ci sentiamo« hinter sich geschlossen hatte. Sie gab sich nun keine Mühe mehr, ihre Stimme von Säuerlichkeit frei zu halten. »Was war so dringend, dass sie ins Krankenhaus kommen musste?« Sie hatte den Hocker, auf dem Lara Patelli gesessen hatte, mit umständlichem Rücken und Schieben gegen einen Stuhl ausgetauscht.

»Ich habe sie angerufen. Die Sache mit Kassandra Zweiglein-Bordoli hat mir keine Ruhe gelassen. Jetzt, nachdem ich der Kommissarin von der ganzen Notariatsgeschichte und dem limitierten Vorkaufsrecht erzählt habe, fühle ich mich besser.«

Die Züge seiner Frau entspannten sich. Es war ihr anzusehen, dass sie seinen Kümmernissen und seinem Wohlbefinden Vorrang vor ihren eigenen Empfindlichkeiten gewährte. Eine Haltung, die ihm als Dauerzustand gefiele.

»Kannst du dich denn zu hundert Prozent an unseren Termin bei diesem Castelli erinnern?«, fragte Tabea.

»Ich denke schon.«

Ludwig rekapitulierte, was sie in der Anwaltskanzlei erfahren hatten, und trumpfte mit dem Wissen auf, dass das nun zusammen mit dem Unfall sechs Tage zurücklag. Die genaue Zahl hätte er von sich aus nicht nennen können. Das hatte er beim Pfleger erfragt. Dies als seine eigene Erinnerungsleistung aufzutischen, war nicht ganz korrekt, wurde aber durch Tabeas freudiges Staunen geadelt.

»Was gibt es Neues? Was tust du die ganze Zeit?«

Die Frage schien Tabea zu überraschen. Das war verständlich. In den vergangenen Tagen hatte sich schließlich alles um ihn gedreht. Darüber war sich Ludwig im Klaren. Natürlich hätte er auf diese Form des Königseins gern verzichtet, aber darauf hatte er nun mal keinen Einfluss gehabt.

»Ach, dies und das.« Tabea schaute im Zimmer herum, als gäbe es rein nichts zu bereden. »Toll, dass du allein liegen kannst«, sagte sie mit Blick auf das zweite, unbelegte Bett im Raum. »Und was für eine Aussicht, ist ja wie im Vier-Sterne-Hotel.«

Ein paar Sekunden lang schauten sie einträchtig auf den Hang von Locarno Monti, der vor vielen Jahrzehnten mit Weinbergen und auch sonst viel Grünfläche hatte aufwarten können. Jetzt hatten Überbauungen aller Art die Oberhand. Wie invasive Gewächse, die jedes Schlupfloch nutzten, um sich rücksichtslos zu vermehren, überzogen sie die Anhöhe. Schier unaufhaltsam in die Waldzone hinein und viel weiter nach oben, als es aus dem Fenster ersichtlich war.

»Na ja, Hotel ist anders …«, sagte Ludwig in leicht nörgeligem Ton, auch wenn ihm klar war, dass sich hier alles ausnahmslos um sein und seiner Mitpatienten Wohlergehen drehte und es nichts zu meckern gab. »Sprich, womit verbringst du die Zeit ohne mich, meine Schöne?« Er fasste nach Tabeas Hand, führte sie zu seinem Mund und hauchte einen Kuss auf den Handrücken, was er zugegebenermaßen nicht sehr oft tat.

Tabea lächelte überrascht. Seine liebevolle Geste schien das rasche Verblassen der Lara-Patelli-Präsenz zu bewirken, was als vorteilhafter Nebeneffekt gesehen werden konnte.

»Ich lerne eifrig Italienisch. In wenigen Wochen beginnt das Schuljahr im Kolleg. Da muss ich fit sein.«

Ludwig fand, dass sie sich für diese Antwort nicht so lange hätte zieren müssen. Einen harmloseren Zeitvertreib gab es wohl kaum.

»Du magst doch gar keine Amaretti.« Tabea wies mit spitzem Zeigefinger auf den Beutel, der prominent auf dem

Schränkchen neben seinem Bett residierte und der ihrem aufmerksamen Auge von Beginn weg nicht entgangen sein konnte. »Und dann auch noch mit Kirsch. Für einen Patienten.« Was zuvor noch ein Lächeln gewesen war, wandelte sich in deutlich erkennbaren Tadel um.

»Nimm sie mit«, sagte er mit einem Seufzer. Bezüglich Tabeas Bereitschaft, sich ausnahmsweise mal nicht an einer Sache festzubeißen, hatte er sich etwas zu früh gefreut.

35
Tabea

Das mit dem Italienischlernen entsprach der Wahrheit. Mein Neubeginn als Deutschlehrerin im Kolleg rückte mit Riesenschritten näher. Bis zur ersten Konferenz, bei der ich sämtliche neuen Kolleginnen und Kollegen kennenlernen würde, dauerte es keine drei Wochen mehr. Spätestens bei diesem Anlass musste sich mein Italienisch auf gutem Niveau befinden. Ich hatte eine Lehrerin gefunden, die mir online Unterricht erteilte, was mich zusammen mit dem Üben und Vokabellernen zwar auf Trab hielt, aber insgesamt nur ein kleines Zeitpäckchen in Anspruch nahm.

Den Löwenanteil meines Treibens hatte ich Ludwig am Krankenbett vorenthalten. Dazu zählten der Besuch zwecks allgemeiner Sondierung bei Olivia Herzig und die Beobachtung, dass sie und Mario Gallino privat miteinander verkehrten. Außerdem verschwieg ich mein nicht mit Begeisterung gewürdigtes Aufkreuzen bei Paul Feldmann mit der fulminanten Fotoausbeute, die Observierung von Kassandra Zweiglein-Bordoli auf dem Parkplatz des Golfclubs und ihren Besuch bei mir am Vortag.

Für diese Unterschlagung gab es zwei Gründe: Zum einen schadete Ludwig jede Art von Aufregung. Das sah man schon daran, wie heftig ihn die Offenbarungen in Castellis Kanzlei trotz des Einschnitts durch den Unfall bereits wieder umtrieben. Was sollte ich ihn da noch mit einem Wust an Entdeckungen und Beobachtungen belasten? Ich wusste ja selbst noch nicht, was ich im Einzelnen von den zusätzlich gewonnenen Erkenntnissen zu halten hatte.

Zum anderen – und da handelte es sich um einen sehr persönlichen, meinetwegen auch etwas kleinlichen Beweggrund – wollte ich für mich behalten, was ich bisher herausgefunden hatte. Ludwig sollte keinesfalls auf die Idee kommen, der

Kommissarin die Früchte meiner Recherche auf dem Tablett zu servieren. Hatte Signora Patelli nicht gesagt, sie seien am Ball? Na prima, das war ich auch. Ob wir am selben Ball kickten oder in zwei verschiedene Spiele verwickelt waren, würde sich irgendwann herausstellen.

Vorerst sollte außer Mimi, die im Moment emotional sehr abgelenkt war, niemand etwas von dem mitbekommen, was ich etwas hochtrabend als meine Mission bezeichnete.

Pass auf dich auf, hatte sie mich bei unserem letzten Telefonat mit ehrlich besorgter Stimme ermahnt. Da gibt es jemanden, der vor nichts zurückschreckt und der noch immer frei herumläuft. Treib es nicht zu weit mit deinem selbst auferlegten Auftrag!

Zu einer neuen Etappe von ebenjenem war ich vor Kurzem aufgebrochen. Die Fahrt am Steuer des Benz führte mich über die Landesgrenze ins fünfzehn Kilometer entfernte Cannobio. Normalerweise wäre ich ohne viel Federlesens auf der sich dicht am See entlangziehenden Straße dahingebraust, aber Ludwigs unverschuldeter Unfall an einer ihrer kurvig-engen Stellen steckte mir stellvertretend für ihn in den Knochen.

Da musste ich durch.

Ich hatte Matildas Telefonnummer am Memoboard von Herberts Küche entdeckt. Die war mein einziger Anhaltspunkt, denn eine Adresse ließ sich nirgends auffinden. Sie hatte meinen Anruf nach nur zwei Klingeltönen entgegengenommen, schien auch nicht weiter verwundert, von mir zu hören, fand aber, dass ich ihr die Kühltasche, die noch immer in der Küche ihres unfreiwillig dahingeschiedenen Arbeitgebers stand, nicht vorbeibringen müsse. Nein, sie hatte eine neue, bessere.

Davon hatte ich mich nicht beirren lassen und angekündigt, ihr trotzdem einen Besuch abstatten zu wollen. Bei der Gelegenheit wollte ich mit einer kleinen Aufmerksamkeit für ihre treuen Dienste in der Villa Felicità aufwarten. In Ermangelung einer besseren Idee hatte ich mich für eine Garnitur goldverzierter Mokkatassen aus Herberts Vitrine entschieden. Ich war mir keineswegs sicher, ob bei Matilda das Porzellan aus königlicher Manufaktur gut ankommen würde. Eines stand jedoch außer Zweifel, hätte Herbert mich beobachten können, wie ich die vier Tassen und Tellerchen aus dem Schrank nahm, hübsch verpackte und auf meinen Ausflug mitnahm, er wäre einen zweiten Tod gestorben: Herzinfarkt, ausgelöst durch einen Wutausbruch.

Wie es mir am Telefon erschienen war, hielt sich Matildas Enthusiasmus über meinen angekündigten Besuch in Grenzen. Trotzdem hatte sie mir ihre Adresse verraten und mich mit den nötigen Informationen versorgt, wie ich ihr Häuschen nahe dem Fluss Cannobino garantiert nicht verpassen würde.

Ich hatte den Grenzübergang Madonna di Ponte nicht weit hinter Brissago hinter mir gelassen und näherte mich auf italienischer Seite meinem Ziel. Für einen Moment und ohne erkennbaren Auslöser zweifelte ich mein Tun an. Sollte ich nicht doch besser die Finger von allem lassen und auf die Arbeit der Polizia Giudiziaria vertrauen, die Lara Patelli gestern so vollmundig angepriesen hatte? Was war das für ein seltsames Bestreben in mir, das mir doch eigentlich fremd war? Und was, wenn Mimi recht hatte und ich mich dringend vor den Fängen eines unberechenbaren Mörders oder einer Mörderin in Acht nehmen musste? Was, wenn es ausgerechnet Matilda war, die nur darauf wartete, einer weiteren Vertreterin der Kummer-Familie mit einem giftigen Snack den Garaus zu machen?

Noch konnte ich Matilda benachrichtigen, dass ich nun doch nicht käme, konnte mir ein Plätzchen an Cannobios Piazza Vittorio Emanuele suchen und ein Eis bestellen. Cremino und Dark Chocolate. Ein plötzlich dringlich erscheinender und verlockender Gedanke, der von einer Erinnerung an einen Nachmittag mit Ludwig gespeist wurde.

Zu meiner Linken prahlte der Lago Maggiore mit seinem schönsten Blau. Der nachmittägliche Inverna-Wind hatte seinen Wellen schmückende Schaumkämme verpasst. Etwas weiter draußen glitten in Schräglage Boote dahin. Ob wohl

eines der geblähten Segel von Mario Gallinos geübten Segler-
händen bedient wurde?

Der Gedanke an den undurchsichtigen Mario, der mir lange
Zeit so unbedarft erschienen war, gab den Ausschlag, es nicht
bei einem Eisbecher zu belassen. Nein, ich musste noch so
viel in Erfahrung bringen. Meine Wissbegierde durfte nicht
der herben Süße von Schokoladeneis und einem Stündchen
italienischer Muße an der Uferpromenade von Cannobio zum
Opfer fallen. Und von Matilda würde ich mir sicherheitshalber
nicht mehr als einen Kaffee anbieten lassen.

In Cannobio stellte ich den Wagen aus einem Impuls heraus
auf einen gerade frei gewordenen Parkplatz nahe der Kirche,
schnappte meine Tasche vom Beifahrersitz und machte mich
auf zu einem kurzen Gang durch den alten Ortskern, der mir
mit seinen engen Gassen schon um einiges südländischer vorkam als Ascona oder Locarno. In einem kleinen Blumenladen
erstand ich eine eingetopfte Hortensie in Lila-Rosé und eine
rot-gelb gefleckte, die »Light my Fire« hieß. Letztere erkor
ich zu einem Geschenk an mich. Erstere wollte ich Matilda
zusätzlich zu den goldverzierten Mokkatassen überreichen.

Möglicherweise übertrieb ich mit meinem geschenkbelade-
nen Auftauchen und machte es umso suspekter. Zu meiner Eh-
renrettung: Ich hatte Matilda immer gemocht und mich über
Herberts gebieterisches Benehmen ihr gegenüber geärgert. Es
war folglich nicht nur die selbst ernannte Detektivin in mir,
die Porzellantässchen und Blumengaben zur Stimmungsauf-
hellung kredenzte.

Um zu Matilda Gaggetta zu gelangen, kurvte ich noch ein
wenig durch die Gegend, verfuhr mich mehrmals trotz oder
wegen ihrer Instruktionen, die denen der Google-Anweisun-
gen widersprachen, und kam später als angekündigt an dem
von Efeu umrankten Häuschen in Flussnähe an, das mir Matilda beschrieben hatte. Beladen mit meinen Gaben stand ich
vor dem, was ich als Haustür zu erkennen glaubte, was aber
dem Erscheinen nach nicht als solche genutzt wurde. Für diese
Theorie sprachen einige allem Widerstand trotzende Gräser

und sogar ein Feigenbaumtrieb, die sich aus den Ritzen der Steinschwelle ihren Weg ans Licht suchten.

»*Da questa parte!*«, rief mir Matilda zu, von der ich nur die Hand und ein Stück Arm sehen konnte. Die Extremität hatte sich zwischen den Gitterstäben eines ebenfalls vom Efeu eingenommenen Gartentors nach draußen geschoben, was ein bisschen komisch und, ja, unheimlich aussah.

Gleich darauf öffnete sie das nur wenige Meter von mir entfernte Tor, lugte auf die Straße und zu mir hin.

Matilda trug zu meinem Erstaunen Jeans und T-Shirt, was sie jünger wirken ließ.

Lag unsere letzte Begegnung auf dem Friedhof in Ascona bei der Urnenbeisetzung tatsächlich nur etwas mehr als eine Woche zurück? Wie sich das Zeitgefühl doch verändern konnte, wenn belastende oder gar schwerwiegende Ereignisse den Lebensablauf bestimmten.

Ich hatte noch keinen Fuß auf Matildas Grundstück gesetzt, als sie auf die Kühltasche zeigte, die ich kurzfristig neben mir auf dem Boden abgestellt hatte, um die Hortensie besser halten zu können.

»*Non la voglio più*«, sagte sie und machte ein Gesicht, als hätte ich Herberts Überreste hineingefüllt.

Natürlich war die von Matilda in der Küche der Villa Felicità zurückgelassene Kühltasche im kriminalistischen Nachspiel nicht bedeutungslos. Sie war, wie alles, von der Spurensicherung auf Fingerabdrücke und Rückstände irgendwelcher Art untersucht worden. Davon ging ich aus. Aber nach der Freigabe der Räumlichkeiten war das Objekt erneut zu dem geworden, was es immer war: eine harmlose und noch dazu funktionstüchtige Aufbewahrungsstätte für zu kühlende Lebensmittel. Mir war nicht klar, was Matilda daran so massiv stören konnte.

Sie winkte mich herein, gewährte auch der Kühltasche Zugang und schloss das schwarze Metalltor hinter mir. Der Garten hinter Mauer und Gatter war ein verstecktes Paradies, in dem so gut wie alles zu blühen und sprießen schien, was in diesen Breiten gedieh. Und das war viel. Im Halbschatten eines japanischen Mispelbaums, voll behängt mit samtigen Früchten, standen ein Metalltisch und vier dazu passende Stühle der unbequemen Sorte, nicht unähnlich den unseren auf der Küchenterrasse der Villa Felicità. Zumindest hatte Matilda dünne Sitzkissen aufgelegt.

Ich solle mich doch setzen, forderte sie mich auf, und ob sie mir einen Kaffee bringen dürfe, was ich bejahte.

Die Hortensie hatte ich ihr gleich zu Anfang kredenzt. Sie hatte die Pflanze, die mir im Laden so prächtig erschienen war, mit einem knappen »Grazie« entgegengenommen und vor einer ausladenden und mehrfarbig gehaltenen Hortensienrabatte abgestellt. Mickrig klein stand sie nun da vor ihren meterhohen Kolleginnen gleicher Art, ließ den Kopf hängen und schien sich für ihr eingetopftes Dasein zu schämen.

Nachdem Matilda ins Haus gegangen war (nicht mehr das jüngste mit bröckelig grünlichem Putz und unschönen, nicht zum Gesamtbild passenden Metallfensterläden), um den versprochenen Kaffee zuzubereiten, entnahm ich der Kühltasche das Päckchen mit den Mokkatassen und stellte es auf den Tisch. Hatten sich unterwegs schon leise Zweifel eingestellt, so vervielfältigten sie sich nun im Sekundentakt. Wie ein protziger Fremdkörper thronte die Gabe auf Matildas Gartentisch. Ich war kurz davor, das Päckchen wieder in der verschmähten Kühltasche zu verstauen, als die Hausherrin mit einem Tablett in der Hand ins Freie trat.

Eine Tasse, ein Schälchen mit einem Keks, Zucker und etwas Milch.

»Solo per me?«, erkundigte ich mich angesichts der einsamen Tasse.

»Sì.« Matilda hielt sich kurz. Zögernd nahm sie das Päckchen entgegen, das ich ihr nun doch überreichte und das sie so misstrauisch beäugte, als befürchtete sie, es sei mit einer Ladung Sprengstoff gefüllt.

Die Matilda, die ich hier in ihrem privaten Umfeld antraf, hatte nur wenig mit der Frau zu tun, die ich kannte.

Die ich kannte? Was bildete ich mir eigentlich ein, von ihr zu wissen? Dass sie bei der Arbeit ein Liedchen trällerte, gut kochte und diese Fertigkeit auch nicht verhehlte. Mehr war es nicht.

Mit zittrigen Fingern fummelte Matilda am Seidenpapier, in das ich den Karton mit den Tassen gewickelt hatte. Mit jedem Griff, den sie tat, verstärkte sich mein Unwohlsein. Natürlich hatte das nicht allein mit dem zu tun, was ich zu Hause noch für eine nette Geste gehalten hatte: ihr ein Erinnerungsstück von gewissem Wert aus ihrer alten Wirkungsstätte zukommen zu lassen. Nein, mein gesamtes Aufkreuzen hier war eine blödsinnige Idee. Herberts Haushälterin wollte mich nicht hier haben. So viel war klar. Und ich, die ich mich auf meine Intuition hatte verlassen wollen, was würde ich sie nun fragen?

Liebe Matilda, war Herbert so ein Ekel, dass Sie ihm neben dem Kalbfleisch in Thunfisch-Mayonnaise gleich noch ein paar giftunterlegte Blaubeertörtchen in die Kühltasche gepackt haben?

Hatte ich mir vorgestellt, dass sie darauf mit einem schlichten Ja antworten würde?

Unberührt von meinen Grübeleien hatte Matilda dem Karton eines der acht Teile entnommen und es von dem Papier befreit, in das ich jedes einzelne gewickelt hatte. Sie hielt die feine Tasse einen Moment lang an ihrem Henkel in die Höhe, wickelte sie umgehend wieder ein und beförderte sie in die Schachtel zurück.

»*Non le voglio, queste cose.*« Sie schob mir den Karton zu. Das war deutlich formuliert. Sie wollte das Zeugs nicht.

Waren es die Erinnerung an ihren Arbeitgeber und die schnöde Entlassung nach Jahren treuer Dienste? War es Herberts durch hinterhältige Hand eingeleitetes Ende, das ihr ins Gedächtnis gerufen wurde? Was auch immer, ich würde es nicht erfahren, denn in diesen Moment geballter Verschmähung platzte jemand, mit dessen Anwesenheit ich hier nicht gerechnet hatte.

Giuseppe kam nicht von der Straße her wie ich, auch nicht aus dem Haus. Er entstieg zwei dicht beieinanderstehenden Sträuchern, als wäre das die gängige Art, in einem Garten in Erscheinung zu treten. Auch er schien verblüfft, mich zu sehen.

Matildas Grund und Boden ging offenbar über den für mich sichtbaren, dicht bepflanzten Gartenteil hinaus.

Giuseppe trug die Kluft, die ich an ihm kannte. Grüne Gärtnerhosen, ein verwaschenes Hemd mit kurzen Ärmeln. In der Hand hielt er eine Hacke.

»*Buongiorno*«, sagte er, was den Bruchteil einer mir zugewandten Sekunde in Anspruch nahm. Gleich darauf warf er Matilda, die meine noch nicht geleerte Tasse wieder aufs Tablett zurückstellte, einen schwer zu entschlüsselnden Blick zu, lehnte die Hacke an ein nicht von Pflanzen vereinnahmtes Stück Mauer und verschwand im Haus. Das tat er mit der Selbstverständlichkeit eines Mannes, der hier ein und aus ging.

»Signora Tabea«, sagte Matilda, noch während ich Giuseppe hinterherschaute.

»Signora Tabea«, wiederholte sie und rutschte auf dem Stuhl hin und her, als sei sie des Sitzens überdrüssig.

Alsdann legte sie mit einem unerwartet wortreichen Monolog los. Dass sie annahm, ich sei wegen des Mordes an *povero signor* Kummer hier. Warum auch sonst? Bestimmt, weil ich glaubte, sie und Giuseppe könnten damit etwas zu tun haben. *Che idea!* Ja, sie und Giuseppe seien schon länger ein Paar, auch wenn sie das nicht an die große Glocke gehängt hätten, was sie ja auch nicht müssten. In jedem Fall hätten sie sich nichts zuschulden kommen lassen. Sie koche sehr gut – ausgezeichnet sogar –, aber das Backen überließe sie anderen. Das und noch viel mehr hätten sie dem *signor commissario* von der Polizia di Stato längst mitgeteilt. Die Sache sei also *finita, chiusa e risolta* – sie vollführte einen ihrer mir bekannten horizontalen, die Luft zerschneidenden Karateschläge –, und ich könne nun mitsamt meinen Gaben wieder gehen. Das sagte sie nicht ausgesprochen unfreundlich, aber mit solch unmissverständlicher Entschlossenheit und Strenge, dass ich auf meinem

Stuhl Millimeter um Millimeter zusammenschrumpfte und mir tatsächlich nichts sehnlicher wünschte, als aufzubrechen.

Der Mord sei nicht aufgeklärt, und das sei für mich eine große Bürde, begehrte ich auf. Ob sie nicht verstehe, dass ich mich an die Menschen wandte, die mit meinem *caro suocero* eng verbunden waren? Wem sonst sollte ich Fragen stellen? Mit der Bürde und meinem lieben Schwiegervater trug ich ein bisschen sehr dick auf, aber meine letzten Sätze sollten Substanz haben.

Matilda nickte. Sie schien eine Spur milder gestimmt, wenn auch nicht milde genug. Fragen hätte die Polizei zu stellen, belehrte sie mich. Alles andere brächte Unglück. Da sei sie sich sicher.

Über ihre bizarre Unglückstheorie hätte ich gern mehr erfahren, doch ich hielt den Moment für gekommen, mich davonzumachen. Die Mokkatassen und die Kühltasche würden nun wieder mit mir zurück in die Schweiz reisen. Die Hortensie hingegen sollte bei ihren großen Verwandten bleiben.

»*Arrivederci*, Matilda«, sagte ich und ging zum Tor.

Irrte ich mich, oder hatte Matilda tatsächlich keinen Gruß für mich übrig?

Mein letzter Blick, meine Hand lag schon auf der schwarzen Eisenklinke, fiel linker Hand auf eine vom Zahn der Zeit benagte Amphore aus schwärzlichem Steinguss. Umwuchert von Blattwerk aller Art stach ein Gewächs hervor, das sich mit seinen dunklen Früchten besonders in Szene setzte: die schwarze Tollkirsche. *Atropa belladonna.*

Ascona – im August

»Wenn sich jeder verdächtig machen würde, in dessen Garten eine Tollkirschenpflanze wächst, dann würde es vor potenziellen Mördern nur so wimmeln.«

Jasper gab sich nicht die geringste Mühe, sich sein Grinsen über mein untrügliches Indiz, wie ich es genannt hatte, zu verkneifen. »Ich bin sicher, dass beim gründlichen Durchsuchen auch hier im Garten ein paar von den Pflanzen zu finden sind.«

Ich kam mir vor wie ein Gummiboot, aus dem die Luft wich. Erfüllt von der Erregung, etwas Wichtiges entdeckt zu haben, hatte ich losgelegt. Nun war von der triumphierenden Aufgeblasenheit nicht mehr viel übrig.

»Wobei mir die Idee vom Gärtner, der mal wieder der Mörder wäre, durchaus gefiele. Ein bisschen trivial vielleicht, aber insgesamt doch nett. Es erstaunt mich, dass die Gilde der Gärtner nicht gegen die Brandmarkung ihres Berufsstands aufbegehrt.« Auch Tom, um dessen Mundwinkel es zuckte, schien nicht die geringste Absicht zu haben, meine wilden Schlussfolgerungen ernst zu nehmen.

Wir saßen am Küchentisch, tranken Zitronenlimonade und besprachen, untermalt vom leisen Surren der Eismaschine, was mich umtrieb. Das gleichmäßige Rotieren des Rührwerks hatte etwas Beruhigendes.

Tom war der Meinung gewesen, man könne mit der Schwemme ungebremst wachsender Zucchini aus meinem Gemüsegarten kreativer umgehen, als ich es tat, und hatte sich an die Zubereitung einer Eiscrememasse gemacht. Pürierte Zucchini, Minze, Zucker, Zitronensaft und geschlagene Sahne. Die Zusammensetzung hatte er sich ausgedacht. Wir vertrauten auf seine gustatorische Intuition. So bezeichnete er nämlich seine kulinarischen Ideen. Bescheidenheit war nun mal nicht sein hervorstechendster Charakterzug.

Mein Appetit auf Eis war minimal. Ich hatte mir bereits eine Portion *gelato* einverleibt. Cassata war es am Ende geworden. Auf der Piazza Vittorio Emanuele, mit Aussicht auf Cannobios alten Hafen, im Wind flatternde Fahnen und ein überschaubares Quantum flanierender Urlauber.

Der Besuch bei Matilda hatte mich aufgewühlt. Eislöffelnd (beiläufig und ohne Genuss) hatte ich die in ihrem Garten verbrachten Minuten – fünfzehn, bestenfalls zwanzig – vor mir Revue passieren lassen. Ihre finale Tirade, mit der kühnen Behauptung, sie und Giuseppe hätten ihre Unschuld längst bewiesen, war mir so unangenehm in die Knochen gefahren wie ihre ablehnende Haltung als Ganzes.

Aber vielleicht, so hatte ich mir überlegt, während ein Fischerboot langsam aus dem nahen Hafenbecken tuckerte, sollte das alles so sein. Eine Mahnung an mich, meinen laienhaften Nachforschungen ein Ende zu bereiten, bevor dies jemand anders tat. Was ich bisher als meine Mission bezeichnet hatte, wurde an Cannobios malerischer Uferpromenade zur Resolution. Und die hieß: Tabea-lass-es-sein.

Ich hatte meinen Entschluss mit einem Espresso macchiato besiegelt, den ich zu Ende trinken durfte, ohne dass mir die halb volle Tasse von einer ungnädigen Matilda unter der Nase weggezogen wurde.

Nach letztem Stand der Dinge würde Ludwig übermorgen aus dem Krankenhaus heimkommen. Ich wollte für ihn da sein, mich für den Unterrichtsbeginn Anfang September vorbereiten, in Küche und Garten hantieren und – auch dafür musste endlich wieder Zeit sein – mich lyrisch betätigen. Sollte das nicht reichen? Ich war mit meinen Absichten im Reinen.

Zu Hause hatten mich Jasper und Tom erwartet. Blitzbesuch, kurzfristig eingeschoben, zur abendlichen Festivalfilmvorführung auf Locarnos Piazza Grande. Wie sie mir erzählten, hatte Jasper in einem Akt der Gefälligkeit das Fünfzehntausend-Franken-Rennrad eines gut betuchten Kunden im Zeitraffer instand gesetzt, was der Dankbare mit zwei VIP-Lounge-Karten belohnt hatte.

Ich freute mich mit ihnen, ganz besonders aber über ihre kurzzeitige Anwesenheit.

Nicht nur ich erlebte einen Stimmungsaufschwung. Bruno galoppierte seit der Ankunft der beiden mit mehr Elan durch die Wohnung, als er in meiner exklusiven Gesellschaft aufzubieten bereit war.

»Ich hoffe, dass du nun wirklich die Finger von der Sache lässt. Wer einmal mordet, schreckt bestimmt nicht vor einer zweiten Tat zurück, falls er oder sie sich bedrängt fühlt.« Jasper, der sich selbst nicht ans Fingerweglassen halten wollte, tauchte einen von seinen in die fester werdende Eismasse. »Schmeckt irgendwie komisch«, teilte er Tom mit.

»Wobei wir nicht wissen, ob dein Großvater tatsächlich einem Mord zum Opfer gefallen ist oder es sich nicht eher um vorsätzliche Tötung handelt.« Tom, der des Öfteren den Zeigefinger hob, hingegen nicht mochte, wenn Jasper seinen ins unfertige Eis steckte, hatte einen seiner nicht seltenen haarspalterischen Momente.

Wir sahen ihn an. Neugier, gepaart mit einer Prise Ungeduld.

»Vielleicht wurde Herberts Tod nur billigend in Kauf genommen. Das heißt, die Täterin oder der Täter hat die Sache zwar geplant und durchgezogen, könnte aber immer noch behaupten, die Folgen nicht bis zur letzten Zuckung des Opfers durchdacht zu haben.«

»Nobel, nobel. Das müsste man dem Täter dann wohl hoch anrechnen. Nur ›billigend in Kauf genommen‹ anstelle von ›perfide durchgeplant‹.« Jasper machte keinen Hehl daraus, was er von dieser Spitzfindigkeit hielt.

»Ob's dir gefällt oder nicht, aber solche Nuancen spielen vor Gericht eine Rolle«, erwiderte Tom mit leicht beleidigtem Unterton.

»Das ist doch im Moment unwichtig.« Ich wollte weder für Tom noch für Jasper in die Bresche springen. Mein Einwand sollte dem allgemeinen Frieden dienen, denn meine Dosis an unguten Gefühlen war mir heute schon verabreicht worden. Und was Jasper und Tom betraf, so sollten sie nachher harmonisch vereint zu ihren VIP-Plätzen auf der Piazza Grande aufbrechen.

»Solange nicht klar ist, wer diese verdammten Törtchen in die Küche gestellt und minutiös verräterische Spuren beseitigt hat, sind doch alle weiteren Überlegungen müßig.« Der Ansatz eines Disputs sollte hier ein Ende finden.

»Sind sie eben nicht, liebe Tabea.« Tom hatte auf Oberlehrer geschaltet. Auch seine Beharrlichkeit war mir nicht neu. »Mit einem Täterprofil ließen sich Rückschlüsse darauf ziehen, wie viel kriminelle Energie und Brutalität in die Tat geflossen sind. Gehen wir mal davon aus«, er strich sich fahrig eine blonde, seinem Dutt entschlüpfte Strähne aus der Stirn, »dass Giftmorde tendenziell eher von Frauen begangen werden. Gehen wir weiterhin davon aus – rein hypothetisch –, dass auch in Herberts Fall eine Frau am Werk war, dann ließe sich eventuell schlussfolgern«, er hielt bedeutungsvoll inne, »eventuell, wohlgemerkt, dass bei der Tötungsabsicht ein Schlupfloch vorgesehen war.«

»Ein Schlupfloch?« Die Sache weckte nun doch mein Interesse, was Tom nicht entging.

»Genau. Mehr oder weniger bewusst hat die Täterin das Ende offengelassen. Schließlich konnte sie nicht zu hundert Prozent davon ausgehen, dass Herbert die Törtchen auch essen würde. Sie musste durchaus die Möglichkeit in Betracht ziehen, dass jemand anders sich darüber hermachen würde. Du zum Beispiel.«

»Ich?« Erschrocken wich ich auf meinem Stuhl zurück, als wollte mir Tom zwecks Veranschaulichung ein paar Tollkirschen zwischen die Zähne schieben. »Warum sollte ich mich in die Wohnung meines Schwiegervaters schleichen und dort mal eben unaufgefordert Gebäck in mich reindrücken?« Die bloße Vorstellung verursachte mir Bauchweh.

»Meinetwegen auch diese Kassandra. Oder Ludwig. Sogar

Bruno hätte das Zeug fressen können. Was weiß ich. War, wie gesagt, nur ein Beispiel.«

»Unser Basset frisst kein Obst.« Jasper tätschelte dem bei der bloßen Nennung seiner edlen Rasse unter dem Tisch vorgekrochenen Bruno den Kopf.

Wie es aussah, maß Jasper Toms Ausführungen kaum mehr Bedeutung bei.

Mich hingegen hatte Tom an der Angel. Es war ja nicht so, dass mir seine Gedankengänge bisher nicht selbst durch den Kopf gegangen wären. Ich hatte ihnen einfach nicht den Raum zur Entfaltung gelassen.

»Herbert hat liebend gern Süßes gegessen. Schokolade, Eis, Kuchen. Kein Essen ohne zuckriges Dessert. Der konnte keinen Keks und kein Stück Schokolade rumliegen sehen. Das hat die den Vergiftungsvorgang ausführende Person garantiert gewusst.« Die geschlechtsneutrale Formulierung, für die ich mich aus dem Stegreif heraus entschieden hatte, kam etwas sperrig daher.

Jasper schmunzelte.

»Hm, kann sein. Ziemlich sicher sogar.« Tom hatte sich erhoben, lugte in die Öffnung der Eismaschine und inspizierte den Zustand der Masse. Wollte er sich ausgerechnet jetzt seiner Kreation zuwenden?

»Noch fünf Minuten, dann können wir davon probieren.«

»Das kann warten.« Ich wollte nicht, dass er sich von Eiscremegeschmacksstudien ablenken ließ.

Zum Glück hatte Tom auch noch nicht vor, sein Thema ad acta zu legen.

»Selbst wenn die Wahrscheinlichkeit sehr groß war, dass Herbert beim Anblick des Gebäcks nicht widerstehen konnte, gab es für die ausführende Person keine Garantie. Übrigens gibt es keine fundierte Studie, die belegen würde, dass Frauen bei Tötungsdelikten vorzugsweise zu Gift greifen, auch wenn die Vorstellung weitverbreitet ist.« Er verteilte die restliche Zitronenlimonade aus dem Krug gleichmäßig in unsere Gläser. »Sie sind generell in Sachen Tötung untervertreten. In der Mehrheit sind Männer involviert. Bei häuslichen Delikten sogar bis zu fünfundsiebzig Prozent.«

»Wahnsinn. Woher hast du das nur alles? So viel Wissen macht dich fast schon verdächtig.« Jasper schwankte zwischen Staunen und Belustigung.

»Interessiert mich einfach. Passiert schließlich nicht oft, so ein außergewöhnlicher Todesfall im nächsten Umfeld. Und informieren kann man sich zu dem Thema an vielen Orten.« Tom lehnte sich mit hinter dem Kopf verschränkten Armen auf dem Stuhl zurück, schaute mal zu mir, mal zu Jasper und versprühte in gerade noch verdaubarer Quantität Selbstzufriedenheit. So zufrieden war er mit seinen Kenntnissen, dass er uns eine Zugabe nicht vorenthalten wollte. »Ihr müsst euch das mal vergegenwärtigen: In der Schweiz gibt es pro Jahr durchschnittlich fünfzig Tötungsdelikte. Das heißt, dass auf eine Million Einwohner knapp zwei solche Delikte kommen. Das ist verflixt wenig. Dunkelziffer mal außen vor gelassen. Und ich kann so einen Fall hautnah miterleben.«

Jasper und ich sahen uns kurz an.

»Besser als Kino«, sagte ich.

»Viel besser.«

War es möglich, dass Tom meine sarkastische Note entging?

»Apropos Kino.« Es war Jasper anzusehen, dass ihm Toms nicht besonders feinfühliger Enthusiasmus ein bisschen peinlich war. »Wir könnten uns schon mal auf den Weg machen und vorher eine halbe Stunde bei Ludwig reinschauen. Danach haben wir noch Zeit für einen Drink. Die zwei Stunden vor Filmbeginn sind meist noch stimmungsvoller als die eigentliche Vorführung. Mit sanftem Druck schob er den sich nur widerwillig und mit einem schweren Seufzer zu bewegenden Bruno von seinem Fuß.

»Und das Eis?« Tom war zurück auf dem Boden des Naheliegenden.

»Gibt es später. Ich fülle alles in einen Behälter und verstaue es erst mal im Tiefkühler.«

Es war noch nicht mal sieben, und doch fühlte ich Müdigkeit in mir aufsteigen. Während Jasper und Tom in Flur und Bad mit allerlei Hin und Her ihren Aufbruch vorbereiteten, verschränkte ich meine Arme auf dem Küchentisch und bettete meinen Kopf darauf. Trotz Schläfrigkeit und des Entschlusses, mich nun anderem zuzuwenden, genehmigte ich mir noch einen letzten Gedanken: Sechs Menschen konnte ich mir als Herberts Mörder vorstellen. Drei Männer und drei Frauen. Die Geschlechter paritätisch verteilt. Sollte ich die gemäß Toms Recherchen statistisch als Täterinnen untervertretenen Frauen hintanstellen?

Du sollst gar nichts, erinnerte mich die Tabea, die heute einen Beschluss gefasst und diesen Resolution genannt hatte. Ich würde mich fügen.

37

Tabea

Unnötig zu sagen, dass mein Vorsatz auf eine harte Probe gestellt wurde. Schlimmer noch, er zersetzte sich schneller, als ich ihn gefasst hatte. Zu meiner Entlastung: Es geschah ohne mein Zutun. Oder doch fast.

Jasper und Tom waren nach einem im Stehen getrunkenen Espresso nach Zürich aufgebrochen. Verkatert und einsilbig.

Nachdem ich die beiden in Locarno am Bahnhof abgesetzt hatte, war ich mit Bruno auf dem Rücksitz in die Altstadt weitergefahren. Dort sollte er vom Tierarzt einem Gesundheitscheck unterzogen werden.

Dr. Romerio, von Bruno mit bärbeißigem Grollen begrüßt, hatte seine Herztöne abgehört, ihn an allerlei Stellen abgetastet, ihm in die Ohren geschaut und Fell, Haut und Gebiss begutachtet. Der Basset sei nicht schlecht in Schuss für sein Alter, hatte der nette *veterinario* zum Schluss verkündet, solle aber in Zukunft aufs *dolcetto di buona notte* verzichten.

Wir gelobten Besserung (mehrheitlich ich, Bruno enthielt sich), auch wenn es ein Betthupferl für unseren Adoptivhund nicht gab. Herbert war da wohl nicht so streng gewesen.

Ob man schon mehr wisse über das schreckliche Ende von Brunos Herrchen, hatte Dr. Romerio zum Schluss noch gefragt. Halblaut und ein bisschen verlegen, da so eine Frage ja nicht zur Tagesordnung gehörte. Ich hatte bedauernd den Kopf geschüttelt und mich von dem ungeduldig an der Leine zerrenden Bruno zurück auf die Straße ziehen lassen.

Der zweite Programmpunkt dieses vor allem Bruno zugedachten Tages war ein Besuch im Hundesalon, wo eine Massage und ein Bad mit Naturessenzen auf ihn warteten.

Signora Raffaela, deren Adresse ich, wie einige andere auch, auf Herberts Memoboard entdeckt hatte, würde mir den frisch Gebadeten eine Stunde später wieder überreichen.

Ludwigs letzter Tag im Spital war angebrochen, die mir so zur Verfügung stehende Zeit sollte ihm gehören. Auf dem Weg zu ihm wollte ich ein wenig in die Schaufenster der Via Cittadella schauen, die Locarnos Altstadt durchzog.

Auch mir stand ein wenig Wohlsein zu.

Dass ich bei der Gelegenheit unweigerlich an Filippo Castellis Kanzlei vorbeikam, wurde mir erst bewusst, als meine Augen auf das etwas zurückversetzte Gebäude mit der rostroten Fassade, der Loggia und den Granitsäulen fielen. Der Moment meiner Aufmerksamkeit war dem schmucken Palazzo vorbehalten. An den darin seines Amtes waltenden Herrn Notar wollte ich keinen Gedanken verschwenden. Obwohl ich nichts Handfestes gegen diesen Castelli vorzubringen hatte, der schließlich nur der Überbringer unangenehmer Mitteilungen war, nicht deren Verursacher, waren meine Gefühle für ihn lauwarm bis kühl.

Während ich beiläufig darüber nachdachte, mit meinen Absatzsandalen für die Beschaffenheit des so malerisch anzusehenden Kopfsteinpflasters der Altstadt eine miserable Wahl getroffen zu haben, öffnete sich die Tür des roten Hauses. Heraus traten Filippo Castelli und eine Frau, die mir nicht unbekannt war: Kassandra Zweiglein-Bordoli.

Was hatten die zwei zu besprechen? Ging es immer noch um das Vorkaufsrecht und das geliehene Geld? Wäre das nicht ein bisschen viel Aufwand für wenig Inhalt?

Nicht nur das. Es war nicht anzunehmen, dass es zu den Gepflogenheiten von Anwalt und Mandantin gehörte, sich beim anderen unterzuhaken und sich gegenseitig mit Wangenküsschen zu beglücken.

Im letzten Moment gelang es mir, mich in gekrümmter Pose, den hängenden Kopf keine zehn Zentimeter vom Kopfsteinpflaster entfernt, meinen Sandalen zu widmen, bei denen es rein nichts zu widmen gab. Ich vernahm die Stimmen der beiden nicht weit von mir entfernt. Nur langsam verebbten sie. Aus dem munteren Plauderton schloss ich, dass sie die Frau im ungelenken Halbkopfstand nicht beachtet und folglich auch nicht erkannt hatten. Gut so. Und höchste Zeit für mich, wieder in die Senkrechte zu kommen und dem Blut in meinem Kopf den Rückfluss zu ermöglichen. Mir war ein bisschen taumelig zumute.

Im letzten Moment konnte ich erhaschen, wie Kassandra und Filippo Castelli in die Via delle Corporazioni abbogen. Da blieb mir keine andere Wahl: Ich musste ihnen folgen. Mit zehn Metern Abstand, zu denen mich jeder professionelle Detektiv beglückwünscht hätte, stolperte ich mehr schlecht als recht hinter ihnen her. Der gelöste Verschluss meiner rechten Sandale hatte in der Zwischenzeit nämlich zu der Behinderung geführt, die ich zuvor noch simuliert hatte.

Einen Schreckensmoment lang drehte sich Kassandra um und sah, so schien es mir, genau in meine Richtung. Castelli hatte sich indessen einem Wagen zu seiner Rechten zugewandt, den ich nicht zum ersten Mal sah. Der Mann mit der verspiegelten Brille am Lenkrad des metallicgrünen Mercedes-Coupés vor Asconas Golfplatz war mit größter Wahrscheinlichkeit kein anderer als der honorige *signor avvocato*. Die beiden verweilten nicht länger, stiegen ein und brausten davon.

Ich redete mir ein, von Kassandra nicht erkannt worden zu sein. Zu flüchtig war ihr Blick gewesen. Und hätte sie nicht stutzend innehalten müssen, wenn sie mich erkannt hätte? Doch die Frage aller Fragen war eine andere: Was zum Teufel hatte das zu bedeuten?

Es war nicht verboten, mit einem Anwalt und Notar liiert zu sein. Aber war es nachvollziehbar, dass der vor wenig mehr als zwei Wochen auf heimtückische Weise aus dem Weg geräumte zukünftige Gatte so schnell ersetzt wurde? Noch dazu durch den Testamentsverwalter? Pikant dabei: Der in Kassandras Liebesleben zum Nachfolger avancierte Castelli war der Mann, der Ludwig und mir unlängst Dokumente unter die Nase gehalten hatte, bei denen es um mehr ging als ein paar tausend Franken. Geld, das uns abhandenkommen sollte.

»Da ist was faul«, sagte ich halblaut vor mich hin. »Das

stinkt zum Himmel.« Konnte es sein, dass mir von dem Gestank schwindlig wurde? Tatsächlich.

In der nur wenige Schritte entfernten »Casa del Popolo« fand ich ein ruhiges Plätzchen nahe dem Brunnen, kühlte mir dort die Stirn und verordnete mir einen Kaffee, *doppio*. Auch ein Grappa hätte gute Dienste getan.

Ich rief Ludwig an, fragte ihn, wie es ihm gehe, und teilte ihm mit, dass ich erst gegen Abend kommen würde, was ihn nicht zu stören schien.

»Du musst gar nicht kommen«, sagte er. »Morgen werde ich ja entlassen.«

Das fand ich nun doch etwas schnöde. Hätte er nicht ein wenig Bedauern zeigen können? Andererseits hatte sein Ton auch etwas Beruhigendes, entsprach er doch zu hundert Prozent dem meines Vor-dem-Unfall-Ludwig.

Eigentlich hatte kein rationaler Grund bestanden, den geplanten Besuch im Krankenhaus verschieben zu wollen. Doch da war nun mal die Fülle der Dinge, die ich Ludwig nicht erzählt hatte und die mit meiner eben gemachten Beobachtung einen Höchststand erreicht hatte. Wie sollte ich mich da unbeschwert zu meinem Mann ans Bett setzen, über Brunos Tierarztbesuch plaudern und das wirklich Brisante, Aufwühlende unerwähnt lassen?

✲ ✲ ✲

Bruno roch nach Maiglöckchen. Bei dem, was seine Behandlung im Hundesalon gekostet hatte, war es wohl angebracht, von Duften und nicht von Riechen zu sprechen. Er lag neben mir auf der Terrasse, ließ gelegentlich einen Schnarchton vernehmen und schlief den Schlaf eines Hundes, der ein Vormittagsprogramm außerhalb des Üblichen hinter sich hatte.

Ich hingegen saß auf dem Liegestuhl im Schatten eines vom Wind gebeugten Palmentrios und tätigte ein Videotelefonat nach dem anderen.

Da waren zunächst Mutter Gisela und Siglinde, die neuerdings und zu meinem Erstaunen ihre Freude an dieser Art der Kommunikation entdeckt hatten. Sich gegenseitig ins Wort fallend, berichteten sie davon, sich keine sardischen Schafe zulegen zu wollen. Überhaupt kein Schaf solle bei ihnen Einzug halten, weder ein sardisches noch ein irisches. Sie seien dafür doch zu alt, und die Arbeit sei nicht zu unterschätzen.

»Das dachte ich mir schon«, sagte ich entgegen meiner Absicht. Ich mochte derlei Unkenrufe nicht und wollte sie eigentlich auch anderen nicht zumuten. Meine Laune war, da ließ sich nichts schönreden, eher mäßig.

Nicht viel später meldete sich Corinna, was insofern verwunderlich war, als wir eigentlich keinen Kontakt miteinander pflegten. Schon gar nicht per Video. Der ohnehin seltene Austausch lief in der Regel über Ludwig und war, was mich betraf, auf freundliche Grüße beschränkt. Meine flinke Rechnung ergab, dass bei ihr späte Nacht herrschte. Eine Zeit, zu der arbeitsame Farmer meines Wissens längst im Bett zu liegen hatten.

Corinna, die tatsächlich aussah, als könnte sie etwas mehr Nachtruhe gut gebrauchen, erkundigte sich nach Ludwigs Befinden. Für die erfreuliche Neuigkeit seiner baldigen Heimkehr konnte sie dann aber nur wenig erübrigen.

»Tabea«, sie rückte etwas näher an ihren Bildschirm heran, »ich weiß, dass das nicht der beste Moment ist, aber wann ist ein Moment schon wirklich gut?« Mit einer fahrigen Bewegung fuhr sie sich durch ihr kurz geschnittenes Haar, das ihr noch mehr zu Berge stand als sonst.

Ich überlegte, was ich zu dieser ans Philosophische grenzenden Frage sagen sollte. Am besten nichts, denn meine Schwägerin schien nicht auf eine Antwort erpicht zu sein.

»Die Sache ist nämlich die.« Sie rieb sich mit den Knöcheln des Zeigefingers auf eine Weise die Augen, wie es nur eine Frau tun konnte, die sich um Falten und Fältchen keine Sorgen machte. Das war auch nicht nötig, denn sie hatte die Haut einer Dreißigjährigen. »Um es kurz zu machen: Wir sind in massiver Geldnot.« Ihre grauen Augen waren durchdringend auf mich gerichtet, als rechnete sie mit einer heftigen Gemütserregung meinerseits.

Ich nickte und wartete ab.

»Steven will aussteigen und sich auszahlen lassen. Das können wir aber nicht.«

Auch wenn ich keine Ahnung hatte, auf welchem Geschäftsmodell die Schaffarm meiner Schwägerin beruhte, konnte ich mich an einen Naturburschen mit dunklen Augen und dichten Brauen erinnern, der Steven hieß und uns bei unserem einzigen Besuch als Teilhaber vorgestellt worden war. Noch während ich mir besagten Mann ins Gedächtnis rief, drängte sich mir die Frage auf, weshalb sich so erstaunlich viele Menschen in meinem familiären Umfeld von blökenden und grasfressenden Paarhufern angezogen fühlten. Sagte das eventuell auch etwas über mich aus?

Es blieb mir keine Zeit, mich diesem Gedanken zu widmen, denn Corinna ging es heute um Finanzen und nichts sonst.

»Warum könnt ihr das nicht?«, fragte ich, auch wenn mich eine Ahnung beschlich, dass es um diesen spezifischen Teil der Geschichte hier und jetzt gar nicht ging.

»Warum? Weil wir nichts haben, womit wir Steven auszahlen könnten.« Corinnas Miene verheimlichte nicht, was sie von meiner Frage hielt.

»Um ihn auszuzahlen, müssten wir die Farm verkaufen. Das wollen wir aber nicht. Die Farm ist unser Leben.«

Der Satz hing bedeutungsschwer zwischen uns. … *ist unser Leben.*

»Aber wie es manchmal so ist«, fuhr Corinna nach mehrmaligem nervösem Blinzeln fort, »ist der Moment für dieses Desaster eigentlich nicht der schlechteste.«

Ob es die Fülle der Ereignisse war oder eine gewisse Müdigkeit, jedenfalls begriff ich nicht ganz, worauf sie hinauswollte.

»Ich meine, jetzt, wo Vater tot ist und sein Besitz frei wird, also … ›frei werden‹ klingt vielleicht etwas komisch. Was ich eigentlich sagen wollte … versteh mich nicht falsch. Im Grunde müsste ich das ja mit Ludwig bereden, aber ... Ach, es ist mir wirklich unangenehm.« Hier brach sie ab und fuhr sich erneut durch die strubbeligen Haare.

Endlich dämmerte es mir. Ich lehnte mich zurück, wofür der Liegestuhl, auf dem ich saß, ohnehin gedacht war.

Come on, Corinna, dachte ich. Spuck es aus!

Den Gefallen tat sie mir. »Meine Frage ist die: Habt ihr inzwischen eine Ahnung, wie viel Herbert auf seinen Konten hat? Je nachdem ... ich weiß, dass das bisher kein Thema war ... müsste man die Villa ja doch verkaufen.«

Erst jetzt wurde mir bewusst, dass Corinna über nichts informiert war. Weder über das haarsträubende Vorkaufsrecht noch über die von Herbert links und rechts geliehenen Geldsummen, von denen Kassandra behauptete, dass die Rückzahlung kurz bevorgestanden habe.

Nein, sie hatte keine Ahnung. Und es war nicht an mir, sie einzuweihen. Oder doch?

Während ich mir das überlegte, sprudelte so allerlei aus meiner Schwägerin heraus. Dass sie schon seit einer Weile finanziell am Limit seien. Wie ihnen die Scrapie, die Traberkrankheit in der Herde, vor einigen Jahren emotional und finanziell massiv zugesetzt habe, sie aber geglaubt hätten, es zu schaffen. Was auch möglich gewesen wäre, wenn nicht ausgerechnet jetzt dieser Steven, von dem sie doch immer so viel gehalten hätten, mit seinem Ausstieg gekommen wäre.

Ihre Worte überschlugen sich, ihre Augen funkelten. Dazu musste gesagt werden, dass Corinna sehr schöne Augen hatte, die gar kein zusätzliches Funkeln brauchten. Sie war, das hatte ich schon immer neidlos anerkennen können, eine jener Frauen, die in jeder Lebenslage attraktiv aussahen. So gut wie jedes Kleidungsstück stand ihr. Sogar die allzeit präsenten grün-grauen Arbeitslatzhosen, von denen ich auf dem Bildschirm nur die obere Hälfte sah und die mich, würde ich sie tragen, in einen Sack auf zwei Beinen verwandelt hätten.

»Tabea, ich möchte dem armen Ludwig wirklich nicht mit alldem kommen. Könntest du nicht ...?« Sie zwinkerte mich mit flatternden Lidern an. »Wenn ich so sehe, wie gut du es hast …« Den vorläufig letzten ihrer unvollendeten Sätze krönte sie mit einem Seufzer.

Dass das thematisch in eine ganz andere Schublade gehörte, wollte ich ihr nicht krummnehmen. Ihr Zustand war nun mal nicht der beste. Tatsächlich mochte ihr der Unterschied zwischen dem funzelig beleuchteten Büro, an dessen Schreibtisch sie saß, und meinem Liegestuhlplätzchen dramatisch erscheinen. Die akustische Untermalung von Palmenrauschen und Vogelgezwitscher auf meiner Seite war gewiss nicht hilfreich. Dennoch fand ich ihren leicht vorwurfsvollen Ton deplatziert. Wer wollte denn das naturverbundene Leben einer neuseeländischen Farmerin führen? Sie oder ich?

»Corinna«, sagte ich nicht ohne Strenge. »Ich denke, da musst du dich jetzt noch ein bisschen gedulden. Wie du richtig feststellst, ist Ludwig trotz des glimpflichen Ausgangs, den das alles genommen hat, noch immer fragil. Und ich bin, wie du weißt, keine Erbin. Alles, was die finanziellen Sachen betrifft, müsst ihr regeln. So ist das nun mal. Ich kann und will mich da nicht einmischen.« Bedauernd hob ich die Schultern, soweit dies in meiner von ihr so beneideten Ruhestellung und mit dem Tablet in den Händen überhaupt ging.

Dabei unterschlug ich, dass ich meine Nase seit einer Weile in so einiges steckte, was genau genommen nicht in meinen Kompetenzbereich fiel. Aber das musste Corinna, die bisher nur wenig Anteilnahme an den dramatischen Geschehnissen in der Villa Felicità gezeigt hatte, nun wirklich nicht wissen.

Es war ihr anzusehen, dass sie sich nur ungern abspeisen ließ. Aber selbst eine resolute Frau wie sie, die wahrlich ein harter Knochen sein konnte, verstand, ab welchem Punkt es bei mir nichts mehr zu erreichen gab. Anlass für einen kleinen Funken Genugtuung meinerseits.

Ich verabschiedete mich mit einem freundlichen Gute-Nacht-Gruß, während sie mir noch einen entspannten – deutliche Betonung – Nachmittag wünschte.

Gerade wollte ich mich erheben, denn entgegen Corinnas

Vorstellung bestand mein Leben nicht aus *dolce far niente* auf dem Liegestuhl, als sich Mimi meldete.

»Was ist los?«, fragte sie.

Ich hatte mehrmals versucht, sie zu erreichen. Ohne Erfolg. Das war früher anders gewesen, aber früher gab es auch keinen Alfonso, der mittlerweile erstaunlich viel Platz in Mimis Leben einzunehmen schien.

Mein unerwartetes Zusammentreffen mit Kassandra und Castelli in Locarnos Altstadt und die Erkenntnis, dass die beiden in einem recht intimen Verhältnis zueinander stehen mussten, lagen nur wenige Stunden zurück. Zwischenzeitlich war ich durch meine in Schafsangelegenheiten verwickelten Gesprächspartner abgelenkt worden, aber Mimis knappe Frage brachte meine Aufregung in einem Schwall zurück.

Umso enttäuschender war ihre wenig emotionsgeladene Reaktion, nachdem ich ihr eine Kurzversion von dem geliefert hatte, was ich selbst ungeheuerlich fand.

»Scheint den Verlust schnell verschmerzt zu haben«, kommentierte sie Kassandras fliegenden Wechsel von Herberts mit angegrautem Haar versehener Brust an die gut gepolsterte von Castelli.

»Aber das stellt doch die ganze Geschichte mit dem Vertrag zum limitierten Vorkaufsrecht und dem Dokument über das geliehene Geld in ein neues Licht.« Meine Empörung war unüberhörbar.

»Mag sein.« Mimi griff nach einer Pflaume und biss hinein. Die Schale, auf der sie zusammen mit anderen Früchten gelegen hatte, war mein ihr zugedachtes Geburtstagsgeschenk zu Beginn des Jahres gewesen. Das lag keine acht Monate zurück und schien mir doch eine ganze Epoche zu sein.

Für einen kurzen Moment befiel mich Melancholie. Was hatte ich es doch gut gehabt in Zürich! Kein Herbert, schon gar kein toter. Keine sich durchweg seltsam und verdächtig aufführenden Menschen um mich rum. Kein Ludwig im Krankenhaus.

So zu denken war so gefühlsduselig wie unsinnig. Überlegungen der Sorte, wenn dies oder jenes nicht wäre, ginge es mir besser, entbehrten jeder Überprüfung durch die Realität. Vielleicht wäre mir in Zürich in der Zwischenzeit Schlimmeres passiert. Die Straßenbahn hätte mich überfahren, oder meine Liebsten hätten mir abhandenkommen können. Hingegen saß ich komfortabel und unversehrt unter Tessiner Palmen.

»Du darfst dich nicht zu sehr in diese Geschichten hineinsteigern«, ermahnte mich Mimi. »Kann es sein, dass du da schon ein bisschen verpeilt bist? Du siehst Verdächtiges links und rechts. Schon ein paar Tollkirschen im Garten der Haushälterin versetzen dich in Alarmzustand.«

»Wie kommst du darauf?« Von meiner Fahrt nach Cannobio hatte ich ihr nichts erzählt.

»Jasper hat mich angerufen. Er macht sich Sorgen.«

»Aha.« So war das also. Hinter meinem Rücken! Aber wenigstens verheimlichte mir Mimi nichts. In meinem Umfeld war man wohl langsam der Meinung, dass Tabea Kummer ein bisschen den Bodenkontakt verloren hatte. Ihren Schwiegervater tot vorzufinden, umgebracht noch dazu, musste ihr schwer zugesetzt haben.

»Hör zu«, sagte Mimi. »Vielleicht muss der Mörder –«

»Oder die Mörderin.«

»Meinetwegen. Der Täter, in all den möglichen geschlechtlichen Ausrichtungen, muss vielleicht ganz woanders gesucht werden. Wer weiß. Jemand, der eine alte Rechnung begleichen wollte und so clever war, jede Spur zu verwischen. Jemand, den du gar nicht kennst. Für so was ist die Polizei zuständig, Tabea. Und selbst die finden nicht immer alles raus. Mit dem Gedanken musst du leben können.« Mimi hielt die angebissene Pflaume mit ihrem goldgelben Innenleben wie ein Mahnmal in der rechten Hand. Ein Mahnmal für alle selbst ernannten Fahnderinnen, für alle Sucher nach Klarheit und Gerechtigkeit, die sich mit Unfertigem, sozusagen Angebissenem abfinden mussten.

Ich schwieg. Nun war wohl auch mit Mimis wohlmeinender Unterstützung nicht mehr zu rechnen. Es stimmte ja, was sie da sagte. Und hatte ich mir nicht erst gestern selbst vorgenommen, mich nicht länger einzumischen?

»Übrigens, Alfonso und ich kommen für ein paar Tage nach Ascona. Wir werden auf der Brissago-Insel wohnen. Wäre schön, wenn wir uns sehen könnten.«

Wie die Dinge standen, kam mir der Themenwechsel gelegen, auch wenn mir gerade klar wurde, dass ich für meine alte Freundin zu jemandem geworden war, der nur noch nebenbei bedacht wurde.

Ich sollte mich für sie freuen.

✳✳✳

Donna stupida – dumme Frau. Was bildete sie sich ein? Sie wollte Polizistin spielen? Bene, bene. Aber das konnte Folgen haben. Unangenehme Folgen. Conseguenze spiacevoli.

Eine zweite Tat? Unumgänglich?

Forse. Vielleicht.

Dass ihm das an seinem ersten Tag zu Hause passieren musste!

»Mein lieber Ludwig, wie geht es Ihnen?«

Unvermittelt, fast als wäre der Asphalt aufgebrochen und hätte sie wie eruptierende Lavamasse nach oben befördert, stand Olivia Herzig auf der Straßenseite des Tores. An Lavamasse erinnerte auch ihr Erscheinungsbild: flammend rot der stoffreiche Kaftan, gelborange die Beine der Pluderhosen, die darunter hervorlugten.

»Danke, gut.« Bereit zur Kehrtwende, zog er an Brunos Leine. Dieser schaute zu Papa Ludwig auf. In seinen Augen Überraschung. Sollte der noch nicht einmal richtig begonnene Spaziergang schon zu Ende sein?

»Wollte nur mal ein paar erste Schritte tun«, erklärte Ludwig übers Tor weg sein Manöver, dessen alleiniges Motiv es war, nicht mit Olivia Herzig reden zu müssen. Natürlich konnte er das auch einfacher haben. Tor auf, an ihr vorbei und nichts wie weg, hoch zum Monte Verità. Der Rückzug war ein Reflex gewesen. Dumm nur, dass sich das mit Olivia nicht so einfach machen ließ.

»Warten Sie, Ludwig. Ich habe was für Sie. Nocino aus Eigenproduktion. Ein Hochgenuss. Der beste *digestivo* weit und breit. Und stärkend für Genesende.« Sie hielt eine Flasche mit brauner Flüssigkeit in die Höhe. Die Freiheitsstatue in flammendem Rot. Statt Fackel ein mit Nusslikör gefülltes Behältnis.

Wenn Ludwig außer auf Olivia Herzig noch auf etwas Weiteres verzichten konnte, dann war es Likör. Der mochte selbst gebraut sein, möglicherweise auch gut. Aber mit einem dreißigprozentigen Alkoholgehalt war nicht davon auszugehen, dass er sich als Stärkungsmittel eignete.

Konnte er das Präsent ausschlagen? Natürlich konnte er das.

»Danke«, sagte er, nun schon zum zweiten Mal, und nahm die übers Tor gereichte Gabe in Empfang. »Sehr freundlich.«

Olivia Herzig ergriff die Gunst des Augenblicks. »Sie sehen gut aus. Einen schönen Mann kann nichts entstellen.« Mit ausgestrecktem Zeigefinger wies sie auf die Wunde mit den noch nicht gezogenen Fäden. Die zierte noch immer prominent seine Stirn. »Ich bin ja so froh, dass Sie den Unfall glimpflich überstanden haben. Das klang zunächst gar nicht gut.« Sie stellte sich auf die Zehenspitzen und drückte ihr Kinn an die Oberkante des Gatters, was durch die schmiedeeisernen Spieße nur unzureichend gelang. Es war ihr anzusehen, dass sie das trennende Element als sehr störend empfand. Ihren Redefluss, so viel war klar, würde das nicht stoppen.

»Wissen Sie, was ich befürchte?«

Ludwig wusste es nicht und wollte es auch nicht wissen.

»Olivia ...«, schaffte er zu sagen.

»Bei dem Unfall könnte es sich um einen Anschlag gehandelt haben.«

»Einen Anschlag?« Dem Fluchtgedanken zum Trotz hatte sich ein Quäntchen Neugier eingeschlichen. Was hatte sich die phantasiebegabte Nachbarin denn da ausgedacht? Sein Vater kam ihm in den Sinn. »Crazy Olivia« hatte der sie despektierlich genannt.

»Die Person, die Herbert vergiftet hat, hatte es mit der herbeigeführten Kollision vielleicht auf Sie abgesehen. Sozusagen der zweite Streich.« Olivias erstaunliche Hypothese war von einer triumphierenden Note durchzogen.

Fast musste Ludwig lachen. Dass sich zu seiner Irritation eine Prise Belustigung gesellen könnte, hatte er nicht für möglich gehalten.

»Und der dritte Streich? Wer ist Ihrer Meinung nach als Nächstes dran und warum?« Natürlich wusste Ludwig, dass es unklug war, diesen Spinnereien auch noch Raum zur Entfaltung zu gewähren. Aber das war nun auch schon egal. Einen gewissen Unterhaltungswert konnte er Olivias Gedankengängen nicht absprechen.

»Da es bei Ihnen nicht geklappt hat, könnte die Täterin es ein weiteres Mal probieren. Sie müssen sich vorsehen!«

Ludwig forschte in ihrem Gesicht nach Spuren einer schwarzhumoristischen Einlage. Aber nichts deutete darauf hin. Sie wirkte ernst und konzentriert.

Es war früher Nachmittag. Ein klarer Augusttag, wie Ludwig ihn liebte. Weniger heiß als in den vergangenen Tagen, die er im *ospedale* verbracht hatte. Wie gern hätte er die vielleicht achthundert Meter bis zum Teegarten des Monte Verità zurückgelegt – langsam und bedächtig –, hätte sich dort im Schatten eines Baumes niedergelassen, ein wenig nachgedacht und sich daran erfreut, überhaupt nachdenken zu können. Das war nach dem Unfall nicht selbstverständlich. Tabea hatte ihn begleiten wollen, aber er hatte auf diesem Spaziergang ohne Eskorte – Bruno war genehm – und in *santa pace* beharrt. Und nun das. Olivia Herzig mit einer haarsträubenden Geschichte, für die sich sogar ein Serienschreiber für Billigkrimis geschämt hätte.

»Aber warum, Olivia? Warum?« Das wollte er noch wissen. Danach würde er sich auf nichts mehr einlassen.

»Erbschaft?« Sie warf die Spekulation in die Luft wie einen Ballon. Spielerisch, leicht und mit ein paar hinterhergeworfenen bunten Fragezeichen.

»Oh, aber wenn es um Herberts Hinterlassenschaft ginge, müsste diese Person, von der Sie sprechen, sich auch noch ein Flugticket nach Neuseeland leisten und sich dort um meine Schwester kümmern.« Er konnte nicht glauben, dass er dieses hanebüchene Hickhack wider besseres Wissen anheizte.

Der junge Fahrer des Wagens, der auf der Seestraße auf die Gegenfahrbahn geraten und mit ihm kollidiert war, musste abgelenkt gewesen sein. Selbst unverletzt, hatte er Ludwig im Krankenhaus besucht und zerknirscht um Verzeihung gebeten. Die Konsequenzen, mit denen er zu rechnen hatte, waren einige. Er hatte Ludwig leidgetan. Wie ein Auftragskiller hatte der Arme, der ihm eine Schachtel Pralinen auf den Nachttisch gelegt hatte, nicht ausgesehen.

Die Flasche mit dem Nocino, mit der sich die Nachbarin das Geplänkel mit Ludwig erschlichen hatte, stand neben ihm auf dem Boden. Er selbst hielt sich inzwischen mit beiden Händen an den eisernen Torspießen fest, die sein Gesicht von dem Olivias trennten.

Sollte irgendjemand aus der Nachbarschaft in den Genuss dieser Szene kommen, er oder sie würde sich fragen, welcher bizarren Spielart der Unterhaltung sich die zwei Menschen am Eingangstor der Villa Felicità hingaben.

»Nehmen wir mal an …«, Olivia, von solchen Überlegungen unbehelligt, spann beharrlich an ihrem Trivialkrimi, »diese Schlange von einer Fitnesstrainerin – nur so als Beispiel – hat den armen Herbert dazu bewegen können, ihr im Todesfall etwas zu hinterlassen. Etwas Substanzielles, wohlverstanden. Nehmen wir weiter an, dazu wurden ein paar Klauseln verfasst, schriftlich festgehalten und beglaubigt. Könnte es dann nicht sein, dass zumindest Sie, lieber Ludwig, neben Herbert, versteht sich, für ein erfolgreiches Finale«, sie rieb Daumen und Zeigefinger zur Veranschaulichung aneinander, »aus dem Weg geräumt werden müssten?«

Der *liebe* Ludwig hatte nun definitiv genug. Mit Logik und Argumenten war Olivia nicht beizukommen. »Annehmen kann man viel.« Er bückte sich nach dem Nusslikör. »Sehr nett, danke.« Mit einem kurzen Schwenken der Flasche setzte er den definitiven Schlusspunkt. Trotz allem gelang es ihm nicht, ungehobelt zu sein. Sein Vater hätte mit Olivias Spinnereien weniger Federlesens gemacht. Aber der war er nun mal nicht.

»Habe die grünen Nüsse am Johannistag geerntet. Genau wie es die Tradition will. Vollmond noch dazu«, rief ihm Olivia nach, während er zügigen Schrittes, Bruno im Schlepptau, den Weg zurück zur Wohnung einschlug.

»Schon wieder da?« Tabea, die ihm mit frisch gewaschenen, in einen Frotteeturban gewickelten Haaren aus dem Bad entgegenkam, schien erstaunt und besorgt zugleich. »Hast du dir also doch zu viel zugemutet? Setz dich hin.« Sie fasste ihn am Ellbogen und wollte ihn ins Wohnzimmer führen, aber Ludwig befreite sich aus ihrem Griff.

»Ich muss einen Moment in Ruhe nachdenken. Allein«, sagte er und steuerte das Schlafzimmer an. Tabeas Blick – er tippte auf ultrafürsorglich – brannte ihm ein Loch in die Rückenpartie seines Polohemds. Auf solche Betulichkeiten konnte er jetzt keine Rücksicht nehmen.

Die Schlafzimmertür fiel heftiger hinter ihm ins Schloss, als er beabsichtigt hatte. Endlich allein. Wenn schon nicht Monte Verità, dann wenigstens sein Bett. Er beförderte sich in die Horizontale und dachte, dass ihm diese Position mittlerweile eine äußerst vertraute war.

Die Augen auf den schillernden und einiger Kristalle beraubten Kronleuchter an der Decke gerichtet – spleeniges Flohmarktweihnachtsgeschenk von Jasper und Tom –, drängten sich ihm ungebeten Olivia Herzigs Phantastereien auf. Ohne weitere Überleitung kam ihm der Umschlag mit den Schriftstücken in den Sinn, den ihnen Filippo Castelli mitgegeben und um dessen Verbleib er sich noch nicht mal gekümmert hatte. Vom limitierten Vorkaufsrecht hatte der Anwalt gesprochen. Auch von der Erbschaft, die laut Castelli keine Besonderheiten aufwies. Tabea und er hatten sich an jenem Tag wie die Habichte auf die Sache mit dem Vorkaufsrecht gestürzt. Der Rest war aus dem Fokus geraten und von den nachfolgenden Ereignissen zusätzlich ins Abseits geschoben worden.

Wenn Olivia Herzig doch recht haben sollte? Wenn da noch was anderes festgehalten worden war? Etwas, das mit Herberts Nachlass zusammenhing? Etwas, das bei irgendjemandem Begehrlichkeiten geweckt hatte?

Leises Klopfen an der Zimmertür.

»*Tutto bene?*«, fragte Tabea.

Ludwig ließ ein Grunzen vernehmen, das alles bedeuten konnte.

»Bruno will zu dir. Darf er reinkommen?« Sie öffnete die Tür einen Spaltbreit, ohne eine Antwort abzuwarten.

Bruno drückte sich durch die entstandene Öffnung, trappelte zu ihm an die Bettkante und stellte den Kopf schief: die Bild gewordene Anteilnahme. Dann ließ er sich mit einem seiner ergreifenden Seufzer seitlich aufs Parkett fallen, was etwas unvermittelt Beruhigendes an sich hatte.

»*Tutto bene*«, sagte Ludwig leise und schloss die Augen.

Das stimmte nicht ganz, aber hier und jetzt wollte er, dass es so war.

Ich hatte Ludwig eingeweiht. Nicht in alles, bewahre, eher in das, was ich für den verdaulichen Teil meiner Recherchen hielt. Das schien mir angemessen, nachdem er mir nach seinem zweistündigen Rückzug ins Schlafzimmer von seiner Begegnung mit Olivia Herzig und deren wilden Phantasien berichtet hatte. Wir waren uns einig, dass sie eine exzentrische Person war, die die Fertigkeit besaß, die Geduld der Menschen in ihrer Umgebung aufs Äußerste zu strapazieren. Ich hatte nach dem komatösen nun auch dem wachen Ludwig von meinem Besuch bei ihr erzählt, vom grinsenden Buddha, von der Wasserpfeife und ihrem Redefluss. Wir hatten gelacht, was uns beiden guttat.

Daraufhin hatte ich mich moralisch verpflichtet gefühlt, noch ein bisschen mehr von dem rauszurücken, was ich in der vergangenen Woche in Erfahrung gebracht hatte. Meine Entscheidung war zunächst auf Paul und die Sache mit dem Foto gefallen, das ich zu diesem Zweck aus meiner Schatulle mit den gesammelten Kleinoden hervorgeholt hatte. Natürlich hatte Ludwig seine von Paul im Arm gehaltene Mutter gleich erkannt, trotz der Kritzelei, die jemand dem Gesicht von Louise zugefügt hatte.

»Eine echte Lovestory« waren meine Worte gewesen, während Ludwig das Foto schweigend in den Händen hielt. »Zumindest bis der flotte Herbert auf dem Parkett erschienen ist und Paul die Cremeschnitte vom Teller geklaut hat.« Der saloppe Kommentar sollte der Sache eine leichte Note verleihen. Aber Ludwig hatte weiter geschwiegen. An meiner Formulierung schien ihm rein gar nichts lustig vorzukommen. Mir dann auch nicht mehr, was ich mit leichter Beschämung feststellen musste.

Das war der Moment, in dem ich beschlossen hatte, ihm

auch noch von Corinnas Videotelefonat zu erzählen, was ich ursprünglich hatte zurückhalten wollen. Ludwig war Rekonvaleszent und noch immer fragil.

Er hatte mich lange angesehen, sich mit beiden Händen die untere Nackenmuskulatur massiert und schließlich seine Sentenzen verlauten lassen.

Sentenz eins: Seine Schwester sei schon oft für eine Überraschung gut gewesen. Leider nicht immer im positiven Sinne. Das war erstaunlich lapidar.

Sentenz zwei betraf das entwendete Foto. Dass die Aneignung grenzwertig und das Ganze allemal nicht mein Job sei. Aber da ich mir die Sache nun mal geleistet hätte, wäre eine unverzügliche Weiterleitung an Lara Patelli fällig gewesen. Der Verweis war das Amen in der Kirche. Lara Patelli hier, Lara Patelli dort.

Natürlich würde ich die Polizei informieren, hatte ich ihm versichert. Aber ich bräuchte da einfach ein bisschen Zeit. Schließlich wollte ich mich nicht mit Irrelevantem wichtigtun und in der Folge lächerlich machen. Das war die Wahrheit. Zumindest in groben Zügen.

Erst etwas später – ich war mit zwei Tassen Kaffee aus der Küche zurückgekommen – hatte Ludwig endlich so etwas wie Betroffenheit darüber zugelassen, dass er als Sohn rein nichts von den amourösen Verwicklungen seiner Mutter gewusst, nein nicht einmal geahnt hatte. Mit geschlossenen Augen, den Kopf ans Polster gelehnt, hatte er auf dem Sofa gesessen und einem nicht anwesenden Publikum – oder einfach nur mir – eine der wesentlichen Fragen des Lebens zukommen lassen. Eine, die eigentlich gar keine Frage war: »Was wissen wir schon?« Die Antwort gab er sich auch prompt selbst: »Nichts, nichts und noch mal nichts.«

Das kam mir dann doch etwas drastisch vor. Und auch ein bisschen theatralisch.

∗∗∗

Nun, einige Stunden später, saß ich allein auf meinem Badetuch am Sandstrand des Bagno Pubblico, dem bescheideneren Bruder des großen Lido, ließ mich von der Sonne trocknen und machte Eintragungen in mein kleines schwarzes Notizbuch.

Auf der Vorderseite des ersten Blattes hatte ich »Vorsätze und zu Erledigendes« geschrieben. Dick unterstrichen. So weit nicht neu. Im Anfertigen von Listen war ich Weltmeisterin. Lara Patelli über meine Recherchen zu informieren, hatte ich zuoberst notiert und mit einem Ausrufezeichen versehen. Das war Ausdruck meines guten Willens. Ich hatte es Ludwig versprochen. Den Rest der Seite würde ich in einem anderen Moment füllen.

Mit mehr Inbrunst ging ich das Erstellen der zweiten Liste an, etwas verschämt auf der Rückseite der ersten. Ich nannte sie schlicht und diskret kaschiert »Fakten zur Tat / involvierte Personen«.

Nach wenigen Zeilen und in dem Gefühl, mir mit meiner Niederschrift nicht einen Bruchteil der erhofften Befriedigung zu bescheren, legte ich Bleistift und Notizbuch zur Seite.

War endlich der Moment des Begreifens gekommen, dass meine Nachforschungen so wenig Sinn hatten wie mein ermüdendes Sinnieren? Dass man bei der Polizei wahrscheinlich längst weiter war und nur noch wenige Schritte von der Überführung der Täterin oder des Täters entfernt? Sollte es mir nicht recht sein, auf diese Weise endlich zur Ruhe zu kommen?

Mein Augenmerk richtete sich auf die Brissago-Inseln in der Ferne. Mimi und Alfonso würden ab heute ein paar Tage im Inselhotel »Villa Emden« verbringen, vermutlich von der Veranda händchenhaltend auf das Refugium mediterraner Pflanzen und den um die Insel herum immer etwas bewegten Lago schauen und genau das erleben: Ruhe und Frieden.

Das mochte eine verklärte Sicht sein, aber mit dieser wollte ich mich für heute von meinen Grübeleien verabschieden.

Ich verstaute meine Utensilien im Außenfach meines Rucksacks, zog den Reißverschluss zu und sprang auf. Von neuem Elan erfüllt, der nichts mit Verdachtsmomenten, möglichen

Tätern und notariell beglaubigten Verfügungen zu tun hatte, schlüpfte ich in meine Shorts und erspähte keine zehn Meter von meinem Platz entfernt eine mir mittlerweile vertraute Erscheinung: Olivia Herzig, die auf einem von der grazilen Größe her nicht für sie gedachten Strandstuhl thronte. Das durfte sie nach Belieben tun, solange es mir gelang, nicht von ihr gesehen und von ihren himmelschreienden Theorien behelligt zu werden.

Tatsächlich schien sie mich nicht wahrgenommen zu haben, was auch, aber nicht nur damit zusammenhängen mochte, dass mein Erscheinungsbild um einiges diskreter war als das ihre. Sie trug, und das war wirklich ungewöhnlich, einen giftgrünen Neopren-Shorty. Olivia und ein Surfbrett? Olivia und ein Stand-up-Board?

Ungeachtet meiner Absicht, mich schnell und unerkannt davonzumachen, fesselte mich ihr Anblick. Auch jetzt wieder bewunderte ich die Unbekümmertheit, mit der Olivia ihre Kleidungswahl traf. Da wurde nichts kaschiert. Nein, grell und körpernah durfte es sein. Hätte ich nicht beschlossen, mich unbedingt ihrem Gespräch zu entziehen, ein Daumen-hoch wäre mir ihr Outfit wert gewesen.

Dass sie mich noch nicht bemerkt hatte, konnte zudem an der Aufmerksamkeit liegen, die sie ihrer Lektüre schenkte. Was sie in den Händen hielt, sah nicht nach gängiger Unterhaltung aus. Kein bunter Einband. Kein Hochglanz mit Blümchen. Das Buch war schwarz, erstaunlich dick und mitnichten das, was man für gewöhnlich in die Badetasche packte.

Hatte ich Olivia unterschätzt? War sie eine bibliophile Denkerin, bei der das skurrile Äußere und die gelegentliche Aufdringlichkeit nur den kleinsten Teil ihrer vielschichtigen Persönlichkeit darstellten?

Ich würde es heute nicht mehr herausfinden. Mit dem größtmöglichen Bogen umrundete ich meine Nachbarin und strebte dem Ausgang zu.

»Das ist ja eine Schweinerei. Macht ein anständiger Vater so was?«

Corinna sah nicht danach aus, als erwartete sie eine Antwort. Ludwig hätte ihr auch keine andere geben können als die offensichtliche: Nein, so was tat ein anständiger Vater nicht.

Nachdem ihm Tabea von Corinnas Geldsorgen und Begehren erzählt hatte, war ihm keine Ruhe mehr vergönnt gewesen. Und doch hatte er sich nicht dazu durchringen können, sie anzurufen. Das hatte sie nun getan.

»Gibt es wirklich keine andere Lösung? Wäre doch der totale Witz, die Villa für zwei Millionen zu verramschen. Genauso könnten wir mehrere Millionen in eine Schachtel packen und im Lago versenken.«

Das ließ Corinna nicht gelten. »Wir haben gar keine Millionen, die wir versenken könnten. Du sprichst über fiktive Summen. Und wer sagt denn, dass diese Fitness-Tussi von ihrem Vorkaufsrecht überhaupt Gebrauch machen kann? Meines Wissens verdient man in dem Metier keine Unsummen. Vielleicht sagt sie: ›No, grazie‹, und wir können ungehindert verkaufen. Na ja, und dann machen wir den Deal unseres Lebens mit einem kaufkräftigen CEO, der schon immer mit einer Ascona-Villa in Traumlage geliebäugelt hat.«

Deal unseres Lebens? Sprach so eine Frau, für die Geld angeblich nur das Mittel zum Zweck war, sich den Minimalstatus ihres naturnahen Lebens zu erhalten? Kurz erwog Ludwig, den Widerspruch zu thematisieren, doch er entschied sich, seiner sonst so smarten Schwester in Sachen Finanzpraktiken auf die Sprünge zu helfen:

»Soweit ich mich erinnern kann, steht in dem Vertrag zum Vorkaufsrecht noch nicht mal, dass die Villa Felicità nach dem Erwerb in ihrem Besitz bleiben müsste. Jemanden zu finden, der ihr mit zwei Millionen aushilft, sollte Kassandra nicht schwerfallen. Beim Weiterverkauf könnte dann auch für den Finanzier was rausspringen.« Allein das bloße Aussprechen der Überlegung erfüllte ihn mit ätzendem Ärger. »Wir dürfen nicht verkaufen!«, beschwor er seine Schwester.

»Kevin und ich brauchen das Geld«, sagte Corinna matt.

Matt sah sie auch aus. Schachmatt. Die Frau, die ihn nachts um drei per Videochat anrief (im schmuddeligen Schafwoll-pullover, denn in Neuseeland neigte sich der Winter seinem Ende zu), hatte nichts mit der Macherin gemein, die er kannte. Sie könne nicht schlafen, hatte sie erklärt.

Ihr Mann Kevin schien aus härterem Holz geschnitzt. Er lag, wie Ludwig erfahren hatte, bar jeder Sorge im Tiefschlaf und ging davon aus, seine Frau könne die lästige Sache schon regeln. Für diese Annahme gab es berechtigte Gründe. Denn auch wenn Corinna auf dem Bildschirm seines Laptops einen eher abgehalfterten Eindruck machte, hieß das noch gar nichts. Sie würde alles daransetzen zu erreichen, was sie wollte.

»Morgen werde ich in Erfahrung bringen, was sich auf Her-berts Konten befindet. Vielleicht reicht das für die Rettung eurer Farm. Wobei …« Ludwig kam das geliehene Geld in den Sinn. Sein Gedächtnis arbeitete noch nicht wieder auf gewohnte Weise. Mehrheitlich konnte er abrufen, was er brauchte. Dann wieder klafften Risse an Stellen, die zeitlich nicht einmal in direkter Unfallnähe lagen. »Du bist bestimmt darüber infor-miert, dass er sich bei Mario Gallino und dieser Kassandra reichlich was geliehen hat.« Eigentlich war er gar nicht davon überzeugt, wenigstens mit dieser Annahme richtigzuliegen. Tabeas Informationsfluss stockte in alle Richtungen.

»Wie, geliehen? Wie viel? Ich weiß von gar nichts. Niemand erzählt mir was.« Corinnas Stimme war ohne Zwischenstufe von müde auf schneidend geschnellt. So schneidend, dass er sich den Einsatz ihres Stimmorgans bei der Schafschur vor-stellen konnte. Armer Kevin, auch wenn er jetzt tief schlief, so war er wohl gelegentlich nicht zu beneiden.

Tatsache war, seine Schwester war erstaunlich ahnungslos.

Sie hatte sich dezent zurückgehalten, als er die Erbschaftsgeschichte das erste und bisher einzige Mal angesprochen hatte. Das Telefonat lag vielleicht zehn Tage zurück. Genau wusste Ludwig das nicht mehr. Jedenfalls hatte er daraus geschlossen, dass ein Verkauf der Villa nicht auf ihrer Agenda stand.

»Kann sein, dass es sich dabei nur um ein vorübergehendes Liquiditätsproblem gehandelt hat. Jedenfalls hat unser Herr Vater in seinem Bekanntenkreis Schulden im sechsstelligen Bereich gemacht.« Mehr als diese komprimierte Darlegung konnte Ludwig seiner Schwester nicht servieren.

»Und warum weiß ich von alldem nichts?« Corinnas Stimmlage, obwohl wieder auf Normalfrequenz, hatte eine ungewöhnlich larmoyante Note.

»Vielleicht weil du dich in deiner fernen Heimat bislang nicht groß um das gekümmert hast, was hier so alles passiert? Nur so am Rande bemerkt: Dein Vater wurde umgebracht und im Rahmen einer Zeremonie beigesetzt. Dein Bruder hatte einen Unfall und befand sich kurzzeitig im Koma. Würde das nicht so manch eine dazu veranlassen, sich in ein Flugzeug zu setzen?« Ludwig versprühte reinsten Sarkasmus. Die Besonderheit lag in der Würzung mit einer Prise Pathos.

Grimmig sahen sie sich an. In dieser virtuellen Nähe und doch vierundzwanzig Flugstunden und zwanzigtausend Kilometer voneinander entfernt war dies eine erste Kostprobe der besonderen Form von Geschwisterliebe, die sich beim Erben einstellen konnte. Und das passierte ihnen? Noch dazu in einem Moment, in dem über Herberts Finanzverhältnissen noch immer dichter Nebel lag?

»Du weißt, dass Vater und ich nicht besonders gut miteinander ausgekommen sind«, sagte Corinna, nun eine Nuance milder und mit einer Note, die mit etwas Wohlwollen sogar als Entschuldigung gewertet werden konnte.

Zum Zeichen seines guten Willens versprach Ludwig ihr, sich baldmöglichst um den Erb- und Finanzkram zu kümmern. Sie stimmte ihrerseits zu, nicht um jeden Preis auf dem Verkauf der Villa Felicità zu beharren und anderen Lösungen nicht den Rücken zuzukehren. Welche das sein konnten, blieb dahingestellt, wie so vieles in dieser neuseeländischen Winternacht, die gleichzeitig ein Tessiner Sommernachmittag war.

Mit leicht unterkühlter Verabschiedung klickten sie sich beide von ihren Bildschirmen weg.

Es dauerte noch ein paar Sekunden, bevor Ludwig seinen Laptop zuklappte. Er rieb sich die Schläfen. Da, wo die noch nicht verheilte Kopfwunde es zuließ. Schreibtisch und Computer taten ihm nicht gut. Die Absichten seiner Schwester schon gar nicht. Er sollte rausgehen. Mit Bruno eine Runde drehen, wie er es schon am Vormittag hatte tun wollen. Oder, besser noch, ein wenig durch den Garten schlendern. Schauen, was unter Tabeas gärtnerischer Bravour wuchs und bereit zur Ernte war.

Er ließ seinen Schreibtisch hinter sich, durchquerte Diele und Küche und trat auf die Terrasse. Der gar nicht so lange zurückliegende Tag kam ihm in den Sinn, als er hier seinen Vater vorgefunden hatte. Mit einem Getränk vor sich, das er sich als ungeladener Gast aus ihrem Kühlschrank genommen hatte. Ungefragt. Mit diesem ihm eigenen Ausdruck im Gesicht; dem des Mannes, der es nicht für nötig hielt, um Erlaubnis zu bitten.

Ob ein anständiger Vater so etwas tat, hatte Corinna eben gefragt. Nein und noch mal nein. Herbert hatte sich viel zu oft über Regeln hinweggesetzt. Die Selbstbedienung am Kühlschrank war nur eine unbedeutende Kostprobe davon gewesen.

Ludwig schob das Bild zur Seite. Er wollte jetzt nicht an Herbert Kummer denken. Vater, Erzeuger, Blender, Heimlichtuer, wie auch immer er ihn je nach Gestimmtheit nannte.

Tief atmete er ein und aus, sog den süßlichen Duft des weiß blühenden Busches ein, den Tabea erst letzthin gepflanzt und ihm als Echten Jasmin präsentiert hatte.

Ludwig ließ alles auf sich wirken. Das ganze Programm. Den leichten Wind, dem sich die Palmen mit geschmeidigem Beugen fügten und der ihm über die Haut strich. Die Oleandersträucher zu seiner Rechten mit ihren roten, weißen und rosafarbenen Blüten in verschwenderischer Üppigkeit. Die Kamelien, von denen einige in einem halben Jahr wieder zu blühen begannen.

Er war doch eigentlich gar nicht der Gartentyp. Hier und dort mit der Schere ein paar Äste abschnippeln. Damit hatte es sich schon.

Heute nahm er das Zusammenspiel von botanischer Vielfalt und Bergsilhouette, dem er sonst mit den Augen des nach dem perfekten Ausschnitt suchenden Fotografen begegnete, mit all seinen Sinnen auf.

Die schmucke Villa Felicità war für ihn immer etwas Vertrautes gewesen. Sie war da, solange er sich erinnern konnte. So eine Art alte Tante, deren nettes Wesen man durchaus schätzte, mit der man sich aber nicht weiter befasste. Dass Corinna und er das Anwesen ohne Wenn und Aber erben würden, hatte er nie angezweifelt. Nun hatte sich diese Gewissheit aufgelöst. Eine Lektion, die überfällig war, denn Gewissheiten gab es nicht. Ein Mord, ein Unfall und ein unerklärlicher Schritt seines Vaters waren nötig gewesen, ihm diese schlichte Weisheit zu Bewusstsein zu bringen. Auch wenn die Spätzündung nicht von einem großen Maß geistiger Reife zeugte, wollte Ludwig nicht zu streng mit sich sein. Vieles als selbstverständlich zu erachten war gewiss eine weitverbreitete Fehleinschätzung.

Seine Betrachtungen wurden von Paul unterbrochen, der sich seitlich durch die Büsche schlug.

»Sorry, habe geklingelt. Aber das hast du wohl nicht gehört«, sagte der Dschungelkämpfer, in dessen ausgedünntem Haararrangement sich ein paar Blättchen verfangen hatten. Statt einer Machete hielt er eine Tragebox aus Plastik in der Hand. »Bruno scheint auch nicht der geborene Wachhund zu sein.«

Sollte das etwa eine Rechtfertigung für so ein überfallartiges Eindringen sein?

»Es gibt auch einen Weg untenrum«, knurrte Ludwig, der auf Pauls Besuch nicht erpicht war. Ihre letzten Begegnungen hatten allesamt unter Spannung gestanden. Mal mehr, mal weniger. Dazu gesellte sich Tabeas Entdeckung: die frühe Liebschaft seiner Mutter mit dem Zuckerbäcker. Ein weiteres fettes Fragezeichen, das sich zu den vorhandenen gesellt hatte.

»Wollte mal sehen, wie's dir geht, und um Verzeihung bitten.« Paul überging Ludwigs Hinweis auf den Zugang, der nicht durch die Büsche verlief. »Ein paar Steinpilztörtchen für dich und Tabea. Die Pilze habe ich gestern gesucht.« Er hielt den Plastikbehälter, dessen opake Abdeckung den Inhalt nicht preisgab, wie eine Trophäe in die Höhe.

»Steinpilztörtchen?« Ludwigs Verblüffung rief sogar Bruno auf den Plan, der, dem torkelnden Gang zu entnehmen, aus seinem Hundebett geklettert war.

»Quiche aux Cèpes. Passen wunderbar zu einem Glas Weißwein.«

War Paul so naiv, oder tat er nur so? Glaubte er wirklich, dass sie auch nur den kleinsten Bissen von seinen Pilztörtchen nehmen würden? Ganz egal, was für einen Namen er den Dingern verpasste.

»Ich weiß, was du denkst«, sagte Paul trocken und ließ sich unaufgefordert auf einem der weißen Eisenstühle nieder. Den Behälter deponierte er auf dem Tisch. »Da kommt der hinterhältige Giftmörder und scheut sich nicht, sein Unwesen weiterzutreiben. Einfallslos, wie er ist, bleibt er bei den Törtchen und ersetzt nur die toxische Komponente: Amanitin anstelle von Atropin.« Er hatte den Tonfall eines beflissenen Reporters aufgesetzt. »Hältst du mich tatsächlich für so blöd?«

»Nein«, sagte Ludwig und setzte sich zu Paul. »Für blöd halte ich dich nicht. Einen, der sich sogar aus dem Stegreif mit den Toxinen auskennt, darf man nicht unterschätzen.« Er schob die Box von der Tischmitte zu Paul.

»Du siehst gut aus, wenn man die Wunde und die Fäden an der Stirn wegdenkt. Ich bin froh, dass der *incidente* keine größeren Schäden zurückgelassen hat. Wenn ich das mal so sagen darf.« Paul demonstrierte beste Fähigkeiten im geflissentlichen Überhören und Übergehen.

»Darfst du, darfst du.« Ludwig überlegte, welche tatsächlichen Gründe sich hinter dem Besuch verbargen.

»Ich wollte mich auch bei deiner Frau entschuldigen.« Paul schaute sich um, als hätte sich Tabea in irgendwelchem Geäst versteckt. »Ich war letzthin etwas unwirsch mit ihr. Auch wenn ich sagen muss, dass sie für mein Empfinden ein bisschen zu übereifrig ist in ihrer Jagd auf die Täterin.« Er strich sich über sein Haupt und stieß mit den Fingerspitzen auf eines der darin verfangenen Blättchen. Irritiert unterzog er es der Betrachtung, als könnte es sich um ein gut getarntes Insekt handeln.

Ludwig hätte ihn darauf hinweisen können, dass da oben noch ein paar mehr in Umlauf waren.

»Täter*in*? Schließt du denn einen Mann aus?«

»Natürlich nicht. Aber macht man das jetzt nicht so? Weiblich statt immer nur männlich?« Paul tätschelte kichernd sein von hellem Leinen umhülltes Knie. Eine an Bruno gerichtete Einladung, zu ihm zu kommen.

Der ignorierte die Aufforderung auf seine Art. Mit seitlichem Fall auf den Plattenboden. Die Nummer eines Kaskadeurs, die er trotz seines plumpen Körpers nicht schlecht beherrschte.

»Der wird auch immer fauler. Ist denn die Fitnessqueen nicht mehr im Einsatz?«

Ludwig hielt Pauls Frage für leeres Geplauder. Nicht wert, beantwortet zu werden. »Kannst du dich erinnern, wie Mario die Schulden von Herbert erwähnt hat?« Mit einer Kopfbewegung wies er auf die Veranda über ihnen. Dahin, wo das Gespräch am Tag der Urnenbeisetzung stattgefunden hatte.

»Ja, klar. Bin ich etwa senil?«

»Weißt du mehr dazu? Und hat Herbert auch bei dir mal was geliehen?«

»Zu eins: Warum fragst du nicht Mario? Zu zwei: Nein, ich verleihe kein Geld.«

»Hat er es denn mal versucht?« Ludwig wollte sich nicht mit den zwei aufs Minimum eingedampften Antworten begnügen.

»Schon, aber wie gesagt, von mir gibt's kein Geld. Freundschaft und Geldschulden vertragen sich nicht.«

»War es denn Freundschaft?« Die Frage kam von Tabea. Mit glatt zurückgekämmtem Haar, halbnassem T-Shirt, unter dem sich das Bikinioberteil abzeichnete, und der über der Schulter hängenden Badetasche stand sie auf der Schwelle von der Küche zur Terrasse. Außer dem schwänzelnden Bruno hatte sie niemand kommen hören.

»Tabea!« Paul, der sich erhob, gab sich beglückt. »Wie schön, dich zu sehen. Ich wollte mich bei dir entschuldigen.« Er machte ein paar tänzelnde Schritte auf sie zu. »Für mein ungastliches Benehmen das letzte Mal. War wohl für uns alle etwas viel in letzter Zeit.«

»Das ist es immer noch. Präsens! Nicht Präteritum. Solange wir nicht wissen, wer Herbert umgebracht hat, bleibt es *etwas viel*.« Tabea, von Pauls mea culpa dem Anschein nach nicht weiter beeindruckt, war auf die Terrasse getreten und beäugte mit hochgezogenen Brauen den Plastikbehälter.

»Steinpilztörtchen. Frisch zubereitet. Alles selbst: selbst gesucht, selbst geputzt, selbst gebacken, selbst verpackt. Dein Mann ist skeptisch. Grundlos, versteht sich. Ich betätige mich gern als Vorkoster.« Paul zwinkerte und krönte seinen Scherz mit einem Lachen, in das niemand einstimmte. »Wie zuvor gesagt, zu den Häppchen würde ein kühler Weißwein gut passen.« Mit dieser Feststellung, die wohl eher ein Appell war, schloss Paul die Anpreisung seiner Backwaren ab. Willkommen oder nicht: Wie er sich gebarte, hatte er vor zu bleiben.

Ludwig erhob sich mit einem resignierten Seufzer und machte sich auf den Weg in die Küche. »Lass uns mit ihm über Louise reden«, sagte er leise im Vorbeigehen und unter dem Tarnmantel eines auf ihre Wange gedrückten Kusses zu Tabea, die noch immer unschlüssig dastand.

Während er der Vitrine drei Weingläser entnahm und im Kühlschrank nach der geöffneten Flasche Sauvignon blanc fahndete, dachte er an das Foto, das ihm Tabea gezeigt hatte. Seine Mutter und Paul in enger Umarmung. Eine Liebschaft ohne Happy End?

»Schmecken gut. Wie hast du die gemacht?«

Natürlich wäre es albern gewesen, hinter jeder von Paul kredenzten Backkreation Unheil zu wittern. Galt in so einem Fall nicht die Unschuldsvermutung? Und selbst wenn das mit der Unschuld nicht der Fall war, bestand für ihn keine Veranlassung, auch noch Ludwig und mich, sozusagen als Zugabe, aus dem Weg zu räumen. Außer vielleicht er entpuppte sich als Serienmörder. Aber das wollte ich nicht annehmen. Und noch etwas trieb mich an: Ich war hungrig. Das Schwimmen hatte meinen Appetit angeregt, und die Törtchen waren vortrefflich. Knuspriger Quicheteig mit saftig-würziger Füllung. Ich kaute genüsslich. Im Gegensatz zu Ludwig, der lediglich an der Teigkante knabberte.

»Keine Zauberei, wenn man gute Zutaten und ein paar Grundkenntnisse vom Kochen und Backen hat.« Paul arrangierte mit der Fingerspitze die verbliebenen Gebäckstücke auf der wenig attraktiven Plastikplatte, ließ sich darüber hinaus aber nicht zweimal bitten. In umständlicher Beschreibung legte er das Prozedere von Teig- und Füllungszubereitung dar. Entgegen der anfänglichen Bescheidenheit scheute er sich nicht, sich doch ein klein bisschen als Zauberer zu inszenieren.

Konnte sich hinter dieser harmlosen Selbstdarstellung die düstere Psyche eines Giftmörders verbergen? Ich spülte den letzten Bissen meines Törtchens mit einem Schluck Wein hinunter.

Ludwig, den der Guss aus Sahne, Frischkäse und Ei eindeutig nicht interessierte, trommelte mit Zeige- und Mittelfinger den Takt wachsender Ungeduld auf die Tischkante. Das Louise-Paul-Thema wollte ich ihm überlassen. Louise war schließlich seine Mutter, ich hingegen nur die Informationslieferantin.

»Paul«, unterbrach er schließlich die finalen Angaben zur Backtemperatur und Backzeit. »Was war eigentlich damals zwischen dir und meiner Mutter?«

Das hatte rein nichts mit dem guten Gelingen von Steinpilztörtchen zu tun. Trotzdem sah Paul nicht aus, als würde ihn die Frage überraschen. Im Gegenteil.

»Darüber wollte ich mit euch sprechen.« So schlicht, wie er das sagte, bekam der Übergang von hundertsechzig Grad Umlufttemperatur zu einer vergangenen Liebschaft etwas durchaus Gewöhnliches. »Es ist mir natürlich nicht entgangen, dass du, liebe Tabea …«, er tätschelte leicht meine Hand, »… dich an meinem Eigentum vergangen hast.«

Dem Getätschel folgte ein eindringlicher Blick, dem ich mich stellte. Meine Hand wollte ich ihm jedoch nicht lassen und zog sie weg.

»Ich würde es übrigens sehr schätzen, wenn du mir das Foto zurückerstatten könntest. Auch wenn es etwas, wie soll ich sagen, ramponiert ist.« Gleich darauf wendete er sich Ludwig zu. »Eigentlich bin ich davon ausgegangen, schnurstracks wieder die attraktive Kommissarin vor der Tür stehen zu haben. Aber dem war nicht so. Obwohl es doch gute Gründe gäbe, mich erneut unter die Lupe zu nehmen, oder etwa nicht?« Übertrieben eindringlich nahm er mal Ludwig, mal mich ins Visier.

»Sag du es uns.« Ludwig zuckte mit den Schultern.

»Okay, die Geschichte wäre die: Junger Bäcker und Konditor lernt in Zürich die spätere Frau des Mordopfers kennen. Große Liebe. Na ja, jedenfalls bei besagtem jungem Mann. Kommt sein Freund daher. Draufgängerischer Don Juan, erfolgreich in Finanzen tätig. Schnappt dem Bäckerbuben die Schöne weg. Der hegt ewigen Groll auf den Verführer, kann sich aber nicht zur Rache durchringen. Erst Jahrzehnte später und zehn Jahre nach dem Tod seiner großen Liebe entschließt er sich, die offene Rechnung zu begleichen. Mit dem, was er am besten kann. Mit einem süßen Häppchen. Klingt doch gut, oder? Das habt ihr euch bestimmt so zusammengereimt.« Paul lächelte. Es war ein bitteres, sarkastisches Lächeln, wie ich es an ihm noch nicht gesehen hatte. Eins, das uns verstummen ließ.

Von Südwesten aufziehende Wolken hatten sich vor die Sonne geschoben, die unsere Küchenterrasse ohnehin bald nicht mehr bescheinen würde. Vom Nachbargarten drang Olivias Lachen herüber. Ein bisschen zu schrill. Dazu andere Stimmen. Gäste? Sie musste sich gleich nach mir auf den Heimweg gemacht haben.

Ludwig unterbrach als Erster unser Schweigen. »Wir haben uns gar nichts zusammengereimt.«

Was er nicht sagte: Ich hatte ihm ja erst heute von meinem Besuch bei Paul und von dem entwendeten Foto erzählt.

»So wie du die Geschichte präsentierst, wärest du tatsächlich reichlich verrückt, wofür ich dich nicht halte. Zudem glaube ich nicht, dass dein Zorn lange angehalten hat. Wie sonst hättest du über all die Zeit freundschaftlich mit Herbert verkehren können? Und dann war ja auch noch die Liebe zu deiner Mireille. Grund genug, alte Geschichten zu beerdigen, nehme ich an.«

Ludwigs »nehme ich an« blieb ein bisschen in der Schwebe. Schwer zu sagen, ob diese Reinwaschung seiner Überzeugung entsprang oder ob er sie gezielt einsetzte, um seinem Gegenüber noch mehr zu entlocken. Jedenfalls ließ er Paul keine Sekunde aus den Augen.

Auch ich wollte mir nichts entgehen lassen. Wie bei einem rasanten Pingpongspiel glitt mein Blick zwischen den beiden hin und her. Währenddessen hatte ich mir zu einem zweiten Törtchen verholfen, das ich ausdauernd in der Hand hielt.

»Das siehst du exakt richtig«, bestätigte Paul mit einem Lächeln, was von Ludwig zu seinen Gunsten vorgebracht worden war. »Deine Mutter war die Flamme meiner jugendlichen Leidenschaft. Mireille hat in mir ein weniger flackerndes Feuer entfacht, aber eins mit dauerhafter Glut.« Er lauschte seiner eigenen Poesie hinterher, die er sich wohl selbst nicht zugetraut hatte. »Na ja, jedenfalls war die Sache für mich tatsächlich schnell erledigt.«

Das klang um einiges prosaischer. Zum Zeichen dafür, wie erledigt die Sache war, goss er den gesamten Inhalt seines Glases in einem Zug in sich hinein.

Der Moment war gekommen, in mein Törtchen zu beißen. Es hätte mir gefallen, noch mehr zu erfahren. So eine Liebesgeschichte voller Leidenschaft, Eifersucht und Buhlerei hatte ja auch ohne mörderischen Hintergrund ihren Reiz.

»Und wie war das dann später für dich, als du von Herberts Seitensprüngen mitbekommen hast? Du hast mir erzählt, dass ihr am Abend vor seinem Tod darüber in Streit geraten seid, obwohl Vaters Untreue zu dem Zeitpunkt Schnee von gestern gewesen ist.« Ludwig ließ nicht locker.

Wie schön! Nachdem ich diejenige war, die sich in letzter Zeit in Nachforschungen ergangen hatte, konnte ich mich jetzt kauend zurücklehnen. Zurücklehnen eher im bildlichen Sinn, denn unsere Eisenstühle waren harte Knochen, deren Rückenlehnen es mit Folterinstrumenten aufnehmen konnten.

»An dem Abend haben wir alte Fotos angeschaut. Das hat so einiges aktiviert. Bei uns beiden. Ein Wort gab das andere …« Paul wendete sich von uns ab, schaute irgendwohin. Vielleicht ins Gesträuch oder ins Blau des Sees, da, wo es minimal durchblitzte. Vielleicht auch in seine eigene Bilderwelt hinein.

Bruno war aus seiner Kuhle gekrochen und zu uns gekommen. Beiläufig schnüffelte er an Pauls Hosenbein. Dann watschelte er weiter, von der Terrasse weg zum unlängst gepflanzten Jasminbusch, drehte sich kurz zu mir um, wähnte sich unbeobachtet und hob das Bein.

»Bruno!«, rief ich empört, aber da war es schon passiert.

»Nun kennt ihr die Hintergründe«, sagte Paul feierlich und von Brunos Untat unberührt. Fast hätte man meinen können, er habe uns Einblick in höchst geheime Akten gewährt.

Wir kennen gar nichts, dachte ich. Alles, was er heute gesagt hatte, war schon zuvor durch die Fotogeschichte an die Oberfläche gekommen.

Unvermittelt stand Paul auf. »Herbert war ein Scheißkerl.«
Es schien, als hätte er einem anderen Paul die Erlaubnis zur
Rede erteilt. Einem, der weder Steinpilze mit dem Pinsel rei-
nigte noch einen Guss aus Sahne und Eiern mixte. Einem,
der auch nicht von der Glut der Liebe sprach, sondern das
Stimmkolorit einer Rasierklinge hatte.

Er stülpte die Plastikabdeckung über die letzten vier Törtchen, verschloss die Box und zog sie zu sich heran.

»Ja, er war ein Scheißkerl.« Ohne Abschiedsgruß zwängte
er sich durchs Geäst, sah auch nicht zu uns zurück und verschwand.

»Das ist kein Weg«, rief ich ihm nach. Aber Paul war weg.
Mitsamt der Box und den darin verbliebenen Törtchen.

»Wir wissen nicht mehr als vorher.« Ludwig stellte die Gläser und die leere Flasche aufs Tablett. »Außer vielleicht, dass
Paul ein komischer Vogel ist. Komischer, als ich je gedacht
habe.«

»Jekyll-und-Hyde-Syndrom.«

»Was soll das denn sein?« Ludwig sah mich verständnislos
an.

»Multiple Persönlichkeit. Nach dieser Novelle von Steven-
son. Wurde auch verfilmt. Weißt du nicht?«

»Doch, schon …«

»Na ja, das eben war doch eine krasse Wende. Zuerst Entschuldigung ohne echte Veranlassung, die Vernunft in Person
und frisch gebackene Törtchen. Dann dieser Ausraster mit
bühnenreifem Abgang.«

»Apropos Törtchen. Da klebt noch was Pilziges.« Ludwig
wies mit dem Finger auf meinen Mundwinkel. »Du hast ja
ordentlich was von dem Zeug verdrückt …«

»Die waren gut.« Den anstößigen Krümel entfernte ich.

»An das Foto hat er am Ende auch nicht mehr gedacht.
Und nun wissen wir nicht mal, wer das Gesicht deiner Mutter
darauf so zugerichtet hat.« Pauls befremdlicher Besuch wirkte
nach. »Lass uns mit Bruno spazieren gehen. Dann können wir
noch ein bisschen reden.«

»Ja, das sollten wir.«

Der Nachdruck und die Betonung auf dem Wörtchen »das« gefielen mir nicht recht. Auch nicht, dass es in meinem Magen zu rumoren begann.

42
Tabea

Brissago-Insel – Isola di San Pancrazio – im August

»Ich habe ohnehin nie verstanden, wieso du das alles so heimlich und verschwiegen abwickelst. Was spricht dagegen, Ludwig in das einzuweihen, was du so recherchierst und rausfindest? Herbert war immerhin sein Vater.« Mimi zupfte am Stoff meiner bunten Sommerbluse. »Schöne Farben«, sagte ausgerechnet sie, der bisher höchstens aufgefallen wäre, wenn ich mir einen Müllsack über den Kopf gestülpt hätte. Aber mit Alfonso Holbein an ihrer Seite hatte sich ihre Einstellung geändert. »Nicht um ihm zu gefallen«, hatte sie betont, als ich sie auf das luftige Top in Pink und Himmelblau angesprochen hatte, das sie bei unserem letzten Chat trug und das ich noch nie an ihr gesehen hatte. »Alfonso hat den Sinn für Farben in mir geweckt.«

Ich hatte das kommentarlos hingenommen. Mimi würde sich schon nicht verbiegen wegen eines Mannes. Da machte ich mir keine Sorgen. Und ein bisschen frischer Wind in ihrer auf Katzentauglichkeit ausgerichteten Garderobe konnte nicht schaden.

»Darum habe ich Ludwig jetzt auch von der Kassandra-Castelli-Connection erzählt.« Mein Reset in Sachen Eigenbrötelei hatte Gründe.

Nach Paul Feldmanns Besuch und dem Rumoren in meinem Bauch, das sich als falscher Alarm entpuppt hatte (keine Knollenblätterpilze in seiner Backkreation), hatten Ludwig und ich uns mit Bruno an der Leine zum Monte Verità aufgemacht und waren von dort weiter zum Sentiero Romano gelaufen. Es war ein herrlicher Abend gewesen, den wir hätten genießen können, hätte Ludwig nicht die heimlichtuerische Art meines Informationsgewinns aufs Tapet gebracht. Auch meine Rechtfertigungen, was das schleppende Weiterleiten meines Wissens betraf, ließ er nicht gelten. Das war der Moment gewesen, in dem ich beschloss, ihm von den Turteltäubchen Kassandra und Castelli zu erzählen.

»Das ist jetzt eine Woche her, und du rückst erst jetzt damit raus? Und natürlich hast du der Kommissarin auch darüber keine Mitteilung gemacht, stimmt's?« Er hatte sich in Sachen Lautstärke nicht zurückgehalten.

Dass ich einer Kommissarin etwas verschwieg, ließ einen uns entgegenkommenden jungen Mann in seinen Schritten innehalten. Oha, Muttchen sieht gar nicht so zwielichtig aus. Wie man sich doch täuschen kann, musste er gedacht haben.

Daraufhin hatte ich beschlossen, Tabula rasa zu machen und auch noch mit den letzten meiner gehorteten Entdeckungen rauszurücken. Dazu gehörte der Besuch bei der unwilligen Matilda in Cannobio, der zur Offenlegung der Matilda-Giuseppe-Connection geführt hatte.

Ob ich mich für eine zweite Mata Hari hielte, hatte mich Ludwig wütend gefragt. Was, wenn Giuseppe und Matilda die Mörder gewesen wären und mich bei der Gelegenheit vorsichtshalber gleich mal abgemurkst und in ihrem Garten vergraben hätten? Niemand hätte je erfahren, wo ich geblieben wäre.

Die Vision von mir selbst unter einer dicken Erdschicht in Matildas Garten war nicht nach meinem Geschmack. Mit belegter Stimme hatte ich ihn darauf hingewiesen, dass Mata Hari eine Spionin und keine Ermittlerin gewesen war.

Nicht zu Unrecht hatte er mich daran erinnert, weder das eine noch das andere zu sein.

Meine Geheimniskrämerei mochte unsinnig und unverständlich erscheinen, ja sogar Gefahren bergen. Für mich hatte sie bisher jedoch eine nur schwer zu erklärende Wichtigkeit. Ein wenig erachtete ich den Mordfall auch als etwas, bei dem ich gewisse Vorrechte hatte. *Ich* hatte den toten Herbert entdeckt.

Dies alles erzählte und erklärte ich heute Mimi. Vieles davon nicht zum ersten Mal.

Ich hatte an Asconas Debarcadero das Linienschiff bestiegen und mich zusammen mit unternehmungslustigen Urlaubern auf die Isola di San Pancrazio, die größere der beiden Brissago-Inseln, chauffieren lassen. Dahin, wo Mimi und Alfonso stilvoll romantisch logierten.

Wir saßen auf der Terrasse der »Villa Emden« bei Cappuccino und Gebäck, während sich Alfonso nicht weit entfernt – große Distanzen gab es nicht – an seiner Staffelei künstlerisch gestaltend der subtropischen Vegetation hingab. Heute widmete er sich einem Farn, dessen Namen ich schon wieder vergessen hatte. Das machte er sehr schön mit feinster Pinselführung. Besonders gefiel mir daran die völlige Versunkenheit in sein Tun. Ich wollte mich, ganz egoistisch und wie in alten Zeiten, nur mit Mimi unterhalten. Ein Alfonso, der Fragen stellte oder Kommentare abgab, wäre störend gewesen. Und so fand ich, dass er auf seinem dreibeinigen Malhocker bestens aufgehoben war. Alles deutete auf ähnliche Gefühle seinerseits hin, einfach in umgekehrter Richtung.

»*Ciao*, Tabea«, hatte mich der Bohemien (formvollendet mit Strohhut) flüchtig freundlich zwischen zwei Pinselstrichen begrüßt. »*Tutto bene?*«

Wer »Alles gut?« oder eben »*Tutto bene?*« fragte, noch dazu in einem ganz bestimmten Tonfall, ging davon aus, nicht mit einer ausführlichen Antwort behelligt zu werden.

Ich hatte meinen Schwiegervater ermordet aufgefunden und mir nicht lange danach um meinen verunglückten Ehemann große Sorgen machen müssen. Das lief alles nicht unter »*tutto bene*«. Trotzdem hatte ich ihm den Gefallen getan und nachdrücklich genickt, was er schon nicht mehr hatte sehen können, denn er war längst mit dem Anrühren eines neuen Gründtons beschäftigt gewesen.

»Bist du glücklich?«, hatte ich Mimi gefragt, nachdem sie mich an der Schiffsanlegestelle in Empfang genommen hatte und wir gemeinsam den Weg zur Villa erklommen hatten. Ein dickes Lächeln hatte sich auf ihrem Gesicht ausgebreitet. Von Ohr zu Ohr und vom Kinn bis zum Haaransatz. Daraufhin hatten wir uns umarmt, was eher selten passierte.

»Was sagt Ludwig denn zu all deinen Erkundungen? Ich meine, abgesehen davon, dass er sich über deine Heimlichtuereien geärgert hat.« Die Tasse mit dem Cappuccino in beiden Händen haltend, tauchte Mimi ihre Lippen in den kakaobestäubten Milchschaum, der an ihrer Oberlippe einen weißbräunlichen Rand gelassen hatte. »Und natürlich abgesehen davon, dass du ihm versprechen musstest, umgehend bei der Polizei vorzusprechen.« Sie grinste frech.

»Er wollte sogar, dass ich die Patelli noch abends um zehn anrufe.«

Darüber, aber nicht nur, hatten Ludwig und ich gestritten, was gar nicht so lustig gewesen war. Aber jetzt, einen halben Tag später, konnte auch ich mir ein schiefes Lächeln nicht verkneifen.

»Und, hast du's getan?«

»Noch nicht.«

Mimi sah mich forschend an. Dabei fuhr sie sich durch ihre kurzen braunen Haare, die neuerdings das hatten, was ihnen bislang gefehlt hatte: einen Schnitt.

Sie fasste nach meiner Hand und drückte sie leicht.

Im Grunde saßen wir uns gegenüber wie bei unseren Chats am Bildschirm. Aber die Wärme einer Hand war auch bei kurzer Berührung nicht durchs Virtuelle zu ersetzen. Es war das Setting: wir zwei unter einem der hellen Sonnenschirme auf der wunderschönen Veranda der »Villa Emden«, umgeben von einem botanischen Garten, der mit seiner Vielfalt exotischer und indigener Pflanzen jedes Betrachterherz hüpfen ließ. All das inmitten des Lago Maggiore, der sich seinerseits von Bergketten dekorativ umranden ließ. Sich hier wohlzufühlen, war keine Leistung. Schwieriger war es, dies nicht zu tun.

»Gibt es denn einen vernünftigen Grund, warum du der Kommissarin nicht erzählt hast, dass Kassandra Soundso und der Anwalt liiert sind? Die Sache ist ja wahrlich bizarr. Da behauptet diese Frau, sie und Herbert hätten heiraten wollen, und gleichzeitig knutscht sie mit einem Mann rum, der von

Berufs wegen bezüglich Dokumentenfälschung alle Möglichkeiten hätte.«

»Na ja, rumgeknutscht haben sie nicht.« Ich dachte daran, dass es Mimi gewesen war, die unlängst meine Beobachtung kleingeredet hatte.

»Egal.« Sie hieb mit der flachen Hand auf den Tisch. »Bist du denn irgendwie eifersüchtig auf die Frau, weil sie Ludwig zu gefallen scheint? Willst du ihr oder Ludwig irgendetwas beweisen? Ehrlich, ich versteh's nicht. Klär mich auf.«

»Wahrscheinlich bin ich eifersüchtig«, gab ich kleinlaut zu und kratzte dabei mit dem Löffel Schaumreste vom Tassenrand, als hätte ich lange Hunger gelitten.

»Aber dafür gibt es doch keinen ernst zu nehmenden Anlass, oder?« Mimi beugte sich nach vorn, um mich besser ins Visier nehmen zu können.

»Nicht wirklich.«

»Was heißt ›nicht wirklich‹?«

Ich zuckte mit den Schultern. »Als ich gestern Abend noch meine letzten gehamsterten Entdeckungen offengelegt habe, fand ich, dass ich im Austausch auch was dafür haben sollte. Ludwig hat nämlich nie damit rausgerückt, weshalb er in der Nacht von Herberts Tod und am nächsten Tag bis zu seiner Rückkehr nicht zu erreichen war.« Ich nahm eines der Amaretti aus dem Gebäckschälchen und beäugte es von allen Seiten, bevor ich es in mehrere kleine Stücke brach und auf dem Unterteller um die Tasse herum arrangierte.

»Und?« Mimi schnappte sich eines der Bröckchen und schob es sich in den Mund.

»Na ja. Er war mit diesem fürchterlichen Henry unterwegs und hat … sie hatten wohl so einiges gebechert … und sind … also, angeblich war Ludwig von der Idee nicht so begeistert, aber …« Nein, so wurde das nichts. Ich richtete mich kerzengerade auf meinem Stuhl auf und sprach es aus. »Sie sind in so einen Edelpuff gegangen. Einen, in dem Henry wohl kein Unbekannter ist.«

Eine ältere Dame mit breitkrempigem Sonnenhut am

Nebentisch, die dem Anschein nach bisher in einen Gedichtband versunken gewesen war, schaute mit großen Augen zu uns herüber. Edelpuff. Wenn das nicht spannender war als Rilke!

»Na ja, so was soll schon mal vorkommen.« Mimi sah nicht aus, als stünde sie kurz vor einer Ohnmacht. »Aber dass sich das so in die Länge gezogen hat. Bis zum nächsten Mittag?«

»Soll schon mal vorkommen?« Ich war empört. »Und wenn Alfonso dir erzählt hätte, er wäre in einem Bordell gewesen? Wärest du dann auch so cool?«

»Nein«, gab Mimi zu. »Aber wir sind erst seit Kurzem ein Paar. Das ist nicht das Gleiche.«

Die Dame am Nebentisch hatte ihren Sonnenhut etwas nach hinten geschoben und ihr Büchlein zugeklappt. Das lag nun, verabschiedet für ein anderes Mal, neben der Teetasse. Zudem hatte sie ihre Sitzposition korrigiert, zugunsten einer optimierten Ausrichtung zum Quell der nicht alltäglichen Unterhaltung.

»Eigentlich bin ich ja erleichtert«, sagte ich, eher leise und so nahe an Mimi herangerückt wie möglich.

»Wie jetzt, empört oder erleichtert? Das geht schlecht zusammen.« Sie behielt ihr gut vernehmbares Stimmvolumen bei.

»Doch, schon. Wenn Ludwig die Wahrheit gesagt hat, dann ist es in dem Etablissement nicht zur … wie soll ich sagen, Vollendung gekommen. Zu viel Alkohol. Und zudem, aber das kann ich schlecht erklären, ist jetzt, nach dem Gespräch mit ihm, bei mir auch nicht mehr dieses ekelhaft nagende Gefühl da, er könnte etwas mit Herberts Tod zu tun haben.« Die letzten vier Wörter waren im verschämten Flüsterton über meine Lippen gekommen. Niemandem außer Mimi hätte ich das eben Gesagte anvertrauen können. Mehr noch, es kam mir vor, als hätte ich soeben vor mir selbst ein Geständnis abgelegt.

Mimi richtete ihren Blick auf den Kiesweg unterhalb der Balustrade, wo sich zwei junge Frauen in Hotpants und bauchfreien Tops abwechselnd in Stellung brachten und gegenseitig fotografierten. Brust keck rausgestreckt, einen Arm in die Hüfte gestemmt, Kopf nach hinten geneigt und Lippen geschürzt. Das war die Pose. Die üppige Flora diente als dekoratives Beiwerk.

Hatte sie nicht gehört, was ich eben gesagt hatte? »Mimi?«

»Hmhm. Ehrlich gesagt, so schräg es vielleicht klingt …« Endlich sah sie mich wieder an. »Aber ich habe das, still für mich, auch schon mal als Möglichkeit durchgespielt. Ludwig hätte schließlich mehr als ein Motiv. Warum also solltest du als seine Frau nicht auch auf die Idee kommen? Auf die *Idee*, wohlgemerkt. Nicht im Sinne von einem heftigen Verdacht.«

Nun war es eine Sache, mich selbst im hintersten Winkel meiner Gedankenwelt damit rumzuquälen, Ludwig könnte sich an der Beseitigung seines Vaters zumindest beteiligt haben. Vielleicht in Kooperation mit Paul? Mehrere Beweggründe, gebündelt in einer konzertierten Aktion? Eine andere Sache war es, von der besten Freundin zu hören, sie habe diese Möglichkeit auch schon in Erwägung gezogen. Das war, gelinde gesagt, ein Unding. Das durfte sie nicht. Es wäre ihre vordringlichste Aufgabe gewesen, mir vehement zu widersprechen. Bist du wahnsinnig?, hätte sie ausrufen müssen.

»Bist du wahnsinnig?«, rief ich an ihrer statt. »Mein Mann ist doch kein Mörder!« Ein schüchternes Stimmchen meines verbliebenen klaren Verstands versuchte mir einzuflüstern, dass ich es gewesen war, die die Sache zum Thema gemacht hatte. Ich wollte dem Stimmchen kein Gehör schenken. Noch nicht.

»Tabea!«, sagte Mimi in einer Stimmlage, die gemeinhin dafür genutzt wurde, ein verwirrtes Wesen auf den Boden der Vernunft zurückzuholen.

»Wenn ich mir einen kleinen Einwand erlauben dürfte.« Die Frau mit dem Sonnenhut hatte sich erhoben und stand, ihr Buch unter den Arm geklemmt, an unserem Tisch. »Ihr Mann«, sie richtete ihre hellgrauen Augen auf mich, »scheint mir doch eine eher dubiose Gestalt zu sein. Sind Sie sicher, dass Sie weitere Jahre Ihres kostbaren Lebens mit ihm verbringen wollen? Ich spreche da aus eigener Erfahrung. Jedenfalls habe ich meine Konsequenzen rechtzeitig gezogen. Mit bestem Ausgang zu meinen Gunsten.« Sie nickte zuerst mir, dann Mimi freundlich zu, bevor sie sich, unterstützt von einem schwarzen Gehstock mit silbernem Knauf, bedächtigen Schrittes in Richtung Freitreppe auf den Weg machte.

***

Die Anlegestelle rückte näher. Ich überlegte, ob ich einfach sitzen bleiben sollte, so lange, bis das Linienschiff seine letzte Tagestour zu Ende gebracht und für die Nachtruhe geankert hatte. Mein Platz nahe dem Bug bescherte mir Fahrtwind und Gischt, von denen beruhigende und klärende Kräfte ausgingen.

Nicht dass ich mich in Aufruhr befand. Der Nachmittag hatte ein harmonisches Ende gefunden. Mimi war der Meinung, es sei an der Zeit, bei unseren Themen mehr Vielfalt walten zu lassen. Es gebe noch anderes als vermeintliche Mörder und Männer, die bedenkliche Dinge taten.

Nach unserem Aufenthalt auf der Terrasse waren wir zu einem Rundgang aufgebrochen. Auf einer Bank am römischen Badebecken sitzend und durch das Bogenfenster der Mauerumrandung aufs Tiefblau des Sees schauend, hatte sie mir, ganz die Lehrerin, ausführlich von der »Villa Emden« erzählt, die nicht immer Hotel und Restaurant gewesen war.

Die Villa habe der Hamburger Kaufmann Max Emden Ende der Roaring Twenties bauen lassen, nachdem er die Insel der verschuldeten Baronin de Saint-Léger, auch kein Kind von Traurigkeit, mal eben abgekauft habe. Wer Inseln kaufe, verfüge in der Regel über das nötige Taschengeld, es sich auch sonst nett zu machen. Und so sei die Insel zum Hort der rauschenden Lebensfreude geworden. Auch Künstler, Dichter und Philosophen, dem Schöngeist und Tiefgründigen erlegen, hätten sich, wenn eingeladen, den Reizen von Opulenz und Rausch nicht entziehen können.

»Wer wohl der nackten Marmorschönen am Beckenrand

Modell gestanden hat?«, hatte ich Mimi gefragt, nachdem ich ihr versichert hatte, ihr sehr gern zuzuhören. Und ob die Dame wohl die ganze Zeit mit ihrem zum Springseil gewickelten Tuch leicht gebeugt auf einer Muschel hatte stehen müssen?

Nein, Aktmodell zu sein war auch nicht erstrebenswert.

Mimi und ich waren in unseren Betrachtungen schnell ins Alberne abgedriftet, hatten gelacht und bei einem Rundgang noch einen Wettstreit im Pflanzenbestimmen eingelegt, den ich haushoch gewonnen hatte. Dann war Alfonso mit seiner Staffelei angerückt, wollte teilhaben und hatte damit das Ende des Vergnügens besiegelt. Es gab nun mal Dinge, bei denen es keines Dritten bedurfte.

Die beiden hatten mich zur Schiffsanlegestelle begleitet und mir noch ein bisschen hinterhergewinkt.

Und nun saß ich auf einem der orange-verblichenen Plastiksitze an Deck der »Torino«, wickelte mir im kühlen Frühabendwind die Jacke eng um den Oberkörper und wünschte mich ein klein wenig zurück auf die Brissago-Insel, meinetwegen auch eine andere. Wusste aber gleichzeitig, dass ich heimgehen musste in die Villa Felicità, um mit Ludwig zu sprechen. In Ruhe, nicht aufgebracht wie gestern Abend.

Alles würde gut werden. Dass ich ihm die Schwäche verzieh, mit Henry in Zürich auf Abwege geraten zu sein, wollte ich ihm sagen. Dass ich alles, aber auch alles, was ich wusste, der klugen Lara Patelli weiterleiten und keinen einzigen weiteren Alleingang unternehmen würde. Oh ja, ich war ein wandelndes Bündel guter Vorsätze.

43

Ludwig

Ihm war kalt. Und das an einem Augustnachmittag. Da half auch kein Wodka.

Nicht dass es zu Ludwigs Gewohnheit gehörte, in einem Lokal auf Locarnos Piazza Grande zu sitzen und hochprozentige Spirituosen in sich hineinzuschütten. Aber Gewohnheiten hatten in letzter Zeit in seinem Leben ohnehin keinen Platz mehr gefunden. Heute schon gar nicht. So gesehen konnte er sich auch noch einen von diesem Teufelszeug genehmigen.

Nachdem ihm sein Arzt die Fäden an der Kopfwunde gezogen und ihm nochmals versichert hatte, wie glimpflich er letztlich doch davongekommen sei, hatte sich der eigentliche Crash ereignet. Kein Quietschen, kein Aufprall, kein schrammendes Metall. Stattdessen die sich einladend öffnende Tür des Bankgebäudes, die einem Finanztempel eigene gedämpfte Atmosphäre, die unverbindlich freundliche Stimme des *consulente bancario*.

Signor Minotti hatte ihn in Empfang genommen, sich nach der gewünschten Konversationssprache erkundigt, ihm sein Beileid zum Tod des Vaters ausgesprochen und ihm schließlich die Tür zu dem schmucklosen Kabuff geöffnet, in dem das Gespräch *a quattr'occhi*, unter vier Augen, geführt werden sollte.

Ludwig hatte sich eigentlich etwas Repräsentativeres vorgestellt, ging es doch um mehr als das bescheidene Sparbuch eines Rentners, dem im Leben nie irgendein Geldsegen zuteilgeworden war. Es ging um Herbert Kummer, RIP, der eine Villa mit großzügigem Umschwung an Asconas begehrtestem Sonnenhang sein Eigen nannte. Das war ein elitär angehauchter Gedanke, den sich Ludwig umgehend selbst übel genommen hatte.

Minotti hatte ihn gebeten, auf dem schwarzen Ledersessel

vor dem Schreibtisch Platz zu nehmen, und sich selbst mehrmals räuspernd ihm gegenüber auf der anderen Seite des Tisches niedergelassen. Ob er ihm einen Kaffee anbieten dürfe, hatte er sich noch erkundigt. Ludwig hatte dankend abgelehnt. Minotti hatte daraufhin sein Augenmerk seltsam ausdauernd – oder war es Ludwig nur so erschienen? – auf den Bildschirm des Computers gerichtet.

»Ich gehe davon aus, dass Sie die finanzielle Situation Ihres verstorbenen Vaters kennen«, hatte er endlich gesagt und Ludwig nervös zwinkernd durch seine breitrandige Brille angesehen.

Der junge Mann, so war es Ludwig durch den Kopf gegangen, war bei der Brillenwahl schlecht beraten worden. Vielleicht hatte er sich aber auch beratungsresistent gezeigt. Jedenfalls wirkte das Modell überdimensioniert und viel zu dominant in dem eher schmalen, fast kindlichen Gesicht.

Nein, die kenne er nicht, hatte er geantwortet. Er habe zu Hause leider keine Unterlagen vorgefunden. Sein Vater sei bezüglich Finanzen auch nie sehr mitteilsam gewesen. Er habe aber Kenntnis davon, dass dieser sich vorübergehend in einem Engpass befunden haben musste. Keine großen Summen, zumindest nicht in Anbetracht der Abfederung, die Herbert Kummers Immobilie doch darstellte.

Minotti hatte das mit seinem Namen und seiner Funktion versehene Metallschild auf dem Schreibtisch in Richtung Mitte verschoben, gleich darauf wieder an die ursprüngliche Stelle zurückbefördert und mit einem finalen Räuspern das gesagt, was noch jetzt, eine Stunde später, in Ludwig nachhallte: »Das, was Sie als Abfederung bezeichnen, gibt es leider nicht. Die Immobilie in der Strada Rondonico«, Minotti hatte einen schnellen Seitenblick auf den Computer geworfen und die Parzellennummer genannt, »befindet sich in Bankbesitz.« Die Ellbogen auf dem Schreibtisch, die Hände gefaltet und das geneigte Haupt darauf gestützt, hatte er das Menetekel mit einer Art Andachtsminute gekrönt, bevor er weitersprach. »Ihr Vater hat es in den letzten Monaten vor seinem Tod versäumt, seinen Verpflichtungen nachzukommen und die Zinsen zu bezahlen. Die Situation ist allerdings schon eine geraume Weile äußerst prekär. Bedauerlicherweise hat es mein inzwischen nicht mehr hier tätiger Vorgänger unterlassen, bei der heiklen Angelegenheit rechtzeitig die Notbremse zu ziehen. Eine sehr komplexe und unerfreuliche Geschichte.«

So unerfreulich, dass sich Minotti nach seiner Ausführung mit der Hand über die Stirn fuhr, als hätte er einen schweißtreibenden Sprint zurückgelegt.

Ludwig hingegen war sportlich gesprochen eher in einen Boxkampf geraten. Unvorbereitet hatte man ihm eine abrupt geschlagene Gerade verpasst. Gefolgt von mehreren Haken. Der eher schmächtige Minotti war zwar der Ausführende gewesen, aber natürlich nicht der Schuldige. So viel war Ludwig trotz seines Taumels klar gewesen.

Er machte Anstalten, der Bedienung das Zeichen für einen zweiten Wodka zu geben, als er Lara Patelli das »Gran Caffè Verbano« ansteuern sah. Ihr erstaunlich hochhackiges Schuhwerk (wenig geeignet für die Pflastersteine der Piazza) hatte sie mit einem engen roten Rock und einer weißen, luftigen Bluse ergänzt. Da sie ihn noch nicht erspäht zu haben schien, gestattete er sich ein ausgiebiges Betrachtungsquantum des ästhetischen Bildes. Das, so fand er, war ihm ja wohl noch vergönnt.

Nach Verlassen der Bank hatte er die erste ruhig gelegene Sitzgelegenheit angepeilt, die sich ihm bot. Auf einer der roten Sitzbänke in den Giardini Rusca hatte er endlich zugelassen, was er vor dem *consulente-bancario*-Schnösel zurückgehalten hatte: himmelschreiende Frustration (fast tonlos), Haareraufen (eher sinnbildlich, er wollte nicht auch noch sein Haupthaar dezimieren), in die geballten Fäuste gepresste Flüche.

Die Giardini Rusca, nahe den Ufern des Lago, zierte ein lebensgroßer Stier aus Bronze. Das Tier war vom Künstler für die Skulptur im Angriffsmodus festgehalten worden. Den Kopf gesenkt, die Hörner zur Attacke ausgerichtet, die Vorderbeine erhoben. Ludwig hätte sich gewünscht, es dem

Stier gleichzutun. Angriff auf ganzer Linie. Aber wem sollte er seinen Kopf in den Bauch rammen? In Ermangelung eines greifbaren Schuldigen begnügte er sich damit, in die Knöchel seiner Fäuste zu beißen. Autoaggression, wie jämmerlich.

Wie er verstanden hatte, waren die Geldprobleme seines Vaters über die letzten zehn Jahre einer Lawine gleich angewachsen. Nach und nach hatte er die Villa Felicità mit immer happigeren Hypotheken belastet. Dass ihm das ermöglicht worden war, lag nicht nur an der Immobilie selbst, deren Wert nicht in Frage stand und für die Bank kein Risiko darstellte, sondern auch an einem nicht ganz sauberen Zusammenspiel zwischen Herbert Kummer und mindestens einem in den Kredit involvierten Manager. So viel hatte Ludwig noch in Erfahrung bringen können, bevor ihn in Minottis Kabuff Übelkeit befallen und er dringlich das Bedürfnis nach frischer Luft verspürt hatte.

Die Übelkeit war rasch verflogen, geblieben waren Wut und die Gewissheit, dass ihm und Corinna so gut wie gar nichts blieb. Ein Erbe, das zwar nicht aus Schulden bestand, aber als eine Art Nullsummenspiel bezeichnet werden konnte. Nach Abzug dessen, was der Bank zustand (der Löwenanteil), und dem, was private Schuldner zurückhaben wollten, blieb ein kärgliches Sümmchen. Nicht kärglich für Menschen, die nicht viel hatten. Tabea und er, um zwei zu nennen. Aber doch mickrig für diejenigen, die sich anderes – ganz anderes! – vorgestellt hatten: Corinna und, ja, auch er.

Nachdem er einigermaßen zur Ruhe gekommen war, hatte er als Erstes Lara Patelli angerufen und sie in Kurzform über den neuesten Stand der Dinge unterrichtet. Tabea hingegen wollte er die erschütternden Fakten im direkten Gespräch zukommen lassen. Eines, das einer mildernden Einleitung bedurfte.

Vielleicht war es eine Berufsattitüde, vielleicht gab es auch andere Gründe, jedenfalls war ihm die Reaktion der Kommissarin am Telefon recht verhalten vorgekommen. Sie hatte ihn gefragt, wo er sich aufhielt, und ihm ein Treffen vorgeschlagen. Und nun stand sie vor ihm, lächelte ihn an – ein Lichtpunkt an diesem Horrortag – und wies auf das leere Glas. »So schlimm?«

Ludwig zuckte mit den Schultern, was ihm als souveräne Geste kläglich misslang. Es war nicht der Tag, sich als Mann von Welt zu präsentieren.

»Ich für meine Person werde mich mit einem Kaffee begnügen.« Sie hatte sich neben ihn gesetzt.

Ein fruchtig süßliches Parfüm, das er an ihr noch nicht erduftet hatte, stieg ihm in die Nase. Ein wahres Elixier. Gern wäre er näher an sie herangerückt, aber das wäre wohl nicht gut angekommen.

»Abgesehen davon, dass ich noch im Dienst bin, will ich mit etwas Alkoholischem ohnehin bis übermorgen warten.« Sie sah ihn, wie ihm schien, herausfordernd von der Seite an. Erwartete sie, dass er dazu etwas sagte?

»Und weshalb bis übermorgen? Weil dann Wochenende ist?« Etwas Spritzigeres fiel ihm nicht ein. »*Due caffè, per favore*«, rief er dem vorbeieilenden Kellner zu.

»Auch. Zudem werde ich heiraten.« Das Strahlen der Kommissarin konnte nur von überquellendem Glück zeugen. Ludwig sah ihr an, dass sie das dringliche Bedürfnis verspürte, sich darüber mitzuteilen. Aber ausgerechnet ihm?

»Wie schön! *Le mie felicitazioni.*« Seine Glückwünsche gerieten ihm etwas gequetscht.

Was hatte er sich eingebildet? Dass eine schöne Frau wie Lara Patelli nur für ihn da war? Für seine platonischen Gefühle? Die so platonisch gar nicht waren, wenn man mal davon absah, dass er sie stillschweigend mit sich herumtrug und irgendwie auch akzeptierte, dass es beim Stillschweigen bleiben würde. Bleiben musste!

»*Grazie mille*«, bedankte sich die Schöne neben ihm artig.

Ludwig ging davon aus, dass sie nicht mitbekam, dass ihm soeben ein weiterer Schwinger verpasst worden war. Es war der Tag der Boxschläge.

»Wer ist denn der Glückliche?«, fragte er, was ein bisschen onkelhaft klang. Eigentlich wollte er gar nicht wissen, welcher

Kerl es geschafft hatte, diese so reizvolle Frau für sich zu gewinnen.

»Auch ein Polizist.« Sie lachte. »Schrecklich, ich weiß.«

Was sollte daran schrecklich sein? Ludwig stellte fest, dass sein Bedarf an Informationen zu dem Thema gedeckt war. Er hätte es lieber gesehen, wenn Lara Patelli weiterhin das weiße Blatt geblieben wäre, das sie bisher für ihn gewesen war. Die Projektionsfläche für ein paar harmlose, na ja, Phantastereien eines Fünfzigjährigen.

Er war verheiratet. Und das wollte er auch bleiben. Basta!

»Genug von mir«, sagte Lara Patelli, was nicht passender sein konnte. »Ich sitze ja nicht hier, um Ihnen das zu erzählen. Kommen wir zu dem, was Sie heute erfahren haben. Vermutlich wundert es Sie nicht, wenn ich Ihnen jetzt sage, dass wir das schon wussten.« Die persönliche Note war aus ihrer Stimme und ihrem Gebaren gewichen.

Doch, das wunderte ihn. Hätte man ihn nicht darüber informieren können? Informieren sollen?

»Während laufender Ermittlungen ist mehr oder weniger Stillschweigen angesagt. Wir können und dürfen nicht alles kommunizieren. Das wäre kontraproduktiv«, erklärte sie mit der Andeutung einer Entschuldigung, die wahrscheinlich mit seiner leicht pikierten Miene zusammenhing. »Und Ihr Zustand war auch nicht der geeignetste für Hiobsbotschaften.«

Ludwig begnügte sich mit einem angedeuteten Nicken. Gab es überhaupt Zustände und Befindlichkeiten, die sich für Hiobsbotschaften eigneten? Gab es so einen Moment, wo man beispielsweise zufrieden lächelnd mit einer Tasse Tee und einem Keks in der Hand am Tisch saß und sagte: Jetzt bin ich bereit für eine ganz, ganz miese Mitteilung?

Schwer vorstellbar.

Er dachte an Tabea und daran, ob sie sich wohl in der Zwischenzeit bei der Kommissarin gemeldet hatte. Die amateurhaften Nachforschungen seiner Frau entlockten dem Team um Lara Patelli wahrscheinlich auch nicht mehr als ein müdes »Wussten wir schon«.

War es die Kraft seiner Gedanken, war es der oft zitierte Zufall? Auf der gegenüberliegenden Seite der Piazza trat eine ihm vertraute Gestalt aus der Beschattung der die Häuserfront begrenzenden Arkaden, hinaus ans Sonnenlicht des offenen Platzes.

Es war seltsam, wie geläufig einem jede Bewegung, jede noch so feine Besonderheit eines nahestehenden Menschen über die Jahre wurde. So sehr hatte er alles an Tabea verinnerlicht, dass er auch über die Distanz von vielleicht zwanzig Metern sicher war, dass keine andere als sie sich daranmachte, die Piazza zu überqueren und … ja, kein Zweifel, auf das »Gran Caffè Verbano« zuzusteuern.

Für einen Moment wurde ihm die Sicht durch den Kellner verwehrt, der zwei Tassen Espresso vor ihnen abstellte und das leere Wodkaglas auf sein Tablett lud.

Tabea war in der Mitte des Platzes stehen geblieben oder, besser gesagt, da, wo der Weg zurück zu den Arkaden oder hin zum Caffè gleich lang war. Sie musste ihn gesehen haben. Und nicht nur ihn, sondern auch die Frau an seiner Seite.

Unversehens inszenierte sie eine kleine Show, bei der sie die Rolle der zerstreuten Passantin spielte. Dabei bediente sie sich einiger pantomimischer Elemente. Sie stellte die Tragetasche einer Boutique auf dem Kopfsteinpflaster ab, schaute in übertrieben deutlicher Manier auf ihre Uhr, setzte eine grüblerische Miene auf und vollendete das Ganze mit einer Kehrtwende und ihrem entschlossenen Abmarsch in Richtung Largo Zorzi.

Das Minitheater war ihr gelungen, aber Ludwig war kein entspannter Zuschauer. Im Gegenteil. Er warf Lara Patelli einen seitlichen Blick zu. Sie war damit beschäftigt, den Inhalt ihres Zuckerbeutelchens in die Tasse zu leeren, griff nach dem Löffel und rührte um. Mit nichts verriet sie, ob sie die Szene wahrgenommen hatte. Falls dem so war, interpretierte sie sie vermutlich nicht als das, was sie war: die Eröffnungsphase eines Ehekonflikts höheren Grades. In einem Moment, in dem die Dinge ohnehin nicht zum Besten standen.

44

Tabea

Entgegen meiner Absicht, in Ascona das Schiff zu verlassen, war ich einfach sitzen geblieben. Warum sollte ich schon nach Hause gehen? Ludwig, der zum Arzt und nach Locarno zur Bank gegangen war, würde inzwischen daheim sein und mit Bruno Gassi gehen. Nichts sprach dagegen, den Nachmittag mit einem kleinen Einkaufsbummel in Locarno ausklingen zu lassen. Meine Garderobe konnte im Hinblick auf den näher rückenden Unterrichtsbeginn durchaus einen Neuzugang vertragen.

Ich war am Debarcadero an Land gegangen, durch die belebte Via Ramogna geschlendert und schließlich in einer Boutique eingekehrt. Mit dem Spürsinn eines Bluthundes hatte ich in kürzester Zeit ein Rock-und-Top-Duo entdeckt, das auf mich gewartet zu haben schien. Den stattlichen Preis hatte ich mir mit meinem ansonsten klugen Konsumverhalten schöngeredet. Kurz: Ich gönnte mir was. Und da ich schon beim Gönnen war, sollte der langsam ausklingende Tag auch noch mit einem Trunk im »Gran Caffè Verbano« zelebriert werden. Das war das Lokal, in dem Ludwig und ich schon früher, als wir noch in Zürich gelebt hatten, in der Zeit des Filmfestivals händchenhaltend bei einem Cappuccino oder einem Glas Wein gesessen hatten. Das grandiose Bild der Piazza, der sie umrandenden Bürgerhäuser mit ihren bunten Fassaden oder der Großleinwand der abendlichen Filmvorführung vor Augen.

Aus dem Revival alter Emotionen wurde nichts, auch wenn der Mann, mit dem ich da so manches Stündchen verbracht hatte, wie hingezaubert genau dort saß, wo auch ich mich niedergelassen hätte. Einziger Störfaktor: Der Platz neben ihm war schon besetzt.

Üble Überraschungen hatten eine so hinterhältige wie

schmerzhafte Kraft. Diese hier war ein Hieb mit der Faust, zielsicher ausgeführt in den Solarplexus. Mein Atem stockte, mir wurde heiß und schwindlig. Der Spuk dauerte zum Glück nur einen kurzen Moment. Schnell hatte Tabea, die Unbezwingbare, wieder die Oberhand.

Gut, die Sache mit der Unbezwingbarkeit war Wunschdenken. Aber mit der Kraft meines Willens konnte ich mir suggerieren, dass a) die Sache eigentlich nicht weiter erwähnenswert war, b) ich dem verräterischen Ludwig nicht erlauben durfte, mir mit seinen Kapriolen den Tag zu verderben, und c) ich mir keinesfalls die Blöße geben würde, bei den beiden aufzutauchen. Daran sollte auch die Tatsache nichts ändern, dass mich Ludwig erspäht zu haben schien. Ich tat, als wäre mir ein Versäumnis in den Sinn gekommen, vollführte eine Hundertachtzig-Grad-Drehung und lief davon.

»So sieht also ein Termin beim Kundenberater der Bank aus«, fauchte ich vor mich hin, während ich mit ausholenden Schritten der Bushaltestelle zustrebte. Hätte ein Zeichner eine Skizze von mir gemacht, so hätte er mich karikierend mit aus Ohren und Nase steigendem Dampf dargestellt.

Wahrscheinlich hatte sich Ludwig mit dem Vorwand an die Kommissarin rangemacht, seine Frau hätte für die Polizei wichtige Informationen nicht weitergeleitet. Oder war es andersherum? Hatte sich Lara Patelli bei Ludwig gemeldet und ein Tête-à-Tête vorgeschlagen? Dies unter dem Mäntelchen, sich zum Stand der Fahndung auszutauschen, einen Thinktank aufzubauen; irgendwas dieser Art.

Oder ging es längst nicht mehr um den Mord an Herbert? Plauderten sie bereits über ihr Lieblingsessen, ihren Lieblingsfilm, ihre erogenen Zonen? Meine Phantasie galoppierte.

Dass ich, ohne zu warten, in einen Bus steigen konnte, der extra für mich vorgefahren zu sein schien, registrierte ich nur am Rand. Auch der Anstieg von der Bushaltestelle im Borgo von Ascona zur Villa Felicità erledigte sich wie von selbst. Während es in meinem Kopf hoch herging, hatten meine Füße ein Eigenleben.

»Komm schon!«, befahl ich Bruno, dem gänzlich Unschuldigen, in barschem Ton.

Mit scheelem Seitenblick schoss er an mir vorbei aus der Wohnungstür und erklomm die Treppe nach oben, den tief hängenden Bauch immer nahe an den Stufenkanten.

»Sorry, Dicki. War nicht so gemeint!«, rief ich ihm nach, aber da war er schon um die Hausecke verschwunden und bekam meine Reue nicht mehr mit.

Eine Dreiviertelstunde später, außer Atem vom zügigen Lauf auf den beschatteten Wegen des Parco Parsifal, kehrten Bruno und ich friedlich vereint zurück. Ich hatte ihm erklärt, dass er sich nichts hatte zuschulden kommen lassen und meine Gereiztheit mit seinem Herrchen zu tun hatte. Wenigstens zwischen Bruno und mir war die Atmosphäre bereinigt.

Dass es mir um einiges besser ging, war nicht einfach das Ergebnis von Autosuggestion. Natürlich würde Ludwig noch immer eine gute Erklärung aufbieten müssen, was es in unserem Lokal mit der Kommissarin beim Kaffeeplausch zu bereden gegeben hatte. Insgesamt hatte die Geschichte jedoch an Sprengkraft verloren. Ein bisschen – aber wirklich nur ein bisschen – fühlte ich mich sogar wie die sanft lächelnde Skulptur am Zugang zu Olivia Herzigs Grundstück.

Hatte die da eigentlich schon immer ihr Plätzchen gehabt? Ich konnte mich nicht erinnern und erlaubte mir, ein paar Schritte näher an die exotisch anmutende Dame im Schneidersitz heranzugehen.

»Die ist neu«, klärte mich eine wie aus dem Nichts aufgetauchte Olivia auf, deren Kopf heute ein bunter Turban zierte. Sie trug einen ihrer farbintensiven Kaftane, von denen sie eine Vielzahl besitzen musste. Dazu eine Pluderhose, die kurz unter dem Knie endete. Eine mutige Wahl. »Das ist die indische Göttin der Weisheit, Sarasvati.« Sie tätschelte der Gottheit wohlwollend das mit einem eigenwilligen Kopfschmuck gekrönte Haupt. Der war im Übrigen die einzige Gemeinsamkeit im Erscheinungsbild der filigranen Göttin und der Hausherrin.

»Weisheit kann man immer gebrauchen«, erwiderte ich

in Ermangelung von etwas Passenderem. Dass die meditativ Versunkene ein bisschen deplatziert wirkte am Tor der Tessiner Villa, gleich unter der dezent angebrachten Videoüberwachung, behielt ich für mich.

»Wie wahr, wie wahr.« Olivia nickte, versunken in nachdenklicher Betrachtung ihrer jüngst erworbenen Türsteherin. »Ich habe noch zwei weitere Neuzugänge auf der Terrasse. Die Königin Ken Dedes und Ganesha. Kommen Sie, ich zeige sie Ihnen.«

Ich überlegte kurz. Es war gleich sieben Uhr. Von Ludwig keine Spur. Mein unlängst zurückgewonnenes Gleichgewicht würde nicht lange anhalten, wenn ich jetzt ins Haus ginge und meinen Phantasien freien Lauf darüber ließe, womit Ludwig beschäftigt war.

Vielleicht sollte ich mir Olivia Herzigs Skulpturenkollektion, Ken Dedes und Ganesha, aus Gründen der Ablenkung präsentieren lassen. Der Gedanke an eine belanglose Plauderei mit Olivia kam mir jedenfalls verlockender vor, als auf Ludwig zu warten. Oder alles daranzusetzen, dies nicht zu tun.

»Ich bringe nur schnell unseren Salonlöwen ins Haus. Der muss was trinken.« Ich zupfte an der Leine des in Ruheposition auf dem Asphalt liegenden Bruno.

»Kommen Sie danach ruhig durch das Loch im Zaun zu mir rüber«, sagte Olivia, während sie an ihrem in leichte Schieflage geratenen Turban herumfummelte.

Dass nicht nur Bruno durstig war, sondern auch ich, wurde mir bewusst, als ich durch die Lücke in der Kirschlorbeerhecke auf das Terrain der Nachbarin stieg. Mein letztes Getränk hatte ich auf der Insel zu mir genommen. Das lag mehrere Stunden zurück. Und die herbeigesehnte Erfrischung im »Gran Caffè Verbano« hatte Ludwig durch sein Stelldichein mit der Patelli zunichtegemacht. Nun spekulierte ich auf eine der vielleicht sonderbaren, aber doch durstlöschenden Kreationen von Olivia Herzig.

Die stand schon auf ihrer Veranda und schob an einer graubräunlichen Steinskulptur herum. Das Besondere an der im

Schneidersitz auf einer Art Thron residierenden Gestalt war der Kopf: halb Mensch, halb Elefant mit Rüssel und abgebrochenen Stoßzähnen. Wie kam jemand nur auf die Idee, sich so eine Figur in den Garten zu stellen? Olivia Herzig sah nicht danach aus, als habe sie familiär fernöstliche Bezüge. Aber vielleicht irrte ich mich.

»Das ist Ganesha.« Mit ausladender Armbewegung stellte sie mir die Gottheit (vermutlich männlich) vor. »Der Herr der Hindernisse.«

Ich war nahe daran, ihm mit einem »Freut mich« meine Aufwartung zu machen. Welches Bild sollte ich mir vom Wirken des Herrn der Hindernisse machen?

Olivia Herzig, die sich inzwischen ein schwarzes Cape umgehängt hatte – es war kühler geworden –, zögerte nicht, mich über die besonderen Fähigkeiten ihres neuen Mitbewohners zu informieren.

»Er beseitigt oder setzt Hindernisse. Je nachdem. Wenn sich jemand respektlos verhält, kann es passieren, dass er sein freundliches Wesen vorübergehend vergisst.«

Ich nickte. Mir fehlte die Erfahrung mit Gestalten, die Rüssel im Gesicht hatten. Egal ob göttlich oder nicht. Aber vielleicht sollte ich Ganesha, jetzt, wo er schon mal hier war, um den Gefallen bitten, das Hindernis Lara Patelli zu beseitigen. Natürlich nicht auf drastische Weise. Sie könnte zum Beispiel in eine andere Abteilung, ans andere Ende des Kantons versetzt und durch einen männlichen Kollegen ersetzt werden. Damit wärc ich schon zufrieden.

Dem Gedanken noch länger nachzuhängen, blieb mir verwehrt. Olivia nahm mich bei der Hand, was ich als rührende Geste wahrnahm.

»Kommen Sie, Sie müssen noch die Königin Ken Dedes kennenlernen.«

Im Grunde war sie eine liebe, wenn auch schrullige Person, die eben einfach anders ans Leben heranging als ich. Sollte sie sich doch Götter anderer Kulturen und Religionen hinstellen, wo sie wollte. Sie tat damit niemandem etwas zuleide.

»Da ist sie.« Olivia hatte mich eine Granittreppe hinabgeführt, die den Zugang zu einem verwilderten Teil des Gartens darstellte. Mit stolzer Miene wies sie auf eine meterhohe Skulptur, die sich nicht wesentlich von den anderen unterschied. Auch sie thronte im Schneidersitz, trug einen prominenten Kopfputz und hatte etwas Majestätisches an sich, wie es sich nun mal für eine Königin gehörte. Sie sah nachdenklicher, aber auch nahbarer aus als die anderen zwei, was durch die Abwesenheit eines Rüssels begünstigt wurde.

»Und was ist ihre besondere Eigenschaft?« Ich war froh, dass mir diese Frage eingefallen war. Mein Zugang zu den Figuren war weniger gefühlsbetont als der von Olivia. Eigentlich hätte ich es nun geschätzt, ein Getränk angeboten zu bekommen. Zuvor, meinetwegen auch danach, wollte ich darum bitten, die Toilette des Hauses benutzen zu dürfen.

»Sie ist die Verkörperung der vollkommenen Schönheit«, deklamierte Olivia, die nichts von meinen irdischen Bedürfnissen mitbekam, und strich Ken Dedes gefühlvoll über die eher breit geratene Nase.

Darüber kann man streiten, dachte ich, auch wenn ich nicht vorhatte, das zu tun. Schon allein deshalb nicht, weil ich nicht weit von der Königin eine beachtliche Ausbreitung mit schwarzen Beeren behangener Stauden erspähte.

Atropa belladonna, kein Zweifel. Knapp einen Meter hoch und gut entwickelt. Nur an einer Stelle schien jemand mit einer Art Rodung begonnen zu haben, die eine klaffende Lücke im ansonsten dichten Wuchs gelassen hatte.

Hatte Olivia bemerkt, was meine Aufmerksamkeit erregt hatte? Mir war, als sei ihr mein neu ausgerichteter Fokus nicht entgangen.

»Die hat mich einiges gekostet«, sagte sie. »Vulkanisches Rhyolithgestein aus Indonesien. Handgefertigt. Tausendvierhundert Franken ohne Transportkosten. Aber das ist sie mir wert.«

Nein, Olivia war noch immer ungebremst mit ihren göttlichen Mitbewohnern beschäftigt, auch wenn mir der Übergang von den ästhetischen Werten ihrer Königin hin zum Monetären etwas abrupt erschien. Trotzdem verspürte ich Erleichterung. Wer an ein Bündel mit Hunderterscheinen dachte, dem war meine Abschweifung wohl eher egal.

Ich tat einen Schritt auf Ken Dedes zu und bemühte mich um einen fachkundigen Ausdruck. »Rhyolithgestein, hm, tatsächlich«, sagte ich, ganz die Spezialistin für dekorative Figuren und ihre Beschaffenheit.

Um diskrete Veränderung meiner Blickrichtung bemüht, nahm ich erneut den üppigen Beerenbestand im nahen Dickicht in Augenschein. Jasper kam mir in den Sinn, der vor nicht allzu langer Zeit über mich gelacht hatte. Über meine wilden Verdächtigungen, nur weil in Matildas Garten in Cannobio exakt dieses Nachtschattengewächs gedieh.

Ein Seufzer entfuhr mir, den Olivia hoffentlich als Würdigung des Rhyolithgesteins verstand. Natürlich hatte er recht. Die Atropa belladonna wuchs vielerorts. Daraus irgendwelche Schlüsse ziehen zu wollen war schlichtweg albern.

»Nächste Woche kommt der Gärtner und putzt hier mal so richtig durch. Ist alles ziemlich zugewachsen.« Offensichtlich hatte sich auch Olivia von ihren steinernen Gartenbewohnern und den dafür hingeblätterten Frankenscheinen losgelöst.

Mich überkam das unangenehme Gefühl, sie hätte Zugang zu meinen Gedanken.

»Ja, alles wächst beim bloßen Zusehen. Das ist bei uns drüben nicht anders. Darf ich mal Ihre Toilette benutzen?«

»Natürlich.« Um Olivias Mund zeigten sich minimale Züge von Anspannung, die nicht recht zu der Selbstverständlichkeit passen wollten, mir den Zugang zu ihrem stillen Örtchen zu gewähren.

Gut möglich, dass ich ihr da etwas zuschrieb, was mich selbst betraf, denn der sich immer heftiger bemerkbar machende Blasendruck versetzte mich in Unruhe.

»Vom Wohnzimmer aus links in den Gang und dann in Richtung Haustür. An der Tür hängt ein Schild mit einem Vers. Ich mache uns was zu trinken, dann können wir auch endlich mal auf ein Du anstoßen«, rief sie mir nach, als ich die Stufen schon erklommen hatte und auf kürzestem Weg über die Terrasse eilte.

Um den die Toilettentür zierenden Spruch zu lesen, hatte es mir an Zeit gefehlt. Erst als ich, massiv erleichtert, die Tür von außen schloss, hatte ich die nötige Muße.

Ci sono solo due errori che si possono fare nel cammino verso il vero: non andare fino in fondo e non iniziare.

Eine harmlose Weisheit, bei der – wie konnte es anders sein? – ein von Hand skizzierter Buddha seine Finger im Spiel hatte:

Es gibt nur zwei Fehler, die man auf dem Weg zur Wahrheit machen kann: nicht bis zum Ende zu gehen und gar nicht erst zu beginnen.

Dagegen war nichts einzuwenden. Nun würde ich noch etwas trinken und mich danach zurück zur Villa Felicità begeben. Das war mein Weg *bis zum Ende*. Ob er auch zur Wahrheit führte? Das hing vielleicht auch davon ab, ob sich Ludwig inzwischen gemeldet hatte.

Ich ließ mich auf der Kante eines thronartigen Sessels in Olivias Entrée nieder und zog den Reißverschluss meiner Bauchtasche auf. Außer der Sonnenbrille, dem Portemonnaie, dem Hausschlüssel und – oje! – Mimis Lesebrille war nichts darin. In jedem Fall nicht das, wonach ich suchte: mein Handy.

Nicht zum ersten Mal an diesem Tag wurde mir flau im Magen. Ein nicht vorhandenes Handy war ein existenzielles Problem. Wer etwas anderes behauptete, gehörte entweder zu Olivia Herzigs Götterparade, war Buddha persönlich oder ein Mensch mit Guru-Qualitäten. Wo hatte ich das Ding nur gelassen? Zu Hause konnte es nicht sein, denn außer Brunos Schüssel mit frischem Wasser zu füllen und ihm zu sagen, er solle schön auf mich warten, hatte ich dort nichts getan. Oder doch?

In der nahen Küche hörte ich Olivia hantieren. Eine Schublade, eine mit Schwung geschlossene Schranktür, Geschirrgeklapper.

Während ich noch zu rekonstruieren versuchte, wann ich mein Telefon das letzte Mal in der Hand gehalten hatte, fiel mein Blick auf den flachen Tisch neben mir und auf ein schwarzes, in Leinen gebundenes Buch. War das nicht exakt dasselbe, das Olivia erst gestern im Strandbad in ihren Händen gehalten hatte? Seltsam, dass mir mein auf Hochtouren mit Rekonstruktionsarbeit beschäftigtes Gehirn noch für so etwas wie Neugier Platz ließ.

Ich griff nach dem gewichtigen Druckwerk, das, seinem Zustand nach zu schließen, häufig konsultiert wurde.

»Witchcraft«, stand in geschwungenen Goldbuchstaben auf dem Buchrücken.

Hexerei? Wer las denn so was?

Ich schlug den Buchdeckel auf. *»Per Olivia«*, stand auf der ersten, ursprünglich mal weißen Seite, *»che ha delle doti magiche«*. Unterschrieben war die Widmung nicht. Jedenfalls nahm die Schenkerin oder der Schenker an, dass Olivia Herzig magische Kräfte oder Fähigkeiten besaß. Dazu konnte ich mich nicht äußern. Außerdem hatte ich andere Sorgen. Ich musste mich um den Verbleib meines Handys kümmern.

Beim Zuklappen des Buches – sanft, schließlich musste Olivia nicht mitkriegen, dass ich meine Nase in ihre Sachen steckte – flatterte ein Blatt Papier zu Boden. Was mir nicht alles zu Füßen fiel bei meinen kleinen Indiskretionen. Selbstverständlich hätte ich den Zettel gleich wieder zwischen die Seiten geschoben, wäre ich nicht vom ersten darauf geschriebenen Wort in den Bann gezogen worden. Das Weiterlesen wurde zur Pflicht.

Belladonna, letale Dosis für einen Erwachsenen fünfzehn bis zwanzig Beeren – alternativ mit Safran oder Cassia-Zimt arbeiten – Safrankekse! Molto gustosi! Sehr schmackhaft! – Nachteil: hohe Dosierung nötig.

Die Handschrift war ungelenk. Die Schreiberin – Olivia? – alles andere als eine Kalligrafin. Schlimmer noch, mit jeder zusätzlichen Zeile wurde die Schrift krakeliger bis hin zu unleserlich.

Ich hörte Schritte. Nichts wie zurück mit dem Blatt zwischen die Seiten und das Buch auf die Ablage.

»Ich habe mein Handy verloren.« Meine Stimme bebte, meine Hände zitterten, was sich nur begrenzt mit dem abhandengekommenen Telefon rechtfertigen ließ.

»Ach herrje.« Das klang nach Anteilnahme. Und doch umwehte Olivias Ausruf ein kaum spürbarer Hauch von Kälte. »Wie ärgerlich. Richtiggehend verloren?«

War es tatsächlich Kühle oder doch eher so etwas wie ein Aufhorchen? Gespitzte Ohren unter ihrem bunten Turban?

Bange fragte ich mich, ob sie meine Schnüffelei mitbekommen hatte.

In den Händen hielt sie ein Tablett. Darauf ein Krug und zwei beschlagene Gläser, randvoll mit etwas, das nach Kräutertee aussah. Minzeblätter und Zitronenscheiben schwammen in der hellgelben Flüssigkeit, die den Krug noch zur Hälfte füllte. Das Arrangement war für einen durstigen Menschen wie mich fast nicht auszuhalten. Ich schluckte. Meine Kehle fühlte sich an, als wäre sie mit feinstem Sand ausgekleidet.

»Trinken Sie erst mal. Danach überlegen wir zusammen, wo das Handy sein könnte.« Olivia reichte mir ein Glas, stellte das Tablett auf das Tischchen und griff nach dem zweiten. »Ich bin Olivia«, sagte sie und hielt mir ihr Glas entgegen.

Was sollte das? Das wusste ich doch längst.

Es dauerte einen Moment, bis ich begriff, um was es ihr ging: die angekündigte Verschwisterung. Meine Informationsverarbeitung schien vorübergehend in Slow Motion abzulaufen, was damit zusammenhängen mochte, dass sich das schwarze Buch nun Kante an Kante mit dem Tablett befand.

»Es ist längst fällig, dass wir uns duzen.« In Olivias Zügen nichts als Milde.

»Ich bin Tabea.« Auch ich streckte ihr mein Glas entgegen. Ein glockenhelles Klingen hallte in dem erstaunlich karg möblierten Entrée überlaut nach.

In gierigen Zügen goss ich den Inhalt des Glases in mich hinein. Nein, Olivia hatte nichts von meiner Inspektion mitbekommen. Ich brauchte mir keine Sorgen zu machen.

Keine Sorgen? Es durchfuhr mich glühend heiß. Hatte mich der Durst meiner Sinne beraubt? Hatte ich nicht vor zwei Minuten auf dem Tablett serviert bekommen, auf wessen Konto Herberts Vergiftung ging?

Auf dem Tablett. Eine zweite Welle des Entsetzens erfasste mich. Ich Wahnsinnige hatte mir von Olivia einen Trunk reichen lassen und diesen ohne Zögern in mich gekippt. Einen Trunk! Von einer Giftmischerin zubereitet.

»Ich muss jetzt gehen«, sagte ich und erhob mich aus dem thronartigen Rattansessel, der mich nicht zur Majestät, sondern zur Närrin gemacht hatte. Meine Beine hatten sich in fluffige Schaumzuckermasse verwandelt und drohten unter mir nachzugeben. »Vermutlich ist mein Handy zu Hause. Und Ludwig wird auch auf mich warten«, krächzte ich mit der Stimme eines erkälteten Raben.

Dass Ludwig auf mich wartete, war fragwürdig, aber das musste ich Olivia nun wirklich nicht auf die Nase binden.

»Danke für den Tee«, sagte ich noch, was insofern erstaunlich war, als mir jede Silbe Kraft abverlangte.

Olivia machte keine Anstalten, zur Seite zu treten.

Mir war nicht neu, dass sie groß und kräftig war, aber die Frau, die so dicht vor mir und manifest im Weg stand, war eine Riesin. Ein Flaschengeist mit Turban. In XXL.

»Darf ich?« Ich versuchte, mich zwischen sie und die Wand zu schieben. Der zur Verfügung stehende Spalt hätte im besten aller Fälle einer Elfe Durchschlupf gewährt. Eine solche war ich nicht. Und selbst wenn, hätte Olivias kräftiger linker Arm die ultimative Absperrung dargestellt.

»Du gehst nirgendwohin«, sagte sie.

Seltsam, es war ihre Sachlichkeit, die meine Furcht vervielfachte. Und dieses unverschämte Du, das die Furcht mit Zorn anreicherte. Was erlaubte sich diese überdimensionierte Vogelscheuche?

»Lassen Sie mich durch!«, befahl ich mit so viel Bestimmtheit, wie ich aufbieten konnte (leider wenig). Ich drückte mich seitlich gegen Olivia. Da, wo ich eine Schwachstelle in dem menschlichen Grenzwall ortete. Es war das unangenehme Gefühl von etwas Kaltem, Bohrendem in meiner Flanke, das mich erstarren ließ. Was zum Teufel war das?

»Eine Pistole, mein Täubchen.« Olivia gab bereitwillig Auskunft, ohne dass ich mich bei ihr erkundigt hatte. »Eine Glock. 9 Millimeter.«

Vielleicht hätte ein Teil in mir gern gewusst, wo sie die Waffe so plötzlich hergenommen hatte oder ob das schwarze Ding überhaupt geladen war. Aber ob die Pistole Glock, Bock oder Grog hieß, war mir völlig egal. Die Frau, die noch vor zehn Minuten ihren Gottheiten liebevoll den Steinkopf getätschelt hatte, führte sich nun auf wie ein abgehalfterter Auftragskiller. Wer sonst bediente sich Namen wie »Täubchen«? So ließ ich mich von niemandem nennen. Doch Protest schien mir nicht angebracht. Nicht mehr. Olivia Herzig, da gab es nichts zu beschönigen, machte mir Angst. Große Angst.

»Ludwig erwartet mich. Er wird nach mir suchen«, sagte ich sanft. Sanft deshalb, weil die Frau vor mir nun nicht mehr einfach die überkandidelte Nachbarin war, sondern eine Tretmine. Ein falscher Schritt, ein falsches Wort konnten mein Ende sein. Ein Ende, das ich mir so nicht vorgestellt hatte. Dahingestreckt von einer Pistolenkugel. Im düsteren Entrée dieser Psychopathin. Welche gesetzestreue Bürgerin hatte denn unter all den mehr oder weniger erstrebenswerten Szenarien des eigenen Abtritts von der Weltbühne einen Schuss in den Bauch in ihrem Vorstellungsfundus?

»Ludwig wird nicht auf dich warten. Und suchen wird er dich auch nicht.« Olivia sprach mit Bestimmtheit. Dabei sah sie über mich hinweg, was nicht zuletzt durch ihre Größe gegeben war. »Männer warten nie auf ihre Frauen.« Eine bizarre Feststellung, die sie mir – oder wem auch immer – mit Bitterkeit präsentierte.

»Ich habe ihm einen Zettel hingelegt. Mit der Mitteilung,

dass ich bei Ihnen bin.« Ich gratulierte mir zu dieser genialen Idee, die mir trotz zittriger Knie, einer neuerlich staubtrockenen Kehle und beschleunigten Herzschlags im rechten Moment gekommen war.

»Papperlapapp!«, rief Olivia. »Das glaubst du doch selbst nicht. Heutzutage tippt man was ins Smartphone und gut ist.« Sie feuerte eine herzhafte Lachsalve ab, die in ihrem Flur widerhallte.

Unter normalen Umständen wäre ich nun pikiert gewesen. Beleidigt sogar angesichts des Spotts über etwas, das ich eben noch für einen Geistesblitz gehalten hatte. Aber von normalen Umständen war längst nicht mehr die Rede. Da standen wir nun inmitten dieses düsteren Raumes, zwei Frauen dicht an dicht. Eine große mit Turban und schwarzem Cape und eine kleine mit dünner Bluse und Sommerjäckchen. Die große mit einer Pistole, die sie der kleinen seitlich in den Bauch drückte. Das war das Bild, das sich mir bot, während ich kurzzeitig in einer Art außerkörperlicher Erfahrung über dem Geschehen schwebte.

Der Schwebezustand hielt nur kurz an. Er endete in einer harten Landung, um gleich darauf in eine neue, weitaus üblere Empfindung überzugehen. Mir war, als sei ich nach langer, rasanter Fahrt im Kreis von einem Karussellpferd gestiegen. Schwindel, Übelkeit, verschwommene Sicht. Oben war unten und unten war oben.

Und dann auf einmal: nichts mehr.

Es wäre klug gewesen, nach Hause zu gehen und mit Tabea
zu sprechen. Aber er hatte es nicht getan.

Lara Patelli hatte sich verabschiedet und war davongestö-
ckelt. Er hatte ihr noch seine Glückwünsche für die Hochzeit
mit auf den Weg gegeben und, ganz der Charmeur, den ihm
unbekannten Herrn Gemahl in spe zu seinem Hauptgewinn
gratuliert, was Lara zu einem koketten Zurückwerfen ihrer
goldbraunen Mähne und einem letzten glucksenden Lachen
veranlasst hatte.

Das wäre der Moment gewesen, die Rechnung zu begleichen und ebenfalls aufzubrechen. Nichts dergleichen hatte
er getan. Aus einem zweiten Wodka war schnell ein dritter
geworden. Und Nummer vier goss er einfach noch obendrauf.
Nicht weil ihm das Zeug schmeckte. Ganz im Gegenteil. Der
Reiz des Getränks war seine Scheußlichkeit, das Sich-schüt-
teln-Müssen nach jedem Zug, gefolgt von einlullender Wärme.

Was Tabea wohl sagen würde, wenn er ihr mitteilte, dass es
kein Erbe gab und sie sich bald eine Wohnung suchen mussten?
Vermutlich war es besser, die schlechte Botschaft hintanzu-
stellen und zuvor ein paar Wogen zu glätten. Ihr Abmarsch auf
der Piazza Grande ließ nichts Gutes ahnen. Und das, nachdem
er ihr am Vortag schon seinen Fehltritt – nun gut: Beinahe-
Fehltritt – in Zürichs Nachtleben gebeichtet hatte. Ihr Vorrat
an Verständnis war nicht unerschöpflich. Da hatte er seine
Erfahrungen gemacht.

Bei Wodka Nummer fünf war er zu dem Schluss gekommen, ihr die üble Neuigkeit bar jeglicher Präliminarien zu
unterbreiten. Neben ihr würde alles bedeutungslos.

Was war schon ein Kaffeeplausch mit Lara Patelli angesichts
eines in der Luft zerplatzten Erbes?

Ja, so wollte er vorgehen. Er musste ganz einfach den zeitlichen Vorsprung nutzen, den er als Heimkehrender hatte. Tabea, es gibt schlechte Nachrichten, würde er beim Öffnen der Tür sagen.

Nicht mehr ganz sicher auf den Beinen (er hatte sich mit dem Taxi heimfahren lassen), stieg er die Treppe hinab. Fast hätte ihn eine der unzureichend befestigten Granitplatten zu Fall gebracht. Er klammerte sich ans Treppengeländer. Für einen klitzekleinen Moment zog er in Erwägung, bei den Platten demnächst mit etwas Mörtel zu intervenieren, um mögliche Unfälle zu verhindern, nur um gleich darauf »Nichts muss ich!« in die abendliche Stille zu rufen.

Zügellose Heiterkeit befiel ihn bei der Vorstellung, wie der Bankberater mit der modischen Brille – wie hieß er doch gleich? – von seinem Vorgesetzten zur Instandsetzung der Treppe abberufen wurde. Jetzt, da die Villa Felicità doch der Bank gehörte.

Kichernd tappte er zwei weitere Stufen nach unten. Kurz vor der Wohnungstür bahnte sich ein weiterer Gedanke seinen Weg: Was wohl Kassandra Zweiglein-Bordoli sagen würde, wenn sie davon erfuhr, dass ihr Zukünftiger ihr ein Vorkaufsrecht auf etwas gewährt hatte, das ihm gar nicht gehörte?

Das Hyänengelächter, das Ludwig erschreckt zusammenzucken ließ, war sein eigenes. Nein, so ging das nicht. Er musste sich am Riemen reißen. Gleich würde er Tabea gegenüberstehen. Da konnte er nicht als feixender und glucksender Trunkenbold über die Schwelle stolpern.

Wie still es doch war, dachte er, während er den Schlüssel im Schloss drehte. Kein Licht, obwohl die Dämmerung angebrochen war. Bruno lag im Halbdunkel auf seiner Matte. Er hatte den Kopf gelupft und sah ihn an. Eine wahrhaft lauwarme Begrüßung. Wenn nicht mal Bruno sich für ihn erhob, versprach das nichts Gutes.

»Tabea?« Ludwig schaltete das Licht im Flur an. Was für ein dunkles Loch doch diese Wohnung war, für die sein Vater eine so stattliche Miete kassiert hatte. Und weshalb? Um seine exorbitanten Hypotheken bedienen zu können. Ha!

»Tabea?«

Niemand war zu sehen, nichts rührte sich. Wem sollte er nun das zurechtgelegte Sätzchen von den üblen Nachrichten entgegenschmettern?

So eine kleine Revanche würde zu Tabea passen. Ihre Abwesenheit als Strafe für sein aus der Distanz wohl etwas zu vertraulich anmutendes Zwiegespräch mit der Kommissarin. Na gut. Wenn sie das so wollte.

Er konnte jetzt Corinna anrufen. Es war neun Uhr abends. Das hieß, dass bei ihr der Tag angebrochen und sie längst bei ihren Schafen angekommen war. Ein vergleichsweise guter Zeitpunkt für eine Schreckensbotschaft, wenn man bedachte, dass es durchaus unpassendere Momente gab.

Er entschied sich dagegen. Er war jetzt nicht in der Verfassung, mit einer existenziellen Krise seiner Schwester umzugehen. Corinna war unberechenbar. Sie konnte cool wie eine Gurke sein, aber auch Heulen, Toben und Gezeter ließen sich nicht ausschließen.

»Wo ist Frauchen?«, erkundigte er sich bei Bruno, während er den Weg zur Küche einschlug. »War sie mit dir Gassi?«

Das wäre eigentlich seine Aufgabe gewesen, kam es ihm heiß in den Sinn. Und nicht nur das. Er wäre auch mit dem Abendessen an der Reihe gewesen. Mist.

Kein Wunder, dass sich Bruno zu allen ihm gestellten Fragen ausschwieg und einfach liegen blieb. Bestrafung auf ganzer Linie. Selbst Bruno war Hund genug, um atmosphärische Störungen aufzunehmen.

Der Kühlschrank brillierte mit betrüblicher Fast-Leere. Ludwig wollte nicht zu anspruchsvoll sein, nachdem er selbst nicht aktiv geworden war. Aber mehr als zwei Käsereste, Joghurt und einen jämmerlichen Salamizipfel hatte er sich schon erhofft. Die Zucchini und Auberginen im Gemüsefach zählten nicht.

Ob Tabea wieder zu Mimi und diesem Alfonso auf die Brissago-Insel gefahren war? Vielleicht saßen die drei just in dieser Minute gut gelaunt auf der Terrasse der »Villa Emden«, huldigten der vom ersten Mondschein in Szene gesetzten Aussicht auf den blauschwarzen See und tranken kühlen Chardonnay. Gut, auf den Wein konnte er in seinem Zustand durchaus verzichten, aber der Teller mit Felchenfilets und Butterkartöffelchen, den er sich dazu ausmalte, sorgte in seinem Mund für ungehemmten Speichelfluss.

Es würde zu Tabea passen, ihn auf diese Weise zappeln zu lassen. Durfte er nicht noch ein klein wenig den Status des zu schonenden Rekonvaleszenten genießen?

Allerdings, so wurde ihm umgehend bewusst, konnte von Schonung bei dem von ihm konsumierten Wodkaquantum auch nicht die Rede sein.

Unverrichteter Dinge schloss er die Kühlschranktür, zog sein Handy aus der Hosentasche und wählte Tabeas Nummer. Er habe ungeheure Neuigkeiten, wollte er sagen, ob sie nicht bitte gleich nach Hause kommen könne. Das war die Strategie, die er zuvor schon an der Haustür hatte anwenden wollen. Per Telefon sollte das genauso machbar sein.

Machbar war jedoch gar nichts. Tabea antwortete nicht. Nun gut, dann würde er sein Sprüchlein von der ungeheuerlichen Nachricht eben auf den Anrufbeantworter sprechen. Tabea war neugierig. Sie würde zurückrufen.

»Dein Herrchen war ein Halunke«, sagte Ludwig zu dem nun doch zu ihm in die Küche trappelnden Bruno. »Aber das kann dir ja egal sein.« Er öffnete erneut den Kühlschrank und entnahm ihm den Salamirest. Irgendwas musste er schließlich essen. »Es sind wir, seine Kinder, die er angeschmiert hat. Dich hat er geliebt. Wahrscheinlich warst du der Einzige, für den er Gefühle aufbringen konnte.«

Ausgerüstet mit Holzbrettchen und Messer setzte er sich an den Küchentisch. Normalerweise sprach er nicht mit Bruno, aber da sonst niemand da und heute auch kein gewöhnlicher Abend war, tat er genau das. Mit größter Akribie schnitt er die Salami in feine Scheiben. Erstaunlich, was sich da noch rausholen ließ.

Die Wirkung des Wodkas begann nachzulassen. Ludwig

fühlte sich fast schon so nüchtern wie nach einer kalten Dusche. Das war gut und schlecht zugleich. Gut, weil er das Gefühl nicht loswurde, sein klarer Kopf sei gefragt. Schlecht, weil es nun keinen Puffer mehr gab. Die unglaubliche Verrücktheit der heutigen Mitteilung schlug ungehindert auf ihn ein.

»Mein Vater war ein Arsch«, sagte Ludwig, was den »Halunken« von vorher deutlich schlug.

Er reichte Bruno, der nun zu seinen Füßen in Warteposition saß und nach oben lugte, ein beim Schneiden verunglücktes Salamirädchen. Nach kurzer Testung beförderte Bruno die angekaute Masse wieder aus dem Maul und ließ sie auf den Küchenboden fallen. Entweder mochte er die salzige Rohwurst nicht, oder es war seine Art, gegen die Verunglimpfung seines abhandengekommenen Herrchens zu protestieren.

Ludwig führte sich den zweiten Bissen Brot zu (auch da nur ein kärglicher Rest), als sein noch auf der Ablagefläche neben dem Kühlschrank liegendes Telefon klingelte. Aha, das hatte ja nicht lange gedauert.

Er erhob sich, zwang sich zunächst zu einer gewissen Langsamkeit und schnappte sich das Handy dann doch mit mehr Eifer als geplant. Allerdings zeigte das Display nicht Tabeas lächelndes Konterfei, sondern teilte ihm ohne Abbildung mit, dass es sich bei der Anruferin um Mimi handelte.

Schickte Tabea nun ihre Freundin vor? Sie mochte sich zwar außerordentlich über ihn geärgert haben, wofür Ludwig Verständnis aufbringen konnte, aber nun wurde die Sache wirklich albern. Tabea präsentierte sich doch sonst so gern als die Königin der konstruktiven Konfliktbewältigung.

»Mimi? Du?« Das war nicht die liebenswürdigste aller Begrüßungsformen, aber exakt das, wonach Ludwig zumute war.

»Hallo, Ludwig. Weißt du, wie ich Tabea erreichen kann?« Auch Mimi verschwendete keine Zeit mit Nettigkeiten. Eine Frage nach seinem Befinden hätte er zu schätzen gewusst.

»Wie meinst du das? War sie nicht bei dir auf der Insel?«

»Doch, aber das ist schon viele Stunden her. Sie muss aus Versehen meine Lesebrille eingepackt haben. Vermutlich hat sie sie für ihre eigene gehalten. Ich wollte sie ursprünglich bitten, noch mal schnell mit dem Auto nach Brissago zu fahren. Alfonso wäre dann mit dem Schiff rübergefahren und hätte sie geholt. Ohne Lesebrille ist es bei mir nämlich schwierig. Komisch, dass sie sich nicht meldet. Ist so gar nicht ihre Art.« Mimis Ausführung wirkte etwas gehetzt.

»Sie ist nicht zu Hause«, sagte Ludwig mit dünner Stimme. Da hatte er sich alles Mögliche ausgemalt, hatte seine Frau schon am einladend gedeckten Terrassentisch sitzen, an Felchenfilets knabbern und Chardonnay süffeln sehen, und nun das.

»Wie kann ich sie denn erreichen? Hat sie ihr Telefon nicht bei sich?« Wie es schien, erregte seine karge Antwort bei Mimi leichte Irritation.

»Das weiß ich auch nicht.«

Schweigen auf Mimis Seite. Ein Schweigen, das Ludwig so wenig gefiel wie der Gedanke, dass Tabea mir nichts, dir nichts abgetaucht war. So eine Bestrafung konnte man auch übertreiben.

»Ludwig.« In der Nennung seines Namens schwang so einiges mit. Mahnung (die Lehrerin), Besorgnis, Gereiztheit, Missfallen. Da gab es Auswahl. »Wann hast du das letzte Mal etwas von Tabea gehört?«

»Vor ein paar Stunden habe ich sie gesehen.«

»Wie, ›gesehen‹? Ich will nicht penetrant sein, Ludwig. Aber könntest du dich vielleicht etwas deutlicher ausdrücken?«

»Könntest« und »etwas« waren reine Kosmetik. Dass Mimi nun klare Antworten wollte, konnte nur noch ein Begriffsstutziger überhören. Und das war er nicht.

In wenigen Sätzen skizzierte er das Ereignis auf der Piazza Grande. Er bemühte sich nicht einmal mehr um eine vorteilhafte Darstellung seiner Rolle in dem Szenarium.

Die unselige Geschichte, vom sich in dünne Luft aufgelösten Besitz seines Vaters, erwähnte er nicht.

»Hör zu!«, sagte Mimi so energisch, dass sich Ludwig unversehens wie ein zu maßregelnder Schüler vorkam. »Ich kenne Tabea seit fast zwanzig Jahren. Dass sie sauer auf dich ist, kann ich mir vorstellen. Wäre ich vielleicht auch. Aber das spielt jetzt ohnehin keine Rolle. Jedenfalls kann ich nicht glauben, dass sie um diese Uhrzeit aus kindischen Rachegelüsten heraus in der Gegend rumirrt, nur um dir einen Schreck einzujagen. Das ist nicht ihr Stil.«

Ludwig schwieg. Ihm war, milde ausgedrückt, mulmig zumute.

»Ich werde nach ihr suchen«, sagte er schließlich.

»Tu das. Und wenn du sie in der nächsten Stunde nicht findest, würde ich die Polizei informieren. Da draußen läuft jemand rum, der deinen alten Herrn aus dem Weg geräumt hat. Ich glaube nicht, dass die Person zimperlich ist, wenn es ums Eingemachte geht.«

Ludwig wollte etwas sagen, aber es gelang ihm nicht. Die wenige Salami, die er gegessen hatte, schien sich zusammen mit dem Brot zu einem alles verstopfenden Klumpen verklebt zu haben.

»Sag mir Bescheid«, hörte er Mimi noch sagen, bevor er sie wegklickte.

»Wir müssen los, Frauchen suchen«, teilte er Bruno mit, der umgehend zur Tür sauste und dort ein tapsiges Tänzchen aufführte.

Mit Bruno an der Leine stieg Ludwig die Treppe hoch, die er vor nicht mal einer halben Stunde hinabgegangen war. Wo sollten sie Tabea suchen? Zwei weitere Versuche, sie telefonisch zu erreichen, hatten mit dem Erklingen der Stimme des Anrufbeantworters ihr Ende gefunden.

Aus dem Haus der Nachbarin erklang klassische Musik. Erstaunlich laut. Hörte »Crazy Olivia« nicht mehr gut?

Ludwig tadelte sich für den von seinem Vater kreierten abwertenden Namen, der ihm erneut in den Sinn gekommen war. Herbert, der nicht das geringste Recht gehabt hatte, irgendjemanden der Verrücktheit zu bezichtigen. Wer seinen Besitz verzockte und alle an der Nase herumführte, hatte gefälligst die Klappe zu halten. Nun gut, etwas anderes blieb Herbert

Kummer in seinem gegenwärtigen Zustand sowieso nicht mehr übrig.

Ludwig beschloss, bei Olivia Herzig zu klingeln. Vielleicht hatte sie Tabea gesehen oder gehört. Er wusste ja nicht einmal, ob sie von Locarno aus nach Hause gefahren war. Aber jede Möglichkeit des Informationsgewinns musste genutzt werden.

Das Haupttor, von einer zu Stein gewordenen, von einem Spotlight angestrahlten Gottheit bewacht, war verschlossen. Er betätigte den Klingelknopf und fühlte sich dabei unangenehm ins Visier genommen. Nicht von der Göttin, sondern von der Videoüberwachung. Möglicherweise bildete er sich das auch nur ein. Olivia Herzig schien eigentlich nicht zu den Übervorsichtigen zu gehören. Sie war alleinstehend, da waren gewisse abschreckende Maßnahmen gewiss nicht fehl am Platz.

Auch sein zweites Klingeln bewirkte nichts. Entweder war Olivia in den Musikgenuss versunken oder nicht mehr in Stimmung, ihm die Tür zu öffnen. Tatsächlich war dies keine Uhrzeit, die sich für einen Besuch eignete. Nichtsdestotrotz drückte er noch zwei weitere Male auf den Klingelknopf.

Nein, es war verprasste Zeit, hier noch länger rumzustehen.

Er war im Begriff, sich davonzumachen, als die Haustür geöffnet wurde. Olivia schob sich durch einen sparsam bemessenen Türspalt, stieg die drei davor befindlichen Stufen herab und kam ihm auf dem spärlich beleuchteten Pfad entgegengeflattert. Nicht zum ersten Mal erschien sie ihm wie eine überdimensionierte Fledermaus im Anflug. In der Hand hielt sie etwas schwach Glühendes, das wie der Überrest einer Zigarette aussah. Um was auch immer es sich handelte, sie ließ es noch vor Erreichen des Tores zu Boden fallen. Mit einer gekonnten Drehung der Spitze ihrer glitzernden Pantoffeln, die unverkennbar für zierlichere Füße geschaffen worden waren, machte sie der Kippe den Garaus.

»Ludwig! Welch bezaubernde Visite zu später Stunde. Und der herzallerliebste Bruno ist auch mit von der Partie«, flötete sie und beugte sich, ihre üppig beringten Finger durch zwei Gitterstäbe schiebend, zu Bruno herab.

Der knurrte und fletschte die Zähne. Ein seltenes Schauspiel. Er wollte wohl heute nicht der Herzallerliebste sein.

Olivia zog ihre Hand blitzschnell zurück, überging die Abweisung mit einem kurzen Auflachen und richtete sich wieder zu ihrer ganzen Größe auf.

Ob es Brunos Garstigkeit war oder die Tatsache, dass sie Ludwigs Visite doch nicht ganz so bezaubernd fand wie behauptet, jedenfalls blieb die Pforte zu ihrem Reich geschlossen.

»Was führt Sie zu mir, lieber Nachbar?«, fragte sie durch einen Spalt des sie trennenden Tores hindurch.

Ludwig erinnerte sich, mit ihr am Vortag am Gatter der Villa Felicità auf ähnliche Weise parliert zu haben. Mit umgekehrter Perspektive: er drinnen, sie draußen. Da war er der Widerstrebende gewesen. Gut möglich, dass er das nun zurückgezahlt bekam. Oder hatte er Olivia bei irgendeinem Abendritual gestört? Trotz mäßiger Beleuchtung war das Rot ihrer Sklera unübersehbar. Wie er unlängst gelesen hatte, sollte bei älteren Damen das abendliche Rauchen eines Joints eine beliebte Entspannungsmethode sein.

Ihr sonst nur leidlich gebändigter Haarschopf pappte flach an ihrer Stirn, während seitlich ein paar Haarfransen keck in die Gegend ragten. Ein für den zwar frischen, aber keineswegs kühlen Sommerabend unpassend anmutendes Cape hing seitlich an ihrem breiten Oberkörper. Aus der Fledermaus war hier, direkt vor seinen Augen, ein Musketier geworden. Leicht derangiert, aus was für Gründen auch immer.

»Ich will Sie nicht über die Maßen belästigen.« Ludwig trieb sich nun selbst zur Eile an. »Haben Sie zufällig meine Frau in den letzten drei Stunden gesehen? Hier oder vielleicht durch die Hecke im Garten?«

»Ihre Frau?« Olivia legte den Zeigefinger an ihr Kinn, als müsse sie sich ins Gedächtnis rufen, um wen es sich dabei handeln könnte. »Nein, leider nicht«, sagte sie schließlich. »Ist sie Ihnen verlustig gegangen?« Von mehrmaligem Zwinkern untermalt, legte sie ihren Kopf zur Seite. »So was kann passieren. Obwohl, meistens sind es ja die Männer, die sich aus dem Staub machen.« Sie kicherte. Ihre Theorie zu verschwindenden Männern und Frauen schien sie zu beflügeln. So sehr, dass sie gleich noch nachlegte: »Gelegentlich sind es aber auch die Frauen, die sich nicht mehr alles bieten lassen. *Oh, le donne, le donne.* Nehmen Sie sich vor dem Zorn einer Frau in Acht, lieber Ludwig! Ihr Zorn kann …« Sie ließ den Satz in der Schwebe, unbeendet.

Was faselte Olivia da? Ludwig bereute den Zwischenhalt aus vollem Herzen.

»Nichts für ungut.« Er wandte sich ab. Höchste Zeit, dem Larifari ein Ende zu bereiten. Ärger und Gereiztheit, auf sich selbst gleichermaßen wie auf die absonderliche Olivia, hatten die Oberhand gewonnen.

Absonderlich war auch Brunos störrisches Gebaren. Der sonst leicht an der Leine zu Führende stemmte seine vier Pfoten bremsend gegen den Asphaltboden, sodass Ludwig nichts anderes übrig blieb, als ihn wie einen schweren Sack hinter sich herzuziehen. Was waren das für Mätzchen? Offenbar konnte Bruno sich nicht entscheiden, ob er Olivia in die Hand beißen oder doch eher bei ihr verweilen wollte.

Was die Lust aufs Verweilen betraf, unterschied er sich zu hundert Prozent von seinem Herrchen. Vielleicht hatte Olivia den Basset in der Vergangenheit mal mit einem Leckerli bezirzt, und der fand, dass ihm heute wieder eines zustand. Ach, mochte doch einer verstehen, was in so einem Hundekopf vorging.

»Und am Telefon ist sie nicht zu erreichen. Wie seltsam«, hörte Ludwig Olivia noch sagen, als er sich schon ein gutes Stück von ihrem Tor entfernt hatte. Das Letzte, was er vernahm, war eine weitere Kostprobe ihres Gekichers.

Während er von der Strada Rondonico auf die Strada Collinetta bog – Bruno zeigte sich nach wie vor halsstarrig –, kam ihm sein Unterfangen plötzlich blödsinnig vor. Wo sollte er Tabea suchen? Es war nicht anzunehmen, dass sie hier einfach so in der Gegend herumspazierte. War ihm vielleicht etwas entgangen? Hatte sie nicht beim Frühstück von einem Arbeitstreffen mit zukünftigen Kolleginnen gesprochen? Er hatte nur mit halbem Ohr zugehört, was gelegentlich geschah.

Er blieb stehen und sah zu Bruno hinab, der sich auf die Hinterläufe setzte, ihn seinerseits ansah und dann ein weiteres Mal versuchte, zu Olivias Tor zurückzukehren. Nur mit kräftigem Zerren konnte Ludwig ihn in die andere Richtung manövrieren.

»Was soll das, Dicki?«, fragte er. Und dann noch: »Wenn du reden könntest, wüssten wir alle mehr. Viel mehr.«

Wie nicht anders zu erwarten, hatte Bruno zu dieser tiefsinnigen Feststellung genauso wenig zu sagen wie zu allem anderen. Und doch schien es Ludwig, als hielten seine im Halbdunkel zu ihm hochblitzenden Hundeaugen eine Nachricht für ihn bereit. Möglich war aber auch, so räumte Ludwig ein, dass seltsame Gedanken in ihm sprossen. Schließlich war sein Tag lang und emotional intensiv gewesen. Da konnte sich schon die eine oder andere Merkwürdigkeit ihren Weg bahnen.

Ein Audi fuhr an ihnen vorüber. Rap-Klänge schallten viel zu laut aus den herabgelassenen Fenstern und hallten noch nach, als der Wagen längst außer Sichtweite war.

Das alte Mauerwerk zu seiner Rechten ließ keinen Blick auf den See zu, der ihn vielleicht – aber wirklich nur vielleicht – ein wenig beruhigt hätte. Dafür sorgte das Mondlicht für eine besondere Atmosphäre, die Ludwig in einem anderen Moment als stimmungsvoll bezeichnet hätte. Heute erschien ihm das Zusammenspiel von Dunkel und partiellem Hell unheimlich.

Was irrte er hier noch immer herum? Getrieben von der zunehmenden Sorge um seine verschwundene Ehefrau und beschwert von dem Gefühlsbrocken, unter dem ihn das Vermächtnis – ha, ha – seines Vaters begraben hatte. Fast begraben hatte.

»Ich muss nachdenken«, teilte er Bruno mit und ließ sich auf einem knappen Stück Mauervorsprung nieder. Dahinter hatte sich eine Bambuspflanzung in solcher Dichte ausgebreitet, dass jeder weitere Zaun unnötig geworden war. Nicht mal die kraftstrotzende Olivia Herzig hätte sich hier noch durchzwängen können.

Zum weiteren Nachdenken kam Ludwig erst mal nicht, denn der Klingelton seines Handys durchschnitt die relative Ruhe dieses Moments. Tabea? Sein Sprung in die Senkrechte zeugte von ungeahnten Energiereserven.

Es war Mimi, die ihn anrief. »Gibt es etwas Neues?«

»Nein, ich habe gehofft, dass Tabea anrufen würde. Oder doch zumindest, dass du etwas Beruhigendes zu berichten hättest.«

»Das Gleiche habe ich mir von dir erhofft. Hast du alle Leute kontaktiert, bei denen sie sein könnte?«

Nein, das hatte er nicht. Was war nur mit ihm los? »Wollte ich gerade machen«, log er.

»Und hast du probiert, ihr Handy zu orten?«

Wenigstens daran hatte er gedacht. Allerdings war er daheim noch nicht so weit gewesen, bis zu diesem Punkt in Tabeas persönliche Sphäre einzudringen. Ihre elektronischen Geräte, so hatten sie es bisher gehalten, waren Privatsache, und der Zugriff darauf war immer mit einer Nachfrage verbunden.

»Noch nicht, aber ich werde das tun, sobald ich wieder zu Hause bin. Hier in der Gegend rumzustreunen bringt nichts.«

»Nein, vermutlich nicht. Ich komme«, sagte Mimi.

Ludwig hatte den Verdacht, dass sie annahm, auf ihn allein könne man nicht zählen. Auch wenn ihn das nicht ins beste Licht rückte, konnte er für diese Sichtweise Verständnis aufbringen. Vorübergehend und beschränkt.

Zu der Frage, wie Mimi das mit dem Kommen zu dieser Stunde auf die Schnelle bewerkstelligen wollte, kam er nicht mehr. Die Verbindung war unterbrochen.

✳✳✳

Bruno, der Häusliche, musste ausnahmsweise davon überzeugt werden, dass er nicht draußen bleiben konnte. Kaum hatte Ludwig die Haustür geschlossen und Bruno die Leine abgenommen, legte der sich der Länge nach an die Tür. Ein lebender Zugluftstopper, der leises Fiepen abwechselnd mit sorgenschweren Seufzern von sich gab.

Nach den Telefonaten mit Paul, Mario und Jasper und noch bevor sich Ludwig an Tabeas Notebook setzen konnte, traf eine Textmitteilung von Lara Patelli auf seinem Handy ein. Es gebe bemerkenswerte Neuigkeiten zu Filippo Castelli und Kassandra Zweiglein-Bordoli. Man sei den beiden wegen einiger Fälschungsdelikte auf den Fersen. Mehr als nur auf den Fersen. Der Verdacht habe sich zudem erhärtet, dass auch in Bezug auf Herbert Kummers Nachlassregelung und die dazu in Castellis *studio notarile* hinterlegten Dokumente Unregelmäßigkeiten bestünden. Das war eine vermutlich inoffizielle Mitteilung, etwas vage formuliert und, so schien es Ludwig, als kleiner Trost gedacht.

Das Wort Nachlass versetzte ihm einen Stich. Wenn etwas nachlassen musste, dann war es der Frust über seines Vaters üblen Streich. Was ihm aber wirklich in die Knochen fuhr, war die zutage getretene kriminelle Energie des Herrn Anwalts. Offensichtlich in Kollaboration mit der Fitnessqueen. Nicht dass es Ludwig interessierte, was Castelli alles trieb und fälschte. Der konnte kistenweise Dokumente zu seinen Gunsten manipulieren oder in fleißiger Heimarbeit vom ersten bis zum letzten Buchstaben neu anfertigen. Was aber, wenn dieser Gauner die ihm gefährlich gewordene Tabea aus dem Verkehr gezogen hatte? Was, wenn die Komplizin Kassandra ihm zur Hand gegangen war?

Mit zittrigen Fingern loggte sich Ludwig in Tabeas Notebook ein. Wenige Schritte später tat sich die Karte auf, die die Position ihres Handys offenbarte. Erleichterung stellte sich mit der Ortung keine ein. Dafür heftiges Herzklopfen und das schwindelerregende Gefühl, nun wirklich keine Zeit mehr verlieren zu dürfen.

»Du musst hierbleiben«, sagte er einige Minuten später zu dem zitternden Bruno, der partout nicht von der Tür weichen wollte. »Vielleicht kommt Frauchen in der Zwischenzeit heim. Dann muss jemand zu Hause sein.«

Brunos gerunzelte Stirn über den sorgenvollen Triefaugen trug nicht dazu bei, Ludwig an seine von Hoffnung genährte Vision glauben zu lassen.

✳✳✳

Ecco! L'hai voluto così. Dumme Gans, wolltest es ja so. Hast dich wohl für besonders schlau gehalten, was?

Ed ora ci rimetti la pelle.

Jetzt musst du dran glauben …

Langsam, ganz langsam schärfte sich das Bild. Aber nur, um gleich darauf wieder zu verschwimmen.

»Gib dir Mühe«, befahl ich mir. »Gib dir, verdammt noch mal, Mühe!«

Keine Ahnung, ob ich meiner eigenen Anordnung gehorchte oder ganz einfach der Moment dafür gekommen war, jedenfalls stellte sich endlich die nötige Klarheit ein, meine Umgebung erfassen zu können. Ein funzeliges Wandlicht erhellte nur einen kleinen Teil eines ansonsten düsteren Kellerraums. In dessen Zentrum: ich. Halb liegend, halb sitzend auf einer dünnen Kautschukmatte, so als wollte ich mich für eine demnächst beginnende Yogasitzung bereithalten.

Dagegen sprach einiges. Beispielsweise tat jede einzelne meiner Gliedmaßen weh. Auch lud die Räumlichkeit nicht zu Entspannung und Gelassenheit ein. Und schließlich, wenn es so etwas wie eine Instruktorin gab, auf die ich hier warten musste, so war es gewiss keine mit milder Stimme und sanftem Gemüt. Das Bild von Olivias Konterfei drängte sich in mein Bewusstsein. *Konterfei?* »Visage« war passender. Wie hatte es mir passieren können, dass ich ihre Exaltiertheit in vollkommener Arglosigkeit als harmlos abgetan hatte? Tantenhafte Betulichkeit hatte ich in ihrem Gebaren gesehen. Ha!

Ich richtete mich auf und schlang meine Arme um meinen Oberkörper. Mir war kalt. Wie war ich hierhergekommen? Olivia musste mich die Kellertreppe runtergeschleppt haben. Und so, wie ich mich fühlte, hatte sie das nicht auf die sanfte Art getan.

Wie lange ich mich wohl schon in diesem fensterlosen, muffig riechenden Raum befand? War es Nacht? War es Tag?

»Olivia!«, rief ich und erschrak über das klägliche Stimmchen, das nicht meines zu sein schien. Ich setzte zu einem zweiten Versuch an. »Olivia. Lassen Sie mich hier raus!«

Das klang schon besser, aber nicht gut genug. Überhaupt würde ich schärferes Geschütz auffahren müssen. Immerhin war ich weder gefesselt noch geknebelt und konnte mehr zum Einsatz bringen als nur mein Stimmorgan. Dazu musste ich allerdings aufstehen, was eigentlich kein Problem gewesen wäre, hätten meine Beine über die gewohnten Kräfte verfügt. Olivia musste mir teuflisches Zeug in den Tee gemixt haben. Und ich Törin hatte das Zeug einfach so in mich hineingekippt!

Leicht torkelnd, als hätte ich mich an einer Flasche Grappa gütlich getan, peilte ich die Tür an, von der ich annahm, dass sie nach oben führte. Eine Schlussfolgerung, für die es nicht besonders viel Scharfsinn brauchte, da es nur eine einzige gab.

Und die war – wer hätte das gedacht? – verschlossen.

»Lassen Sie mich verdammt noch mal hier raus!«, posaunte ich, untermalt von heftigem An-der-Klinke-Rütteln und Faustgetrommel.

Die sich immer klarer abzeichnende Erkenntnis, dass ich hier in der Falle saß, stimulierte zumindest die Rückkehr meiner Kräfte und Freisetzung aller Energiereserven. Die waren auch nötig, denn die überlauten Klänge klassischer Musik – Richard Wagners Walküre? –, die von oben zu mir drangen, mussten von mir übertönt werden.

»Olivia, *porca miseria*, ich will hier raus!«, tobte ich unfein und um weitere Dezibel lauter. Kurzzeitig erwog ich sogar, mit einem Karateschlag die Tür zu zertrümmern. Eine erstaunliche Phantasie. Karate war mir so wenig geläufig wie Quantenphysik. Konnte es sein, dass die mir verabreichte Substanz mit Allmachtsphantasien nachwirkte?

Zumindest hatte ich erreicht, dass jenseits der Tür das rhythmische Klick-Klack von Absätzen erklang. Absätze, die zu Schuhen gehörten. Schuhe, die zu Olivia gehörten. Olivia, die sich näherte. Vorsichtshalber trat ich einen Schritt zurück.

Irgendetwas wurde zur Seite geschoben. Ein Schlüssel

wurde im Schloss gedreht. Zweimal. Auch Olivia musste die erstaunlichen Kräfte der Tabea Kummer einkalkuliert haben. Kräfte, von denen niemand etwas wusste. Auch ich nicht.

»Wen haben wir denn da? Und so aufgeregt.«

Sie hatte die Tür mit Schwung geöffnet und stand nun im Türrahmen wie ein verrückter Herrscher (oder wie ich mir einen verrückten Herrscher vorstellte). Breitbeinig, breitschultrig, den Turban etwas tiefer im Gesicht, als ich in Erinnerung hatte, eine Hand mit angewinkeltem Arm an die Hüfte gestemmt. In der anderen Hand hielt sie eine leicht konisch geformte Selbstgedrehte, die süßlichen Duft verströmte.

Wen haben wir denn da? Schon allein für diese Frage hätte sie einen Kinnhaken verdient.

»Ich möchte gehen«, sagte ich so ruhig wie möglich und ohne Kinnhaken. Ein legitimer Wunsch, aber mein Sätzchen bewirkte bei meinem Gegenüber nichts als Belustigung. Die Insassin einer Haftanstalt, die beim Vollzugsbeamten ums Auschecken gebeten hatte. Olivia, mein Zerberus, setzte zu wieherndem Lachen an.

»Soso. Das möchtest du«, sagte sie, nachdem die erste Salve verebbt war, sie sich mit dem Handrücken ein paar Lachtränen weggewischt und einen tiefen Zug aus ihrer besonderen Zigarette genommen hatte.

Ob es ihre Allüre war, das dämliche Gelächter oder die Gesamtheit meiner vertrackten Situation, jedenfalls plädierte etwas in mir für den Einsatz von Muskelkraft. Oder das, was ich dafür hielt. Wie ein Stier stürzte ich mich auf meine Gefängniswärterin. Ein kleiner Stier, aber nicht zu unterschätzen. Dazu musste gesagt werden, dass mir jede Form physischer Gewaltanwendung fremd war. Ich bewegte mich hier folglich auf Neuland. Mit dem entsprechenden Ergebnis. Nach kurzem Gerangel hatte ich erreicht, dass Olivia keinen Turban mehr auf dem Kopf hatte, sie aber dafür mit mir im Zangengriff im Kellerraum stand. Mit einem Fußtritt stieß sie die Tür hinter sich zu. Der Joint – ja, das war es – lag glühend neben uns auf dem Betonboden.

»Na, na, wer wird denn gleich … Was soll das?«, fragte sie erstaunt.

Ja, wahrlich, wie konnte es sein, dass ich mit der All-inclusive-Unterbringung in einer gemütlichen Kellersuite unzufrieden war?

In meinem Kopf spulte sich rasant die Abwägung meiner Optionen ab. Gegen Olivia mit physischer Kraft anzukommen, konnte ich jedenfalls streichen, auch wenn ich das Metallding, das sie mir letzthin in die Flanke gedrückt hatte – wann eigentlich? –, nirgends an ihr ausmachen konnte. Erschießen wollte sie mich also nicht. Oder einfach noch nicht? Ich musste mein psychologisches Geschick aufbieten, um die unverkennbar gestörte Olivia davon zu überzeugen, mir die Freiheit zurückzugeben.

Moment mal, Tabea, die hat deinen Schwiegervater auf dem Gewissen, sagte eine mahnende Stimme in meinem Hinterkopf. Warum sollte sie sich auf irgendwelches Gerede von dir einlassen?

Die Antwort war: Ich hatte keine andere Wahl. Niemand wusste, wo ich war. Mein Handy lag irgendwo. Ich konnte mich nicht mal erinnern, wann ich es das letzte Mal in den Händen gehalten hatte. Es zu orten war möglich (vorausgesetzt, Ludwig würde mich vermissen und sich um den Verbleib seiner Frau kümmern), aber damit gäbe es keinen brauchbaren Fingerzeig. Nur ich selbst konnte mir jetzt noch helfen.

»Lass uns miteinander reden, Olivia«, sagte ich in gütigem und doch bestimmtem Therapeutenton. Aus taktischen Gründen und trotz meines Widerwillens nun doch mit dem vertraulichen Du. »Das hier«, mit einer ausladenden Armbewegung – sie hatte mich inzwischen aus ihrem Zangengriff entlassen – wies ich auf die ungastliche Stätte, »ist doch nicht das, was wir beide wollen.«

Wir standen uns gegenüber, wie schon vor Stunden, als ich mich noch in der Illusion wiegte, auf normalem Weg und unbehelligt nach Hause gehen zu können. Olivia hatte ihre im

Weißbereich leicht geröteten Augen starr auf mich gerichtet. Ein Blick, den ich nicht zu deuten vermochte.

»Was wollen wir beide denn?« Sie äffte mich nach.

Was für eine verabscheuungswürdige Schnepfe, dachte ich. Was ich dann aussprach, war reine Zuckerwatte: »Wir wollen beide eine Lösung finden, die uns aus dieser misslichen Lage herausbefördert.« Die Behauptung, insbesondere in der Wir-Form, war dreist, aber von mir mit sanftem Timbre hervorgebracht. »Wollen wir uns nicht hinsetzen?«, schlug ich vor, als wäre ich die Gastgeberin und als gäbe es etwas, das man als Sitzgelegenheit bezeichnen könnte.

Auch Olivia schien von meinem Vorschlag verwirrt, nickte dann aber und wies, erneut Herrin der Lage, auf die Kautschukmatte. »Setz du dich dahin«, bellte sie.

Für sich selbst zerrte sie aus einem mit allerlei Plunder vollgestopften Regal eine Holzkiste, ignorierte die bei der Aktion herausfallenden Schachteln und platzierte das Teil nahe meiner Matte. Bevor sie sich darauf niederließ, erinnerte sie sich ihres Joints, hob den nur noch schwach glimmenden Überrest auf und tat einen letzten tiefen Zug. Den Stummel drückte sie mit der Spitze ihres Pantöffelchens aus. Seufzend ließ sie daraufhin ihr ausladendes Hinterteil auf der Kiste nieder. Die gab einen gequälten Ton von sich, hielt aber stand.

Und so saßen wir nun. Ich auf dem Boden und Olivia, die mich ohnehin überragte, weit über mir.

»Du weißt zu viel«, teilte sie mir in strengem Ton mit. »Das ist nicht gut.«

Sonst noch was Neues?, hätte ich ihr gern entgegnet, aber Schnoddrigkeit passte nicht zu meiner Strategie.

»Warum hast du Herbert umgebracht?« Meine Frage klang, was mich selbst verblüffte, wie einer Sammlung durchaus üblicher und höflicher Gesprächseinleitungen entnommen.

Anstelle einer Antwort warf Olivia ihr schwarzes Cape seitlich über die Schulter, lupfte ihren Kaftan, fummelte aus einer unter den Stofffalten ihrer Pluderhose verborgenen Tasche eine Perlmuttdose heraus und öffnete diese. Was zum Vorschein kam, war das ordentlich sortierte Arsenal einer Kifferin: Zigarettenpapier in Kingsize, Cannabis, in Bällchen portioniert, loser Tabak und ein silbernes Zippo-Feuerzeug.

Mit routinierten Handgriffen entfaltete Olivia ein Blättchen Zigarettenpapier, verteilte Tabak darauf und zerkrümelte darüber, kein bisschen sparsam, das Cannabis. Sie rollte das Ganze auf und befeuchtete mit ihrer Zungenspitze den Kleberand. Mit der Genugtuung einer Handwerkerin, die ihr Metier verstand, hielt sie das vollendete Objekt in die Höhe und unterzog es einer Betrachtung. Der dicke Stängel, ganz oldschool mit zugedrehter Spitze, war wirklich gelungen. Wäre meine Lage nicht so unerfreulich gewesen, dann hätte ich dem ganzen Prozedere durchaus etwas abgewinnen können. So aber nutzte ich Olivias produktives Intervall vornehmlich fürs Nachdenken darüber, welche meine nächsten Schritte sein könnten.

Nachdem sie ihr Machwerk angezündet, die Spitze entfernt und einen ordentlichen Zug genommen hatte, stieß sie den Rauch aus. Zielgenau in meine Richtung. Wenn sie mich damit aus der Ruhe – Ruhe, ha! – bringen wollte, so hatte sie sich getäuscht.

Jedenfalls ließ ich mir nichts anmerken.

»Herbert hat es nicht anders verdient«, sagte sie endlich.

Zwischen meiner Frage nach ihrem Beweggrund für die Tat und dieser Antwort lagen einige Minuten. Ich fand, für die lange Wartezeit war das etwas mager. Mir stand mehr zu.

»Warum?«, beharrte ich. »Warum hat er den Tod verdient?«

Olivia legte den Kopf zur Seite, klimperte mit ihren schwarz getuschten Wimpern und zog die Brauen in die Höhe. Es schien mir, als überlegte sie, wie unbedarft jemand sein musste, der so etwas nicht selbst und auf Anhieb begriff.

»Weil er ein *stronzo* war«, sagte sie. »Ein Mistkerl.«

Das war eine erstaunlich milde Übersetzung ins Deutsche.

»Er hat mit mir gespielt wie ein böser Kater mit einer süßen, kleinen Maus.« Die kleine Maus nahm einen weiteren Zug, sog den Rauch noch tiefer in die Lunge als vorher und stieß ihn wieder aus. Diesmal duckte ich mich rechtzeitig weg. »Aber eigentlich, ohne dass er sich darüber im Klaren war, hat er mich geliebt. Tief in seinem Inneren, ja, tief in seinem Inneren hat er mich geliebt. Das habe ich gespürt.« Ihr Blick verlor sich in der Trostlosigkeit des schlecht beleuchteten Kellerraums. Die Hand mit dem Joint zwischen Zeige- und Mittelfinger hing nun schlaff herab. Scheinbar vergessen glomm das Ding vor sich hin.

Ob sie nicht mittlerweile völlig stoned war? Und wo lag die Grenzlinie zwischen ihrer nun so unverkennbar an die Oberfläche geschwemmten Verrücktheit und dem vom Cannabis verursachten Rauschzustand? Vermutlich gab es keine Abgrenzung, vermischte sich alles, wurde zu einem Einzigen: zu einer psychisch hochgradig angeschlagenen Person.

»Und wäre nicht diese Teufelin, diese Kassandra, auf der Bildfläche erschienen, dann hätte er seine Liebe zu mir zugelassen. Irgendwann. Da bin ich mir sicher.« Olivias Augen hatten zwar zu mir zurückgefunden, blieben aber ohne Fokus.

Ich schwieg. Was sollte ich auch sagen? Die Vorstellung von einem Herbert, der einerseits ein *stronzo* war, aber doch tief in seinem Inneren Liebe verspürte, die er nicht oder noch nicht zugelassen hatte, war von grotesker Komik. Ich hätte darüber schallend lachen können, wäre die ganze Geschichte, zuzüglich meiner Lage, nicht so fürchterlich gewesen.

»Du konntest doch gar nicht wissen, wer am Ende von deinen Belladonna-Törtchen naschen würde. Herbert wäre an dem Abend doch eigentlich zum Feinschmeckertrio-Essen bei Paul gewesen. Da war ein Mehrgänger mit allem Drum und Dran vorgesehen. Es war nicht anzunehmen, dass er sich bei seiner Heimkehr gleich über die Gebäckstücke hermachen würde. Was, wenn zum Beispiel ich …?« Unvollendet ließ ich den Satz im Raum schweben und dachte, kurz nur, an Tom, der diesem Gedankengang unlängst Ausdruck verliehen hatte.

»Du?« Olivia sah mich erstaunt an, was sie vorübergehend überraschend präsent erscheinen ließ.

»Ja. Oder Ludwig.« Zugegeben, die Hypothese stand auf wackligen Beinen. Weder ich noch Ludwig hatten Herberts

Wohnung je in seiner Abwesenheit aufgesucht. Wie auch? Selbst nachdem er uns, ach so großzügig, nicht lange vor seinem Tod den Schlüssel für die Zwischentür überlassen hatte, wäre zumindest ich nicht auf die Idee gekommen. Aber das konnte Olivia nicht wissen.

»Und wie bist du überhaupt in die Wohnung reingekommen?«

Auch diese Frage schien mir berechtigt.

»Was für ein neugieriges kleines Ding.« Olivia schwankte zwischen Amüsement und mahnendem Gouvernantenton.

Die Sache mit dem kleinen Ding nahm ich hin. Es war nicht der Moment für Empörung. Und auf eine Antwort konnte ich vermutlich noch eine Weile warten.

Beim Drehen an einem ihrer vielen Ringe war ihr nämlich ein anderer Gedanke gekommen. »Den hier«, sie wies auf ein Goldband mit Saphir oder Ähnlichem, »habe ich aus einer Schatulle aus einer der Kommoden stibitzt. Oder, besser gesagt, *gerettet*, bevor Herbert den auch noch verscherbeln konnte.« Sie lachte. »Von Louise, nehme ich mal an.«

Ich schluckte. Wie oft hatte ich Gelegenheit gehabt, auf Olivias Hände zu sehen, und nie war mir der Ring inmitten all des Geglitzers und Gefunkels aufgefallen. Vielleicht auch, weil ich dem Geschmeide von Ludwigs Mutter nie große Aufmerksamkeit geschenkt hatte. Ich war nicht der Schmucktyp.

Diese Frau hier, so viel war klar, hatte mehr als einmal in Herberts Wohnung ihre heimlichen Runden gedreht.

»Nein! Es gab nur zwei, die sich mit Sicherheit über das Gebäckzeug hergemacht hätten: Herbert und die Teufelin.« So benebelt und im Dickicht ihrer verästelten Gedanken verhakt sie auch war, schien sie sich nun doch an eine meiner zuvor gestellten Fragen zu erinnern. Sie kniff ihre Augen zu dünnen Schlitzen zusammen. »Und weißt du was? Mir war scheißegal, wen es treffen würde. Lotterie mit Gewinngarantie, sozusagen.« Ihr klirrendes Lachen ging in Husten über, bei dessen Ausklingen das Läuten der Türglocke zu hören war. Kurz horchte sie auf.

Ludwig sucht mich, durchfuhr es mich. Mein Herz schlug, dass es schmerzte.

»Herbert war nämlich ein Süßer, der wusste meine Leckereien zu schätzen. Was hat er meine Space Cookies geliebt!« Von zuvor irrem Gelächter war sie unvermittelt ins Schwelgen geglitten und gab sich nun sanft schmunzelnd ihren Erinnerungen an den süßen Herbert hin.

Mir hingegen waren Herberts Gelüste auf Olivias Cookies mit Cannabisanreicherung völlig egal. Nur eines bewegte mich: das wiederholte Klingeln an der Haustür. Wer auch immer da oben um Einlass bat, gab so schnell nicht auf. Das musste Ludwig sein. Ich bin hier, Ludwig!, rief ich ihm still für mich zu. Laut sagte ich etwas anderes.

»Willst du nicht an die Tür gehen, Olivia?« Angesichts meines aufgewühlten Inneren war meine mit freundlich angehauchter Beiläufigkeit vorgebrachte Frage eine enorme Leistung.

Erneutes Klingeln.

Zu meiner Erleichterung richtete Olivia ihren Fokus neu aus. Kerzengerade saß sie nun da und lauschte dem Klingelton. Endlich erhob sie sich. Mit majestätischer Bedächtigkeit. Hocherhobenen Hauptes schritt sie zur Tür. Eine Königin, die ihre Audienz beendet hatte.

»Du hältst die Klappe. Keine Mätzchen, verstanden?«, waren die letzten, kein bisschen majestätischen Worte, die sie mir noch zuwarf, bevor die Tür hinter ihr ins Schloss fiel.

Der Schlüssel wurde gedreht. Zweimal. Als wäre einmal nicht genug.

Mimi fuhr just in dem Moment mit dem Taxi vor, als er das Tor hinter sich schloss.

»Wie hast du das so schnell geschafft?« Eine Frage, die nicht zur Herausforderung des Augenblicks passte. Das war wohl auch der Grund, weshalb sich Mimi einer Antwort enthielt.

»Konntest du die Position ihres Handys orten?«, fragte sie stattdessen.

»Ja, muss in der Nähe von ihrer Lieblingsbank sein. Wenn wir Glück haben, sogar darauf.«

»Die mit dem direkten Blick auf Ascona?«

»Hmmhm.«

Als hätten sie den Start abgesprochen, sprinteten sie los.

»Warum … hast du Bruno … nicht mitgenommen? Er ist ein Hund … und verfügt über besondere … Sensoren.« Die Worte kamen im Stakkato. Mimi war aus der Puste, was auch bei Ludwig der Fall war. Er hatte seine physischen Möglichkeiten eindeutig überschätzt.

Schweigend und in reduziertem Tempo hatten sie den ersten halben Kilometer auf der Strada Collinetta zurückgelegt. In etwas mehr als zehn Minuten würden sie den von Tabea so geliebten, zwischen Kastanienbäumen, Felsnasen und Strauchwerk gelegenen Aussichtspunkt nahe dem Parco Parsifal erreichen können. Der eigentliche Anstieg stand ihnen noch bevor.

»Bruno hat keine besonderen Sensoren. Er ist der überfütterte Basset eines Mannes, der ihm alles Hündische ausgetrieben hat. Mit ihm würden wir jetzt nur Zeit verlieren.«

Stimmte das überhaupt? Ludwig dachte an das von Bruno veranstaltete Theater, nachdem er die Tür tatsächlich ohne ihn hinter sich geschlossen hatte. Sein Bellen, für sein sonst eher phlegmatisches Wesen ungewöhnlich und fast als hysterisch zu bezeichnen, war noch zu hören gewesen, als er schon das Tor erreicht hatte.

»Jetzt bist du aber gemein«, rügte ihn Mimi. Ob sie den eisigen Ton meinte, mit dem er seinen Vater erwähnt hatte, oder die despektierlichen Worte zu Brunos Hundsein, war nicht klar.

Was Bruno betraf, hatte sie recht. Für seinen Erzeuger – ja, genau so wollte er ihn nun nennen – hätte er hingegen noch ein paar härtere Hiebe zu bieten gehabt. Natürlich konnte Mimi nicht wissen, dass ihm heute Nachmittag auch noch die letzten der ohnehin nicht zahlreichen guten Gefühle für Herbert Kummer abhandengekommen waren. Bruno war in dem Zusammenhang einfach in Sippenhaft geraten.

»Er war ein übler Zocker.« Das Subjekt des Satzes musste selbsterklärend sein. Hunde zockten nicht.

Eigentlich hatte Ludwig das Thema nicht anschneiden wollen, aber es sprach nichts dagegen, der Gefährtin dieser außergewöhnlichen Abendaktion etwas Hintergrundwissen zukommen zu lassen. Und da er die Sache schon mal anpackte, konnte er auch gleich noch die neuesten Nachrichten zum Ganovenpaar Kassandra und Filippo loswerden. Doch zu mehr als einer Fünf-Sätze-Zusammenfassung reichte ihm der Schnauf nicht. Glücklicherweise hatte Mimi ein schnelles Auffassungsvermögen. Und allzu komplex war der Sachverhalt ohnehin nicht. In Tat und Wahrheit war er erschreckend trivial.

»Mein Erzeuger war nicht nur ein Zocker, sondern auch noch ein Fiesling.« Das war die Krönung seiner Ausführung. Aus dem Ärger geboren und zielgenau.

Ein älteres Paar mit Yorkshireterrier kreuzte ihren Weg. Sein Statement konnte ihnen nicht entgangen sein, wie er aus ihrem Innehalten im Spazierschritt schloss. Aber was spielte das für eine Rolle?

»Ein Fiesling, der sich, ohne es zu wissen, mit einer durchtriebenen Kriminellen zusammengetan hat«, sagte er laut und deutlich. Sollten sie es doch alle erfahren.

»Und wenn sich Herbert durchaus darüber im Klaren war,

dass sie ihn nur betrügen wollte? Das wäre doch eine Erklärung für den haltlosen Vertrag über das Vorkaufsrecht. Er hat ihr etwas gewährt, was nie zum Tragen gekommen wäre. Ein ungedeckter Scheck sozusagen. Ein hinterhältiger Scherz.«

»Na ja, mit seinem baldigen Ableben wird er nicht gerechnet haben. Aber insgesamt würde diese besondere Form von Humor zu ihm passen.« Der Gedanke war Ludwig in dieser Ausrichtung bisher nicht gekommen. Und letztlich war ihm die ganze Chose auch egal. Hier und jetzt zählte nur eines: Tabea unbeschadet zurückzubekommen. Und zwar bald.

So schnell konnten sich die Dinge relativieren.

»Du bist dir aber schon bewusst, was das für Tabea bedeutet. Bedeuten kann.« Mimi, die schon wieder einen Gedankenschritt weiter war, hatte ihn am Arm gepackt und damit zum Stehenbleiben gezwungen. »Sie war den beiden auf den Fersen. Wenn Kassandra und Castelli das mitgekriegt haben, dann erachten sie Tabea als Bedrohung und …« Sie schluckte.

Bei Ludwig stellte sich Herzrasen ein. Das frische Lüftchen dieses Augustabends vermochte nichts gegen die sich in ihm breitmachende Hitze auszurichten. Schweiß trat ihm auf die Stirn.

»Lass uns einen Zahn zulegen«, sagte Mimi und trabte los.

Man hätte sie für unermüdliche Jogger halten können, wie sie da beim Parco Parsifal den Spazierweg anpeilten, der in steilem Anstieg zu Tabeas roter Lieblingsbank führte. Jogger, wahrlich nicht in bester Form, die sich in plötzlicher Fitnessbesessenheit weder von der Dunkelheit noch der späten Stunde abschrecken ließen.

»Hast du eine Taschenlampe dabei?«, keuchte Mimi, als sie sich dem letzten, über Stock und Stein führenden Wegstück näherten.

Ludwig blieb stehen. Statt einer Antwort machte er sich am Verschluss seiner Schultertasche zu schaffen, dem bislang vernachlässigten Geburtstagsgeschenk seiner Frau. Ungeahnte Schwermut hatte ihn erfüllt, als er sich die Tasche zu Hause umgehängt hatte. Tabea. Seine Tabea!

Wie anders war die Regung gewesen, die sich beim Einpacken des Taschenlampenluxusmodells aus Herberts Beständen eingestellt hatte. Dreihundertachtzig Franken hatte das Ding gekostet, was die noch nicht mal entfernte Verpackung verriet. Welch ein Hohn! Ein bis zur Halskrause verschuldeter Mann war der Meinung gewesen, er müsse sich einen Handstrahler mit Suchscheinwerfer leisten.

Ludwig zog das mit diesem Gefühlsballast beschwerte Objekt aus der Tasche und betätigte einen der drei Schalter.

Wenigstens das: maximale Lichtpotenz.

»Hör zu, Ludwig«, sagte Mimi, während sie konzentriert das tatsächlich erstaunlich gut ausgeleuchtete Terrain im Umkreis der Bank absuchten.

»Wenn wir in den nächsten Minuten nicht fündig werden, musst du die Polizei benachrichtigen. Das hier ist kein unterhaltsamer Orientierungslauf.«

Ludwig schwieg. Als wenn er das nicht selbst wüsste.

※※※

Sie saßen auf der Bank wie verspätete oder besonders romantisch veranlagte Spaziergänger. Was sie von solchen unterschied, war schnell gesagt: Weder die Sicht auf Asconas abendliches Promenadenleben noch das von Lichtern umsäumte gegenüberliegende Seeufer, auch nicht der im fahlen Mondlicht silbern schimmernde Lago trugen zu ihrer Erbauung bei. Das galt mit Sicherheit für Ludwig. Um Mimi konnte es nicht anders bestellt sein.

Tabeas Handy hatte gut sichtbar am äußersten rechten Rand der Sitzbank gelegen. Von seiner Besitzerin keine Spur.

Nein, Tabea lag nicht in tiefer Ohnmacht neben der Bank. Auch hatte sie sich nicht in einem Akt von Selbstmitleid in das abfallende Gelände gestürzt. Nichts außer dem Telefon selbst wies darauf hin, dass sie hier überhaupt gewesen war. Kein im Zweikampf abgerissener Stofffetzen, kein Haarbüschel, kein Blutfleck. Dass Letzteres fehlte, war ein Segen. Ludwigs Nerven lagen frei. Er brauchte wahrhaftig nicht noch mehr Futter für seine wild in alle Richtungen galoppierende Phantasie.

»Fassen wir zusammen, was wir wissen: Ihre letzten Anrufe und Texte liegen viele Stunden zurück. Außer uns hat niemand versucht, sie zu erreichen. Bei Paul oder Mario ist sie nicht. Die hast du angerufen. Und diese schrille Olivia-Nachbarin hat sie auch nicht gesehen. Das wären die Leute, die im näheren Umkreis in Frage kämen. Da sie weder mit ihrem E-Bike noch mit dem Auto unterwegs ist, müssen wir davon ausgehen, dass sie niemanden aufgesucht hat, der weiter weg wohnt. Mir gegenüber hat sie heute Nachmittag auch keine Verabredung erwähnt.«

Für ihre Checkliste hatte Mimi die Finger benutzt und war beim kleinen, fünften angelangt. Die zweite Hand kam nicht mehr zum Einsatz.

Mimi war im Besitz der nüchternen Sachlichkeit, die Ludwig in diesen Stunden abging. Er nickte. So weit, so klar. Tatsächlich hatte er – reichlich spät, aber immerhin – über die Geistesgegenwart verfügt, nicht nur Paul und Mario anzurufen, sondern auch Jasper. Er habe schon seit ein paar Tagen nichts mehr von seiner Mutter gehört, hatte Jasper gesagt. Ein paar flapsige Bemerkungen über Tabeas unabhängigen Geist hatten dazu herhalten sollen, seine Beunruhigung zu übertünchen. Um diese herauszuhören, kannte Ludwig seinen Sohn gut genug. Paul und Mario hingegen waren eine andere Baustelle. Während Paul besorgt zu sein schien – ließ sich das am Telefon überhaupt feststellen? –, hatte Mario erst nach einem etwas zu lang geratenen Schweigemoment beteuert, schon länger nicht mehr mit Tabea in Kontakt gewesen zu sein.

»Hattest du das Gefühl, dass Bruno eine volle Blase hatte, als du mit ihm rausgegangen bist?« Mimi sah ihn von der Seite an. Im Gegensatz zu ihm verlor sie sich nicht in ihren Überlegungen, sondern hakte Punkt für Punkt ab. Wohltuend klar und zielgerichtet.

»Wenn ich das noch wüsste … Ich kann mich jedenfalls

nicht an eine längere Pinkelei erinnern. Bei andauerndem Strahl kommt er nämlich meist ins Wanken. Einmal ist er sogar umgekippt. Du meinst, ob davon auszugehen ist, dass Tabea vor mir schon mal zu Hause war und ihn ausgeführt hat? Hierher?« Die Frage zeugte nicht von Scharfsinn. Natürlich meinte sie das. Was waren seine Denkprozesse doch für fußlahme, hinkende Gesellen.

»Ludwig.« Mit mehr Druck, als ihm lieb war, umfasste Mimi seinen Unterarm. »Du musst die Polizei informieren. Jetzt! Entweder die Kommissarin oder einfach die Notrufnummer. Was weiß ich, wie das abläuft. Entscheide du! Aber hier zu sitzen und dies und das zu erwägen bringt uns nicht weiter. Wir verplempern Zeit.«

Der Satz klang nach: Wir-verplempern-Zeit.

Im nahen Gebüsch raschelte es. Wäre es nicht schön gewesen, wenn da nicht irgendein nachtaktives Tier rumorte? Wenn Tabea aus dem Unterholz gekrochen käme, sie erstaunt ansähe, auf ihre Armbanduhr schaute und ihr Erschrecken über das ausgedehnte Schläfchen inmitten des Gesträuchs kundtäte?

Nichts dergleichen geschah. Ludwig zückte sein Handy und rief Lara Patelli an.

***

Sie sollten umgehend in die Villa Felicità zurückkehren und dort auf sie warten.

Lara Patelli hielt sich knapp. Wie Ludwig schien, war sie bereits im Bett, was nicht weiter verwunderlich war. Es war halb elf, und eine Polizistin brauchte schließlich ihren Schlaf. Auch wenn er aufgrund der Männerstimme im Hintergrund schlussfolgerte, dass die eigentliche Ruhepause noch nicht begonnen hatte. Das war wohl der glückliche Bräutigam, den er da vernommen hatte. Aber solchen gedanklichen Sperenzchen konnte und wollte er nun wirklich keinen Platz lassen. Jetzt ging es um Tabea und niemanden sonst.

Mimi und er legten erneut einen beachtlichen Sprint hin. Es

ging nun bergab, was ihnen wenig Energie abverlangte. Ludwig konnte sich nicht erinnern, diese Strecke je in so kurzer Zeit bewältigt zu haben. Und das, obwohl seit seinem Unfall erst zehn Tage verstrichen waren. Er wuchs über sich selbst hinaus.

Kaum waren sie in die Strada Rondonico eingebogen, sahen sie schon das weiße Auto mit dem orangen Streifen vor dem Tor der Villa stehen. Das war zwar keine Überraschung, wie vor siebzehn Tagen (das Zählen der seit Herberts Exitus verstrichenen Tage hatte Ludwig aus ihm unerklärlichen Gründen zu einer neuen Art der Zeitrechnung erkoren), hatte aber nichts von seiner alles durchstechenden Kraft verloren. Was, wenn die Polizei mehr wusste als er? Was, wenn sie Tabea schon gefunden hatten und ihm dies jetzt, bei ihm zu Hause, mitteilen wollten?

Er sah zu Mimi. Hatte sie ähnliche Gedanken?

Sie hatten ihren Trab ausklingen lassen und gingen nun gemessenen Schrittes, schleichend fast, auf den Wagen zu. Beinahe gleichzeitig öffneten sich Fahrer- und Beifahrertür. Der junge Mann, der sich zu ihnen umdrehte, musste das Kinnbärtchen sein, das Ludwig an jenem vergangenen Tag in Empfang genommen hatte. Die Frau an seiner Seite kannte er noch nicht. Wie auch? Trotz der hinter ihm liegenden Ereignisse, und zu denen zählte auch der Unfall, war er nicht zum intimen Kenner der Tessiner Polizei avanciert.

Als Agente Maffioli stellte sich ihnen die Frau vor, nachdem sie sich vergewissert hatte, es mit dem oder den Richtigen zu tun zu haben. Auch Mimi hatte ihren Namen genannt und ihre Beziehung zu der … äh … Verschwundenen erklärt.

Die hochgewachsene und in Sachen Konstitution ihrem männlichen Kollegen kaum nachstehende Polizistin hatte – das war Ludwigs Eindruck – bei den beiden das Sagen. Das Kinnbärtchen – Agente Gennini, wie er nun erfuhr – kam ihm heute noch muskulöser vor als damals.

Commissaria Patelli würde demnächst eintreffen, teilte ihnen Maffioli auf Italienisch mit. Und dass sie die Zeit nutzen sollten, inzwischen alles zusammenzutragen, was sie über den Verbleib oder eben Nichtverbleib der Signora Kummer wüssten.

∗

Sie hatten den beiden Polizisten alles mitgeteilt. Besonders produktiv kam Ludwig die Sache nicht vor. Einen Großteil der Abklärungen hatte er schließlich selbst schon vorgenommen. Andererseits gab es wohl Abläufe, die in so einem Fall eingehalten werden mussten. Aber lag hier nicht eine besondere Dringlichkeit vor? Tabea war nicht nur eine Frau, die ein Mordopfer gefunden hatte, sondern auch eine, die sich unklugerweise als Detektivin betätigt und damit unbeliebt gemacht hatte.

Maffioli und Gennini saßen Ludwig und Mimi gegenüber am Küchentisch. Schulter an Schulter, was sich durch die physische Ausdehnung ergab, machten sie seit einer Viertelstunde Notizen. Bei dieser Tätigkeit ließen sie sich auch von Bruno kaum stören, der sich so ungewöhnlich wie unerzogen benahm. Immer wieder hatte er sie mit heiserem Gekläffe und An-die-Tür-Rennen unterbrochen. Ob er *pipì* machen müsse, hatte Maffioli wissen wollen. Ludwig hatte verneint. Brunos Blase war an längeres Ausharren gewöhnt, was auch mit seiner sonst vorherrschenden Faulheit zu tun hatte.

Lara Patellis Eintreffen brachte frischen Wind in die etwas ins Stocken geratene Angelegenheit. Die späte Stunde mochte die Ursache für eine ungewöhnlich leger daherkommende Kommissarin sein. Das ungeschminkte Gesicht, so bemerkte Ludwig, konnte sie sich bestens leisten. Die weiten Jeans, das Sweatshirt und die Turnschuhe verliehen ihr das Aussehen eines jungen Mädchens. Doch mehr als diese flüchtige Feststellung ließ Ludwig nicht zu.

Nach einem kurzen Briefing verkündete sie, Tabeas Handy mitnehmen zu wollen. Mit dem Segen des Staatsanwalts würde alsbald festgestellt werden können, wo sich Tabea zuvor aufgehalten hatte. Möglicherweise ergäben sich dadurch wichtige Hinweise. Sicher sei das natürlich nicht. Aber auch darüber hinaus würde nun einiges in Bewegung gesetzt. All das sagte sie mit ernstem und eindringlichem Blick, von dem Ludwig den Löwenanteil abbekam. Mimi musste sich mit einem aufmunternden Lächeln begnügen.

Und zum Abschluss kam der zuvor schon angedeutete Clou: Filippo Castelli und Kassandra Zweiglein-Bordoli waren an der Grenze in Chiasso aufgegriffen worden. Dafür, dass sie sich für längere Zeit aus dem Staub hatten machen wollten, sprachen die vielen Gepäckstücke im Mercedes-Coupé des Signor Castelli. Die Reise hatte ein frühes Ende gefunden, denn die Herrschaften waren zur Festnahme ausgeschrieben. Die ihnen zur Last gelegten Betrugsdelikte fielen zwar nicht in den Kompetenzbereich ihres Kommissariats, aber selbstverständlich fände im Zusammenhang mit dem Fall Herbert Kummer und dem Verbleib von Tabea Kummer engste Kollaboration statt.

Die förmliche Darbietung der Kommissarin wollte nicht recht zu ihrem Erscheinungsbild passen. Wie sie dasaß, breitbeinig auf dem Küchenhocker, den Oberkörper geneigt, die Ellbogen auf den Schenkeln abgestützt. In Jeans und Turnschuhen. Mit verwuscheltem Haar.

Doch kein Reiz der Welt konnte etwas daran ändern, dass Ludwig immer elender zumute wurde.

Tabea, wo bist du?, war eigentlich das Einzige, was er wissen wollte. Eine unausgesprochene Frage, die ihm fast die Brust auseinanderriss.

48
Tabea

Die Kriminalromane, an die ich mich erinnern konnte, hatten allesamt eines gemein: Die Guten, auch wenn es vorübergehend sehr übel für sie aussah, konnten sich retten oder wurden gerettet. Allem Unbill zum Trotz nahm ihre Misere ein erfreuliches Ende, wenn auch in letzter Minute und mit viel Schlottern und Bibbern. Die Bösewichte hatten hingegen das Nachsehen. Da ich zweifelsohne eine Gute war, müsste ich mir als Romanheldin also keine Sorgen machen. Das Problem war, diese hier war keine Geschichte der erfundenen Sorte.

Ich saß in Olivia Herzigs Keller in der Falle. Auf Gedeih und Verderb abhängig davon, was sich in ihrem instabilen Seelenhaushalt abspielte. Was durfte ich mir erhoffen von einer Frau, der es egal war, wer sich an ihren Gifttörtchen vergriffen hätte? Die an Herberts verborgene Liebe für sie glaubte. Die sich für ein süßes Mäuschen hielt, das leider auch mal unter die Krallen eines bösen Katers kam.

Nein, die Sache sah, gelinde gesagt, nicht gut aus.

Während Wagners Walküre oder was ich dafür hielt, im deprimierenden Dauergedudel aus dem oberen Stock zu mir in den Keller drang, überlegte ich mir, wer an der Haustür geklingelt hatte und mit wem Olivia folglich gerade sprach. War es Ludwig, wie von mir ersehnt? Von einer Ahnung getrieben? War es Mario, den ich vor nicht langer Zeit bei Olivia im Garten erspäht hatte? Oder einfach nur der Pizzabote, der eine Pizza Diavolo bei meiner Kerkerwächterin ablieferte?

Trotz Olivias Drohung beschloss ich, mir mit einem gellenden Schrei Gehör zu verschaffen. Es musste mir gelingen, die singende Sieglinde, Helmwige, den Hunding oder Wotan aus dem Erdgeschoss akustisch zu übertrumpfen. Eine echte Herausforderung. Und was, wenn nur Olivia mich hörte, der Türklingler oder die Klinglerin hingegen nicht? Was, wenn sie mich, verärgert über meinen Ungehorsam, aufs Grausamste bestrafen würde, so wie sie Herbert dafür bestraft hatte, ihre Liebe nicht wunschgemäß erwidert zu haben? Ich hatte ein halbes Jahrhundert Lebenszeit hinter mir. Das war viel oder wenig, abhängig von der Betrachterin oder dem Betrachter.

Mein Leben war bisher ein gutes gewesen. Ein sehr gutes sogar. Ich konnte mich nicht beklagen. Gern hätte ich noch ein bisschen mehr davon gehabt. Mit diesem Wunsch stand ich sicher nicht allein. Die Vorstellung, hier zu sterben, in diesem jämmerlichen fensterlosen Kellerloch, das nur durch einen Schacht belüftet wurde, allein und unentdeckt, erfüllte mich mit solchem Gram, dass ich kurz davor war, in einem hilflosen Verzweiflungsakt in die Yogamatte zu beißen.

Und doch, ich musste es wagen. Ich pumpte mit dem Zwerchfell Luft in die Lunge, glaubte sogar, ihr enormes Dehnen zu verspüren, und stieß den Schrei aus, der mich retten sollte. Den Schrei aller Schreie. Das Resultat war ernüchternd. Was sich da seinen Weg gebahnt hatte, war vermutlich nicht mal zu Olivias gespitzten Ohren vorgedrungen.

Mit dem Mut einer Frau, deren Möglichkeiten sich an ein paar Fingern abzählen ließen, tat ich gleich darauf das, was ich besser konnte. Ich trommelte mit den Fäusten gegen die Tür. Auch hier war das Ergebnis bescheiden. Nach einer prüfenden Rundumschau in dem kärglich bestückten Raum bemächtigte ich mich des Holzkistchens, das zuvor Olivias beachtlichem Gewicht hatte standhalten müssen. Schwungvoll ausholend schmetterte ich das Ding gegen die mich von der Freiheit trennende Pforte.

Krachen und Bersten!

Nicht übel und allemal mehr, als meine Fäuste vermocht hatten. Vom Kistchen blieb mir nur eine Holzlatte. Die, an der ich es gehalten hatte. Der Rest lag in Einzelteilen am Boden verstreut. Dass die Tür genauso aussah wie vorher, wunderte mich nicht. Mit einem durchschlagenden Ergebnis im wörtlichen Sinn hatte ich allemal nicht gerechnet.

Dass kurz darauf anstelle einer rettenden Macht die mit

der Pistole fuchtelnde Olivia in den Keller gestürmt kam, war nicht nur enttäuschend, sondern überaus erschreckend.

»Was soll das, du dumme Ziege? Ist dir klar, dass du dich mit deinem Krakeel immer mehr in den Sumpf reitest?«, rief sie mit schriller Stimme. Die Waffe hielt sie mit zittriger Hand auf mich gerichtet.

Hatte nun mein letztes Stündlein geschlagen? Meine letzte Minute? Sekunde?

Und doch, bei aller Furcht glaubte ich, etwas wahrzunehmen, das eine mikroskopische Menge Zuversicht in mir aufkeimen ließ. Etwas an der Art und Weise, wie sie das silbergraue Ding hielt. Nein, Olivia war im Umgang mit Schusswaffen sicher nicht versiert. Andererseits, konnte nicht auch eine miserable Schützin auf diese minimale Distanz Treffsicherheit beweisen? Gezitter hin oder her?

»Olivia«, sagte ich. »Wenn du mich jetzt erschießt, was willst du dann mit meiner Leiche machen?« Ich bediente mich des Stimmkolorits, das ich im Klassenzimmer einsetzte, wenn ich besonders nachdrücklich an die Vernunft meiner Zöglinge appellierte. Einen kühlen Kopf brauchte ich selbst gerade am dringlichsten. Allein schon das Wort »Leiche« in Verbindung mit »meine« genügte, um alles an mir in weiche Teigmasse zu verwandeln.

Olivia ließ die ihr vermutlich schwer werdende Pistole sinken. Mit der freien Hand schob sie sich ein paar ihrer außer Rand und Band geratenen Haarsträhnen hinter die Ohren. Meine Frage schien sie zu beschäftigen.

»Mein Garten ist groß«, sagte sie schließlich.

»Und du meinst, dass niemand auf die Idee käme, bei dir nach mir zu suchen?«

Ich hörte meine Frage, als hätte eine ausgelagerte Version meiner selbst sie gestellt. War es möglich, so sachlich forschend den möglichen Verbleib der eigenen leiblichen Überreste zu erörtern?

»So schlau und umsichtig, wie ich vorgegangen bin, hat bisher niemand auch nur das Geringste finden können, was mich als Bäckerin der Törtchen entlarvt hätte. Und glaub mir«, sie beugte sich spitznasig und mit gerecktem Kinn zu mir hin, »diese Patelli-Schönheitskönigin, die sich für besonders clever hält, hat keine Frage ausgelassen. Dreimal war sie hier mit ihrem Untergebenen. Diesem armen Kerl, der bei ihr nichts zu melden hat. Nichts haben sie rausgekriegt. Sie nichts, er sowieso nichts.« Außer Atem von ihrer Tirade hielt sie inne. Kurz nur. »Und du, kleines Dummchen, warst nahe dran, aber dann doch zu blöd.« Wieherndes Olivia-Gelächter, wie ich es mittlerweile nur zu gut kannte.

Ich sah in ihre geröteten Augen, auf ihre unstet zuckenden Lider. Ob dieser Moment der Belustigung auf meine Kosten der richtige war, mich der anscheinend in Vergessenheit geratenen Pistole zu bemächtigen? Mir wurde glühend heiß.

Zu spät, mein Zögern brachte mich ins Hintertreffen. Als hätte sie mich durchschaut, richtete Olivia das missliebige Objekt erneut auf mich. Sogar mit mehr Spannkraft, wie mir schien.

»Warum sollten diese Dilettanten von Polizisten meinen Garten umgraben? Dafür brauchten sie schließlich eine Genehmigung vom Richter oder vom Staatsanwalt. Und ohne stichhaltige Gründe gibt's die nicht.« Da war es wieder, ihr fettes, selbstzufriedenes Lachen.

»Das war Ludwig an der Tür, stimmt's?« Ich musste unbedingt etwas finden, das ihre Vermessenheit ins Wanken brachte. »Er sucht nach mir. Er wird weitersuchen.« Das waren reine Behauptungen, die ich wie Gewissheiten in den Raum warf.

»Humbug! Nichts dergleichen wird er tun. Er war zwar an der Tür, aber nur um sich Brot von mir auszuleihen.« Und wieder stieß sie dieses verabscheuungswürdige Lachen aus, für das allein ich ihr die Holzkiste über den Schädel hätte hauen können, deren Einzelteile jetzt zerborsten nahe der Tür lagen.

Das Schlimme war, dass ich die Richtigkeit ihrer Aussage nicht ausschließen konnte. Wir hatten tatsächlich kaum mehr Brot daheim. Und dass Ludwig das Einkaufen vergessen hatte, war gut vorstellbar.

Aber er *musste* mich doch einfach vermissen. In diesem Moment schmerzte mich der nagende Zweifel mehr als die Vorstellung, für den Rest meiner Tage in Olivia Herzigs Keller dahinzudämmern oder, in der Folge, ihre Nachtschattengewächse von unten zu betrachten.

»Schmink dir deine Hoffnungen ab, Täubchen!«, befahl mir die Frau, die Gottheiten des Friedens, der Weisheit und der Gerechtigkeit auf ihrem Grundstück beherbergte. »Ich für meine Person hab jetzt anderes zu tun. Mach's dir gemütlich.« Mit dem Pistolenlauf wies sie auf die Yogamatte, zog den fehlplatzierten Poncho zurück über ihre Schultern und klackerte davon.

Ja, das wäre der Moment gewesen, mich hinterrücks auf sie zu stürzen und ihr mit einem blitzschnellen Armhebel (den ich erst noch erlernen musste) die Waffe abzuringen, wie ich es viele Male in Krimis gesehen hatte.

Ich ließ den Augenblick verstreichen. Olivia hatte recht: Was war ich nur für ein Täubchen.

49

Ludwig

Nein, Bruno hatte weder ein Blasen- noch ein Darmproblem. Aber er hatte einen Drang.

Coraggio, hatte Lara Patelli gesagt. Ein Appell an Ludwigs Mut, der sich nicht eins zu eins ins Deutsche übertragen ließ. Es war eher so ein »Kopf hoch« oder »Keine Angst«.

Noch am Nachmittag hätte ihm ihre kurz auf seinen Arm gelegte Hand einen Moment der Wonne beschert. Heute Abend half weder dies noch ihre Beteuerung, es würde nun alles unternommen, um Tabea schnellstmöglich ausfindig zu machen.

Die beiden Polizisten und die Kommissarin hatten sich erhoben, und Mimi und Ludwig hatten es ihnen gleichgetan. Ob sie Mimi irgendwohin mitnehmen könne, hatte Lara Patelli sich erkundigt. Mimis knappes »Ich bleibe hier« ohne jede Erläuterung war Ludwig etwas unangenehm gewesen. Zum Beispiel hätte sie sagen können, dass sie um diese Tageszeit vermutlich nur noch schwimmend zur Brissago-Insel gelangen könne oder aber einen horrenden Preis für eine Taxiboot-Nachtfahrt hinblättern müsse. Schließlich sollte die Kommissarin nicht auf die Idee kommen, dass er und Mimi die Lage für ein Techtelmechtel nutzen würden. Das war in jeder Hinsicht ein absurder Gedanke. Nicht zuletzt bestand die Absurdität darin, dass er in einem Moment wie diesem überhaupt darüber nachdachte, was Lara Patelli über ihn denken könnte. Das waren schon wieder ein paar Gedanken zu viel.

Den schon die ganze Zeit vor sich hin fiependen Bruno hatte die Aufbruchstimmung in eine gesteigerte Form der Erregung versetzt. Noch bevor die Wohnungstür geöffnet werden konnte, hatte er sich so platziert, dass er unweigerlich der Erste sein würde, der sich den Weg nach draußen bahnen konnte. Die Polizistin hatte ihm den Kopf getätschelt und ihn einen *poverino* genannt. Einen Armen. Aber Bruno war nicht nach Mitleidsbekundungen zumute gewesen. Mit der Gewandtheit eines Kontorsionskünstlers hatte er seinen Kopf in den sich beim Öffnen ergebenden Spalt zwischen Türrahmen und Tür gequetscht und seinen sonst wenig agilen Körper in Blitzgeschwindigkeit nach draußen spediert. Weder hatte er sein Bein gehoben und einen Strahl von sich gegeben, noch war er treppauf zum Tor davongeschossen. Nein, er war nach unten und gleich wieder um die Hausecke geflitzt. Eine ungewöhnliche Richtung.

War es Brunos zügelloses Davonschießen, diese besondere Zielstrebigkeit, seine gewählte Route oder eine jener unerklärlichen Eingebungen, wie sie einem manchmal kamen? Vermutlich ein untrennbares Ganzes.

»Der rennt zu Olivia Herzig«, sagte Ludwig mehr zu sich als zu den anderen. Dennoch laut und bestimmt genug, um von allen verstanden zu werden.

Mimi, die neben ihm stand, nickte. Ihr war anzusehen, dass sie keine weitere Erklärung benötigte. Vielleicht geschahen ihr und sein Begreifen auch zeitgleich. So genau ließ sich das nicht sagen.

Der Funke des Verstehens musste unmittelbar auf Lara Patelli übergesprungen sein. »Wir gehen oben ans Tor! Sie beide nehmen den direkten Weg durch die Hecke. Da wird jetzt nicht lange um Erlaubnis gebeten. Schließlich müssen Sie den Hund einfangen«, ordnete sie an.

Olivia Herzigs oberer Gartenbereich lag im Halbdunkel. Was ihn auf begrenzter Fläche erhellte, war das sich von ihrem Wohnzimmer über die Veranda ergießende Licht. Durch die einen Spaltbreit geöffnete Terrassentür drang die gleiche überlaute Musik, die Ludwig schon Stunden zuvor vernommen hatte. Was das Ganze zu einer Kakofonie machte, war Brunos Gebell. Bruno, der Selten-Beller, konkurrierte mit dem Operngedudel.

Sie hatten einen Moment im Sichtschutz einer Kamelie innegehalten.

»Wollen wir da rein?«, fragte Mimi mit unnötig gedämpfter Stimme. Sie waren akustisch bestens getarnt.

»Wir wollen nicht, wir müssen.«

»Was, wenn Tabea doch nicht bei Olivia ist?« Das Zögern passte eigentlich gar nicht zu Mimi.

»Dann waren wir einfach bei der Suche nach Bruno etwas übereifrig. Ich bin allerdings überzeugt, dass sie dort ist.«

Dass Ludwig hier und jetzt von Überzeugung sprach, war nicht nur das Ergebnis von Brunos außergewöhnlichem Gebaren oder irgendeiner ominösen Eingebung. Noch etwas anderes hatte sich aus den Turbulenzen seines auf Hochtouren arbeitenden Gehirns zu einem greifbaren Gedanken geformt. Eine mit Spätzündung aktivierte Erinnerung an einen wunderlichen Satz von Olivia Herzig. Einen von vielen, aber egal:

»Und am Telefon ist sie nicht zu erreichen. Wie seltsam.«

Ludwig waren die sprichwörtlichen Schuppen von den Augen gefallen. Vom Telefon war nie die Rede gewesen.

»Los geht's!« Vor ein paar Stunden noch im Windschatten von Mimis Entschlossenheit, übernahm er jetzt das Kommando. Er ging davon aus, dass Lara Patelli und die zwei Polizisten, die wahrscheinlich ohne Durchsuchungsbefehl nicht einfach loslegen konnten, die Situation von draußen unter Kontrolle behielten.

Mit der Geschmeidigkeit eines eingespielten Einbrecherteams schoben sie sich durch den Terrassentürspalt in Olivias Wohnzimmer. Die Vorsicht war unnötig. Niemand war da, der sich über ihren nächtlichen Besuch hätte echauffieren können.

Der von einem viel zu großen Kronleuchter erhellte Raum war kein Ort für Menschen, denen Ordnung Seelenheil bescherte. Papierkram, aufgeschlagene Bücher, Teller mit Essensresten und ein überquellender Aschenbecher überdeckten jede zur Verfügung stehende Fläche. Dazwischen fackelte ein über alles Weltliche erhabener Buddha ein Schälchen voll Räucherware ab. Schwerer, fast betäubender Duft lag im Raum. Weihrauch?

»Horror«, sagte Mimi. Für mehr hatten sie keine Zeit.

»*Via, via, stupida bestia. Porco cane!*«, hörten sie Olivia pöbeln.

Damit musste Bruno gemeint sein, der sich in einem fortgeschrittenen Stadium heiserer Bell-Hysterie befand und den man mit üblen Beschimpfungen garantiert nicht beruhigen konnte.

Scheppernd fiel Metallenes zu Boden. Hatte sie etwas nach ihm geworfen? Die Sache musste sich im nordwestlichen, der Straße zugewandten Teil des Hauses abspielen.

»Was machen wir jetzt?« Mimi flüsterte noch immer, auch wenn ihr der vorherrschende Geräuschpegel erlaubt hätte, den Hamlet-Monolog in Bühnenlautstärke zu deklamieren, ohne dass Olivia Herzig davon etwas mitbekommen hätte.

Sie hatten sich links von einem in einen Korridor übergehenden Bogengang aufgebaut. Der stellte das Verbindungsstück zu dem Ort dar, an dem Bruno und Olivia sich allem Anschein nach in ihrem Spektakel ergingen. Eigentlich brauchten Ludwig und Mimi sich auch jetzt nicht zu verstecken. So wie sie niemanden sehen konnten, blieben sie selbst im Schutz vor unliebsamen Blicken.

»Wir müssen mit dem Überraschungseffekt arbeiten. Überrumpelung, gewissermaßen. Und zwar um die Ecke biegen und Olivia damit konfrontieren, dass wir von Tabeas Anwesenheit wissen. Ihr bleibt dann nichts anderes übrig, als aufzugeben. Wir sind zu zweit. Zu dritt mit Bruno. Und fürs Finale ist die Polizei in Reichweite.«

»Okay. Wir haben nichts zu verlieren.« Mimi war, das wusste Ludwig zu schätzen, eine Pragmatikerin. Beherzt noch dazu.

»Nur zu gewinnen. Auf geht's!«

Sie durcheilten exakt in dem Moment den Korridor, als die Opernklänge versiegten. Die plötzliche Abwesenheit anderer Geräusche musste auch Bruno verblüffen, denn sein Bellen brach ab.

Fast schien es, als wenn Ludwig und Mimi um diesen Spezialeffekt gebeten hätten: Grabesstille.

Vier Akteure, unversehens versammelt an einem Ort, bei dem es sich um den zentralen Bereich des Hauses handeln musste. Olivia Herzig, zerzauster als je zuvor, starrte sie offenen Mundes an.

Brunos Überraschung hielt hingegen nur einen kurzen Moment an. In fliegendem Übergang widmete er sich einem neuen Treiben, bei dem der Jagdtrieb seiner Ahnen zum Vorschein trat. Wie von Sinnen begann er, an einer Holztür zu kratzen. Ganz so, als müsse er in Rekordzeit den Zugang zu einem Kaninchenbau freilegen. Von jenseits der Tür, erst jetzt zu vernehmen, kamen Klopfgeräusche und Rufe. Nicht unmittelbar dahinter, sondern aus tieferen Gefilden.

»Verschwinden Sie!«, krähte Olivia, die sich einigermaßen gefasst zu haben schien. »Das ist Hausfriedensbruch. Und nehmen Sie den Köter mit. Auf der Stelle! Sonst rufe ich die Polizei.« Illustration ihrer Rage war ein Tritt in Brunos ausladenden Allerwertesten. Ein Akt, den er blitzschnell parierte. Mit einer elastischen Seitendrehung schnappte er nach Olivias Fuß. Es war gerade nicht ratsam, sich mit ihm anzulegen.

Dass Olivia ausgerechnet die Polizei rufen wollte, wäre an Komik nicht zu überbieten gewesen, hätten denn Zeit und Muße für Erheiterung zur Verfügung gestanden. Beides fehlte.

Ludwig preschte vor, um Bruno die Arbeit abzunehmen, rüttelte aber vergebens an der Klinke. Die Tür war abgeschlossen.

»Schließ auf, alte Krähe!«, schrie er Olivia an.

Die zog es jedoch vor, sich wie eine Furie auf Ludwig zu stürzen. Eine Ein-Meter-achtzig-Kämpferin, wie sie niemand an der Gurgel haben wollte.

Ludwig spürte Olivias enger werdenden Griff um seinen Hals, versuchte, sich ihrer schnürenden Hände zu entledigen. Vergebens. Gegen diese Kraft kam er nicht an.

Diese panische Angst zu ersticken.

Dann plötzlich Erleichterung. Erlösung sogar. Ludwig begriff, was passiert war. Mimi hatte sich zu seiner Rettung ins Geschehen geworfen.

Auf Olivia Herzigs Parkett, nicht weit von der Haustür und dicht an dem zu Tabea führenden Kellerabgang, wälzten sie sich: das wild entschlossene Olivia-Ludwig-Mimi-Trio.

Wild entschlossen, aber mit unterschiedlichen Absichten.

Bruno trug als Vierter das Seine bei, biss und zwackte, wo es ihm passend erschien, und tanzte um sie herum.

Dicht neben ihnen auf dem Boden, das konnte Ludwig mit zurückgewonnener Klarheit inmitten des Gerangels sichten, ein Schlüsselbund.

Schlaf – eine unruhige, kein bisschen erquickende Variante – musste mich weggetragen haben.

Die Vision vom Dahinvegetieren in Olivia Herzigs Keller hatte mir nicht etwa einen Adrenalinkick beschert. Keine Freisetzung verborgener Kräfte und sprudelnder Ideen, die zu meiner Befreiung beitragen konnten. Stattdessen Trübsinn, Schwermut sogar.

Wie ich mir gewünscht hätte, Jasper noch mal zu sehen, zumindest mit ihm zu sprechen. Mit welcher Leichtfertigkeit wir uns doch bei seinem letzten Besuch voneinander verabschiedet hatten. So als wäre ein Wiedersehen das Selbstverständlichste überhaupt. Und nun? Würde er je erfahren, wo seine Mutter abgeblieben war? Und Ludwig? Hätte ich nicht mit ihm klären sollen, warum er mit der Kommissarin im »Gran Caffè Verbano« gesessen hatte? Vielleicht gab es einen lachhaft harmlosen Grund, der sich mir nun nicht mehr erschließen würde.

Ach, wie gedankenlos wir doch oft mit kleinlichem Groll unsere Zeit vergeudeten. Kostbare Zeit!

Diese reuevolle Kümmernis, gepaart mit den nicht enden wollenden Gesängen der Walküren aus dem oberen Stock, musste eine Decke auf mich gelegt haben. Keine flauschige Kaschmirdecke, eher so eine alte, kratzige, von Feuchtigkeit durchzogene und deshalb schwere Stalldecke. Von dieser Art war denn auch mein Dämmerzustand. Nicht süß, unterlegt mit dem Klang der sanft ans Ufer spülenden Wellen des Lago Maggiore, dem Palmenrauschen eines Tessiner Nordwindtages, dem Vogelgezwitscher im Astwerk subtropischer Sträucher auf der Brissago-Insel. Hingegen Halbschlaf, unerquicklich, unterlegt von Gezeter und Hundegebell.

Hundegebell?

Anspannung in jedem einzelnen meiner Glieder, die Ohren gespitzt, setzte ich mich auf. Möglicherweise handelte es sich um eine Geräuschhalluzination. So was sollte es geben: Sinnestäuschungen durch außergewöhnlichen Stress.

Dem musste ich auf den Grund gehen.

Mein Ohr an die Tür gepresst, versuchte ich zu erfassen, was sich da oben abspielte. Das sogar die Opernklänge durchschneidende Organ, keifend und schrill, war schnell identifiziert: meine Peinigerin Olivia. Was das Hundegebell anging – nein, keine Sinnestäuschung –, war ich mir unsicher. Bruno? Das mochte Wunschdenken sein. Eine phantasierte Quelle, wie sie sich einer in der Ödnis durstig vor sich hin Stolpernden zeigte. Wie sollte unser Bruno auch zu Olivia ins Haus gelangt sein? Die hatte doch garantiert alles verrammelt. Und überhaupt, Herberts Kuschel-Basset war kein Kommissar Rex. Spürsinn und Intelligenz lagen bei ihm, nüchtern und ohne den Bonus meiner überraschend gewachsenen Zuneigung betrachtet, im mittleren bis unteren Bereich.

Dann trat ein, was ich mir schon nicht mehr hatte vorstellen können: Die Musik verstummte. Jetzt überdeutlich zu vernehmen heiseres, von kurzen Kraftschöpfpausen unterbrochenes Bellen. Basset-Bellen. Ja, Basset-Bellen! Dazwischen – mir stockte der Atem – eine Männerstimme, die ich zweifelsfrei zuordnen konnte. Dort oben verschaffte sich ein wütender Ludwig Gehör.

Mein Herz vollführte wildes Gehopse. Sie hatten mich gefunden. Oder doch zumindest: so gut wie. Nun musste ich meinen Beitrag leisten. Mit Trommeln, Klopfen und Hilferufen.

✳✳✳

Endlich waren sie bei mir. Nicht Ludwig und nicht Bruno. Dafür eine Polizistin und die Kommissarin. Ohne Einwirkung von Kraft, angekündigt von beruhigenden Worten, hatten sie die Tür aufgeschlossen. Ganz einfach aufgeschlossen.

Ein bisschen zittrig war ich dann doch, als sie mich zuerst durch einen Kellergang und anschließend auf einer steilen Treppe nach oben führten. Lara Patelli hatte mich am Arm genommen, was ich mir gern gefallen ließ.

»Es ist vorbei«, sagte sie. Ein Satz, der in seiner Schlichtheit mehr auslöste als alles, was ich zuvor in meiner Gefangenschaft empfunden hatte.

Ludwig erwartete mich mit ausgebreiteten Armen an der Pforte zum Licht, wie ich die Tür vom Wohngeschoss zum Keller zumindest für diesen Moment nennen wollte. Darüber hinaus, so viel war klar, würde ich Olivias Haus nimmermehr als einen Ort betrachten können, der auch nur im Geringsten etwas mit Helligkeit zu tun hatte. Dicht hinter Ludwig kniete Mimi, die den jaulenden Bruno am Halsband hielt.

Ich ließ mich von Ludwig in die Arme nehmen, ließ mir ins Ohr flüstern, wie gut es war, mich wiederzuhaben. Und dass Bruno mein Retter gewesen sei. Viel mehr gab es nicht zu sagen. Zumindest nicht im Hier und Jetzt.

Mimi hatte sich erhoben, trat zu mir und drückte mich fest. Bruno nutzte die Gelegenheit des Nicht-mehr-gebändigt-Seins, um mit ungeahnter Elastizität an mir hochzuhüpfen. Ein bisschen Tätscheln und Guter-Bruno-Flüstern konnte ich erübrigen. Für ausgiebiges Streicheln, Knuddeln und Loben musste er sich jedoch gedulden, was Bruno einsah. Oder auch nicht.

Einen Anblick hätte ich mir lieber erspart. Nahe der Haustür und gleich neben dem Thronsessel, der schon für sich genommen übelste Erinnerungen wachrief, stand die Dame des Hauses. Mit verzerrten Zügen um Mund und Augen und zerzaustem Schopf, aber zumindest stumm und in Handschellen. Bewacht von einem jungen Polizisten, der mir bekannt vorkam.

Nein, da wollte ich nicht hinschauen. Musste ich auch nicht, denn die Kommissarin gab das Zeichen, Olivia Herzig abzuführen.

✳✳✳

Was mir wie eine ausgedehnte Galeerenstrafe erschienen war, hatte sich in Tat und Wahrheit in fünf Stunden abgespielt, von denen ich geschätzt die ersten zwei im Rausch einer Substanz aus Olivias Hausapotheke verbracht hatte.

Wieder daheim in der Villa Felicità war ans Zubettgehen nicht zu denken. Wir saßen im Wohnzimmer, tranken schweren Amarone aus Herberts Weinkeller und knabberten an Salzbrezeln, die das Verfallsdatum eine Weile überschritten hatten.

Ludwig und Mimi wollten bis ins letzte Detail wissen, was sich in Olivia Herzigs Haus zugetragen hatte. Dazu mussten sie mich nicht lange ermuntern. Ihnen, so genau es mir möglich war, Bericht zu erstatten, hatte auch therapeutische Wirkung. Die bestand nicht zuletzt im befreienden Tränenfluss, dem ich in Intervallen seinen Lauf ließ. Allein schon deshalb, weil sich Ludwig von seiner besten Trösterseite zeigte. Meine Hand haltend, saß er neben mir auf dem Sofa, tupfte mir mit von Mimi zugereichten Papiertaschentüchern die Tränen weg und sagte herrliche, unserem Vokabular fast abhandengekommene Dinge wie »Mein armer Liebling« und »Liebster Schatz«. Das hätte mich dazu verleiten können, noch ein bisschen dicker aufzutragen, aber ich blieb bei den Fakten. Die waren erschreckend genug.

»So ein Teufelsbraten«, kommentierte Mimi meine Schilderung von Olivias Mordmotiv. »Und dass sich auch andere im Haus ihre Giftbeerentörtchen hätten einverleiben können, war ihr egal?«

»Völlig egal.«

»Die Frau ist krank.« Ludwig war in seinem Verdikt weniger bildhaft als Mimi.

Ich nickte.

Einig waren wir uns auch darin, dass die zuvor verdächtigte Kassandra Zweiglein-Bordoli eigentlich eine erstklassige Besetzung für die Rolle der Mörderin gewesen wäre. Durchaus möglich, dass sie und ihr sauberer *avvocato* Mörderisches vorgehabt hatten. Aus anderen Beweggründen, aber bestimmt keinen besseren. Doch das würden wir nie erfahren.

Natürlich wollte auch ich ausführlich erzählt bekommen, was sich während meiner düsteren Kellerstunden ereignet hatte. Wie war es zu Mimis Anwesenheit und Beistand gekommen? Wie hatten sie mein Handy ausfindig gemacht? Zu welchem Zeitpunkt war die Polizei ins Spiel gekommen, und warum hatte die sich beim Einsatz in Olivias Haus zunächst im Hintergrund gehalten?

Von all den Elementen gefiel mir eines besonders gut: Ludwigs Sorge um mich. Die habe nämlich, so betonte er, sofort nach seiner Heimkehr eingesetzt. Auf meine Frage, wann die denn gewesen sei, antwortete er etwas vage. Das hätte mich unter normalen Umständen dazu angeregt, gründlich nachzuhaken, auch was das zuvor beobachtete Stelldichein mit Lara Patelli betraf. An diesem frühen Morgen eines ungewöhnlichen Augusttags, dem ein noch viel ereignisschwererer Tag vorausgegangen war, stand mir nicht der Sinn danach. Wir saßen beieinander und hielten uns fest. Das war es, was zählte.

Bei alldem ließ der eigentliche Held des Tages keine Gelegenheit aus, mir nasse Wangenküsse zu verpassen. Bruno, der zur Feier des Anlasses auf der noch freien Seite neben mir auf dem Sofa sitzen durfte, ließ sich mal den Kopf, mal den Bauch tätscheln, den er hemmungslos emporstreckte. Nebenbei badete er sich darin, von mir als kluger, kluger Hund gelobt zu werden. Kurzum, er genoss den Ruhm der Stunde.

Es war drei Uhr morgens, als wir uns dann doch fürs Schlafengehen entschieden.

Für den späten Vormittag hatte mich Lara Patelli zwecks Befragung ins Kommissariat einbestellt. Mimi wollte schon bald wieder zur Insel zurückkehren, wo ihr nur notdürftig auf dem Laufenden gehaltener Alfonso sehnlichst auf sie wartete. Und natürlich mussten so bald wie möglich all diejenigen informiert werden, die nicht das Geringste von den dramatischen Ereignissen der letzten Stunden wussten, aber ein Recht hatten, davon zu erfahren.

»Weißt du, Ludwig«, sagte ich, während ich Bruno sanft vom Sofa schob, um mich erheben zu können, »ich bin mir nicht sicher, ob ich hier wohnen bleiben möchte.« Ich wies nach oben, zu Herberts Räumlichkeiten und zur Wand hinter mir, von deren Außenseite es zu Olivia Herzigs Grundstück nur wenige Meter waren. »Über allem hängt dieser Schatten. Ich befürchte, da werden sich nie mehr unbeschwerte Gefühle bei mir einstellen.«

Betretenes Schweigen. Mimi inspizierte ihre Fußspitzen, und Ludwig sah mich mit seltsamer Miene an. Was war so schlimm an meinen Bedenken?

»Ich glaube«, sagte Ludwig schließlich, »dass ein neues Zuhause keine schlechte Idee wäre. Aber lass uns später darüber reden.«

Der Tisch war gedeckt. Fehlte nur noch die Tafelrunde.

Ein Sammelsurium von Stühlen, zwölf an der Zahl, war auf Herberts Veranda um eine improvisierte, mit weißen Tüchern bedeckte Tischformation arrangiert. Tom war damit beschäftigt, dem Ganzen mit Olivenzweigen den letzten Schliff zu verleihen. Die Dekoration, so hatte er mir erklärt, dürfe nicht mit dem Menü in Wettstreit treten. Da sei stilvolle Schlichtheit gefragt. Dominieren müssten hingegen meine und seine Küchenkreationen.

Mit den Kreationen war das so eine Sache. Nicht meine schöpferische Ader, sondern der Gemüsegarten hatte den Takt vorgegeben. Mit einer späten Schwemme von dickleibigen, zum Malen schönen Auberginen und der nicht enden wollenden Tomatenernte bot sich nur eines an: eine Parmigiana XXL.

Im Backofen schmurgelten die auf Tomatensoße gebetteten Auberginenscheiben unter einer Decke von Mozzarella und Parmesan und warteten darauf, zur finalen Aromatisierung mit Basilikumblättchen bestreut zu werden. Dazu würden frisches Brot (Toms Werk) und *insalata di catalogna* (Jaspers Beitrag) gereicht. Auch diese grüne Zichorienart gedieh im Gemüsegarten im Überfluss. Jasper war nämlich der Meinung, wir alle bräuchten eine dezente Dosis Bitterstoffe, damit die Harmonie nicht überhandnähme.

Was ihm wie ein klein wenig zu viel der Eintracht vorkam, lebte sich unten im Garten aus. Gut gelaunt tranken unsere Gäste Prosecco, knabberten an gerösteten und mit Pestovariationen bestrichenen Brothäppchen und ergingen sich in Freundlichkeiten. Das schloss ich zumindest aus dem in Intervallen zu mir und Tom nach oben in die Herbert-Etage dringenden Gelächter und Geschäker.

Meine kurze, aber intensive Olivia-Gefangenschaft lag exakt einen Monat zurück. Das Ereignis war mir glücklicherweise nicht als Trauma geblieben, auch wenn sich bei der unvermeidlichen Sicht aufs nachbarliche Grundstück durchaus Beklemmung einstellen konnte. Doch die Hausherrin befand sich in Untersuchungshaft und würde so schnell nicht wieder auf freiem Fuß sein. Ich musste gewiss nicht befürchten, ihr in näherer Zukunft zu begegnen. Zur nützlichen Ablenkung trug das unlängst begonnene Schuljahr bei. Meine Schüler und das ganze Drumherum hielten mich auf Trab.

Tja, und die Villa Felicità, so viel war klar, würde ohnehin nicht unser Zuhause bleiben. Sie gehörte der Bank, auch wenn nach einigen für mich ziemlich undurchsichtigen Verrechnungen und dem Abzug der Rückzahlung an Mario (Kassandra hingegen hatte Herbert nie Geld geliehen) für Ludwig und Corinna noch ein kleines Sümmchen blieb. Nichts Üppiges, wenn man an den Wert der Villa dachte, aber genug für Normalos wie Ludwig und mich.

»Hier ist das Dessert.« Paul hatte die Küche betreten und unterbrach meine Gedankenflüge und mein letztes Hantieren.

»Schön. Was ist es denn?« Was ich sah, war einer von Pauls Tragebehältern für Backwaren. Der Inhalt, mir schwante etwas, sah nach Törtchen aus.

»Beerentörtchen. Heidelbeeren aus dem oberen Maggiatal. Von mir gesammelt und für gut befunden.« Ein freches Grinsen hatte sich über Pauls Gesicht breitgemacht. Das war so ganz seine Art von Humor.

»Und du meinst, dass irgendjemand von denen isst?«

»Ja, meine ich. Schließlich bin ich rehabilitiert. Oder etwa nicht?«

»Vollumfänglich«, bestätigte ich ihm. »Du hast dir ja auch nie etwas zuschulden kommen lassen.«

»Das hast du aber schon mal anders gesehen.«

Ich nickte und widmete mich dem Garzustand der Parmigiana. Die sich im Backofen goldbraun färbende Käsekruste sah vielversprechend aus.

Dass ich Pauls Unschuld in Zweifel gezogen hatte, war

eine Tatsache. Damit lag er richtig. Natürlich war das Ganze Thema einer ausführlichen Aussprache zwischen ihm, Ludwig und mir gewesen. Pauls Gefühle zu Herbert waren, so viel hatten wir ja längst mitbekommen, äußerst zwiespältig. Die mit Freundschaft schlecht titulierte Beziehung sei ein kontinuierlicher Versuch gewesen, mit Herbert ins Reine zu kommen. Da war die weit zurückliegende und anfänglich sehr schmerzhafte Geschichte mit Louise. Dass Herbert ihm seine Jugendliebe abspenstig gemacht hatte, habe damals durchaus Rachegelüste wachgerufen. Aber wie Paul beteuert hatte, war das Schnee von vorvorgestern. Schließlich habe er ja dann Mireille kennengelernt. Und die habe er geliebt. Da sei für ihn kein Platz für sentimentales Nachhängen gewesen, auch wenn die zur Eifersucht neigende Mireille zeit ihrer Ehe mit der alten Geschichte gehadert habe. Herberts Lebenswandel, die Art, wie er Louise später behandelt hatte, und die Zockereien der letzten zehn Jahre seien jedoch immer wieder Anlass für Streitereien gewesen. So hatte Paul durchaus von Herberts Geldproblemen gewusst, nicht aber von deren Ausmaß.

Nach unserem klärenden Gespräch, das bald nach Olivias Verhaftung stattgefunden hatte, war Paul so beflügelt gewesen, dass er uns ein zinsloses Darlehen für einen Hauskauf zur Verfügung stellen wollte. Damit wir uns was Anständiges leisten könnten. Wir hatten dankend abgelehnt. Nein, unsere zukünftige Wohnstätte sollte tatsächlich etwas Anständiges sein, aber nicht in dem Sinn, wie sich das der gut situierte Paul mit seiner schicken Terrassenwohnung vorstellte. Wir hatten da auch schon etwas im Visier. Ohne *vista lago*, ohne Schnickschnack, aber mit Gärtchen und auf unser Portemonnaie zugeschnitten.

»Könntest du bitte mal die Gäste aus dem Garten nach oben rufen?«, bat ich Paul. »Tom ist wohl inzwischen zu ihnen runtergegangen. Hier sieht jedenfalls alles essfertig aus. Und ein paar Helfer kann ich auch gebrauchen.«

»Wird gemacht.« Paul schlenderte aus der Old-Style-Küche, die einmal Herberts Territorium gewesen war und in vermutlich naher Zukunft völlig Neuem, in jedem Fall Exquisitem weichen würde. Ich sah ihm hinterher, diesem Mann mit dem breiten Gesäß und den penibel zur Seite gekämmten Haarsträhnen. Dem Mann, der Leckereien zubereitete, für die er selten genügend Esser fand. Der zu viel allein war und dem Alkohol zusprach, mehr, als ihm guttat. Wie hatte ich ihm doch misstraut und ihn verdächtigt. *Tempi passati.*

***

Der Himmel über uns war von intensivem Blau. Es schien, als habe ein Künstler, Vertreter der naiven Malerei, seinen Farbbestand an Azur verschwenderisch fürs Kolorieren eingesetzt. Den Rest hatte er dann für den See verwendet und gleich noch mit einem ordentlichen Quantum Glitzerpulver nachgeholfen. Im Zusammenspiel mit der zur Feier des Tages rausgeputzten Tafelrunde ein Bild, das nur Millimeter am Kitsch vorbeischrammte. Aber Kitsch war ein gewollt dick aufgetragenes Arrangement. Unsere Zusammenkunft zum Mittagessen auf der Terrasse der Villa Felicità hingegen war keine Inszenierung.

Alle, die hier saßen, waren Gefährten schwieriger Wochen. Nicht jede oder jeder immer und gleichermaßen geschätzt. Einige mit Argwohn beäugt. Und doch, es war eine Schicksalsgemeinschaft, die heute mit Herberts verbliebenem Weinkellerbestand auf den je nach Sichtweise mehr oder weniger zufriedenstellenden, zumindest aber versöhnlichen Ausgang anstieß.

Nur Matilda und Giuseppe hatten die Einladung dankend abgelehnt.

Mir war das Kopfende der Tafel zugedacht, was ich ein bisschen (aber nur ein bisschen) übertrieben fand. Bruno, der eigentliche Matador, hätte am heutigen Tag auf einem eigens für ihn präparierten Stuhl Platz nehmen dürfen, was er aber verweigert hatte. Da half auch die dazu gereichte Selektion exquisiter Hundekekse nichts. Die Schleife am Hals hatte er sich gleich zu Anfang weggebissen. Er war, das brachte er zum Ausdruck, ein richtiger Hund, kein verweichlichtes Schmusehündchen.

Zu meiner Linken saß Ludwig, den Fotoapparat griffbereit. Zu meiner Rechten Jasper, ganz ungewohnt in weißem Hemd mit bunter Fliege. Auch seine Hände, bar jeder Spur von Werkstattarbeit, hatte ich noch nie so manikürt gesehen.

Nun war es ja nicht so, dass wir um jeden Preis ein Fest hatten feiern wollen. Aber eine Gelegenheit zu schaffen, mit den Ereignissen der jüngsten Vergangenheit abzuschließen, war Ludwig und mir ein großes Bedürfnis. Und zu diesem emotionalen Abschluss gehörten nun mal die Menschen, die sich heute mit uns um diesen Tisch versammelten, die uns als Familie nahestanden oder in irgendeiner Form in das Drama verwickelt waren. Dazu gehörte auch Mario, den wir neben Tom platziert hatten und der sich von diesem gerade etwas erklären ließ (was meistens länger dauerte). Ganz nebenbei prostete er mir augenzwinkernd und mit erhobenem Glas zu.

Ja, auch Mario war bis zum Schluss eine dubiose Figur geblieben. Was hatte er mit Olivia zu schaffen gehabt? Warum war er am Nachmittag vor Herberts Tod von Olivias Grundstück aus durch die Hecke in unseren Garten gestiegen? Die Geschichte mit dem Estragon für das Fischgericht, das am Ende gar nicht zubereitet wurde, hatte ich ihm nie abgekauft. Und doch, so hatte er später beteuert, waren es allein die Kräuter gewesen, die ihn mit Herberts Mörderin verbunden hatten. Im Übrigen gab er vor, von ihrer kriminellen Energie nie auch nur das Geringste geahnt zu haben. Ihr Garten sei ein Eldorado für Liebhaber von Würzkräutern gewesen. Sogar Bergkümmel und Annatto habe er entdeckt. Er war ins Schwärmen geraten und hatte mir erzählen wollen, für welche karibische Spezialität sich das mir bislang unbekannte Annatto eignete. Der Garten sei ja nun verwaist und nur ein paar Schritte entfernt. Da könnte ich doch …

Nein, ich könnte nicht, hatte ich ihm klargemacht, und

es gebe auch kein karibisches Gericht, das zu kochen ich die Absicht hatte.

Natürlich, so hatte er noch angefügt, sei auch ihm die Ausbreitung der Schwarzen Tollkirsche in ihrem Garten aufgefallen. Aber die wüchsen im Tessin nun mal auf jedem zweiten wild wuchernden Terrain.

Dazu hatte ich ein klein wenig beschämt geschwiegen. Schließlich war Mario nicht der Erste, der mich auf die verbreitete botanische Präsenz der dunklen Beeren aufmerksam gemacht hatte. Auch ich hatte es endgültig begriffen: Eine Giftpflanze im Garten machte die Besitzerin oder den Besitzer nicht zum Mörder. Aber, so konnte ich triumphierend entgegenhalten, es war ein Indiz.

Ein Indiz ist kein Beweis, hätte Tom bei so einer Aussage wahrscheinlich angebracht und mit längeren Ausführungen ergänzt. Tom hatte die Auflösung des Mordfalls in große Aufregung versetzt. »Was für eine irre Geschichte«, hatte er mehr als einmal von sich gegeben und sich tagelang zur Studie strafrechtlicher Fachliteratur in Zürichs Zentralbibliothek zurückgezogen.

Was Mario betraf, so hatte es eine Weile gedauert, bis ich wirklich alles aus ihm hatte herauskitzeln können, was mir bezüglich seiner Beziehung zu Herbert rätselhaft geblieben war. Was hatte es mit dem HK-Aktenordner auf sich, den ich in seiner Wohnung erspäht hatte? War Herbert mit den Initialen und dem unfeinen *coglione* auf dem Rücken des Ordners gemeint gewesen?

Mario hatte nach längerem Hin und Her zugegeben, tatsächlich nicht die wärmsten Gefühle für Herbert gehegt zu haben. Er selbst sei eine Weile in Geschäfte verwickelt gewesen, die sich, nun ja, nicht durch maximale Transparenz ausgezeichnet hatten. Davon habe Herbert Kenntnis gehabt und sein Wissen ausgenutzt, als Mario sein geliehenes Geld dringend gebraucht und deshalb zurückgefordert hatte. Erpressung nannte man so was gemeinhin. Aber, so hatte Mario betont, deswegen einen Mord zu begehen, Herbert skrupellos aus dem Weg zu räumen, um anschließend an seine hundertfünfzigtausend Franken zu kommen, das hätte er im Traum nicht erwogen.

Während ich noch meinen Gedanken zu Mario nachhing, hatte sich Ludwig erhoben. Mit einem klingenden Löffelschlag gegen sein Weinglas kündigte er die Rede an, von der er mir zuvor erzählt hatte. Eine Ansprache zwischen Hauptgang und Dessert. Kurz sollte sie sein, ohne Pathos. So hatte er es mir versprochen.

»Liebe Gäste, Familie, Freunde und Wegbegleiter in schwierigen Stunden.« Sein Blick glitt von Jasper zu Corinna (ja, sie hatte endlich den weiten Weg von Neuseeland nach Ascona angetreten), von Corinna zu Gisela und Sigi (Mutter und Freundin waren mit ernsten Umsiedlungsplänen auf dem Weg nach Sardinien), zu Paul und Lara Patelli (sie wolle mal eine Ausnahme machen und Arbeit und Privates überlappen lassen, hatte sie gesagt), zu Mario und Tom und schließlich zu mir.

»Ein Versprechen, sich kurzzufassen, geben die meisten Redner zu Beginn ihres Monologs ab. Einhalten tun es nur die wenigsten. Ich habe mir vorgenommen, zu den wenigen zu gehören.«

Ludwig ließ Platz für das kurze Lachen seiner Zuhörerschaft, die artig tat, was von ihr erwartet wurde. Schließlich standen Wohlwollen und gute Laune auf dem Programm. Den zurückliegenden Ereignissen zum Trotz.

»Wir sind heute auf der schönen Terrasse der Villa Felicità zu einem schlichten, aber wohlschmeckenden Mahl, einem guten Glas Wein«, zwecks Veranschaulichung hob er sein Weinglas, das mindestens das dritte war, »und zu entspannten Gesprächen zusammengekommen. So ein Beisammensein wäre vor einem Monat nicht denkbar gewesen. Schon gar nicht vor sieben Wochen. Die traurigen Gründe dafür sind euch allen hinreichend bekannt. Wer hätte sich vorstellen können, dass dieser wunderbare Ort, dieses Elysium«, mit einer einen Halbkreis beschreibenden Armbewegung wies er auf so gut wie alles, was er so wohlklingend beschrieb: die Veranda, den

Garten, den See, die Berge, »zum Schauplatz eines Verbrechens werden könnte.«

Elysium, dachte ich mit einem Schmunzeln, das ich hinter meinem zum Mund geführten Wasserglas verbarg. Ludwigs Kein-Pathos-Versprechen war auf dem besten Weg, sich in warme Septemberluft aufzulösen.

»Opfer des Verbrechens war, auch damit erzähle ich nichts Neues, mein Vater, Herbert Kummer. Das war für mich, für dich, liebe Tabea, natürlich auch für dich, Corinna, ja für die Familie im weitesten Sinne ein schmerzvoller Einschnitt.«

Corinna, an deren Anwesenheit sich Ludwig gerade noch rechtzeitig erinnert zu haben schien, nickte mit Nachdruck und äußerst ernster Miene.

Ich dachte an den dahingeschmolzenen Traum von den zu erbenden Millionen und fragte mich, worin für Corinna wohl das Schmerzvollste bestand. Ich wollte nichts Übles denken, aber mir war, als hätte sie die Nachricht von der verschuldeten Villa härter getroffen als das begangene Verbrechen. Erfreulicherweise hatte sie längst neue Pläne für die finanzielle Sanierung ihrer Schaffarm.

»*Nature is healing*« nannte sie das Angebot, bei dem ausgebrannten Businessleuten nach Zahlung eines stattlichen Betrags die Möglichkeit zuteilwurde, auf der Farm tatkräftig anzupacken. Im Gegenzug würde ihnen durch die nicht entfremdete Arbeit, die Corinna in ihrem Prospekt »*The real thing*« getauft hatte, die Rückkehr zum Wesentlichen und somit zur Heilung erschlossen. Offenbar gab es schon eine beträchtliche Zahl Interessierter.

»Seit einem Monat wissen wir, wer meinen … unseren Vater auf dem Gewissen hat. Wobei zu bezweifeln ist, dass diese gestörte Person überhaupt über so etwas wie ein Gewissen verfügt. Wir wissen zudem, dass Herbert Kummer sich finanziell«, Ludwig hielt kurz inne, schluckte, »massiv übernommen hatte, was diesem herrlichen Ort nun eine Zukunft beschert, die ich mir so nie habe träumen lassen.«

An dieser Stelle durchschnitt ein undefinierbarer Laut aus

Corinnas Mund Ludwigs Rede. Hinuntergewürgter Ärger? Eine rechtzeitig abgeklemmte Unmutsbezeugung? Ihre Gesichtszüge ließen keine Rückschlüsse zu. In so was war sie nicht zu toppen. Volle Kontrolle, gelegentlich in letzter Sekunde, war ihre Spezialität.

»Ich bedauere sehr, erwähnen zu müssen, dass Herbert Kummer einigen Menschen Zutritt in sein Leben gewährt hat, deren Rechtsverständnis noch um einiges fragwürdiger war als seines. Die ihn und uns übervorteilen wollten und vielleicht noch Schlimmeres in ihrer Agenda stehen hatten. Aber hier bewege ich mich auf dem morastigen Boden der Spekulation.«

Wie zuvor besprochen, nannte er keine Namen. Jeder hier wusste, wer gemeint war. Olivia, Kassandra und Filippo Castelli waren zu *personae non gratae* verkommen.

»Und so werden auf dieser Terrasse mit der herrlichen Seesicht, wie wir sie hier vorfinden, nicht mehr viele Zusammenkünfte stattfinden. Vielleicht ist diese hier sogar die letzte. Das mag nach Bedauern klingen, aber ich habe meine Lebenslektion gelernt, unlängst mit einem Unfall nochmals auf die harte Weise aufgefrischt. Ich weiß, was wirklich zählt. *Vista lago* und ein fettes Bankkonto mögen erfreulich sein, zum Wesentlichen gehören sie nicht. Eine wundervolle Frau, einen phantastischen Sohn und einen klugen Hund zu haben hingegen schon.«

An dieser Stelle setzte Applaus ein, der mir vor allem deshalb gelegen kam, weil Ludwigs zunehmender Überhang in Richtung Theatralik damit ausgebremst wurde. Natürlich schätzte ich seinen auf mich gerichteten Blick, war ich gern nicht nur eine, sondern seine wundervolle Frau. Schon allein deshalb, weil die schöne Lara Patelli mit am Tisch saß, die das ruhig hören durfte. Und doch, Huldigungen dieser Art lagen mir nicht.

Bruno sah das offensichtlich anders. Von Jasper auf dessen Schoß bugsiert, ließ er sich ausgiebig knuddeln. Von der ihn umgebenden Gästeschar heimste er mehrfaches *bravissimo* ein und das eigentlich nicht mehr zu überbietende Lob, fast schon ein Polizeihund, *un cane poliziotto*, zu sein.

Wer hätte das vor Monaten von Herbert Kummers verwöhntem Faulpelz gedacht?

**

Bis auf Jasper, Tom, Corinna, Mutter Gisela und Sigi waren alle gegangen.

Mimi und Alfonso hatten, nachdem sie die Küche zusammen mit Jasper und Ludwig auf Hochglanz gebracht hatten, ihre Lago-Maggiore-Reise in Richtung Süden fortgesetzt.

Corinna kurierte auf dem Liegestuhl im Garten ihren Jetlag aus, nachdem ihr Tom zuvor erklärt hatte, weshalb dem Organismus ein Langstreckenflug aus östlicher Richtung mehr zusetzte als einer aus westlicher. Sie hatte ihm die Langatmigkeit wohl nur durchgehen lassen, weil er so ein hübscher Kerl war.

Mutter und Siglinde hingegen hatten sich von ihr in Sachen Schafhaltung die Bestätigung eingeholt, davon besser die Finger zu lassen. Das war im Grunde beschlossene Sache. Ihr Umzug von der rauen irischen Küste ins warme zentralsardische Nuoro sollte ohne tierische Ambitionen vonstattengehen. An Ideen fürs kreative Schaffen mangelte es ihnen nicht.

Ich war mit Bruno, der sich noch häufiger als zuvor in meiner Nähe aufhielt, auf der Terrasse geblieben. An die Brüstung gelehnt sog ich die Schönheit dessen auf, was sich meinem Auge bot. Das war nichts Spezifisches, eher das Lago-Maggiore-Gesamtpaket. Ein flüchtiges Schweifen nach links, hinüber zu Olivia Herzigs Haus und Garten, gestattete ich mir.

»Dein Desensibilisierungsprogramm?« Ludwig war neben mich getreten und legte seinen Arm um mich.

»Na ja, ihr Geist wird sich schon nicht im Gebüsch rumdrücken«, versuchte ich zu scherzen. »Meinst du, an der Sache mit dem Ehemann ist was dran?«

Er zuckte mit den Schultern. Wie Lara Patelli heute hatte durchschimmern lassen, war Olivia Herzigs Gatte vor vielen Jahren auf eher mysteriöse Weise ums Leben gekommen. Der

Sache sei man aber seinerzeit nicht nachgegangen. Vielleicht aus Nachlässigkeit, vielleicht in gutem Glauben. Es war, wie es war. Und doch, so wie die Dinge stünden, gebe es doch zu denken. Das hatte Lara Patelli wohl eher als Privatperson und nicht als Kommissarin von sich gegeben. Es änderte allemal nichts. Ungelöstes, Vertuschtes und unbemerkt Verstrichenes würde es immer geben.

»Dreh dich mal ein bisschen zur Seite, Tabea. Halbprofil.« Ludwig hatte seinen Fotoapparat gezückt, trat ein paar Schritte zurück und ging in die Knie.

»Gut so«, sagte er. »Perfektes Zusammenspiel. Noch einmal *vista lago*.«

Mein Dank

Vom allerersten Gedanken bis zum letzten gesetzten Punkt konnte ich bei der Ausarbeitung dieses Romans auf die unverzichtbare Unterstützung vieler Menschen zählen.

Eine Reihenfolge der Wichtigkeit gibt es dabei nicht, denn jede, jeder von ihnen hat einen Beitrag geleistet, ohne den das Ganze nur schwerlich gelungen wäre.

Beginnen möchte ich mit meinem lieben Autorenkollegen Daniele Palu. Sein Denken und Handeln standen beim Ablauf des Geschehens ganz zu Beginn. An ihn geht ein großes, fettes: *Grazie mille, carissimo!*

Ein weiteres umfangreiches Dankeschön möchte ich dem gesamten Team des Emons Verlags aussprechen. Was für eine rundum positive Erfahrung, mit so vielen tatkräftigen und freundlichen Leuten arbeiten zu dürfen, die mich bzw. meinen Roman vom ersten Moment der Kontaktaufnahme bis zur Veröffentlichung des Buches engagiert begleitet haben.

Und was wäre eine Autorin ohne eine kompetente Lektorin? Die Frage ist rhetorisch und bedarf keiner Antwort. Wer einen Roman schreibt, weiß, dass es um diesen schlussendlich nicht gut bestellt wäre, gäbe es nicht die gründliche Prüfung desselben durch eine kluge Beraterin. In diesem Sinne: Ganz herzlichen Dank, Susann Säuberlich.

Last, but not least danke ich meinem Mann Hans-Ueli für das Wesentliche, welches es seitens des Lieblingsmenschen nicht nur beim Schreiben, sondern fürs ganze Leben braucht: die Fähigkeit zuzuhören, das Dasein, das Beraten, die Verlässlichkeit … *e via dicendo.*